01

你们上北大，我上北大奇鸟。

中国致公出版社·北京　知音动漫

图书在版编目(CIP)数据

这题超纲了. 1 / 木瓜黄著. -- 北京：中国致公出版社，2020（2025.2重印）
ISBN 978-7-5145-1689-0

Ⅰ. ①这… Ⅱ. ①木… Ⅲ. ①长篇小说－中国－当代 Ⅳ. ① I247.5

中国版本图书馆 CIP 数据核字（2020）第 146113 号

本书由木瓜黄授权湖北知音动漫有限公司正式委托中国致公出版社，在中国大陆地区独家出版中文简体版本。未经书面同意，不得以任何形式转载和使用。

这题超纲了. 1／木瓜黄 著

出　　版	中国致公出版社
	（北京市朝阳区八里庄西里100号住邦2000大厦1号楼西区21层）
出　　品	湖北知音动漫有限公司
	（武汉市东湖路179号）
发　　行	中国致公出版社（010-66121708）
作品企划	知音动漫图书•少女心诊所
责任编辑	林颖
装帧设计	刘宝　余婧雯　方茜
责任印制	翟锡麟
印　　刷	武汉鑫兢诚印刷有限公司
版　　次	2020年9月第1版
印　　次	2025年2月第44次印刷
开　　本	890mm×1260mm　1/32
印　　张	10
字　　数	280千字
书　　号	ISBN 978-7-5145-1689-0
定　　价	42.80元

（版权所有，盗版必究，举报电话：027-68890818。）
（如发现印装质量问题，请寄本公司调换，电话：027-68890818。）

Chapter 01	校霸许盛	001
Chapter 02	初次交锋	013
Chapter 03	一声雷鸣	023
Chapter 04	首度合作	033
Chapter 05	孤僻学神	047
Chapter 06	名副其实	055
Chapter 07	人设渐崩	069
Chapter 08	湛无不盛	085
Chapter 09	极限备考	105
Chapter 10	装病乌龙	125

Chapter 11	考场历险	139
Chapter 12	短暂日常	149
Chapter 13	有难同当	165
Chapter 14	电影之夜	179
Chapter 15	晴空霹雳	189
Chapter 16	过往恩怨	207
Chapter 17	触碰的手	237
Chapter 18	先发制雷	249
Chapter 19	祸不单行	261
Chapter 20	另辟蹊径	285

学生档案 Student Profile　　299

作者专访 Interview With The Author　　303

校霸许盛

"星海杯"评选现场。

"星海杯"是A市举办的大型绘画比赛,因为有德高望重的美院知名教授杨明宗老先生当评委,所以这次比赛规模之大、难度之高乃数年罕见,比赛奖项的含金量也高得吓人。挤进决赛圈的选手总共十名,他们来自各大画室,分属不同学校。他们中的任何一个单拎出来都是画室优等生,水平高超,基本可以直入清华美院、中央美院等知名学府。

此时,评选进行过半,已经选出二、三名,评委开始评选第一名。

随着一阵拐杖不断点在瓷砖上的声音,一位年事已高的老人缓缓走过剩下的八幅作品,老人正是杨明宗老先生。最终他在其中一幅作品面前停下并驻足观察了一番,还特意看了一眼参赛选手的名字:康凯。

其他几位评委老师都是杨明宗的后辈,他们跟在老先生身后,见他最后选了这幅画,便跟着叹道:"老先生眼力好,这幅画的确优秀。"

但这幅作品不光是优秀而已,稍微懂行的人甚至能一眼看出它和其他选手的画作不在一个层次上。创作者在笔触间表现出了极强的塑造力。

但杨明宗看中这幅画的原因却不仅仅是因为这个。

"帮你改画的人是谁?"

画作虽已足够优秀,但杨明宗还是一眼看出这幅画被人改动过,改画的人只用寥寥几笔就提高了整幅画的水平,而且这几处的处理手法明显和其他地方不同。比赛允许有指导人，也允许共同合作，这并不算违规。但这种浑然天成、直击人心的天赋感，杨明宗教画几十年都很少遇到。

"盛哥，我今天见到杨明宗先生了！他真的厉害，一眼就看出我的画被你改过。"

"他还问我是谁改的。"

"你这人也真是，连名字都不让我说，至于藏这么深吗！"

"他绝对是对你那几笔感兴趣！全场那么多选手，他就逮着我聊。"

学校走廊里，上课时间，靠近楼梯口拐角的墙壁上倚着个人，由于光线被阻挡，只能看到少年被风吹得扬起的T恤衫下摆。他个子很高，手指细长，听完一遍语音，又动动手指点上去，重复播放一遍。

"……盛哥你要是来参赛，估计就被直接拎走了！到时联考、高考全省了，想上哪个学校随你便。"

许盛听完这遍，停了很久才将语音划过去。半晌，他笑了一声，心说：傻吗，联考、高考谁都别想省！聊天框上的备注名正是康凯。

康凯是他发小，也是邻居，家里开画室的。关于这届"星海杯"比赛的消息康凯知道得晚，差点错过报名。他没时间现画，报名后只好找了张一年多以前画的旧稿——他的得意之作，许盛帮他改过。

走廊另一端，高二（7）班教室。班主任走进去，往最后一排那个空荡荡的座位上看了一眼，皱了皱眉。他忍了忍，还是没忍住："许盛呢？又翘课了？这回摸底考考成什么样他自己心里不清楚吗，还敢翘课？看见他让他下课来我办公室一趟！"

临江六中2018级高二开学摸底考试成绩单：语文48，数学36，英语22，理科综合59。这条成绩单下面还压着几张试卷，张张卷面上都画满了惨不忍睹的叉号。看得出阅卷人在经过一番冲击后，发现这种正常批法对这名考生来说并不适用，于是他换到另一页上留下几个稀疏的红钩。跟分数一样惨不忍睹的还有这几张卷子上姓名栏里的字迹。那是张牙舞爪的、如野草般凌乱又凌厉的两个字：许盛。

"你自己看看你这次摸底考的分数。平均分刚过40！别说冲刺高考了，我看你这水平回初中都得重读！"班主任孟国伟一嗓子吼得办公室外的半条走廊都能听见，"这些题哪题我上课的时候没讲过？全是送分题！我在试卷上撒把米，鸡蒙的都比你对的多！你到底怎么回事？你说你来学校是来学习的还是来混日子的？还有，你今天早自习去哪儿了？整天就知道翘课！"

许盛在办公室里站了六分钟了，类似的话不知道已经听过多少遍了。他把视线放远，落在孟国伟身后的壁钟上，顺便猜测下面应该轮到"不想学就趁早滚蛋"这句经典名句登场。果然，孟国伟"啪"的一下把手里的试卷拍在桌角："我不管你以前什么样，现在既然进了我的班，就给我老实点！你要是不想好好学，就趁早滚蛋！"

许盛看起来很困倦。他把眼皮耷拉下来，摆明了不想听人废话。孟国伟被许盛这油盐不进的态度气到语塞。他话虽放得狠，但心里也发虚。他其实不太敢找这个学生谈话，但毕竟刚接任，怎么着也得给对方一个下马威才行。这学期是高二，刚分班，校方大概是想平衡一下，往他班里塞了俩第一——把年级第一和年级倒数第一都给他划拉过来了。

站在他办公桌边上的少年身形高瘦，往那一站，好像什么都没放在眼里，周身的气质跟整间办公室里的环境格格不入。办公室里进出的学生都规规矩矩地穿着校服，唯独他身上穿的是一件带着涂鸦的黑色T恤，那涂鸦就算仔细看，也很难分辨到底是个什么图案。这种各科成绩差得离谱，校内外"战绩"十个手指头都数不过来，从不穿校服的问题学生，孟国伟执教这么多年还真是头一次遇见。毕竟临江六中怎么说也是个重点学校，虽然在A市所有重点里不算名列前茅，而且还是前两年刚从普高升上来的，但重点就是重点。

孟国伟姑且把这次摸底考和翘课的事放下，又说："你昨天考完试去哪儿了，是不是又偷偷离校了？"

说到这，少年才勉强站直了，不经意地问："有人看见我离校了？"

"那倒没有。"

许盛沉吟一会儿:"监控拍到了?"

"……也没有。"

许盛摆明着是在确认离校这事被自己做得滴水不漏。他坦荡地回答:"我没离校。"

孟国伟在脑内组织语言,还想再说点什么,但许盛实在是没了耐心。"老师,"他张口说,"如果是因为成绩,谈到这就行了。您教您的课,至于学不学、学多少那是我自己的事,您真没必要跟我说这些。"

许盛的声音并不大,嘈杂的办公室里充斥着各种声音,他这话又说得随意,并不引人注意。孟国伟却听得一清二楚。他被这番随意且嚣张的话震住了,半天才说:"你这说的是什么话?这是跟老师说话的态度吗?那你还来上什么学?!"

许盛毫不躲闪地对上他的眼神。孟国伟这才发现面前这位少年违背校纪校规的不光"不穿校服"这一点,他右耳还戴着一枚耳钉。黑玉髓周围箍着一圈银,这枚算不上低调的黑色耳钉被碎发遮挡掉一半光芒。

你来上什么学?这句话倒是在许盛脑子里反复绕了几圈。

"您就当我是来混日子的吧,"半晌,许盛伸手,把试卷从桌上抽走,抓在手里不太在意地说,"别管我了。"

整个班只有许盛的试卷被扣,他拿着试卷进班的时候,原本热火朝天的班级瞬间安静下来,就跟原本播得好好的电影突然被人按下暂停键似的。教室前排的一位男生撅着屁股,上半身贴在课桌上,正伸长了手在抢第二排同学的饼干,见到他进来后诡异地保持着这个姿势不动了。"校霸杀气太强,我不敢动。"那男生小声说,"我这样好累,你那饼干就给我吃一块呗……"

对高二(7)班的所有同学来说,从看到分班表的那一刻,他们的心情只剩下"窒息"这个词可以形容。两天前,他们站在布告栏查看分班表的场景还历历在目。

"许盛在几班?"

"七班,还好还好,我在六班。"

"啊不,我是七班的……"

"你这是什么运气啊,兄弟!坚持住,高中还剩下两年,不就是两年吗,时光荏苒如白驹过隙,很快就过去了。"

许盛是什么人?大名鼎鼎的校霸,学校里出了名的异类。高一因为不穿校服这事,年级主任发了好几次火,让他罚过站,打电话叫过家长,也让他站在全校面前检讨过,最后一点效果也没有,该不穿还是不穿。在师资力量雄厚、校风严谨,以"文明和谐、勤奋求实"为校训的临江六中,往前倒十几年都找不到第二位像他这样的学生。

许盛越过他们往最后一排走。他身上那套T恤加牛仔裤的装扮就算出了办公室,也仍然跟周遭氛围格格不入,甚至在教室里一水儿的灰蓝色校服堆里显得更醒目了。他个子高,加上报到那天迟到,班里只剩下最后一排的两个空位,许盛就随便挑了其中一个坐下。剩下的那个在他左手边,隔着条过道,从昨天起就一直空着,说是请了假。

许盛并不在意缺席的那个人是谁,他把椅子拖出来打算继续睡。在他拖椅子的时候,前排男生握着笔抖了抖。许盛想了想,俯下身,拍了拍他的肩。那男生手里的笔差点没飞出去,不得不转过身来:"您、您有什么吩咐?"

"你不挤吗?"

"啊?"

许盛指了指那男生紧紧贴在课桌边缘上的胸膛,目测他给自己留的活动范围不超过三十厘米,要想上厕所只有整个人下滑、蹲下去,再从桌子下面钻出去这一条路可以走。于是许盛又问一遍:"你不挤?"

那男生张张嘴:"我……"我当然挤啊,但是我不敢说啊!更不敢离你太近啊!

许盛等句回复等得费劲,干脆直接把自己的课桌往后拽了点。

上午第一节英语课,许盛准备趴下去见周公,身侧窗户被人敲了两下。几颗脑袋挤在窗户那儿:"老大。"

许盛将手搭在颈后，听到声音后只微微侧了侧头："我要睡觉，有屁赶紧放。"

这拨人里领头的那位男生叫张峰，留着时下最流行的厚刘海，皮肤有点黑，但整个人看着很精神。他叹口气："咱们这次分得太远了，你七班我一班，一头一尾，这以后上课还怎么一起打游戏？"

许盛虽然威名在外，大多数人都避而远之，但在这个血气方刚的年纪，男生玩到一块儿有时候不需要什么特别的理由，打两局游戏就成。严格说来，许盛人缘还真不算差，高一那会儿每到课间，教室后排他的座位那儿总能围一圈人。某些时候，游戏技术可比学习成绩实用多了。

许盛和张峰的缘分要从他第一次当着全校的面做检讨开始，当时许盛读完检讨之后，最后一句总结说"我错了，但我不保证下次不再犯"。说完，全校哗然。等许盛下了升旗台，张峰真心实意地对他说："哥们儿，你有点牛啊。"

此时的张峰说："你刚才去老师办公室了？我听说你把你们班老孟气得够呛。"

许盛不置可否。张峰感慨完，继续努力从窗口往他们班里探。这回他不光把脑袋探进来了，连上半身也一个劲往里挤，冲高二（7）班教室里四下张望。

许盛算是回味过来了："你到底来干什么？"

张峰吐露出自己的真实目的："我来看学神的。"

摸底考光顾着睡觉，丝毫不关心班级同学都有谁的许盛问："谁？"

"不对，'看'这个字不够贴切，应该是瞻仰。对，我来瞻仰学神。"张峰说，"就是那个中考分数全校第一，高一拿了市级联赛一等奖，被做成大字报贴在学校门口荣誉墙的那位。你都不知道吗？你们班今年分得贼有创意，一个你，一个学神。"

许盛听到这，笑了。他冲张峰招招手："你过来，凑近点说。"

张峰毫无防备地凑过去。许盛干脆利落地抄起刚才从办公室里带回来的试卷往他头上敲："你是不是找打？看学神就看学神，还拉我垫背？我看让你站着过来横着出去也挺有创意的，你想不想试试？"

"我错了,大哥!我不该编派你!"张峰弯腰往后躲,边躲边念叨,"不过大哥,我怎么找半天没找着人?你们班人来齐了吗?"

人倒确实是没来齐。许盛把试卷扔桌上,目光扫过身侧狭窄的过道,落在手边那个空位上。

教师办公室里,上课铃响时,孟国伟还沉浸在和许盛的对话中,久久不能回神。有老师带着教案经过,看他还在研究许盛的分数,便说:"孟老师,你也别多想,那孩子一直这样,高一那会儿好几个老师都试过,但都没用,实在不行就放弃吧,真不是每个学生都想好好学习的。"

孟国伟跟别的老师还不一样,脾气一下子上来:"我还就不信我治不好他了!我孟国伟执教二十多年,字典里就没有'放弃'这个词。"

"孟老师,我精神上支持你,"那老师看一眼时间,说,"哎,不说了,我得去上课了。"

倒是有其他老师对这个话题感兴趣,边批阅作业边问:"老孟,有想法没有?"

孟国伟刚才沉思许久,又翻阅了几本《如何正确地引导学生》之类的参考书,还真让他想出来一个主意:"他可能对老师有抵触心理,我准备试试'一带一',找个好学生带带他。"

孟国伟说着,把手边的另一沓试卷拿了出来。其实被扣留的试卷不止许盛的,原本摆着许盛试卷的边上还摆着另一沓卷子,只不过扣留原因截然不同——许盛那是实在考得太差,而这位纯粹是答得太好。这位同学语文只扣了6分,其他科目也几乎是门门满分。最上面那张试卷的第一行写着:临江六中2018级高二开学摸底考试,数学卷,满分150,得分150。

考生姓名:邵湛。

邵湛,这个名字许盛一天里听了不下六次。各科老师进门就是一句"这回年级第一你们猜猜是谁,算了,不用猜了,没什么悬念,不过话还是要说,邵湛这回拉了年级第二整整二十多分"。然后把复印了三十多份的高分试卷往下发:"看看人家这解题思路,再看看你们。"

原先许盛还不知道哪个"邵"哪个"湛"，试卷从排头传过来时他本打算随手扔边上，却无意间看到复印卷上的字迹。也不是他想看，主要这字写得实在很难让人忽视。笔锋刚劲，写得有点草，许盛自己也是个"草书派"写手，但这个草得一看就很有水平，跟他那种随手瞎画不一样。

已经有同学开始吹了："学神这字……我就算练十年字帖也写不成这样，这是人能写出来的字吗？"

"少贫。"老师说话时看着许盛，"我也不指望你们能写成这样，我就希望咱班某些同学那字写得能让人看明白就行，题不会就算了，卷面分都拿不到。"

拿不到卷面分的许盛同学把那张卷子折了折，塞进桌肚。

许盛的校园生活一向过得朴实无华且枯燥，睡觉、打游戏、上走廊罚站，不存在第四种可能性。

下午最后一节课是生物课，老师让他起来回答问题。许盛把手机扔桌肚里，才慢半拍站起来："老师，没听清，能再说一遍吗？"

生物老师看着这位学生坐在角落里旁若无人地玩了大半节课手机，本就藏着一肚子火，这下直接冷下脸："书上有，知道我们在讲哪一页吗？"生物老师忍着气，给他指条明路："第四页。"

许盛拎着本英语书翻了几页："选词填空？"

全班鸦雀无声。

"啊，"许盛从这片死一样的沉默里悟出了点什么东西，"这节不是英语课？"两分钟后，许盛带着手机和从同桌那儿顺来的充电宝往教室外头走，背靠栏杆站着，顺便又通过敞开着的教室门，间接跟隔壁六班的同学打了个照面。

手机震动两下，是张峰发来的消息。

——老大，又罚站呢？

——滚。

——我本以为我们隔着那么远的距离，不能经常看到你，结果发现几乎每节课一抬头往走廊外看就能看到你的英姿。

——你也出来站会儿，能看我看得更清楚。

——这就不必了……我冲你挥个手意思意思就好,能看见吗?

许盛抬眼,看到走廊尽头靠窗的地方,真伸出来一只手。他又把头低下去,回复:你还是滚吧。

张峰又问:晚上去不去网吧?老地方?

许盛没马上回,他从聊天框里退出去,最近联系人名单里安安静静地躺着个人,备注是妈,消息接收时间是两天前。

[妈]:到学校了吗?

[妈]:让你住家里你不肯,好好上课,别的我也就不管你了,你要实在学不进去,顺利毕业总行吧。

[妈]:高二了,让你学习不是为了我学,你这样将来打算干什么?

许盛看了两眼,神情没什么波动,然后给张峰回了个"行"。回完,他把手机塞回裤兜里,动了动手指。食指不经意按在大拇指第二个骨节处,发出"咔"的一声。

生物老师正写着板书,无意间瞥了一眼外头,发现走廊上的男孩子罚站都没个正形,倚着栏杆跟没骨头似的,于是又皱着眉转开视线。

丁零零——放学铃响了。

生物老师放下粉笔:"行了,下课吧,几道附加题我让课代表拍了发群里……还有外头那个,进来吧。"生物老师说到这,又往走廊看一眼。走廊上空空荡荡,哪儿还有人?许盛早掐着点自觉下课了。

学校附近有片老式居民区,白墙灰瓦间弯弯绕绕的巷子里发展成一条商业街,饰品店、零食店……还有家不需要身份证就能上网的黑网吧。网吧开得隐蔽,从小饭馆后门进去,上二楼,推开玻璃门就是。许盛是那家网吧的常客。张峰不住校,他收拾好书包奔过来的时候,许盛已经占了最角落的那台机子。他也不打游戏,戴着耳机缩在那儿看电影。

"这什么,怎么没剧情啊?"张峰交了钱,把书包往地上随便一甩,等开机的过程中凑过去看许盛的电脑屏幕,看半天发现自己看不懂,只好转而去看标题,"……《BBC之艺术的力量》,什么玩意儿,纪录片?"

许盛单手握着鼠标拖进度条。

张峰发出灵魂质问："你在网吧就看这个？干吗不干脆看新闻呢？"

许盛也不像是看得很认真的样子，抬手把耳机往后挪了点，方便听张峰说话："新闻七点，还没开始。"

许盛把纪录片关了："我开玩笑的，上游戏。"

许盛他们打了几局游戏，其间张峰接了通电话，被他妈在电话那头骂了个狗血淋头。张峰睁眼说瞎话："我在请教同学问题……"

张峰他妈根本不信自家孩子的鬼话："我信你才怪！你同学在你边上吗？我怎么没听见有人讲题？"

张峰走投无路，只好把求助的眼神投向许盛。许盛边敲键盘边跟他打配合，有模有样地说："这题其实挺简单的。"张峰眼神示意他：会扯你就多扯点。

"我说你写啊，"许盛装起来还挺像那么回事儿，尾音拖长半拍，"'解'，冒号。"

"然后呢？"张峰等半天迟迟等不到下文，"……你多说点。"

"然后可以看下一题了。"

张峰内心狂吼：他找谁求助不行偏找了这位！论高中知识点，怕是连黑网吧的网管学得都比他边上这位透彻！所幸张峰他妈隔着电话也听不清许盛具体都说了些什么："那你跟同学讲完题目早点回来，妈做了你最喜欢吃的红烧肉。"

张峰挂了电话："老大，您讲题，真是一点就通。"

许盛清理完兵线①，说："不客气。"

"那我先回去了啊，"张峰走之前说，"你也别太晚，这才刚开学，被抓到不好。"

许盛拧开边上的矿泉水瓶，应了一声，应得极其敷衍："你回吧，他们抓不到我。"

许盛在网吧里泡到天黑。纪录片看到尾声，看得有些乏了，他摘下耳

---

① 兵线：游戏名词，指竞技对战游戏中小兵交战的位置。

机打算去买点吃的。前台除了泡面就是一些鸭腿、鸡爪之类的东西，许盛扫了一眼，没什么胃口，最后只拿了薄荷糖。他含着糖推门走到楼梯间想透会儿气，没走两步，听见楼梯间堆杂物的地方传来"砰"的一声。

"就这么点钱？"

"明天的早饭钱也在这了，真的没有了……"说话的是个男孩子，声音怯怯的。

"砰"！是踢翻东西的声音。"跟你说了这次凑不够两百就别怪我们不客气，"踹东西的人声音粗哑，"你是不是找揍？"

这种黑网吧本来就是高危地带，鱼龙混杂，发生这种事并不稀奇。许盛觉得嘴里那颗糖格外凉，他靠着墙听了一会儿，把糖咬碎了，然后才漫不经心地往杂物堆走去。那里站着四个人，染着祖传似的黄毛，没穿校服，应该不是六中的学生，被围的那个身上那件灰蓝色校服倒是很显眼。

"对不起，放过我吧，明天、明天一定给你们……"

那四个黄毛点完手里的一百多块钱，对视后笑了起来："明天？明天可就不是这个数了。"不过他们没能笑多久，因为话音刚落，拿着钱的那个人就被人从背后拍了拍肩膀。

"谁啊？！"

"我是谁不重要，"许盛走上前，手顺势搭在那人的肩上，跟哥俩好似的，嘴里说出来的话却截然不同，"你们太吵了。"

拿着钱的不良少年侧过头，看到许盛之后愣住。平心而论，虽然许盛恶名远扬，但凭借这张脸还是能在学校里拉到不少回头率。黑色T恤，深蓝色牛仔裤，黑色的耳钉。除了这套一看就不像什么正经学生的打扮以外，许盛眉眼生得精致凌厉，眼尾微微上挑，看着心不在焉，但眼底仍旧带着几分藏不住的野。这长相任谁看了都觉得是经常被贴处分通知的坏学生。更重要的是，比起他们，许盛更像是来抢钱的。

"你……"拿钱的不良少年被他这气势压得低了一头，哽了哽说，"你也是来抢钱的？"

许盛笑了："可以这么理解吧。"他放下搭在对方肩上的手，活动活动手腕，又随口问道："你们总共从他身上拿了多少？是想等我动手，还是你们自己掏？"

那四个黄毛是被吓跑的。本来也才十六七岁的年纪，出来随便吓唬吓唬人，柿子专挑软的捏，如今碰到个看起来比他们还硬的，顿时不敢嚣张了。那四个家伙什么都顾不上，直接把兜里能掏的钱都掏出来扔在地上，道了句"大哥对不住，不知道这是您的地盘"后顺着楼梯一溜烟跑了。

许盛弯腰把散在地上的钱捡起来，理整齐后蹲下身。穿六中校服的那位还呆坐在地上瑟瑟发抖，见许盛蹲下来，第一反应是："我真的没钱了，真没了……"

许盛无语了，心说我看起来就那么像抢钱的吗？但他到底也没说什么，只是把那沓钱塞到他手里，起身往回走。推开网吧门时才扔下一句："这种地方，以后别来了。"

许盛在网吧里待到快九点才走，这时外边已经黑透了，道路两旁的路灯全亮。六中八点半锁校门，寝室楼倒是开到十点，但进不去学校，它就算开到天亮也没用。许盛熟练地绕到后门，六中后门和宿舍楼紧挨着，常年紧锁，生了锈的铁门上还拴着条粗铁链。男生宿舍楼就在后门的围墙附近，离墙最近的那一幢是高二年级的，朝向和后门几乎正对着。

他踩着墙下的石块，撑着围墙翻上去。少年身高腿长，脊背弯着，绷出一道弧度，翻得毫不费力。他松开手，一条腿荡下去，正准备往下跳，却看见对面走过来一个人——那人个子很高，单肩背着书包，校服袖口往上挽起，露出半截手腕。那套得过全区校服倒数第三"佳绩"的灰蓝色校服穿在他身上，有种说不出的不太一样。

隔得太远，许盛看不清对方的样貌。等人走到路灯下，许盛低声骂了一句，发现了一个更重要的问题——运气真"好"，他滴水不漏的翻墙出校纪录，在今天毁了。

这题超纲了①

初次交锋

　　翻墙出入校园是重罪,在校规第一页上加粗加重地写着,违反此条校规者全校检讨加处分。许盛虽然总违规,但被人抓现行次数很少。要是没确凿的人证物证,只要坚持自己没干过,老师也拿他没办法。高一那会儿他跟老师们的关系其实还称得上不错,虽然提起他,各科老师第一反应都是头疼,但人和人之间的关系是很奇妙的,出入办公室次数多了,想不熟也很难,骂也能骂出感情。

　　如今这事儿许盛倒是不怕,但总归麻烦。他坐在围墙上,一时间跳也不是,不跳也不是。

　　夜晚,夏日正午炙热聒噪的蝉鸣声渐弱,路灯将倒影拉长,墙上的少年单手撑着围墙边沿犹豫一会儿,最后还是跳下去了。

　　"你什么都没看到,也没有人从这堵墙上跳下来过,"许盛拍掉手上的墙灰,走上前,语气实在算不上是商量,"明白?"

　　距离近了,许盛这才看清楚那人长什么样——个子比他高点,一身校服穿得规规矩矩,衣扣扣到最上头那颗……不过六中校服穿起来有那么好看吗?许盛思绪歪了歪。除此以外就剩下一个字——冷。那股子冷并不是长相带来的,而是他身上那种形容不出的、拒人于千里之外的气质。

　　事实上面前这人长得不错,少年眼眸深邃,双眼皮是深深的一道,黑色碎发遮在额前,平添了些许冷意。许盛自认审美标准向来都比较高,放眼整个学校能让他承认"长得不错"的除了他自己，就只有偶尔需要战略性拍马屁的老师和主任。

如今眼前这个人的长相，也能让许盛说一句，不错。

然而那人压根没看他，越过他往宿舍楼里走。宿管大爷听到声响推开窗，看样子对穿校服的这位同学很熟悉："回来啦？家里头没事吧？"

"没事。"他声音也冷，还有点低。

"没事就好，"宿管大爷翻开考勤本，把笔递过去，"把假销了，在这签个字就能上去了。"

"大爷，"校服签完名，又说，"还有个事。"

"是不是寝室纱窗坏了？"宿管大爷说，"哎，这几天好多人过来跟我反映，今天已经上报给学校了，说是过几天统一报修。"

"不是这个。"许盛刚踩上一级台阶，就听校服说，"那边那个，没穿校服的——"下一句是："他刚从后门翻进来。"

许盛差点一脚踩空。

话都说到这分上了，宿管大爷哪儿能不管。他接过考勤本，随后把那本册子往桌上一拍，大喊："那位没穿校服的同学，你过来。"

两分钟后，许盛被宿管大爷赶进宿管休息室，站在他边上的还有校服。只不过他是被审的那个，校服是陪审的。宿管大爷关上门，估计是闲了好几天，这回总算逮到个人，他打算好好审审。

"你们谁先说？怎么回事？"宿管大爷往他们俩面前一坐，又转向许盛，"他说你是从后门翻进来的？"

许盛在心里爆了一万句脏话。如果他英文也行的话，他还能再用其他语言再骂个一万句。"你什么意思，"许盛压低了声音问，"我们不是说好了吗？"

校服这才正眼看他，语调冷漠，不近人情地反问："我们？"

许盛堪堪来得及在心中暗骂一句，就听宿管大爷催促："问你话呢，翻进来的？"许盛没办法，只能"嗯"了一声。

"翻墙出去干什么了？"

许盛在脑海里挑挑拣拣一番，最后终于找了个还算有理有据的答案：

"散心。"

"有什么事情需要你去校外散心的？！"

"学习压力太大。"

这话要是让孟国伟或是任何一位老师听见都要当场崩溃："你有什么学习压力？你学过吗，就说压力？"

宿管大爷没好气地说："学习压力再大也不能随便翻墙出去，要是每位同学都像你这样，学校还有没有秩序了。"

人在屋檐下，不得不低头。许盛叹口气："您说得对。"

"现在的学生真是不把校规当回事，校规第三条上就写了，学生必须严格按照学校规定时间进出！"宿管大爷搬出校规来，想让他更深刻地明白自己的错误，但学校规定繁多，一下子要背还真不一定能背出来，"不得，呃，不得……"

一道低冷的嗓音接过话："不得翻墙、随意出入学校，对违反上述规定进出校园者，视情节轻重进行处罚。"

许盛在心里喷了一声，心说这是哪里来的极品，校规还能倒背如流。

"大爷，"校服似乎是不想在边上站着，他说完，低头看一眼手机时间，又问，"我能走了吗？"

宿管大爷对他态度跟对许盛完全不同，对他如春天般温暖，对许盛就……不提也罢。宿管大爷扬起笑脸："行行行，去吧，回去检查一下窗户，要是有问题明天报给我。"

许盛觉得宿管大爷现在心情不错，便跟着问："我也能走了吗？"

宿管大爷脸上的笑容转瞬即逝："你给我待着，这账还没算完。"

许盛又耗了五六分钟，宿管大爷才松口，一摆手，说："行了，也不难为你，按规矩办吧，回去写一份五百字检讨……以前写过检讨吗？"

检讨本身是小事，但临江六中有一个堪称变态的规定，检讨字数累积计算，比如第一次写五百字，第二次就得写一千。而许盛高一那会儿因为不穿校服事件，林林总总、大大小小的检讨加起来已经写过六七份。也就是说，他今晚的检讨需要写三千字。许盛强迫自己不去想刚才校服离开的背影，以免真去做了欺凌同学的事儿："写过……我挺有经验的。"

但许盛还是有点忍不住，他推开门，手搭在门把手上停了两秒，又松开："大爷，刚才那个。"

宿管大爷："嗯？"

许盛尽量心平气和："他谁？叫什么？几班的？寝室号多少？"说完，没等大爷回答，他又强迫自己冷静下来："算了，别告诉我了，我怕我控制不住。"

越听越糊涂的宿管大爷只能带着一脑袋问号目送许盛离开的背影。

许盛连夜写了检讨，那字飘得除了他再没有第二个人认识，检讨开头情真意切地写了一句脏话，写完后又很克制地将它画了。为了这份检讨，许盛两点才睡，第二天醒来时已经错过早自习，等他抓着检讨书走到操场的时候正好进行到出操升旗环节。国歌激昂雄壮，国旗迎风飘扬。许盛穿过好几个班级，才看到孟国伟负手而立的身影："老师，我迟到了。"

孟国伟一大早就被教导主任的电话震醒，得知了许盛今天要进行全校检讨的消息——孟国伟着实没想到许盛能在这么短的时间内犯事，可能是物极必反，孟国伟现在心情出乎意料的平静："不迟，你来得正好，正好赶上念检讨。"

孟国伟这反应，许盛也是始料未及："您……今天心情不错？"

"人在极度悲伤的情况下，往往不会流泪。"

升旗台上，有学生代表接过话筒，开始播报处分通知："我校高二（7）班许盛同学违反校纪校规，于昨天夜里翻墙出入学校，性质恶劣，下面请许盛同学上台面对全校师生进行自我批评和检讨。"

这句话一出，全校都炸了。对他们来说，新学期才刚开始。甚至去掉为期两天的摸底考和试卷讲评，今天才是真正意义上的第一天。而校霸新学期第一天就有新鲜出炉的检讨可以念。

"这也太牛了吧！"有人小声说，"这什么速度！"

许盛自己也挺意外的，他做事向来心里有数，如果没有某个背后阴人的不知名同学，他也不至于走到检讨这步。全校师生看见一位少年从几千人里走出来，虽然现在是早晨，太阳依旧照得整块草皮都烫上一层金色。

他身上穿的还是件T恤，衣摆宽松。许盛跨上台阶，从边上同学手里接过话筒。话筒交移间发出一声短促且刺耳的噪音，然后是属于这个年龄段男生特有的、张扬又随性的声音。那声音先是"喂"了一声，才说："尊敬的各位老师和同学——"所有人都以为检讨已经开始了，然而那声音话锋一转："我这次的检讨时间可能会有点长，在念检讨之前，我想给校领导提一点建议。"许盛这段是脱稿："检讨字数累积能不能设个上限？不然什么时候积成三万字，我倒是没什么，但其他同学还得上课。"

孟国伟算是明白了，极度悲伤的时候不只不会有眼泪，甚至连呼吸心跳都会突然停止。等许盛从台上下来，他深吸一口气道："许盛，你上课之前来我办公室一趟。"

孟国伟昨天夜里还在为"一带一"计划做准备。他们班邵湛同学，品学兼优，老师同学眼里的好学生，家长眼里的别人家的孩子。要是许盛能多和这种优秀学生交流，相信耳濡目染，他一定能发现人生的真正道路，树立起正确的学习观和价值观。

于是许盛在办公室里站了不到三分钟，就发现这次谈话的内容和预想的不太一样。孟国伟骂完后问："刚分班，你和同学们还不太熟悉吧？"

许盛把检讨交上去，孟国伟低头看了一眼，通篇鬼画符，也不知道他是怎么照着念完的，第一句被画掉的脏话倒是写得还标致。

许盛交完检讨说："是不怎么……""熟"字还没来得及说，孟国伟就说："不熟悉不要紧，同学之间交往得主动一点，多联系联系就熟了，这样，我给你介绍一下咱班邵湛同学。"

"邵湛"这个名字许盛有印象，就是张峰昨天念叨半天却没见着，拉了年级第二二十多分的那位学神。但是这话听着不对，介哪门子的绍？孟国伟喝了一口水，大有要讲三天三夜的架势："咱班邵湛同学……"

孟国伟的举动和许盛想的完全不一样。他以为昨天他已经说得够清楚了，这要换了其他老师，保准懒得再花精力在他身上。许盛不清楚孟国伟葫芦里卖的什么药，他站直了身子，打断道："我不想认识。"

他这话显然说得晚了一步，身后传来一声"报告"。

这个点办公室里的人很多，都是各班趁着升旗仪式结束的空当来办公室交作业的课代表，但这道声音实在让人难以忽视，像炎炎夏日里突然冒出来的一股凉气。难以忽视之余甚至还有一丝耳熟，以至于许盛在这片喧闹得如同菜市场的地方将"报告"这两个字听得格外清楚。

"你来得正好，"孟国伟放下水杯，"作业收齐了？"

"差一份。"

许盛漫不经心地垂着眼，先看到一抹灰蓝色校服衣角，然后身侧那人把一沓作业放到桌上，于是许盛目光往上挪两寸，看到一只骨节分明的手横在眼前。腕骨突出，手指很长。

孟国伟想问差谁的，但看到边上刚才做完检讨的许盛，就明白这问题压根不需要问："你昨天请了假，对班级里人还不太熟悉。刚好那个没交作业的人就在这，你们……认识认识，以后收作业也方便。"

"我从来不交作业，方便不到哪儿去。"许盛说着看到了边上那位学神的正脸，邵湛闻言也正好向他看去，四目相对间，许盛嘴里剩下的那句"还有别的事没有"转了个弯："怎么是你？"

还是那身过于板正的校服。少年由于肤色白，衬得头发异常黑，五官长得很突出，全靠那一副"离我远点"的冷淡表情才冲淡一部分五官带来的侵略性，往那一站仿佛整个人都和周遭隔开了。许盛之前那个关于"六中校服有那么好看吗"的问题得到了答案，因为在办公室那么多穿校服的人里头，确实只有他穿得出挑。

孟国伟喜出望外，欣喜之情溢于言表："你们认识？"

何止是认识，连过节都有了。两人几乎同时回答——

"算是吧。"

"不认识。"

许盛有些不服气，邵湛这句"不认识"说得一点起伏也没有，冷淡至极。孟国伟也糊涂了，他摸不着头脑地想：那到底是认识还是不认识？

许盛现在说不上是什么心情，他一晚上都在写检讨，边写边咬牙，心说要是让他知道是谁，半夜没准能冲进对方寝室将对方蒙被子打一顿。结果对方压根不记得这事。"宿舍楼，三千字检讨，"许盛说，"或者我提示得再明确一点，墙。"

邵湛昨天请了假，晚上坐车往学校赶，走到宿舍楼门口看到有人在翻墙，确实没在意翻墙的到底是谁。宿舍楼里人来人往，也有不少回寝室后换下校服的。他这会儿才把眼前这人和刚才走了一长段距离走到升旗台上，张嘴第一句话就引发全校轰动的人联系到一起。邵湛明显是没什么话想说。他垂下眼看许盛，勉强点评了一下这次检讨："检讨写得还行。"

许盛更气了，心说，用你说？

孟国伟听不明白，决定直接切入主题："你俩要是认识那真是太好了！是这样，班里有几位同学申请换座位，我打算小幅度调整一下咱班的座次，初步规划是让你们两个坐一块儿，你们没有什么意见吧？"

两人又是同时出声——只不过这回倒是默契十足："有。"

许盛是真没办法在办公室里待着了，面前是不知道在想什么说要给他介绍同学认识的新班主任，边上是昨天刚结下梁子的同班同学。他怕自己不理智。"老师，我跟这位邵湛同学……"许盛不知道怎么说，最后憋出一句，"我俩……八字不合。"

孟国伟觉得自己没听明白。许盛不管，还在努力："人和人之间相处，讲究个合眼缘。就像强扭的瓜不甜一样，强行安排的同桌他也不和谐。我跟我现在的同桌处得挺好的，氛围也很和谐，志同道合，我睡觉他听课，谁也不影响谁。"

孟国伟试图解释，许盛又说："勉强来的同学感情不会有好结果。"

孟国伟彻底糊涂了，许盛自己也觉得这话越听越奇怪，于是干脆直接拉开办公室的门："反正检讨我也写了，至于处分，想怎么弄就怎么弄吧，没别的事我就回教室了。"

孟国伟第二次被许盛这样呛，那态度一摆出来就是大写的"拒绝沟通、软硬不吃"，他想说教都压根找不到地方下手。

一个走了，还剩下另一个，孟国伟整理好心情，转向邵湛："你也不想跟他当同桌？"

"是。"

孟国伟今天连撞两堵墙，有点沮丧："我能问问理由吗？"

邵湛的理由就现实很多，纯粹因为换座位太麻烦而已，他也没有兴趣去认识谁："麻烦。"

孟国伟的"一带一"计划连第一步都没迈出去，直接胎死腹中。

要说许盛不好相处，多少带点偏见。在孟国伟看来，邵湛才是真正不好相处的那个。孟国伟第一次见到邵湛是他高一那会儿，虽然孟国伟不教高一，但负责高中组的各项竞赛。那是数学竞赛培训的时候，整个会议室就只有邵湛一个高一的。孟国伟本着参与就是胜利的心态，特意给他准备了一套竞赛基础题。结果少年坐在最后一排不到十分钟，就把填好答案的卷子拍在他面前："下次不用特意给我准备基础题。"竞赛准备期一个多月，邵湛独来独往，没有跟任何人交恶，但也没见他和谁关系好，盯着卷子的神情都比看全会议室里的人时有温度多了。

孟国伟沉默两秒，打算换个角度实施方案："那行，还有件事，昨天你不在，咱班班委还没选齐，有没有什么想担任的职位？"

"之后还要准备竞赛，可能没时间精力。"

邵湛把孟国伟的话挡了回去。但孟国伟不肯轻易放弃，他一拍大腿说："这不是巧了吗，我给你留的这个职位刚好不需要花费什么时间，也不耗费精力。"

邵湛听出班主任是打定主意想让他当这个班委了："您说吧。"

孟国伟高兴地说："咱班正好缺个纪律委员！是不是花不了多少时间？刚好合适，你管许盛……啊不是，管纪律的时候，重点注意一下咱班许盛。他可能时不时地会翘课、翻墙出去、夜不归宿、校外斗殴……"

许盛回班的时候还不知道孟国伟在背后憋了大招。张峰听说学神今天销假来上课了，早操结束后又趴在七班窗户那张望。许盛不在，他就找许盛同桌聊天："勇士，你说我怎么每次都和学神擦肩而过，难道我跟他真的没有缘分？"

许盛同桌是个戴眼镜的男生，看着文文弱弱，外号却叫勇士。除了名字里刚好有个"勇"以外，还因为他敢于坐在许盛旁边，并且顺利存活了两天。李明勇其实压根没有那么勇，因为公交车临时故障，报到那天他到得也晚，跟许盛两个人前后脚挨着，根本没得选。走进七班的那一刻，他差点就想当场结束自己的高中生涯。

李明勇对校霸的这位朋友也心怀敬畏："学神去办公室了，你可以下节课再来。"

张峰突然又聊起了别的："你说话为什么抖？跟我们老大做同桌有什么感想？"刚在老师办公室里被许盛形容成"氛围和谐、志同道合"的同桌李明勇在心里说：想退学。"我们老大一不打人，二也很少骂人，很讲文明的。"张峰说，"你用不着那么害怕。"

说话间，许盛正好走到窗户边上，他没进教室，站在张峰边上，倚着窗沿问："害怕什么？"

张峰惊喜回头："聊你呢，你同桌好像挺怕你的。"

许盛一点自知之明都没有，他自认这几天什么事都没干，上课不是睡觉就是玩手机，出去罚站的时候还能给同桌营造出绝对安静的学习氛围，所以对孟国伟说的话也不全是谎话。"我跟我同桌关系挺好的。"说完，许盛又问，"是吧，李勇？"

李明勇心说，我不敢说不是。

张峰都服了："人家叫李明勇！连我这个远在一班的都记住了，你怎么回事啊？"

许盛摸摸鼻子，避开了这个话题，他早上忙活了一通，还没吃东西，这会儿后知后觉饿了："有吃的吗？"

张峰从口袋里掏出来一盒烟。许盛看了他一眼，张峰自觉把烟塞回去了。这位六中校霸不抽烟，光这条就一点也不符合校霸的人设。张峰又掏半天才掏出来一根棒棒糖："只有这个了，你没吃早饭？"

"昨天晚上光顾着写检讨，早上睡过了。"许盛原先手肘抵在窗户边上，接过糖之后转了个身，背对着窗户边剥开糖纸边问，"你又来七班乱晃什么？"

张峰一句"来看笑话，你不是说你不会被抓的吗"没来得及说出口，上课铃正好响了，他急急忙忙倒退着走，边走边说："不聊了，下节是我们班老李的课，我要晚进班一秒能被他扒得皮都不剩。"

许盛单手插在裤兜里，随意地冲他摆了摆手，然后也叼着糖进了教室。他坐在椅子上，这会儿才想起来看看这节是什么课。他整个人往后仰，眯起眼，却发现黑板角落被一个人挡住了，恍惚中只能看到扣到最上头一颗的校服纽扣，再往上是少年突起的喉结、黑发、冰冷的表情。等邵湛往教室后排走，角度错开，许盛才看清黑板上写的是"物理"两个字。许盛三两下把嘴里的糖咬碎了，接着用这种翘着椅子脚后仰的姿势低头在桌肚里翻书，他的书领回来什么样现在还是什么样，扉页连名字都没写。

　　正翻着，听到班里有人惊呼一声，接着整个班都开始窃窃私语。

　　许盛没抬眼，却也注意到窗外照进来的阳光被人挡住了，本来他整个人都浸在阳光里，这会儿跟变天了似的突然暗下来，连带着桌面上也投映出一大块阴影。

　　他是被迫抬起头的。

　　邵湛越过前面几排同学，没有直接回自己位置，他走到过道另一边，微微俯身，两根手指掐在许盛叼着的那根棒棒糖棍子上，许盛一怔，那根白色塑料棒直接被邵湛抽走了："上课不准吃糖。"

第三章 一声雷鸣

邵湛这句话说完,班里的议论声也戛然而止,教室里静得连呼吸声都听不到了。

七班同学看到分班表之后就火速建立了班级群,暂时还没老师的那种。建群的初衷完全是为了有个地方能和战友一块儿哭,提前"展望"自己噩梦般的高二生活,再顺便互相鼓励坚强地活下去。但除了老师和校霸不在群里以外,学神邵湛也不在。学神不在群里这件事完全是因为大家出于对偶像的敬仰,不好意思加好友,再有就是高一和邵湛同班过的人说他不看班级群,恰巧当时邵湛请了假。没想到这会儿倒是给他们制造了聊八卦的机会。

在这片诡异的沉默中,班级群里率先有人发言。

[同学A]:哇哦。

[同学B]:那个,他俩什么情况啊?看起来好像不太对?

[同学C]:我这有个消息,不保真,据说昨天校霸翻墙被抓,就是学神逮着的。

[同学A]:精彩,你这是哪里来的消息?

[同学C]:宿管是我一同学的表弟的二大爷,我从他那儿听来的,虽然关系有点远,可信度应该还是有的。

[同学D]:那校霸和学神这不是结梁子了吗?不愧是学神啊,连校霸都

敢动,勇士知道吗?@李明勇

[李明勇]:我不知道……

[同学D]:我不敢回头,勇士播报一下,现在校霸什么反应?

[李明勇]:我也不敢看……

[同学D]:勇敢点!是不是男人!

李明勇隔十几秒才回:反应……看起来……有点危险。

许盛嘴里刚咬碎成几块的糖化开,味道特齁,一股脑冲上来,冲得他一下子蒙了。蒙完第一个念头:邵湛是不是有病?

只有邵湛像没事人似的,把塑料棒扔进后边的垃圾桶里,拉开跟许盛隔着一道说宽不宽说窄不窄的走道的座位坐下了。

"今天怎么这么安静?"物理老师拿着实验器材进门,本以为她迟到几分钟班里肯定乱成一锅粥,没想到却这么安静,"表现不错,回头向你们老孟重点表扬表扬。"

物理老师三十岁不到的年纪,短发,雷厉风行。她把实验器材放下,又从粉笔盒里挑了一根粉笔,单手折断后说:"今天上第二课,都提前预习过了吧,留的几道题做出来没有?"

大家纷纷翻书,一时间只有"哗哗"翻书声。

许盛用尽平生所有的素质以及理智,才没有当堂冲过去质问邵湛是不是有病。他本来打算课上补觉,这会儿也没了困意,翻开书,破天荒跟着老师听她讲了两道公式。但听没听明白就是另一回事了。

许盛好不容易缓过劲,课上到一半,张峰发来的消息让他那点仅存的理智直接烧没了。

——听说学神抢你棒棒糖吃?

张峰八卦心切:是不是真的啊,刚从四班顺着传过来的消息,他为什么抢你糖?

这种传言一传十十传百,传到后面整个变了味儿,能从小明的爷爷活了一百岁传成小明没有爷爷。

——你们无不无聊。

——没抢糖。

——他……

许盛那句"他就是个神经病"还没打完,桌沿被人敲响了。

"手机,"邵湛说,"收了。"

邵湛说这话时甚至没转头,只是在听课间隙伸手用笔敲了他桌沿两下,教室两组间过道隔得并不远,不过一条手臂的距离。

许盛先是一愣,转而气笑了。他舔了舔后槽牙,把手机直接扔进桌肚里,"砰"的一声。他觉得他要再忍下去真能气出病来。许盛真生气的时候脸上反而习惯性带着几分笑意,跟网吧外面威胁人那次一样,乍一看还以为他挺心平气和的。

"你什么意思?"

李明勇拖着椅子往边上挪。

邵湛勾着笔在书页上简略画了公式重点,他其实也懒得管边上这位又吃糖又玩手机的,碍于班主任在办公室里明里暗里几番暗示,勉强挤出一丝耐心说:"上课时间禁止闲聊。"

"我聊不聊天关你屁事?"

"'禁止闲聊'这四个字你要是听不懂,我换种方式,"邵湛转而吐出两个字,"闭嘴。"

前桌也开始拖椅子。

许盛毫无退让的意思,他往后仰,靠着椅背说:"我话只说一次——别管我。"

温度骤降,气氛越来越微妙。

"我也只说一次,想聊可以,"邵湛这才抬头,他松开手,笔落下去,话锋跟着一转,冷声道,"聊完交三千五百字检讨上来。"

许盛没话了。

"还聊吗?"邵湛问。

"不聊就把头转回去,听课。"

许盛在临江六中肆意妄为横行霸道,第一次撞得头破血流。他还真没见过这种不光不怕他,还一副"不管你服不服,都得给我服"的架势。

传言愈演愈烈,学神和校霸不对付的传闻从七班顺着走廊一直传到一班,最后不光高二年级组集体震惊,甚至连整个高中部都沸腾了。

邵湛的出名和许盛不同。从以中考分数全校第一为开端,入校第一天别说全年级了,几乎全校都知道六中来了一位学霸,这学霸长得还贼帅,就是有点生人勿近。学号1号,不管大考小考稳居第一没下来过,第一考场常驻嘉宾,校门口大字报越贴越多,全是奖状。而许盛自高中入学以来完全走在邵湛的反面。总之实在很难把两个人联系在一起。

玩手机、睡觉、吃东西、看漫画……这些对许盛来说全成了过去式,校规倒是莫名其妙背了不少。这导致张峰发消息过来问晚上去不去网吧的时候,他差点就回过去一句"放学后严禁外出"。许盛回消息的时候放学铃已经打响,他把充电宝拔了,边起身边回:去。

最后一节课跟上节调了课,和昨天一样,还是生物。生物老师在台上跟课代表对比勾选的作业题,眼睛一瞥,正好瞥见许盛往外走。她昨天刚在许盛身上碰过钉子,新仇旧恨混一块儿,头一次见这么没规矩的学生,决心要好好收拾收拾他,沉声道:"许盛你出来一下。"

生物老师踩着高跟鞋越过几排空桌椅走出去,把他带到走廊尽头没什么人经过的地方停下了:"作业又没交?"

许盛就近找了根栏杆倚着,"嗯"了一声:"不会。"

附近班级人潮往外涌,生物老师气不打一处来:"不会写就好好听课!说一句不会就行了?"

许盛左耳进右耳出,这类谈话听多了实在不痛不痒,甚至还能分出点心思去看走廊墙上挂的壁画,灰棕色相框里夹了张人物画像,下面是一句励志名言。他是被生物老师的那句"你以后到底想干什么"唤回来的。

生物老师声音尖细,她提高了嗓门,像根针似的直直地扎过来:"你这样跟那些混吃等死的人有什么差别?脑子里什么想法都没有,没有喜欢的东西,也不知道自己以后要干什么,整天混日子。"

这拨放学人潮总算涌完了,走廊上空荡荡,没几个人影。向来伶牙俐齿和老师对战未尝败绩的许盛罕见地半天没回话。

——老大，你人呢？

——我游戏都打三局了，不是说好老地方见的吗？

——你还来不来了？

张峰在网吧里苦等，最后捞过手机打下最后一句：你要是再不来，我妈就要催我回家吃饭了！

等许盛回过神发现自己在哪儿的时候，他已经下了公交车。他在车站附近站了会儿才给张峰回：有点事，不来了。

面前是熟悉的巷弄，建筑很老，哪怕每年都刷新墙皮，也依旧盖不住内里苍白老旧的纹路，道路两旁的梧桐树枝叶挤在一起，热烈的蝉鸣跟着枝叶一起笼罩着整条街道。

许盛顺着街道走了会儿，天色渐暗，他停下脚步，面前是一小间废弃仓库。这仓库以前也不知道是用来装什么货物的，铁门早已生了锈。许盛把手伸进T恤领口里，顺着不起眼的细黑绳摸出来一把铜黄色钥匙，他平时造型就招摇，脖子上戴着根黑绳并不算什么，也没什么人注意。知道这扇门难开，许盛单手握上门把，把门拉紧了才把钥匙插进去，拧开。

推开门便是一声刺耳的"嘎吱"声。

这间仓库不过二十多平，地上横七竖八倒着不少空油漆桶，房梁一道一道地将屋顶隔成长条形，和整个仓库环境格格不入的是仓库正中间立着一个画架，两边堆的全是画纸。没有画凳，画架面前只有一个半米高的旧货箱用来坐人。货箱边上散落几页素描稿，最上面那张画的是小卫[①]，石膏像线条干净利落，明暗堆得极富冲击力。墙上还贴着几张从参考书上撕下来的范例画。

许盛也不知道自己过来干什么，他把仓库门关了，三两步跨过去，就着从天窗洒下来的那点光亮在旧货箱上坐了会儿。他屈着一条腿踩在画架最下面那条横栏上，盯着面前空白的画架看，用钝了的4B铅笔摆在卡槽里。等从天窗洒进来的仅剩的那一点光也没了，许盛才忽然一脚蹬地，从

---

① 小卫：朱利亚诺·美第奇，因其雕像的头发与作品《大卫》相似而得名。

旧货箱上起来，捏着钥匙塞回衣领里。

公交车车次间隔得久，半小时一辆，许盛出去一趟再回到学校刚好赶上门禁时间。

要是以前，这都不算什么事，翻墙回去就行，但他现在对翻墙有阴影。而且不知道为什么，他右眼皮无端开始跳，许盛心里隐约有个不好的预感。等他三两下翻上去，屈腿蹲在围墙上，一眼看到熟悉的校服后，许盛觉得老天爷可能确实在玩他。

"你闲着没事干——"许盛说到这断了一秒，深吸一口气说，"特意在这蹲我？"

邵湛虽然在孟国伟的再三恳求之下暂时接任纪律委员这个职位，但他没闲到这种程度，纯粹是凑巧："我没那么闲。"他不闲，但翻墙正好翻到他面前，也不能不管。邵湛又说："下来。"

下去就是三千五百字检讨。许盛正打算跟他好好商量商量，奈何之前准备往下跳的冲力没收住，脚下力道失衡——

邵湛刚走到围墙下，眼前就是一片白，许盛身上的衣服被风吹得向后扬起，远看像只白色的飞鸟，然而这只鸟并不能逃脱地心引力，正以惊人的速度往下坠。

轰！

霎时间风起云涌，不知哪里响起一声惊雷，电闪雷鸣间整片夜空开始闪烁。

"同学……能听见我说话吗，同学？"
"奇了怪了，怎么还不醒？"
"你不是说他没什么问题吗，既然好端端的，怎么叫不醒？"
"都检查过了，这确实是没发现什么问题。"
这些声音好像隔着一层膜，不太清晰地传进许盛耳朵里。
"哎，顾主任你别急。"
"什么别急，他俩一块儿在墙下躺着，瞅着跟两具尸体似的，我能不急吗！他身上真没有打斗痕迹？不是许盛那小子干的？"

听到自己的名字，许盛意识清醒了些，伴随而来的还有剧烈的头疼，这份疼痛感一直延续到大脑神经末梢，导致他没有反应过来自己的名字出现的角度似乎有些不对。

年级主任姓顾，江湖人称"顾阎王"，在临江六中颇有威望，传说没有他治不好的学生——直到他的教学生涯里出现了许盛。许盛整个高一都在和顾阎王斗智斗勇，顾阎王让他往东他就往西，升旗台上互呛那都是常规操作，一句"我错了，但我不保证下次不再犯"把顾阎王气得当场暴走："许盛你给我回来，老子不给你点颜色看看，你是不知道花儿为什么这样红！你给我站好了——"

然而顾阎王此刻语气堪称温柔。他正用一种许盛从未听过的，并且很容易让人起一身鸡皮疙瘩的语气在他耳边说："孩子啊……"

许盛彻底清醒了。

"醒了醒了，我就说没事吧！"校医惊喜道。

许盛睁开眼，发现自己躺在一间陌生的寝室里，眼前是顾阎王放大的脸，中年男人略微发福的面庞上满是担忧："你知道我有多担心你吗？"

许盛有些不敢确定：真不是想打我一顿让我知道花儿为什么这样红，而是担心吗？

许盛刚醒，整个人都有点蒙，脑子转不过弯来。他后知后觉地发现疼的地方是后脑勺，紧接着才慢半拍地想：不过两米高的墙，摔下来最多也只是崴个脚，现在居然晕过去了？

顾阎王的目光越发慈爱："你赶紧动动胳膊，动动腿，看看有没有哪里伤着。头疼不疼？渴吗？我给你倒杯水？"

"不用。"许盛受宠若惊，然而一出声，他被自己发出的声音震住。

"你这孩子，跟我客气什么。"

许盛撑着床板坐起身来说："我真不……"不想喝水，也不敢劳驾您给我倒。

如果刚才可能是幻听的话，那他这回确定了，这不是他的声音。

许盛后知后觉地抬起手。他的手长得比其他同龄男生的要细一些，小时候总被老妈说跟个小姑娘似的,为此他还曾一度有过逆反心理。然而面前这双手指节修长,手指挺直分明,肤色是冷淡的白。许盛目光往下移半寸,入目是他从入学第一天起就没有穿过的六中的标志性灰蓝色校服。

顾阎王还是去倒了杯水。他从饮水机下面拿出一次性纸杯,并且十分贴心地在冷水里兑了点热水:"可把我吓了一跳,他们给我打电话的时候我正好下班,说你和……"

许盛没有理会他,他猛地下了床。寝室墙上有一面镜子,估计是上一届学生留下来的,平时不怎么使用,看着有些旧。他冲到镜子前,镜子里赫然是一张熟悉且高冷到仿佛写着"滚开"这两个字的脸。

顾阎王松开热水按钮,说出后半句话:"说你和许盛两个人躺在地上,你老实和我说,是不是许盛那小子打你了?"

孟国伟已经在许盛宿舍里转了三圈了,他双手背在身后,万分焦灼。但等"许盛"醒来的时候,他已经冷静下来并整理好自己的情绪了:"你是不是打人了?"

"我说了多少遍,要遵纪守法,同学之间相互友善,怎么能……"孟国伟这句话说得艰难,"怎么能动手呢?还把人打得躺在地上,结果两败俱伤,多大仇啊这是。"

打人?打什么人?邵湛睁开眼就背上"不遵纪守法把同学打趴在地"的罪名。邵湛压根听不懂孟国伟在说些什么,他试图回忆被砸晕之前看到的最后一个场景——许盛带着风往他身上撞,鼻梁狠狠撞在他胸口,他被撞得没支撑住,两人齐齐倒下。

邵湛想到这里,不知道为什么感觉鼻梁也跟着隐隐作痛。几秒后,他发现这疼痛居然是真实的。孟国伟还在继续细数许盛的罪状:"平时上课睡觉,成绩考得一团糟,这些也就算了,现在居然还对同学使用暴力!"

邵湛第一次在孟国伟面前觉得有些惊慌。

孟国伟对眼前这位问题少年谈不上讨厌,除了许盛倔起来一副"你别管我"刀枪不入的样子外,其他时间他还是嬉皮笑脸的,你说什么他都没意见。毕竟是自己班学生,生气之余也略有些偏心:"这事连顾主任都惊动了,就是校长来了也救不了你,你自己好好反思反思。"

邵湛在短短数十秒之间理清了现在的状态,这里是寝室没错,但显然不是他的寝室。他不会往寝室墙上贴漫画海报,书桌上也不会一本练习题都没有,更别提他身上穿着的好像是许盛的衣服——许盛平时夸张的行事作风完全贯彻在穿衣这件事上了,身上这件白T恤很难不引人注意。

孟国伟严厉且语重心长地继续教育:"我们临江六中的校训是什么?是文明、和谐!"

邵湛打断他:"这是哪儿?"邵湛这话一说出口,准确说是少年清亮、张扬的声音一出来,甚至不需要孟国伟回答,所有疑问都自觉指向了某个最为奇幻,也最不可能的答案。

"你自己寝室都不认识了?"孟国伟愣了一秒之后,出奇地愤怒了,"你别跟我装傻!犯错了就要认,男子汉大丈夫一人做事一人当,你起来,去跟邵湛同学道个歉。"

另一边,许盛还在做最后的挣扎,他现在满脑子都是镜子前那张脸,根本没办法接受自己跳个墙就跳到别人身体里去了这件事。

"顾阎……顾主任,今天周几?"

顾阎王说:"周三啊。"

"人类进程发展到了哪一年?"许盛闭上眼,脑海里一下闪过好几部科幻大片,领军的是《迷失在时空夹缝的那些年》,"今年是2019年?"

顾阎王忧心忡忡:"今年不光是2019年,你现在还正在临江六中,咱们刚考完摸底考你还记得吗?你是不是撞坏脑子了?"

许盛确认了他不是在做梦。

顾阎王看着一向冷静理智的邵湛同学突然间开始胡言乱语,对罪魁祸首更是深恶痛绝:"这许盛真是干啥啥不行,惹事总是第一名。"

不管时空夹缝是不是真的存在,也不管他有没有在做梦,但有一点是人的本能。邵湛跟在孟国伟身后进对面寝室的时候,许盛已经跟顾阎王聊了有七八分钟:"我现在这个情况跟他没关系,顾主任,你误会他了,我得为许盛同学正名,他这个人虽然看起来桀骜,但优点也不少。长得帅这就不用提了。当然除了这点,他身上也有很多优秀品质,比如内心其实很善良,平时对同学十分友善,乐于助人。"许盛说得挺像那么回事:

"啊，还有一点，与众不同，很有个性，我很欣赏他。"许盛最后简单地做了一番总结："所以说许盛这个人，不是你想的那样。"

顾阎王听得恍恍惚惚："是吗……"我们认识的是同一个人吗？

正一把推开门的孟国伟和跟在后面的邵湛被许盛的一番话震住了。

任谁发生了这种事都冷静不下来，邵湛刚把自己从崩溃边缘拽回来，一下又被许盛踢了回去，他站在门口说："你出来。"

许盛头一回发现自己那张脸能冷成这个温度。

顾阎王和孟国伟两个都弄不懂这是个什么情况，但刚才听邵湛夸许盛夸那么半天，夸得他们都开始错乱了，又看这两人看起来精神状态不错的样子，心想应该没什么大问题。

"也行，那你们俩回去好好休息，"顾阎王说完又说，"对了，打架这事是老师误会你了，但翻墙这事你躲不过去，明天交三千五百字的检讨上来。"

邵湛僵了僵，隔几秒才反应过来顾阎王这话是对他说的。居然还要写三千五百字的检讨！许盛一时间不知道该同情谁。

两人最后去的是许盛寝室，许盛这才知道两人住的是对门，门关上之后，两人面对面干站着，想说什么又说不出。

最后是许盛先爆了一句脏话，接着说道："这怎么回事？"

邵湛听不得许盛用自己的声音骂脏话："别骂脏话。"

"行，"许盛不太舒服地抬手把校服纽扣解开一颗，然后翻开自己书桌抽屉，掏出一叠A4纸，外加一只黑色水笔，"那先写检讨。"

邵湛看他这架势，不像是要自己写检讨的样子："谁写？"

虽然现在情况非常匪夷所思，但撇开这些不谈，许盛算是找到机会报那一墙之仇了："谁是许盛谁写！你要觉得你现在不是，出去喊一嗓子看看有人信吗？"

第四章 首度合作

许盛寝室里要什么什么没有，A4纸倒是一大堆，全是写检讨用的。顾阎王不止一次感慨过他要是能把写检讨这份激情用到学习上，平均成绩怎么着也能上五十分了。

邵湛在桌上这沓厚度大概有五厘米的A4纸冲击下，一时间也忘了现在这种诡异的情况："你打算出书？"

许盛把手里的纸笔一块儿拍桌上："你先写再说。"

邵湛冷静下来，提醒他："我字迹跟你不一样。"

许盛对自己那狗爬一样的字很有自知之明："我那字简单，你用左手写就行，写出来肯定跟我一样潇洒。"

出来混总是要还的。邵湛白天刚拿检讨这事治过他，没想到现在检讨落到了自己头上。邵湛握笔，用左手写出歪歪扭扭的三个字"检讨书"，手边有许盛上回写检讨时丢弃的废稿，乍一眼看过去字迹对比起来还真没什么差别……许盛这字真挺让人服气的。

高二住宿的人并不多，除了个别寝室住着两个人以外，宿舍楼里基本都是单人寝室。临江六中并不强制住宿，对住宿生提的要求也都尽量满足。邵湛是自己申请的单人间，但许盛不是，他并不排斥舍友，事实上他不是不爱交际的性格，但也得有人愿意跟他当舍友才行。

桌椅就一套，许盛找不到地方坐，直接在挨着课桌不远的床位上坐下了。许盛开始还担心学神不会写，砸自己招牌："你会写吗？"

邵湛没搭理他。

许盛屈起一条腿，手肘搭在膝盖上。几门学科考题一道不会，检讨心得倒是讲得头头是道："一般检讨结构分三大块，认错、拍马屁，再加上展望未来。认错这块很好理解，拍马屁就是吹吹老师和学校，什么临江六中是非常有秩序的中学，教学育人，为社会做出了巨大贡献。展望未来随便扯点就行。"许盛不知不觉给学神上起了课。

邵湛终于动了，他把A4纸翻过去一张，垂目说："别烦。"邵湛说话时习惯性压短尾音，不像许盛似的还懒懒散散往后拖，这样说话导致的结果就是听起来非常冷酷。许盛听得心情微妙，心说这位现在在自己身体里的学神，怎么看起来比他更像个校霸。

不得不说，写检讨确实是一个能让人在最短时间内冷静下来的方法。抛开一切，只剩检讨。邵湛这三千五百字写得很快，许盛不禁思考是不是学霸的脑构造和常人不一样，怎么写检讨这种事也那么有天赋。

等邵湛写完，两人都已经被迫接受了现在这个局面——许盛跳墙，跳下来砸在邵湛身上，然后就跟网络上无数本穿越小说描写的那样——他俩，穿了。

寝室外面没有一点下过雨的迹象，划开手机，天气预报从昨天到后天一整排都是大太阳……许盛都不知道自己跳墙那一瞬间的惊雷是从哪儿冒出来的。

许盛身上那套校服穿得他浑身上下都难受，他刚才已经解开一颗衣扣，坐在床上难受半天，又抬手把第二颗也解开了。衣领顿时大开，顺着凸起的喉结往下，整片锁骨露在外边。邵湛平时一副禁欲冰山样，这会儿坐在床上的样子要是让其他同学见了，可能要怀疑人生。其他同学看见了会怎么样邵湛不知道，他自己先看不过去了："衣服，扣上。"

许盛做事向来自在随心，于是好奇地问："你扣成这样不勒吗？"

邵湛重复第二遍："扣上。"许盛啧一声，勉强把第二颗给扣上了："打个商量，只能到这，再往上我受不了。"

从跳墙到陷入昏迷，折腾完检讨已经是夜里十点，再去纠结目前这个"灵异"问题已经没有意义了，因为根本没有答案。与其琢磨这个，不如寄希望于一觉醒来发现两个人已经换回来了来得实在。

好在宿舍楼只需要进出时签到就行，熄灯以后不会再安排宿管查寝，两人决定还是按原来的宿舍住。邵湛出门时，许盛倚在门口，突然冒出来一个念头："你今天晚上洗澡吗？"

这个问题一出，两个人一起僵住了。

邵湛走后，许盛把灯关了，摸黑进浴室。

他不知道邵湛那边现在是什么情况，虽然知道躲得了一时躲不了一世，他还是决定能躲一时是一时。当他闭着眼脱衣服、闭着眼推开玻璃门、闭着眼凭感觉去拧淋浴开关……然后一股滚烫的热水倾泻而下的时候，他忍不住爆了一句粗。

这澡洗得实在艰难，许盛觉得他快疯了，已经在崩溃边缘。许盛胡乱把头上的泡沫冲下去，这才后知后觉发现后背有点疼。他关了水，低头甩了甩头发上的水，扯过毛巾挂在脖子上，心想可能是之前摔倒的时候蹭到了地上的石子，刚才又被热水烫了那么一下，伤口痛觉才被放大了。

许盛借着浴室里那一点微弱的、从窗外照进来的光凑在洗手池镜子前，侧身去照。由于人体可动性有限，许盛扭得脖子都快断了也只能照到半片肩膀——说实话，邵湛身材真挺不错的，连腹肌都有。还是十七八岁的年纪，有肌肉也并不夸张，透着少年人特有的朝气。肩胛骨突起，清瘦而……而……许盛后边的形容词一下卡住了。他顿了顿才往镜子面前凑，虽然由于角度问题看得不是很清楚，加上脖子也实在已经酸得不行，但如果他没瞎的话，邵湛肩胛骨处确实有一片刺青。

临江六中是很传统的文化类学校，规矩多，许盛平时犯的那些已经算得上"重罪"，但十条加起来怕是也比不过学神这一条。邵湛平时作风跟纪检委似的，连校规都倒背如流，身上居然有文身？许盛愣了愣，没有再看，之后才反应过来他好像撞破了什么秘密。

邵湛情况也不太好。他关上门，寝室跟昨天一样，刚刷过的《高考模拟卷》摊在桌上,什么都没变。几分钟后,他光着上半身,迟迟进行不了下一步,僵持间才发现脖子上有什么东西,贴在胸口,冰冰凉凉的。邵湛低头看去,发现是一把钥匙。谁能想到堂堂校霸会往脖子上挂钥匙?邵湛一瞬间想到那种无家可归的可怜小孩,但对着镜子里这张连眉眼都透着"不正经、不好惹"六个字的脸,很快又把这个念头从脑海里赶了出去。

这个夜晚,注定难眠。两人都在想着也许睡一觉就好了,明天早上睁开眼,自己还是那个……

许盛和邵湛两人睁着眼直到半夜才睡着,又先后被从窗外照进来的阳光照醒。他们抬手遮住眼,缓了会儿才起身。洗漱时再次面对镜子,镜子里还是那张让人绝望的脸。于是他们不得不承认一个残酷的现实:许盛还是那个"邵湛",邵湛也还是那个"许盛"。

这个点,校园已经在晨曦的照耀下热闹起来,陆陆续续有同学收拾完仪容仪表从宿舍楼往外走。

"食堂见啊。"

"哎,你作业写了吗?等会儿借我参考参考。"

"你那是参考吗?你那是抄!"

"兄弟之间,分得那么清楚做什么,你的作业还不是我的作业。"

许盛用手捧了一把水,把脸埋进去,发现一夜过去,他对现在这个情况已经没什么想法了。有时候人的接受能力就是这么强,相信今天不管发生什么,他都能够波澜不惊,冷静地处理。许盛这样想着,洗漱完拉开门,好巧不巧对面寝室门也刚好开了,然后他看到"许盛"穿着一身校服出现在寝室门口。许盛的理智开始动摇。

邵湛受到的冲击也不小。"邵湛"穿了一身带字母图案的T恤,下边搭的还是一条破洞牛仔裤,那架势仿佛下一秒就要去街头玩滑板似的。

两人身高差得不多,衣服倒也勉强能穿。

许盛和邵湛两人很少有那么异口同声、想法一致的时候,但这时是:"你穿的这是什么?!"

"我不穿校服……"他顿了顿,又说,"总之你给我换下来。"

邵湛脸色也不好,他冷着脸说:"你也把衣服换了。"

最后两人各退一步，换完衣服，口头约法三章：第一、人设不能崩；第二、人设不能崩；第三、人设不能崩。虽然不知道这事什么时候能结束，但平时规规矩矩的好学生一下放飞自我，这对老师、同学以及好学生本人来说都是巨大的冲击。坏学生同理。

约法三章结束后，邵湛问："你早自习一般都干什么？"

"睡觉。"许盛觉得这对邵湛来说可能还是有点困难，又补充道，"睡不着的话我桌肚里有两本漫画。到你了。"

像这样总结归纳自己早自习生活的情况实在诡异，邵湛沉默一会儿才说："背单词，收作业。"许盛想了想：这倒也不是很难。

两人都默契地没有提文身和钥匙的事。虽然现在两人是特殊情况，但严格说起来这算个人隐私，再说了，他们的关系也没熟到这分上。

等许盛吃过早饭进班，高二（7）班人已经到得差不多了。他进班之后翻了半天才找到《高考英语词汇手册》，随便翻开一页撑着下颚看了起来。邵湛同桌是一位戴眼镜的男同学，许盛对此人印象不深，但毕竟只隔着过道，知道他平时学习挺认真的，属于死读书的类型。

许盛词汇手册还没翻几页，同桌就小心翼翼拿笔戳了他一下。

许盛侧头："有事？"

同桌对学神的爱戴之情如滔滔江水，只不过性子内向，有些害羞。许盛见他涨红了脸，像是鼓起了巨大的勇气才从身后拿出来一本《高中数学加强练习题》："学神，有一道函数题，我看了答案，还是不太懂。"同桌说着，翻开那本令许盛一瞬间肝颤的绿皮练习册：

已知函数$f(x)=|x-a|$，$g(x)=x^2+2ax+1$（a为正数），且函数$f(x)$与$g(x)$的图象在y轴上的截距相等。

(1) 求a的值；

(2) 求函数$f(x)+g(x)$的单调递增区间；

(3) 若n为正整数，证明：$10^{f(n)} \cdot (\frac{4}{5})^{g(n)} < 4$。

这些字分开许盛都认识，但合起来许盛是一句话也看不明白。他甚至想反问邵湛同桌截距是什么。也很想问一问邵湛本人，说好的早自习活动里为什么没有给同桌讲题这一项。这题——他不会。

不光许盛凌乱，和许盛只隔着一条过道并且清楚听到"函数题"这三个字的邵湛也好不到哪儿去。饶是邵湛再冷静，此刻也不敢去想接下来的画面。

邵湛进班之后在李明勇恐惧的目光下把椅子拉出来，身上这件衣服是许盛从衣柜里翻出来扔给他的，选的是一件相比之下图案比较简单的T恤。邵湛并不适应这种宽大领口。他抬手，往后拽了拽衣领，不知怎么地，脑海里浮现的居然是刚才许盛穿校服的模样。

许盛这个人，尽管名字和脸他一度对不上，但也知道些关于他的传闻——不穿校服这件事在高一闹得沸沸扬扬——邵湛并不在意这些，但在寝室换衣服之前意外经过镜子也还是怔了怔。许盛穿校服的样子和想象的不一样，或者说，完全让人意想不到。要是六中任何一位老师或同学那会儿推开门进来，估计也会当场怔住：镜子里的少年个子本来就高，天生的衣服架子，一身灰蓝色校服仍不掩锋芒，却也衬出几分平时看不到的学生气。穿校服的"坏学生"走在校园里回头率能比现在还高出一截。邵湛换完衣服，反应过来他现在似乎是全校唯一一个见过许盛穿校服的人。

等邵湛把"许盛穿校服"这个念头甩出去后，跟他隔着一条过道的、曾经的同桌还在期盼"邵湛"回应这道函数题。

邵湛低声咳了一声，示意许盛不要乱说话。

许盛缓缓闭上眼，他现在压根不知道该说什么。邵湛同桌的眼神炽热、羞怯又饱含期待。这位同桌一看就是学神的头号粉丝，事实也的确是这样，从座位走出来的那一刻，邵湛同桌的心情就仿佛冲上云霄，幸福砸晕了他！虽然邵湛平时压根不怎么搭理人，但能够坐在偶像旁边和他一起学习、共同进步，已经是莫大的荣幸。

而许盛此刻的心情，难以言喻。他陷入短暂的沉默和铺天盖地席卷而来的迷茫里。他是真不会。他不光这道题目不会，那本绿皮练习册翻遍了也不一定能找到一道他会做的题目。但他总不能说你等会儿，我去帮你问问"许盛"。

许盛背单词的时候手里装模作样地捏了支笔，这会儿实在不知道该做何反应，几根手指带着笔转了一圈——从其他人的角度看，他现在这样简直淡定又从容。

"就是这个，第三小问，"同桌又鼓起勇气，拖着座椅往他这边凑近了点，"能不能通过取对数或者证明单调性来解？"

许盛迷茫程度加重，对数和单调性又是什么？

这几秒或许是许盛人生中最漫长的几秒钟。他脑海里先是争分夺秒爆了几句脏话，然后在一片头晕目眩间开始思考：该说点什么，要不然夸一夸你这个思路不错？

好在许盛应变能力还算可以，心理素质也强，不然也不会跟顾阎王你来我往斗了一整年，除了穿校服以外，其他违法乱纪的事儿很少被抓。

最后这些乱七八糟的念头和方案全都消散了，许盛意外地冷静下来。他捏着笔又不紧不慢地转了一圈，在同桌越发期盼的目光下开了口："这题你都不会？"

同桌没料到学神是这个反应，一时愣住了。隔着一条过道的邵湛也被许盛的操作给惊了。许盛这一招打得太狠，先发制人，邵湛同桌听后羞愤低头。

许盛又说："我不是不愿意教你。"邵湛同桌重获希望，又猛地抬起了头。许盛说到这顿了顿，然后手里的笔又转了一圈，他叹口气，语重心长地说出一句屁话："只是我不想剥夺你独立思考的能力。"

许盛对着那道他看都看不明白的第三小问装模作样地思考了两秒，然后低头咬开笔帽，在他唯一看得懂的"正整数"三个字上画了一个潇洒的圆圈，把这个条件给圈起来了，也不管圈得对不对。他咬着笔帽说："这样吧，我给你画个重点，你先自己思考。"许盛画完重点又随手把笔帽盖了回去，以大佬般的姿态扔下一句："你先想，学会独立思考。多看题，感受出题人的用意，题读百遍其义自见这个道理听过吗？算了，听没听过不重要，现在你听过了。"许盛说完，自己都想为自己这番操作喝彩！

邵湛同桌眼底闪烁着感动的眸光："学神……"

许盛大言不惭："不用谢，应该的。"

邵湛抬手撑着额头，松了一口气的同时，也实在听不下去了。许盛说的虽然全是屁话,但乍一听还真是那么回事,而且胜在气势,唬得人一愣一愣的。邵湛同桌果真开始对着第三小问抓耳挠腮冥思苦想。

许盛趁机慢悠悠起身,从教室后门走出去了,出去之前暗暗踹了一脚邵湛的椅子,压低声音道:"你出来。"

两人在楼道口秘密会合。早自习时间学生基本都在教室,没几个人往外头走,许盛蹲在楼梯台阶上,邵湛身上那身板正的校服愣是被他穿出几分随性:"你那同桌怎么回事?"

开学没几天,邵湛跟同桌并不熟:"意外。"

许盛也懒得纠结这个,他起身把刚才藏在兜里的纸笔拿出来:"账回头再算……你先说这题怎么做。"许盛总算能把憋了半天的几句话问出口了,他上高中以来还是第一次像现在这样向同学请教问题、求知若渴:"截距是什么?"

"函数和x、y轴相交时x的值或者y的值。"

许盛把这段话背了一遍,又问:"你同桌刚才问能不能取对数,还有单什么,单调性?"

邵湛叹口气,也不指望他这水平等会儿能回去给同桌复述了:"纸笔给我。"

许盛把纸笔递过去。

邵湛问:"题目抄了吗?"

许盛头一次发现自己居然还能由内而外散发出一种"天下的题就没有老子不会解的"气势,跟换了个人似的。他虽然听很多人喊过"学神",但这会儿才真正感受到那么点"学神"的意思。是真挺牛。

"抄了,在纸上。"

邵湛把纸摊开了压在墙上,正准备提笔解题,等他看清纸上的字以后,对着纸上那几行字沉默两秒:"过来。"这语气,许盛毫不怀疑他想说的其实是"滚过来"。许盛起身走过去,邵湛把笔反过来,用笔点了点许盛写的那两行字:"写的什么,翻译一下。"

解题过程虽然出了一些意外,但结局还算圆满。在邵湛同桌对着题目看第不知道多少遍的时候,许盛回了班。邵湛同桌刚想说这题读百遍好像没什么用，这第三小问不会就是不会啊，许盛便屈指在同桌桌面上敲了两下，然后把邵湛刚写好的解题步骤推过去："想不出来就算了。"刚才扯过的话不能扔，许盛在同桌越发崇拜的目光下，又摸摸鼻子说："但你还是得记住，要学会独立思考。"

邵湛同桌把"独立思考"这句话刻在了脑子里，郑重点头，心说他此生的座右铭现在就立刻变成四个字：独立思考！

早自习间隙，顾阎王在各班巡视。有眼尖的同学瞥见顾阎王来了，立马给班里同学使眼色。早上空气和精气神都比较好，顾阎王沿着走廊从一班巡视到七班，都没发现什么异常，他满意地点点头，对边上那位老师说："看来大家今天的学习氛围维持得不错，表现都……"

"非常好"三个字卡在嗓子眼里。

顾阎王说这话的时候刚好走到高二（7）班，从窗外这个角度一眼扫过去，七班情况一览无余，尤其是将正好把漫画书翻过去一页的"许盛"看得一清二楚。

顾阎王沉着脸站在后门："许盛，你给我站起来！"

邵湛隔两秒才反应过来这句"许盛"叫的是自己。

顾阎王大步进班，他为了巡视的时候能把各班情况盯得更清楚，鼻梁上架了副眼镜。他把漫画抽走，又抬手去推镜架："知不知道现在是上课时间！上课时间看课外书，对你的未来、你的人生发展有什么帮助？！"顾阎王说完，又问："昨天让你写的检讨写了没有？"

"……写了。"邵湛弯下腰，把桌肚里那沓检讨拿出来。

顾阎王连检讨带漫画一起收了，接着又是一通说教，走之前吩咐："站着，站到早自习结束，其他同学监督。"

邵湛多少能感受到刚才许盛的心情了，睡觉、看漫画，这里头也没有罚站这一项。虽然情况和预想的有所出入，但经此一役，两人不约而同地想：当务之急还是先解决同桌这个问题。

过道是不宽，但毕竟还是隔着道距离。分开坐着干什么都不方便，谁也不知道下一道函数题什么时候来。总结就是一句：当同桌保平安。

办公室里，课间去办公室交作业的学生聚集了一大拨。孟国伟怎么也没想到许盛和邵湛这两位同学会一起出现在他面前。他正准备等会儿上课要用的资料，喝了口水，对"邵湛"说："作业都齐了？先放着吧，你们俩怎么一起来了，有事要聊？"

许盛来之前已经做好了思想准备，他把作业放下，斟酌着说："孟老师，是有个事。上回说的同桌……"

许盛"同桌"这两个字刚说出口，孟国伟便打断了他："我当什么呢，这事你们放心。"

放心？放什么心？许盛一句话还没说完就被孟国伟堵了回去。

孟国伟已经被许盛上次在老师办公室里扯的那番话洗了脑，他一边继续准备资料，一边说："我也想通了，你们说的话都有道理，同桌这个事确实不能强求。你们这座位，我肯定不会给你们换的。"

邵湛一阵无语，许盛在心中哀叹：倒也不必这么坚持。

片刻沉默过后，邵湛试图解释："其实——"

孟国伟再度打断，他扬声道："都跟你们说了放心了！我孟国伟是那种不尊重学生意愿的老师吗？说不会让你俩当同桌，我就肯定不会给你俩换座！"

孟国伟早已没有了几天前的雄心壮志，"一带一"这个计划被许盛和邵湛两人联手扼杀在摇篮里。昨天还有惦记着他这个计划实施得如何的老师来关心："你上回打算整的那个'一带一'怎么样了？"

孟国伟叹气："不太行，他们两个好像没有这个意愿。"

那老师也遗憾："是吗？我本来还觉得你这个思路挺好……"

孟国伟摇摇头，往事不想再提："尤其是许盛，让他换同桌跟要了他的命一样，说什么没眼缘，还越说越离谱，最后连强扭的瓜这种话都说出来了。你说说，我这是强扭吗？我只是跟他们商量。"那老师听完连连称奇。孟国伟虽惋惜，但很快调整好了方向，他得循循善诱，从长计议。"一带一"解决不了问题，那就让他这位老师点燃自己去做照亮迷途少年的一盏明灯！然而他不知道，此时那位迷途少年内心是多么希望他能够再坚持一下，别太尊重学生的意愿，该强硬的时候就该强硬一点。

这题超纲了 ①

孟国伟整理完资料，抬头发现两人还在办公桌边上站着。平日放荡不羁的许盛面色冰冷如霜，他心说今天许盛话倒是变少了，是心情不好？邵湛倒是看起来，嗯，和气许多。就是两人表情似乎都带着一丝同样复杂的情绪。

孟国伟放下笔："你们还有别的事？"

邵湛很想扭头就走。回忆起上次在办公室里"宁死不屈"的自己，许盛也有点待不下去。"打脸"来得太快。当时话放得有多狠，现在的脸就有多疼。如果人生能重来，他想回到孟国伟安排他和邵湛当同桌的那天，然后对孟国伟说五个字：老师，我愿意。

但不管脸疼不疼，当同桌这个事是真躲不过去。邵湛压低了声音，侧头在许盛耳边一字一顿说："你自己挖的坑，自己填。"

许盛提醒："现在你是许盛。"

邵湛语塞。许盛又说："我说也行，你可想好了。"

言下之意就是等会儿这话他不说，许盛就得顶着"邵湛"的名义说。

邵湛做再难的奥数题也没像今天这样为难过。权衡之下，邵湛闭了闭眼，勉为其难开了口："老师，我们申请坐同桌。"

孟国伟刚开始数随堂作业卷的份数，办公室嘈杂声不断，邵湛这话说得冷淡，却还是让他一时间忘了自己数了几份："啊，同桌，好的……等会儿，你说什么？！"

孟国伟反应过来之后震惊："你们要当同桌？"

跨过心里那道关卡之后，后面的话也就不难说出口，邵湛重复："我们俩想换座。"

孟国伟猛地坐直，怀疑自己听岔了："你之前不是说八字不合？"

邵湛面无表情地回答："现在合了。"

"人和人之间相处讲究个合眼缘？"

"眼缘来了。"

"强扭的瓜不甜？"

"强扭的瓜，"这句话羞耻度太高，邵湛顿了顿才接着说，"不试试怎么知道甜不甜。"

孟国伟继续道："勉强来的同学感情……"

邵湛抢答："不勉强。"

孟国伟看了眼办公室来来去去的学生，听到隔壁老师正在和他们班课代表说"下回他们要是再催了不交，你也别浪费时间，他们这作业别收了，让他们直接过来找我。什么态度啊这是，我好好治治他们"，这才找回了点实感："你们是认真的？真想当同桌？"

认真得不能再认真了。

邵湛刚才发挥那么几句已经是极限，他垂下眼，手绕到许盛身后，在孟国伟看不到的地方，隔着一层校服掐了一下。许盛心理负担没那么重，尴尬过去之后，竟然还觉得这场面说不上来的好笑，他素来没站相，听孟国伟和邵湛两个人你来我往的，后来干脆倚着墙听了。冷不防被掐之后他才直起身接过话："老师，我俩真不勉强，我也想通了，许盛同学学习道路上确实需要像我这么一位优秀同桌的帮助。"

孟国伟残存的一丝理智还记得邵湛当时说的可是"麻烦"："你不觉得麻烦了？"

"不麻烦。"许盛说，"怎么会麻烦，同学之间相互帮助携手共进不是应该的吗？"

孟国伟被这两人搅得有点糊涂，但也发现"一带一"计划莫名进展了下去。他本来就有让两人当同桌的意思，现在自然没有拒绝的道理："你们可考虑好了啊……行。"

他把贴在边上的七班座位表撕下来，拿笔在第一组后排和第二组后排做了调换记号："那李明勇就和高志博坐一块儿吧。"

许盛发言完毕，又倚着墙靠回去了，心说原来邵湛同桌叫高志博。

孟国伟做完记号又问："你俩什么时候换？"

孟国伟的意思是要是不急的话就午休再换，这马上就要上课了，换座位也不方便。然而他面前的两个人居然迫不及待地说："现在就换。"

高二（7）班班级群。

[同学A]：特大消息！

这题超纲了
①

[同学A]：我已经疯了！我不过就是去办公室交趟作业，为什么要这样对我？！我听到校霸和学神在老师办公室申请换座！

七班同学经过"棒棒糖事件"后都知道两个人极度不和，更别提昨晚还有"互殴"而倒地不起这件事。事情虽然没有大肆宣扬过，但也早已在年级组里流传开了。

[同学B]：可以理解，他们俩现在的心情和选择我非常理解，以校霸和学神现在这状况，这是嫌只隔着条过道离得太近了。

[同学C]：也是，水火不容，这条过道看起来确实太窄。

[同学D]：他们是不是想横跨整个班，一头一尾？

[同学A]：不是……他们申请坐一起，坐一起！！！

[同学B]：啥？勇士知道什么情况吗？@李明勇

[李明勇]：我不知道……

[李明勇]：真的吗，还有这种好消息？我即将看到生的希望？

班级群讨论得再怎么沸腾，两位当事人都一概不知。

许盛和邵湛进班的时候，班里只剩下翻书声。高志博也已经得知换座的消息，眼底那份羞怯期盼悄然换成了失落。许盛过去收拾东西——其实也没什么好收拾的，邵湛的座位根本像被强迫症理过似的，各科教材和试卷分门别类摆在桌上，除了许盛早上因为要找词汇手册把英语那摞教材翻得有点乱之外，其他的都整洁得过分。

高志博没想到他和学神只当了两天同桌就要分开，唯一的纪念只有早上学神递给他的那张写着解题步骤的纸，他鼓起勇气叫住许盛："学神……"

许盛现在听到高志博念这两字就犯怵，生怕他再从身后掏出来一本什么练习册，趁着这最后的时机，再问一道他压根就看不懂的问题。许盛把词汇手册放回去，思索一会儿，抬手拍了拍高志博的肩："天下没有不散的筵席。我走了之后，你要好好学习。"高志博其实就是不舍，其实他也不知道自己叫住邵湛要说什么，闻言点点头。

"记住独立思考。"

独立思考，这是他今年学会的最重要的学习方法——高志博再度重重点头。

许盛话匣子开了就收不住，碍于校霸身份，除了张峰那伙人，基本没人敢找他，高一还好，高二分班后是彻底没人说话了。他手指有一搭没一搭地在桌上轻敲，正打算再扯点什么，后颈突然一凉。

邵湛在他身后，表情不是很好，他伸手勾住许盛的校服衣领将他整个人往后拽，眉眼不耐："别废话。"

许盛把剩下的话憋回去了："哦。"

这幅画面落在其他人眼里，简直不能更奇怪。好不容易安静下来的班级群，又炸了。

[同学A]：什么情况？！

[同学A]：我凝噎了。

[同学C]：插一句，有句话我想说很久了，不知道是不是我的错觉，校霸今天好像比以前可怕……

许盛是挺张扬的那种"坏"，他好像什么都不在意，上课上到一半睡醒了就抓抓头发往后一靠，老师上课讲跑题了，听到什么好玩的他也会跟着笑几声。但邵湛成了"许盛"之后，更像把"生人勿近"四个字刻在了周遭半米内的空气里。

相比高志博的依依不舍，李明勇收拾东西那叫一个利索。许盛还没搬完东西，李明勇已经背好书包、抱着课本等着了，这架势像是奔向幸福快乐新生活，恨不得买个锣鼓当场敲首《好运来》！

上课铃响，走廊外响起一阵凌乱的脚步声，都是赶着回班的学生，之后彻底安静下来。许盛在自己原来位置的边上坐下，他和邵湛两个人就这样成了同桌，真是世事无常。这要搁成几天前的许盛，他说什么也不会跟这位姓邵名湛的当同桌。许盛心下感慨万千，实在不想跟邵湛挨太近，拖着椅子往边上挪了点才舒坦。

第五章 孤僻学神

七班的语文老师就是老孟。孟国伟带着一沓随堂练习卷进班,把卷子往桌上一放:"上课了啊,该收的东西都收起来。"他目光扫过台下,在最后一排顿了顿,发现许盛和邵湛两个人还真已经换好了座位。

"这节课我们先把上节课没讲完的古诗词讲完,然后我给你们精心准备了几道古诗词鉴赏题,时间来得及的话咱就顺带一起讲了……"

语文课向来枯燥,孟国伟讲课又讲得尤其认真,争分夺秒,只讲知识点。对许盛这种只有老师上课跑题讲段子才能勉强打起精神听一会儿的差生来说,上这种课简直是煎熬。他起先还强撑着眼皮听孟国伟讲什么"主旨"和"艺术手法",听到后面什么都听不清了。

邵湛屈指在他桌面上敲了一下,把他敲起来,提醒道:"听课,记笔记。"许盛抓了把头发,好不容易才把眼睛睁开,本着"我这么惨你也不能好过"的原则,把手机从裤兜里摸出来,也提醒他:"别抬头看黑板,我上课从来不看黑板。睡觉、打游戏,二选一。"许盛把手机扔到邵湛面前:"游戏分类里自己找个想玩的。"

两人虽然换了身体,但寝室、手机,这些私人的东西都暂时没换。谁也不知道这情况什么时候会结束,但人是很擅长在潜意识里给自己一些希望的生物,两人都觉得这情况应该不会持续太久。

手机不需要密码,邵湛直接用指纹就能解锁。他划开许盛手机屏锁,没来得及找游戏分类，就被手机屏幕吸引了。屏幕很特别，是一张街景速写。路灯、拐角的店面，店里背对着店门的方向有两位店员在和顾客交谈，但这些都只是用寥寥几笔勾出来而已，着墨最多的反而是角落路灯下的眯着眼睡觉的一只猫。猫打盹的样子异常乖巧，敛了爪牙，尾巴蜷着。其他部分轻轻地用铅笔抹了一层，营造出一种黑夜的感觉，只剩路灯下照着一圈光。然后线条向另一边延伸，变得异常空旷。这幅画人工的痕迹很重，看起来不像是网上的图。而且像素不高，手机拍摄出来的效果不好，显得笔迹模糊，灰蒙蒙的。

许盛见他半天没反应，照着黑板抄完主旨，转着笔侧过头说："……你别告诉我你长这么大没打过游戏。"许盛说完，觉得没准还真有这个可能，他上课上得无聊透顶，顿时来了兴致："这样吧，我教你。"

邵湛划过去一页，点进游戏分类："把头转回去。"

许盛耸耸肩，又捏着笔转了一圈。孟国伟正单手卷着课本，在黑板上写："所以刚才说的只是它的表层含义，而深层含义……"

许盛手机里别的没有，游戏一大堆，从消消乐、斗地主到《王者荣耀》，只有你想不到，没有他没玩过的。邵湛懒得挑，随手点开一个。刚上线，对局还没找到，一个ID叫"狂峰浪蝶"的好友抖了几个消息过来。

狂峰浪蝶：老大，你和学神，你俩，同桌？

狂峰浪蝶：你要是被绑架了你就眨眨眼。

狂峰浪蝶：你前几天还跟我说像他那样的人……

毕竟是别人的游戏账号，邵湛本想无视，但"像他那样的人"几个字一出来，邵湛又顿了顿。

S：？

许盛的游戏账号名字很简单，就一个字母。这一个问号发过去之后，隔了有半分钟，对面才发过来一长串话。

狂峰浪蝶：道貌岸然、丧尽天良、灭绝人性，简直就是个神经病。我再想想啊……哦，还有一个词，禽兽不如。

"狂峰浪蝶是张峰。"许盛刚好也想起来，他一上线，张峰十有八九就会来找他，"一班的，他可能会来找我，总之不管他说什么你回句

'哦'就行。"许盛说着,果然余光看到"狂峰浪蝶"四个字在屏幕上挂了一排:"他发什么了?"

邵湛把手机屏幕转过去,对着他。许盛突然后悔自己对邵湛的关心。

邵湛似乎是冷笑了一声。"冷笑"这个词不贴切是因为"冷"的占比占足了百分之九十九点九:"语文考那么点分,成语倒挺会用。"

许盛僵了僵,自觉把头转过去,继续听课。

张峰毫不知情自己把许盛给卖了。他在一班眼睁睁看着"许盛"自己开了一局,没有带他玩,感到非常困惑。张峰之前其实对学神也是心怀敬意的,毕竟成绩好成这样——俗称逆天——很难不让人佩服,所以才几次三番来七班只为看学神一眼。但许盛经过检讨加上处处被管教,对邵湛烦得不行,听到张峰念"学神"这两个字就烦:"你是要兄弟还是要学神?"

张峰一拍大腿:"当然是兄弟!"

邵湛打游戏途中,孟国伟已经把随堂小卷发下来了。许盛摊开试卷,低头看第一题。许盛心说语文课扮演"邵湛"这件事难度并不算高,毕竟汉字是个人都能看得懂,再怎么说刚才他也强撑着听完了半节课,几个基本知识要点还是知道的。许盛就这样充满自信地开始写第一题。

"错了。"邵湛一局打到一半,忽然说。

"哪题错了?"许盛抬头。

"你应该问,你有哪题是对的。"

许盛不知道邵湛从哪儿分出来的神,还能一边打游戏一边看他解题:"我这几题,就没一题对?"

许盛再次直面了学神这种生物。邵湛应该确实是不常玩游戏,但一局下来基本操作和技能就都认识得差不多了,第二局起居然就隐隐有老玩家的架势。相较玩了一年还是很菜的张峰而言,这对比简直惨烈。最过分的还是——他是真的能一边打,一边看题。邵湛说一句,许盛写一句,小半张测试卷很快答完。此时离下课时间也剩下不到五分钟。孟国伟上课发的卷子基本不收,等同于课后习题,所以两人也没考虑过等邵湛写完一份再交换试卷的问题。然而孟国伟今天大概是心情好,他开始摆弄讲台上那架投影仪:"时间来不及了啊,我就把正确答案给大家投在黑板上,你们对着改就行,这几题不难。"

许盛已经完成了这节课的任务,他往后靠,眯起眼去看黑板上那块幕布,等待下课。结果下一秒就听见孟国伟说:"邵湛,你把你的卷子拿上来。"许盛怎么也没想到孟国伟嘴里的正确答案是这个意思。邵湛手里那局游戏打不下去了,直接按了退出。

班里同学听到要投影的是学神的答卷,立马坐直,个个都跟只隔着条过道的高志博一个表情。孟国伟摆弄完投影仪,笑呵呵地走下台:"来,给大家展示一下。"孟国伟本想直接拿走许盛摆在桌上的试卷,但没能如愿。许盛压着试卷,他偷偷看了一眼自己试卷上的字,狂放、潦草,又充满了野性。霎时间,他连生吞试卷的心都有了。孟国伟再用力,许盛压得更紧了。"老师,"情急之下,许盛脑子里电光石火地也不知道都闪过了哪些念头,他突然一拍桌子说,"你是不是应该给其他同学一个展现自己的机会?"孟国伟被他拍得一愣。"标准答案固然重要,但我觉得您应该把重心放在大家做题时更容易出错的地方,"许盛趁着孟国伟信念动摇,总算把试卷从他掌心里抽回来,继续道,"知道哪些是同学们的失分点,加强训练,对他们来说才是真正的帮助。"

说得有道理啊!孟国伟仿佛被一道闪电劈中了脑子,陷入深深的思考。他平时总让大家看邵湛的标准答案,可标准答案真有那么重要吗?!

许盛乘胜追击:"高志博之前就跟我说过,他其实一直很想展示自己的作业,苦于没有机会。"

孟国伟沉吟一会儿,果真转了身:"高志博,老师没想到你还有这份心。"孟国伟伸手:"来吧,把你的卷子给我。"从来没有说过这话的高志博只能被动又迷茫地接受了仰慕已久的学神的安排。

邵湛每天的心情就是被狠狠吊起来,然后再在许盛一通令人意想不到的极限操作之下落回去。因为语文课出了小意外,后面的课许盛和邵湛两人吸取经验,不管作业收不收,邵湛都提前写好给他。加上现在刚开学,老师基本都在照着课本教基础内容。这些新学的知识点实在太基础,还没到发展拓展题的程度,邵湛又什么都会,老师反倒不怎么点他起来回答问题。好不容易熬到放学——许盛从来没感觉上学那么累过,用不着邵湛提醒,他也没了往校外跑的心思,在食堂吃过晚饭就回宿舍补觉。

手机里是几条张峰发来的未读消息。发消息时间还是白天上课时。

——你玩游戏为什么不带我?

——我邀请你你还拒绝我?

许盛躺在床上,不知道怎么解释,正要随便回两句话敷衍过去,宿舍门被人敲了两下,应该是邵湛过来拿作业。

邵湛果然是来拿作业的,他没进门,站在门口说:"作业给我。"

"都在这,"许盛开了门,拎着书桌上的书包,倚着门框说,"我也不清楚哪门是哪门,反正发下来的都塞进去了。"

许盛说着,留意到邵湛手里还拿了一袋东西。没来得及问拿的是什么,下一秒,邵湛直接把那袋东西扔给他了。

"今天晚上开始练,"邵湛用一种没得商量的语气说,"每天练二十页,明天早上我检查。"许盛被他扔得一蒙:"这什么玩意儿?"他说完低头,透过塑料袋,一行字直击眼球——你想30天练成一手好字吗?你还在为得不到卷面分而困扰吗?本字帖行笔苍劲有力,教学设计合理,内含专业详解笔画步骤,供学生逐步深入循序练习。

许盛目光往上两寸,标题是《30天速成——行书字帖》。

许盛腾出一只手,去翻后面的几本:《没有练不好的字:行楷速成教程》《字如其人:华夏万卷钢笔字帖五本装》……全是字帖!许盛翻不下去了。按照这袋东西的厚度和重量来看,邵湛买的字帖不下十本,字体类型齐全,从入门到进阶版都有,自由度非常高。不知道是不是因为邵湛买的字帖实在太多,袋子里甚至还有一支书店友情赠送的笔。

许盛好不容易熬到放学,本以为能暂时逃离"邵湛"这个魔咒,并对明天早上睡醒就能换回来寄予希望,但现在……

"还特意去买字帖?你……"在邵湛没什么温度的注视下,许盛只得把脏话憋回去,"你什么毛病?"

邵湛去书店买字帖,其实也是一种考验。书店里本来还有几位学生在挑教辅,他一进去,不到十秒就给人书店老板清了店,直接享受包场待遇。他买那么多字帖也完全只是因为没时间挑,书店老板站在边上叹气:"同学,你买快点吧,我们还要做生意。"今天上课许盛能从孟国伟手里把试卷抢回来,以后却说不准。要是哪堂课老师兴致来了叫他上黑板解题,许盛那字一出,跳黄河都解释不清。"你字太丑。"邵湛最后说。

许盛看着面前自己那张仿佛被冻过的脸,很想骂人,但无法反驳。

邵湛好心给他另一个选择。他说话时俯身凑近了点,无形中给人一种压迫感,碎发遮住眼:"不练也行,我明天上课换右手。"

这下许盛不光想骂人,连打人的心都有了。邵湛要是换回右手,各科老师就会发现许盛写字突飞猛进,直逼学神!两个选择,选哪个都是要完,区别只是哪个结局更惨烈罢了。许盛一个也不想选。

邵湛放完话,不想在这个问题上多做纠缠,正准备转身就走,许盛眼疾手快一把拉住他:"等会儿。"许盛抓着邵湛手腕的力道收紧,他只要做好思想准备,偶尔放下底线,就什么话都说得出口。他讨价还价道:"二十页太多,我这学期写的字加在一起都没那么多,打个商量,十页。"

邵湛看着他没说话。许盛开始睁眼说瞎话:"万事开头难,什么事都不能一蹴而就,这个道理你应该懂,相信你对待同学不会那么无情……"

然而许盛这话才刚开头,就被呛了。"我道貌岸然、丧尽天良、灭绝人性……"邵湛顿了顿,才说,"哦,还有禽兽不如。"

许盛没想到有朝一日会被自己的话给堵住嘴。邵湛没什么感情地丢下两个字:"松手。"许盛应声松手,看着他回到寝室,一把关上了门。

许盛写字向来随性,高兴怎么写就怎么写。也不是没有老师想给他送字帖,高一那会儿顾阎王就劝过他:"你看看你这字,写的什么玩意,我从马路边上随便拉一个人,用脚都比你写得清楚!本来分数就低,卷面分都不好好把握,出校门右转新华书店,滚去买几本字帖练练!滚快点!"许盛只当没听见,嘴里说着"顾主任再见"就往外走。练字?开什么玩笑!十分钟后,许盛坐在书桌前,忍辱负重地翻开一页字帖。动笔前,他脑海里浮现一行字:我一定会为今晚的行为感到后悔。

字帖第一页,左侧一排三个田字格,格子里是三个基础笔画,横、垂露竖、悬针竖。田字格底下用小字标注着几行写字技巧和写字重点:横、

这题超纲了①

起笔轻切，顺势往右行笔，注意左低右高，长横略带弧度……许盛抚平临摹纸，强行控制住自己的情绪，在右侧练习格里照着描了一排"三"。

张峰的微信轰炸还在继续。

——对了，老大你今天放学怎么走得那么快？

就是怕你找我。

——本来还想问你去不去打球。

怕的就是你找我打球。

——你现在在干什么呢？

许盛看了眼自己的字帖，回过去三个字：打游戏。

——一起啊？

——你自己玩吧，我想练练走位。

——人不能总是靠队友，你该学着靠自己赢了。

等许盛从字帖里抬头，窗户外已经彻底黑透，蝉鸣声微弱，树影间袭过燥热的风。他这才反应过来自己居然练字练了近一个小时。许盛把笔扔了，坐没坐相地抬腿踩在座椅边沿，往后仰了仰脖子，然后下意识去拿桌上的矿泉水瓶。拧开盖子，瓶口刚对上嘴，还没喝又一把盖回去。比洗澡这件事更尴尬的是上厕所。他没和邵湛交流过具体细节，只当没这回事，但他却注意到彼此都不约而同地降低了喝水频率。许盛想到这，一种浓浓的羞耻包围了他。他实在不知道为什么上个学混个日子会那么难。

许盛抓抓头发，又把手机捞起来，打开浏览器，点进问答分类，想找找有没有相似经历的人，出来的结果全在求小说推荐。他只能当那个第一个问问题的人，一个字一个字地打上去："我是一名高二学生，成绩……成绩有一定上升空间……"可能是羞于启齿，也可能是一时间找不准角度，许盛扯半天，甚至胡言乱语描绘了一番自己帅气的外貌后才切入主题："我和我的一位同学互换了身体，我该怎么办？"

许盛选择的问答分类是疑难杂症，很快有一名李姓医生对此问题进行回复：建议尽快去医院检查。

李姓医生的头像身穿白大褂，一脸威严，看起来很权威的样子。

许盛振作起来,看来是有救,他回复:能说具体点吗?

李姓医生:去精神科看看吧,积极配合医生治疗,祝您早日康复。

许盛突然觉得比起询问不靠谱的医生,继续练字或许也是一个不错的选择。许盛练完二十页,练得头晕眼花,字帖上出现过的字从熟悉到陌生再到熟悉,他边写边陷入对人生和社会的深深怀疑。他刚才说这学期写的字加起来都没么多是真的,现在他想修正一下刚才那句话——不光是这学期,他上学期也没写过那么多字!他不交作业,不记笔记,考试也不认真答题,作文如果有得选的话只写诗歌。为此他没少被顾阎王痛骂:"你以为你是诗人啊?啊?!写什么诗歌!就你这几句破句子,也算诗歌?!你就是作文写跑题也比这强!中考到底怎么考的?!"

许盛没再想下去,他甩甩手,脑子里冒出来的另一个念头居然是邵湛好像没什么朋友?之前只是知道这个人看着冷,但他真当了邵湛一天,发现邵湛虽然粉丝多,但称得上朋友的好像一个都没有。这对他来说倒是方便,不用去应付什么学霸朋友。要真有这么一号人,没准还要和他共同探讨题目,相约去图书馆陶冶情操、拓展知识……那许盛就玩完了。

只是一天下来,便利是享受完了,许盛心中埋下的疑问却越滚越大:这个人的生活就只有《黄冈》和《五三》?学神都这么变态的吗?

许盛洗完澡,脑子里又冒出来另一个疑问。他擦掉镜子上的雾气,看到镜子里的少年光着上身,头发往下滴着水。许盛侧身,扭头。这次总算离那片刺青近了些——那是一片看着像火焰的翅膀,火焰纹路在皮骨间绽放成翅膀的形状。图案很普通,普通得像任何一家文身店的图册上会有的最大众的那款。它和邵湛整个人冷成冰块的气质完全是两种极端。

许盛看了一眼,又觉得这样盯着别人看实在像个变态,便从边上一把拽过毛巾,把所有问号甩开,盖在头上拉开门出去了。

两人睡前都想着也许明天就能换回来了。

再不换回来,日子都没法过了!

第二天,许盛被敲门声喊醒,拉开宿舍门,门外是过来送书包,顺便检查二十页字帖的"自己"——老天显然没接收到他们的呼喊,除了那声意味不明的雷之外,再没有过回音。

第六章 名副其实

　　和"自己"面对面的感觉是很奇妙的。许盛睡得有点蒙，还以为在梦里，过了会儿才反应过来这是他和邵湛正经历的，比梦更奇幻的现实。

　　邵湛比他醒得早，先一步接受今天自己还是"许盛"的事实，他把书包递过去："去教室把作业交了。"他平时不会把书包带回寝室，各科老师留的那点作业课间就能写完，但现在实在不方便。许盛接过书包，回想自己平时早自习都在干什么，回想完他有些羡慕地说："你可以回去睡个回笼觉，等其他人出完操再往教室走，我不怎么上早自习。"

　　许盛上早自习的频率确实不高，一周能坚持三天老师都要怀疑太阳是不是从西边出来了。要是每天早上连着去，不符合他平时的习惯。

　　邵湛略过回笼觉这个话题："字帖拿过来。"

　　许盛指指书桌，示意他自己过去检查。许盛练的这些字前几页写得还算认真，一笔一画地跟说明写，然而这份耐心坚持不了几页，五六页之后越写越乱，只求速度不求质量，田字格根本框不住他。少年人心气轻狂，字里行间全是那份压不住的气焰。邵湛翻到最后，眼睁睁看着许盛直接脱离"行书"这个范畴，独创出了另一种字体，自成一派。

　　许盛拎着书包跟在邵湛身后，趁他翻字帖的空当，不死心地讨价还价："是张峰记错了，我从来没这样形容过你，我是那种会在背后说同学坏话的人吗……我要求也不过分，十页不行，十五页怎么样？"

邵湛合上字帖，一句话就让许盛心死："明天要是再写成这样，一天三十页。"许盛确定后悔自己刚刚妄图求和的软弱了。

之后，为了应对今天可能会遇到的突发情况，两人再次确认了彼此平时的上课习惯。

邵湛最后不忘叮嘱："早自习不准睡觉，出完操去交作业。"

许盛痛快地答应："行，那你记得去顾阁王那儿把漫画书要回来。"

早自习，许盛坐在教室里对着英语词汇手册神游。其间有老师过来吩咐课代表等会儿去他办公室一趟，抬眼看到许盛边上那个空位，皱了皱眉，却并没有多说什么，都对许盛撑着上了一天早自习，第二天又翘课这件事不感到意外。高志博现在跟他隔着过道，想问题目也不方便。前排两位同学因为学神才坐过来，也不好意思问问题。许盛难得清静，觉得面前的《高考英语词汇手册》也变得顺眼起来，盯足半小时后，他居然还把那一页的单词背得差不多了！

出完操后，许盛数着作业去孟国伟办公室。孟国伟在整理课件，他今天上课想给同学们留一道有难度的课后思考题，在两道题之间摇摆不定，见"邵湛"过来了，他连忙招呼："正好，你来一下。"本想交完作业就走的许盛感到有些窒息。孟国伟把电脑屏幕往他那边转了点："你看看这两道题。"

许盛凑过去一点，屏幕上赫然是两道语文阅读题。他看……看不懂。这要让他当场回答，他能完美避开所有得分点。好在孟国伟也不是想让他答题，他就是太摇摆了，觉得两道题哪题都好，选不出给同学们留哪道："你觉得按照咱们下篇课文的内容，我给大家留哪道阅读题比较好？"

只要不是做题都好说，许盛现在心情很平静："我觉得这两道题各有特色。"孟国伟也是这样想的。许盛抬眼看看壁钟上的时间，比起选哪题，他更关心邵湛有没有从寝室里出来，以及漫画要得怎么样了。

"那依你之见，到底选哪题呢？"

许盛发现当邵湛久了，下意识地会去揣测邵湛的脾气性格，心说我现在是邵湛，是学神，学神的思路应该是什么样？孟国伟正纠结着，只听

"邵湛"喊了一声"老师"。许盛沉着地说："这两道题对我来说都一样简单……您让我挑，我实在分辨不出。"

邵湛在寝室做了一套数学试卷，掐着时间从寝室出去。升旗仪式刚结束，人群从操场出来向两个方向涌。一拨回教学楼，另一小拨往食堂对面的小卖部移动。小卖部和寝室楼在一条路上，有眼尖的同学远远看到他，又绕开了。当"许盛"的第二天，邵湛说不上来是什么感觉。

顾阎王办公室在三楼。邵湛到的时候办公室门口已经排了几个人，都是早上被顾阎王逮到违反校规的。办公室门开着，顾阎王跟帝王传召似的，训完一个才喊下一个。顾阎王喊了几声，抬头看："许盛？"顾阎王仔细回忆一番，没有让许盛来他办公室一趟这个印象。他坐在办公椅里，双手交叠，先摆好架子准备迎战："你来干什么？是违反什么纪律，良心不安，来自首来了？"

邵湛不知道平时许盛都是怎么把收走的东西要回来的，挑了一句不会出错的标准开场白："顾主任，漫画能还我吗？"

顾阎王收完漫画早就忘了这事，他也不是那种收东西不还的人，只是许盛屡教不改，撞枪口多次。他猛地坐直："你还有脸问我要？！"

邵湛担心起来，这是选错了开场白？

顾阎王逮到机会，开始翻旧账狠狠数落："你平时上课不好好听讲也就算了，还整天出校，你以为放学之后翻墙出去的事我都不知道是吧？前几天还有同学跟我反映，说是看到你在网吧跟几个人打架，我不逮你你倒主动送上门来了！你说说，网吧打架到底怎么回事？！"

邵湛无言以对。他怎么知道网吧发生了什么事，他就是来要个漫画。关于许盛的传说有很多，邵湛虽不关注，但多少也听到过一些。许盛翻墙出校虽然很少被抓现行，但由于整天往校外跑，渐渐地关于"校外打人"的传言愈演愈烈，什么今天和隔壁职校一打五，明天又和道上某位哥约了要一决雌雄。而且这些没有人亲眼见过的传言，许盛从来没有否认过。

好在上课时间快到了，顾阎王见邵湛后面还排着几个待训的，于是不打算和"许盛"多废话："你下次还在课堂上看课外书吗？"

他现在是许盛，如果是许盛在这，会怎么回答？邵湛沉默两秒，然后冷着脸说出四个让顾阎王差点喘不上来气的字："下次还敢。"

两人都没有意识到，有时候故作贴心地想要维持对方的人设，可能会起到反效果。

邵湛进班的时候上课铃刚响，等邵湛回到座位坐下，许盛连忙问道："我漫画呢？顾阎王怎么说？"邵湛把临走前顾阎王吼出来的字转达给他："他说，滚。"许盛虽然感到意外，但仔细想想确实也在情理之中，顾阎王确实没那么好说话，这个"滚"字也很有他的风格："他今天脾气那么暴躁？行吧，我下回自己去要。"

这节课课表上写的是体育，但正常情况下，一般都会上别的课。教室里有人问："班长，咱这节课上什么啊？"七班班长是一位高个男生，寸头，因为瘦，长得有点像猴，除了班长这个称呼以外，大家平时还会喊他猴哥。"昨天数学老师就开始和英语老师抢了，抢得那叫一个凶，今天这节课花落谁家我也不清楚。"话音刚落，班里怨声载道。

最后进班的是英语老师。

对许盛来说，其他科目说的好歹还是人话，强撑着不睡觉听课也就听了，但英语实在是既听不懂也看不懂，许盛听得无聊，拿笔戳了戳邵湛。

"上课别做小动作。"

"我再不动就要睡着了，"许盛小声说，"你别老玩这一个游戏，其他游戏记得上线签到，有礼包。"邵湛没理他。许盛实在无聊，跟英语课比起来，冰块脸还有意思一些。他把手机掏出来："咱俩是不是还没加好友？"他们俩关系没到加好友的程度，但现在情况特殊，没个联系方式，一放学遇到点什么事也找不到人。想到这，邵湛便没拒绝："下课加。"

许盛把手机扔桌肚里："行。"

邵湛的账号头像是系统自带的，名字直接用本名，简单粗暴，跟他本人一样，透着浓浓的"我没感情"的气质。相比之下，许盛那个带炫光的自拍头像就显得花里胡哨多了，虽然所谓的自拍也就是一张逆光下的背影。许盛特意写了备注，以防对方之后不知道自己是谁。

这一天课上下来，算是有惊无险，最后一节语文课上完之后，许盛又被孟国伟叫过去,要"邵湛"去拿作业发给同学们。许盛前脚走,邵湛整理完作业正要从教室后门出去,只见一名男生直直冲着他扑过来:"老大——"

邵湛敏捷地躲开了,张峰扑了个空,又转头面向"许盛",热情洋溢地说:"走吧。"

走什么?

"网吧位置都已经占好了,我妈今天不在家,我可以多打几局!"邵湛还没想好理由拒绝,张峰身后又冒出来几个人,都是以前高一跟许盛混在一块儿的同学:"走吧,咱们好久没有像今天这样聚在一块儿了。"

人多嘴杂,邵湛没有说话的机会,就被他们推着出了校门。校外网吧里已经坐了不少人,邵湛被张峰他们按在电脑前,突然想起来他和许盛刚加了好友。他点开那个叫"S"的对话框:你赶紧……

"滚过来"三个字没打完,网吧那扇出入时会发出"哐当"一声巨响的玻璃门又"哐当"了一声,几个人气势汹汹地推门而入。来人年纪不大,看着挺社会,伸长了脖子似乎在找什么人。网吧本来就吵,邵湛听到那声之后不耐烦地抬眼。这一眼刚好和那几个人对上。下一秒,邵湛看着其中一个人由于过于激动而浑身微颤,伸手指向自己,嘴里吼着:"你还有脸来?!"说罢,那人又一扭头,说:"大哥,找到了,就是他!"

一时间,顾阎王在办公室里指着他问的那番话和面前的画面逐渐重叠在一起:网吧打架到底怎么回事?!

网吧五六十台机子,除了小部分学生以外,其他都是边打游戏边吞云吐雾的社会人。这几个人虽然打扮成熟,但实际也就十五六岁的样子。他们应该是去的同一家理发店染的头,一水儿的黄毛,脖子上挂着几根银饰。黄毛这一声喊得气势磅礴,这气势里还带着很明显的愤慨,在满网吧"赶紧拉我一把""放大放大啊"的网瘾少年们的嘶吼声下,居然还能一下脱颖而出。不知道的还以为邵湛真把人怎么样了。

被喊过来撑场子的"大哥"问:"确定是他?"

"肯定是,不会错,他那天穿的也是这件衣服!就这件黑色的,上头还画了几道杠!"门口说话的那人由于太气愤,说完这句自己先缓了一会儿,才又道:"我就把话放在这里了,今天我跟你没完!你出来!"

邵湛坐在最后排的角落里,边上是窗,窗户用黑帘子挡了起来。据张峰说这是"许盛"常用位,原因很简单:有窗户。网吧乌烟瘴气的,烟民多,在窗口下能勉强透口气,加上许盛走哪儿都不喜欢正儿八经坐着,身侧有堵墙方便靠着休息。可能是巧合,许盛昨晚扔给他的衣服,刚好是那天来网吧穿过的那件带涂鸦的黑T恤。

几人放完狠话,就见角落电脑屏幕后头的人动了动——少年神色冰冷,其实除了和那天穿同一件衣服以外,出挑的样貌也是那几人能从满网吧那么多人里一眼就认出他的原因,他眉眼间那抹寒意被黑色衣服衬得越发浓烈,似乎是嫌他们太吵。

邵湛再度低下头,把没敲完的三个字打上去:滚过来。

他打完后接着发。

——我在网吧。

——有几个黄头发的找你。

互换身体之后遇到的再离奇的事情都比不上眼前这桩。他被一群人拉着到了网吧,并且刚坐下不到两分钟,一群人推门而入指着他喊"今天我跟你没完"。早上他和许盛继续交流注意事项的时候,许盛确实有说放学之后偶尔会和张峰去网吧打游戏,甚至详细介绍了他平时喜欢玩哪个英雄角色,以及这个角色的打法:"……我游戏水平很高,建议你提前练练。"邵湛被迫了解一通他的游戏习惯,但他确信许盛没说过他在网吧还有仇人。

张峰和许盛高一那帮狐朋狗友也蒙了:"怎么回事啊这是?"

邵湛停顿了两秒,最后发出去一句话:三分钟之内赶不过来,后果自己担。

然而那个"S"应该是没看手机,邵湛几句消息发过去都没有回音。因为此时此刻,许盛正站在办公室里听孟国伟骂自己。孟国伟叫他过来想把批改好的作业给他,给完想到许盛又忍不住生气:"你说他一天天的,到底是怎么想的?他还想不想参加高考了?人生还那么长,他要怎么办?"

以这个角度听老师骂自己，感觉多少有点别扭。而且为什么不管他是许盛还是邵湛，都躲不过这遭？许盛都不知道这是什么魔咒，他随口说："他……他应该有自己的想法。"

"他有个屁的想法！"

"我昨天给他妈妈打了通电话，"提到这个，孟国伟音量低下来，有些匪夷所思地说，"倒也是奇怪，她只问我许盛最近都在不在学校，有没有做什么和学习不相关的事。"孟国伟很少给学生家长打电话，毕竟捅到家长那儿总归不好收场，一般来说要是学生没犯太大的事，他都尽量不找家长。打电话过去的时候，许盛妈妈应该在忙工作，女人上来就是一句商业又礼貌的"您好，请问哪位"。

"哎，您好，我是许盛的班主任。"

对面沉默两秒后，背景音从略有些嘈杂的工作环境里转出去了："老师您好。"

孟国伟对那句"有没有做什么和学习不相关的事"的理解和许盛妈妈显然不一样："他就没有做什么和学习相关的，上课不是开小差就是睡觉。"这话说完，许盛妈妈却像是放下心，没有再问别的。

孟国伟想到这，摆摆手："算了，不提了，总之你多帮帮他。"许盛垂着眼，没有回话，直到孟国伟叫第二声，他才扯了扯嘴角，回神说知道了。孟国伟隐隐察觉到"邵湛"情绪不对，但他没来得及细想，许盛又说："老师，没别的事我先出去了。"

许盛刚才是没时间看手机，现在是没心情看。他从办公室出去，发完作业，走廊上异常空旷，除了值日生以外基本没什么人。他暂时不想回寝室，出教室门拐个弯，在楼梯拐角处台阶上坐了会儿。这地儿还挺凉快，许盛坐在通风口，校服都被吹得飘起来。之后他才低下头去掏手机。

四条未读，全来自邵湛。

许盛想不到能有什么事儿，随手点开，然后什么莫名其妙、七七八八的情绪都没了。他猛地起身，脑海里只剩下一句经典国骂。

网吧，黄毛。这两个关键词条组合起来，就是摸底考出成绩那天，他在网吧顺手收拾过的几个不良少年。本来这事算不上大事，很好解决，但许盛回想起他"收拾"人的那天……

许盛边打字边往楼下跑。他实在太着急,手指点得是快了,一个字输错好几回,打字速度反而比原来慢。

——这件事有点复杂,我一时说不清楚,但肯定不是你想的那样。

——你先稳住局势,我马上过来。

现在这个情况,说这些也白搭,许盛最后发了一句比较具有实际意义的建议:你找个机会跑,没有机会就自己创造机会。

邵湛显然没有看到这句友情提示。他正靠在网吧座椅里,边上窗户开了道缝,夏天燥热的风从窗户刮进来,面前围着五个社会青年,气氛剑拔弩张。

但邵湛这边的气势倒是不弱,毕竟他们这边的人数也不少。张峰一马当先,口出狂言:"我们五打五,还指不定是谁输。"

邵湛坐在角落没有说话。他虽然不说话,但光是坐在那就让对面的人觉得受到了挑衅——少年神情实在是目空一切,好像面前发生的事情都跟他没关系。邵湛是不想理,但面前这个局势由不得他。他打算不管怎么样,都先把事情搞明白。

邵湛关了电脑,耐着性子问:"这几个人,知道怎么回事吗?"

张峰摇摇头:"我不知道,但我知道一个道理,输人不输阵。说起来你自己不知道怎么回事吗?"

邵湛记着许盛的"校霸"标签,以及传闻里那句"一打五",冷声道:"招惹的人太多,忘了。"

张峰真心实意地赞叹:"牛啊,哥。"

邵湛这句话一出,对面请来的"大哥"立马就炸了:"你小子挺狂啊!"他直接伸手想去拽邵湛衣领将他拽出来。邵湛明明一副不想理会,连正眼都不给的样子,却异常敏捷。在对方碰到他衣领之前,一把扣住对方手腕,随后手上力道加重,竟禁锢得对方动弹不得。

邵湛起身后才松开手,对方失去平衡猛地往后跌了半步,邵湛这才抬眼,还顺手把原先挂在脖颈间的耳机摘下来:"出去说。"

张峰正要跟着一起,却被邵湛按回去了:"你们在这待着。"他还不清楚到底是什么事，人多了场面不好控制，而且，他现在是许盛。

张峰疑惑了："我们……待着？待着干什么？"他思考两秒后顿悟："我懂你意思了，是待会儿等你指令再冲出去吗？"

"待着打游戏。"

哐当！张峰看着"许盛"推开门从网吧出去，在他眼里此时许盛即将出去以一敌五的背影是那么的镇静、冷淡，有大将之风，和传闻中的许盛完美重叠在一起。时间一分一秒过去，张峰坐立难安。其实张峰对许盛的许多认识也来自传闻，许盛没带他们打过架，平时来网吧上网打游戏也都十分和谐。他不清楚许盛的战斗力，但不管战斗力怎么样，对面毕竟五个人，就算有一打五的传闻，但这一次也不一定能打得过啊！

这外头现在到底什么情况，需不需要外援？他刚才想踊跃参与完全是少年人说话不过脑子，那股热血涌上头了，现在时机过去，再让他冲出去反倒是件难事。张峰越想越急，哪还有心情打游戏！他好不容易才说服自己，要勇敢地面对，要鼓起勇气，要为了最好的兄弟冲出去！张峰猛地起身，四下环顾，从角落里找了把用秃了的扫帚紧紧握在手里，深吸一口气对其他人说："你们继续玩，我先出去看看。"

许盛从来没有跑那么快过。耳边除了自己的心跳声以外，剩下的就是风声。他不知道邵湛现在到底什么情况，让他找机会跑，这人有没有成功创造机会。好在学校和网吧之间距离不远，路边便利店估计是刚进货，货箱横在本就狭窄的巷子入口，许盛直接单手撑着横跨过去——他拐过弯，总算看到网吧楼下的店，赶紧顺着楼梯往上爬。爬到一半，许盛听到"哐当"一声！他三两步跨上剩下的几级台阶，迎面便看到张峰推开网吧门，高举扫帚闭着眼冲出来的英姿。张峰宛如打仗时冲锋陷阵的热血青年，大喊一声："放开我兄弟——"

许盛扶着栏杆，在楼梯口止住脚步。因为除了张峰之外，一眼能看到的就是蜷在地上呻吟的黄毛五人组。张峰冲到一半也发觉不对劲，这个不对劲的原因主要是冲出来之后他没听到任何动静，他睁开眼睛，楼道口哪还有什么一对五混战，压根没人在打架："人……人呢？"

楼道口光线并不好，杂物堆挡住大半光线。

直到坐在杂物堆上的"许盛"动了动，他一半身影隐在昏暗的光线里，长腿搭在地上，许盛那双眼角略微上扬自带几分笑意的眼此刻了无温度，浑身上下散发着不知道哪儿来的一股慑人的压迫感。他微微低着头，旁人只能看见一截挺拔的鼻梁弧度和遮挡在眼前的碎发。

邵湛身上似乎没什么打斗痕迹，光影移动间，楼道光线与之错开，少年缓缓走到躺在地上的几个人边上。地上几人捂着肚子不断发出"哎哟"声。等邵湛转过来一些，许盛这才看到"自己"身上不是没有伤，但很轻，嘴角被对方拿的"作案工具"划破了一点皮。

这场面，这光线，这大佬般的收场，完全把"不良少年聚众斗殴"这几个字演绎到了极致。

邵湛这一动，其他人也跟着回神。张峰把手里的秃毛扫帚放下，激情消退后觉得自己这样实在很傻，尤其在面前这位爷的气场的衬托下，他这行为更加丢人，他愣愣地问："打、打完了？这么快，这前后也不过几分钟时间……"

这和传闻一模一样啊！看来传闻有时候还是可以相信一下！

张峰受到的冲击太大，在心里补了一句：不，这感觉比传闻里的还狠，许盛果然不愧是许盛！他想到这，突然反应过来，比起眼前这件事，另一件显然更加诡异！他看向楼梯，全校第一、考场上神一样的存在、平时冷冰冰不怎么搭理人的"邵湛"此刻正跟他面对面站着，身上穿着六中校服，只不过纽扣解开了两颗，比起以往多了几分随性。

张峰蒙了，这相遇实在来得突然，谁能告诉他这种时候为什么学神会出现在这种地方？！

"学神，你……你也来网吧上网？"

许盛脑子里也很乱，程度不亚于张峰。他在外传言是多，不守规矩也是真的，但有一部分却是无稽之谈，尤其是最著名的一打五，都不知道是哪个神经病传出来的。许盛想到这里，看着地上五个人。许盛缓了口气，一瞬间有点迷茫，也有些绝望。他松开扶手："不是，我找他有点事。"

张峰的眼神瞬间变得"求知若渴"。

许盛来之前设想过很多种情况，比如看到"自己"躺在地上被人暴揍，变得鼻青脸肿，再或者早已经找机会溜走……这无数种猜想里，唯独没有一条符合面前这个情况：邵湛真的一挑五把人给打趴了。许盛说完也顾不上张峰会怎么想了，直接问邵湛："你没事吧？"

邵湛也正好要找他。说好的三分钟，结果这人现在才到，他脸色不是很好："你还可以来得再慢点。"邵湛没想打架，他出去之前想了不下三个方案，然而一出门，对方直接挥拳过来，一点周旋的余地都没有。

许盛为了赶过来累得半死，但毕竟是自己惹出来的事儿，让邵湛背锅确实不厚道。"老孟找我多聊了两句，"许盛微微弯着腰，这会儿说话还带着喘，语气尽量平和地说，"看到消息我就赶来了。"

消息？这两人还加上好友了？

于是张峰在短时间内受到几次猛烈冲击之后，迎来了最强劲的一击，他眼睁睁看着学神说完话后和大哥许盛一起顺着楼梯走下去了。这到底怎么回事，他们俩关系什么时候变这么好了？张峰摸不着头脑，网吧里其他同学在喊他，他挠挠头，没再细想："来了来了，等我一下。"

楼下不远处有家便利店。这家便利店在六中学生中颇有口碑。因为离学校不远，除了卖零食杂货以外，为了照顾平日出校吃饭的学生，还会卖些寿司卷、盒饭，所以有不少学生中午或是放学后会来光顾。时间长了，店里专门开辟出一小块用餐区域——所谓的用餐区也就是在进门靠窗位置加了简易餐桌以及几把椅子。这个点来来去去的学生已经很少，许盛拉着邵湛推门进去的时候用餐区刚好没人。

许盛看了下邵湛的伤口，说："你坐那等着，我去买药。"

邵湛抬手用指腹擦了擦嘴角："不用，小伤。"

比起这个基本上可以忽略不计的伤口，他更想先搞清楚网吧打架到底是怎么回事。说着，他直接去抓许盛的校服衣领，不轻不重地把人给逮回来："先解释。那帮人，都谁？来干什么的？"

许盛不觉得是小伤，尤其在这张脸还是他自己的情况下："对你来说可能是小伤，但对我来说并不小，处理不好会留疤，有损我的形象。"

"所以,"许盛指指用餐区,"自己找个位子坐着。"

许盛在货架上拿了瓶碘酒,又拿了袋棉签,考虑到刚放学两人都没来得及吃饭,许盛顺手从保鲜柜里抓了两条寿司卷。

便利店老板扫完几样东西问:"寿司加热吗?"

"加热,"许盛摸出来一张零钱,递过去,"谢谢。"

加热时间两分钟,等许盛拎着几样东西过来的时候,邵湛正低头摆弄手机。远远看着,这模样,这身衣服,还有嘴角新鲜出炉的伤口……说他不是不良少年都没人会信。

这一天天过的也不知道是什么日子。

许盛这会儿才真正从刚才网吧事件里缓过神。

"今天这事,"许盛不知道怎么说,"我是真没想到。"

邵湛抬眼看他:"继续。"

许盛简述那天网吧发生的事:"没什么大矛盾,就是随口呛了他们几句,估计他们是回去之后反应过来了。"许盛的呛人,包括但不限于:你知道我是谁吗,道上赫赫有名×哥,不认识出去打听打听,来给你们讲讲我×哥当年七进七出少管所的故事……论打人,许盛是真没打,他也不是动不动就跟人用拳头说话的激进派。本着能动口就不动手的原则,许盛那天挑了摞顺眼的杂物堆往上头一坐,开始回忆自己当大哥的那些年,信口胡诌出一个"许飞龙"的诨名,绘声绘色地讲述自己七进七出少管所的故事:"我?龙哥这名号你们都没听过?你们这届混混不行啊……我在你们这个年纪的时候还在蹲少管所。"说到这,他将语气一压:"知道我为什么进去吗……"邵湛听到这,把手机扔边上,算是理解为什么今天那帮人一上来就挥拳,被人忽悠之后满心以为这就是个绣花枕头。

"你还七进七出少管所?"

许盛摸摸鼻子,也觉得羞耻:"瞎扯的。"

心理素质这个东西,是可以后天锻炼的。两人经过这几天层出不穷的意外的历练,面对今天这事居然能很快平静下来了。

"你在道上还有什么故事?"

"应该是没了,你以后可以放心上网。"

说是有损形象，这里头多少也存了些愧疚成分。让一个能倒背校规的学霸被迫打架，要是让孟国伟或是任何一科老师知道，肯定活扒了他。许盛说着把东西放桌上，俯身拧开碘酒瓶盖，抽出来一根棉签，然后强行捏着邵湛的下巴强迫他抬头。这么近距离对着自己的脸，难免感觉奇怪，许盛捏着棉签说："可能会有点疼，我尽量轻点。"

　　邵湛想说不用，然而下一秒，嘴角传来轻微刺痛和凉意。他意识到许盛的动作真的很轻，凑得也是真的近，近得他都能数清自己的睫毛。

　　有放学晚走的学生来便利店买东西吃，是两位背着书包的女生，估计是放学留下来做值日的值日生。两人推开门，还没往里头走，其中一位突然停下脚步。"怎么了？"另一位也跟着回头，然后两人都看到用餐区这一幕——穿着六中校服的少年俯身，在给另一个上药。由于两个人都在角落里，即使视线被遮挡，还是能一眼就认出另一位是经常在学校升旗仪式后发表检讨的那位。

　　好像有什么了不得的秘密被撞破了。

　　两人一起回寝室楼，进门前，许盛把手里那袋药递过去："记得涂，一天三次。"

　　邵湛勉强接下这个任务，同时也提醒他："练字，二十页。"

　　许盛一阵无语：不说他都忘了！

　　由于意外让邵湛收拾烂摊子，许盛今晚的二十页字帖写得格外认真，字帖上怎么写他就怎么描，没有独创字体，也没有发生从田字格里飞出去的情况。等他从字帖里抬头，发现这玩意儿似乎还真有点成效。他的字平时就是草，压根没有"拘束"自己的意识，现在有了意识之后，写出来的字比以前好不少。许盛写完扔下笔，打算洗漱睡觉，一时间脑子里闪过很多念头，最后却定格在邵湛坐在杂物堆上那一幕。邵湛这个人身上仿佛有什么他猜不透的东西，不知道为什么，刹那间，他甚至觉得那或许才更接近真实的、不为人知的那个他。

　　第二天，许盛依旧以"邵湛"的身份进教室上早自习。

不出三分钟，他听到前排同学在补作业中途说了一句："你们知道吗，校霸校外打架一打五那个事是真的。"八卦这种东西，无中生有的速度都超乎人的想象，更何况这次是有事实根据支撑的。

前排同学又感慨一句："看来有些东西，真的不是无风不起浪啊！我之前还一直不相信，没想到居然是真的。"

许盛发现自己现在算是在邵湛的帮助下彻底将这个传闻坐实了。

第七章 人设渐崩

经过几次人生的大起大落,加上这几天突发事件一桩接着一桩,在高强度过山车般的历练下,许盛也适应得差不多了,对自己现在是"邵湛"这件事装起来得心应手。他佯装淡定地将词汇手册翻过去一页。

邵湛比他晚十分钟进班。他经过后窗,还未露面班里便安静下来,前桌低下头一副醉心学习无心八卦的样子,关于"无风不起浪"的探讨也告一段落。

邵湛拉开座椅,说的第一句话就是:"这页你前天背过了。"

许盛手里转着笔,闻言侧头看了他一眼,把词汇手册翻过去,再翻回来,反复确认,最后还是没有印象:"我背过吗?"

邵湛伸手,点在"blame"这个单词上。许盛更加笃定:"不可能,这个单词我从来没有见过。"

"Blame……"邵湛说英文的时候发音很好听,起码许盛从来没有听过这么标准的发音从自己嘴里发出来,尾音收得干脆利落。他说完收回手,倚回去,又说:"这个单词你盯了有20分钟,你跟我说没见过?"

许盛的话堵在喉间,而且听邵湛这么一说,这个单词他好像是有点印象了。

"这页,我以为我已经背会了,"许盛又翻回去一次,说,"但今天重看,发现又变得很陌生。"

邵湛对这个在自己身体里的顶级学渣绝望了。许盛也奇怪，他这个背单词的当事人对自己背了哪些单词的熟悉程度，还比不上边上这个看漫画时分心往他这瞥了几眼的。学霸到底是一种什么生物？

殊不知，此时邵湛心里想的是：学渣的脑子里装的都是些什么？

今天周五，课程安排比较特别，最后一节是班会课。课前班长接到通知，走到讲台上说："同学们，说个事啊，等会儿班会课老孟打算重新选班委，如果有竞争班委意向的可以先提前准备一下。"

"猴哥，你不当咱班班长了吗？"

侯俊说："你们还好意思说，那天你们是怎么对我的——"

猴哥本名侯俊，除了长相之外，这个外号跟姓氏也有很大关系，他性格直爽仗义，不是那种只喜欢跟着老师混的班委，很敢于为同学发声。体育课被抢那次，他被推出去跟英语老师交涉："行，为了你们，我豁出去了。"然后站起来对着英语老师说："老师，我觉得比起知识，强健的体魄也很重要！"

结局是当堂做了二十个俯卧撑。

英语老师一边数一边问他："够强健了吗？还要更强健点吗？再加十个？"英语老师又转向台下："还有其他人想拥有强健的体魄没有？"

全班人异口同声，当场倒戈："我们跟班长不一样，我们都觉得知识比较重要！"

许盛看乐了，他趁课间摆弄了一会儿手机，又伸手去敲邵湛的桌面："等会儿选班委，你这语文课代表要给你保住吗？"

说是正式选班委，其实就是调整班委。开学前一天，临江六中十分变态地直接安排了一场摸底考试，同学们的自我介绍、班委分配都在考前，以极短的时间过了一遍。有意愿要当班委的就举手，没人举手就直接点名，先凑合过完这一周再说。于是七班同学名字和人都没来得及对上，就被摸底考打得满脑子只剩下题目和对最终成绩的恐惧。

邵湛当时是被孟国伟点名当的课代表的。

"不用，太麻烦。"邵湛说完，反问一句，"你呢？"

许盛愣了一会儿才反应过来这是在问他想不想竞选班委，他和邵湛现在真是干点什么都要为对方考虑。"我也不用，不光是麻不麻烦的事儿，我当班委，都用不着等到下课，估计全年级都以为七班疯了。"

邵湛没再说话，低头看题。他熬了这些天，耐心告罄，不愿再浪费时间。他将模拟卷压在课外书下边："我写张卷子，有情况就叫我。"

许盛打包票让他放心："这课代表，我肯定给你卸了，每天去老孟办公室交作业风险太大，我都怕他哪天一高兴就问我道题。"

上课铃打响，孟国伟带着沓裁好的纸进了教室："第一件事，咱班班委试运行也快满一周了，有没有想卸任班委的？现在就可以提出来，咱们重新投票。"

许盛在后排第一个举手。本来其他人还有点不好意思，见学神卸任卸得那么果断，也纷纷举手。

孟国伟说是自己提，其实就是想把邵湛抢过来，没想到他最得意的学生居然第一个不干："邵湛，你说说，为什么不想当课代表？"

许盛站起来，早已准备好说辞，他一只手抵着桌面，一本正经道："老师，因为我想把有限的生命，投入到无限的学习中去。"

"我……"许盛下一句话刚说出一个字就收了声，因为邵湛一把握住他垂在身侧的手腕，少年掌心温度灼人，一下直接把他拽回座位上。

"我还没说完。"

"你不用说了。"

孟国伟被"邵湛"说得愣住了，愣完不知道该说什么："你坐下吧，既然邵湛同学想把生命投入到无限的学习中……咱班还有谁想上岗？"

侯俊后桌一位男生在几人的推搡和起哄声中站起来，他们那一组简直成了后援团："老师，文豪！"

"给文豪一个机会吧，老师，他想当课代表很久了！"

那男生看着文弱，戴着金丝框眼镜，说话声不大，却也能听出他这回是鼓足勇气才站起来。他竖起两根手指去扶从鼻梁滑下的镜框说："老师，我想试试。"

沈文豪虽然长得文弱，但很有个性，一站上讲台就从校服口袋里掏出来一沓折成豆腐块的纸，展开后清清嗓子说："我给咱们这次班会课写了一首诗。"

精彩，还带诗朗诵的。台下掌声如雷。

"忆青春年少，我将踏上征程……"

许盛也跟着拍了几下，他对这种非正式课程从来不排斥，甚至听得很投入："他是不是姓沈？"

邵湛一边算题，一边极其敷衍地对他还记得同学的名字表示惊讶："你摸底考那天用后脑勺记住的人？"虽然之前许盛的脸和名字邵湛对不上，但毕竟只隔着过道，加上许盛摸底考那天全程趴在桌上睡觉，少年碎发遮脸，手指虚虚搭在后颈处，嚣张得很低调，实在让人没办法忽视。

"不是，校刊上登过他写的文章，我在顾阎王办公室挨训的时候看过，"许盛边解释边仔细回忆，想到零星几段剧情，"还挺有意思，写得跟小说似的。"

许盛说完继续听文豪念诗。

沈文豪这首诗从这句"忆青春年少"开始，大致讲了自己从害羞到终于鼓起勇气站上台的心路历程，他低下头继续念道："像一朵羞怯绽放在波尔多的玫瑰。"

孟国伟刚接任，并不了解班级同学的各项技能，完全没想到自己班里除了考试偷懒写狗屁不通诗歌凑数的许盛外，还有这种人才。

后续又上台几位同学。

邵湛算完题目，发觉耳边清静不少。侧头看见许盛的身体跟课桌间拉开一段距离，他倚着椅背，还是那副随意的样子，正垂着眼听台上那位留着齐耳短发的女生的发言："大家好，我叫邱秋，我竞选的是咱班的文艺委员，高一我带领班级拿过黑板报评比第二名的成绩，希望大家能给我一个机会。"

孟国伟带领同学拍手："好，那么我们这节班会课就到这里，大家要是还有什么问题可以课间来找我。住宿生留校记得注意安全，按照学生行为规范……"

临江六中放假安排非常苛刻，尤其对住宿生，完全是封闭式管理，基本上一个月才能回去一趟。许盛没想到开学之前和妈妈许雅萍彻底闹了一场直接从家里搬来学校的冲动之举，倒是让现在这个情况变得简单很多。

许盛不敢想，要是邵湛顶着那张冰块脸代替他回家会发生些什么。想到这，许盛问："你周末回去吗？"

邵湛没抬头，反问："你想去我家？"

当然不想！

邵湛那张试卷快写完了，他写试卷速度很快，浏览完题目，草稿纸上演算三两行就能把答案解出来。许盛想在孟国伟把班会总结讲完后就直接回寝室，结果孟国伟说半天都没有要结束的意思。许盛听着听着忍不住去看邵湛嘴角的伤好得怎么样了。本来划得也不深，经过一晚，隐隐有结痂的迹象。毕竟是自己的脸，许盛还是很上心。

许盛看了一眼，担忧道："千万别抠，到时候我再给你买点祛疤的药。"说完，许盛又看一眼："虽然现在这样也很帅……我不是夸你，我是在夸我自己。"

邵湛放下笔，平时哪有人敢在他耳边絮絮叨叨说个没完，他头也没抬，翻试卷的同时，摁着许盛的脑袋强迫他转了回去："安静点。"

或许是由于身份调换，不得不细心观察对方的一举一动，许盛发现邵湛这个人有时候是真的挺无情的，高中生活对他来说或许除了课本就是试卷，对着这两样东西的时候，比对着任何一个人都有温度。

而邵湛虽然无心去管许盛那些传言到底是什么样，但经过网吧事件，透过"一打五""校霸"传言这些迷雾，看到的却是另外一个人——有时装腔作势，也会为别人出头，但也是真的没个正形。

侯俊他们几个人都是住宿生，七班住宿生在比例上来说不算少，加起来能有十个，理论上住宿生吃过晚饭之后还应该回教室上晚自习。

孟国伟也在强调："别以为到周末就可以放假了啊，你们现在正是非常关键的时候。高二是一个承上启下的阶段，别总指望着高三还会有几轮总复习就懈怠……"

同学拖拖拉拉地回答:"知道了。"

许盛转着笔,还记得自己身上有个"让邵湛专心写题"的神圣使命。他隐约听见后门传来一阵脚步声,这阵脚步声步子放得很慢,他扭头——果然是迈着小碎步偷偷摸摸准备从后门摸进来的张峰。张峰不知道他们班下课没有,想来找许盛唠会儿嗑,因此行动显得特别猥琐。他刚小心翼翼地从后窗探出半颗脑袋,许盛就眼疾手快地去抢邵湛手里的试卷和笔。

"老大!"

事情发生在短短两秒内。由于外力拉拽,邵湛纸上那个根号往外拖出去几厘米,他抬眼,想问许盛干什么。

许盛见来不及抢试卷,只好退而求其次。

于是当张峰从窗口把脑袋完全探进来,看到的就是最近越发高冷的"许盛"桌面上摊着张卷子,手里握支笔,而学神的手刚好覆在他握笔的手上。两人的手交叠在一起。

这该死的,令人捉摸不透的姿势。

"你们俩,在干什么?"张峰恍惚道。

许盛也恍惚,他握上去的时候压根没想那么多,完全是来不及把纸笔抢过来。倒是邵湛反应过来了,他暗示:"在讲题。"

"啊,"许盛接到暗示,接过话,"对,我在给他讲题。"

"许……"许盛没松手,本想称呼许盛,但自己念自己名字总觉得奇怪,于是"许"字转个弯,"同桌,这道题听明白没有?没听明白我再给你讲一遍。"

邵湛哪敢让他讲,这人怕是连题目都看不明白:"听明白了。"

许盛深谙做戏做全套的道理,紧接着他搬出一套听起来貌似没问题,但完全没有知识含量的话:"以后遇到这种题目,不要着急,先把题目仔细审清楚,清楚考点之后再下笔。"

许盛丝毫不考虑自己平时的学习水平,张口就来:"你说它难吗?一点也不难,这种题目就是送分题,闭着眼睛答都能拿分。"

邵湛屈起食指,顶在许盛掌心当作警告,冷声说:"讲完了吗?"

许盛松开手。最近这段时间天气还是闷热，许盛手心微微出汗，明明握的是自己的手……怎么感觉还是有点说不上的怪？

张峰更是觉得他们俩奇怪："等会儿，今天太阳打西边出来的？你在学习？"

他说着往桌上看一眼，发现草稿纸上的字迹确实是学神的，看样子他们"学习"了不止一道题，极有可能整节班会课两人都凑在一起讲题。

邵湛用一种"请你离开"的语气问："你有事吗？"

张峰挠挠头："我就是想问你网吧……"网吧是什么情况。

邵湛以为张峰又来喊他出去上网，他对这项活动实在没兴趣，以免后患无穷，于是借着许盛刚才说的那番话，借题发挥打断道："张峰。"

自己的兄弟什么时候这么严肃又郑重地喊过他全名，张峰忍不住站直了。只听邵湛又说："我觉得你也应该把心思多放在学习上。"

张峰脑袋空白一秒："啊？"空白过后，心说：谁能告诉他这到底是什么情况？这是考试交白卷、上课从不听讲、每天罚站的许盛能说出来的话吗？

许盛咳了一声，怕邵湛接下去再说什么让张峰怀疑人生的话来："放学了，你也赶紧回去吧，我们还有几道题要讲。"

张峰看看学神，再看一眼"许盛"，他实在是难以接受。为什么，他的兄弟变了？！不过短短几天，他就不再是那个跟他一块儿上网的许盛了！他渐渐变得令人陌生！

张峰往楼梯口走的时候，甚至走出同手同脚的步伐："那我就先回去了……你们，慢慢讲题……"

孟国伟唠叨完一堆才摆摆手让同学们下课。许盛下课后直接回宿舍，一觉起来刚好错开饭点，他正想着等会儿去校外随便吃点什么，手机屏幕亮了起来。

上面没有多余的话，精简得像手机备忘录。

[邵湛]：晚自习6点15分。

许盛的人生里哪经历过晚自习这种东西，当他简单吃过饭，掐着点进班的时候，班里住宿生差不多已经到齐了。邵湛不在，说是晚点来。侯俊他们都换了位子，集体往后排坐，怕顾阎王晚自习查课，能多靠后就多靠后。几个人头靠着头，围成一圈。听到有人来了，侯俊一个激灵："有人有人！"

"啊？顾阎王查课？"

其他人也纷纷坐回去，坐回去后见到是"邵湛"，又松口气："学神，你吓死我们了。"

这场面许盛熟得不能再熟，肯定在偷摸打游戏，以前高一这种小团体以他为中心，能在教室后排围好几圈，他笑了笑说："我刚路过顾阎王办公室，他人不在，估计一时半会儿回不来，你们接着玩。"

侯俊愣住几秒，他们虽然都崇拜学神，但要说熟悉还真是完全不熟，他们也压根不敢凑上去——哪见过学神这么平易近人的模样。

许盛想到晚自习要上足足三个小时就头疼，他脚步一顿，转到侯俊后面的空位上："我能坐这吗？"

侯俊顿时觉得自己这块小角落蓬荜生辉："可以可以，当然可以。"

许盛第一次发觉学神这身份还挺好用，要是搁"许盛"身上，这帮人立马作鸟兽散。

侯俊把藏在桌肚里的手机拿出来，几人继续打没结束的一局。

"猴哥，对面草丛有个人。"

"对对对，他好像要狙你。"

"看我这一枪爆头！同学们，准备好为你们猴哥喝彩。"

喝彩声并没有如约响起。

沉默间，有人说："你这技术，不行啊……打了十枪一枪没中。"

他们玩的是一款时下热门的射击类游戏，许盛那个号已经打进全服排名前一百。

刚分班，许盛对高二（7）班同学并不熟悉，平时大家都一副认真上课的样子，完全没想到还会看到班长带头打游戏的一幕。看来是平时过得太压抑，毕竟都是十几岁的少年人，哪憋得住这一腔热血。

侯俊眼看游戏里的角色血条噌噌往下掉，正做好再开一局的准备——一只手却从边上伸过来，那只手骨节虽分明，看着跟没使劲儿似的，随意在屏幕上轻点,拖着角色轻易避开对面攻击,硬是借着骚成"S"形的走位成功躲进一处死角。

"厉害啊。"侯俊惊叹,"简直绝处逢生。"

然后他才回头想看看是谁。顺着那只手,入目的是那套熟悉的灰蓝色校服,板正的校服被他穿出几分恣意,由于隔着一排桌椅的缘故,"邵湛"的手能伸过来完全是因为他整个人直接侧身跨过半张桌子,坐在课桌上,一条长腿随意盘着。

许盛操作完,收回手说:"从他那个角度打不到这,下次往视线死角跑就行。"

侯俊啪啪拍手:"除了厉害,我找不到第二个词了,所以请容我再说一句,太厉害了。"

同学之间的感情,建立得就是那么简单。两局之后,中心位换人。许盛被围在中间。不光是打游戏,这几个人已经和他称兄道弟了,许盛被大家亲切地称呼为"湛哥",而许盛也管侯俊叫"猴子"。

邵湛进班之前看到的就是这样一幕。

有人问:"湛哥,你平时也爱玩游戏?"

许盛下意识想说不喜欢玩游戏那还算当代正常青年吗,但就在即将说出口的一刹那,他反应过来自己现在是谁。"还行吧,"许盛操作角色进房区,趁着手机屏幕里穿迷彩服的角色自动弯腰捡装备的中途说,"我玩游戏主要是为了锻炼我的思维模式和反应能力,从而提高学习效率。"

"湛哥这思想境界,"侯俊边上的男生忍不住感叹,"跟我们普通人果然不一样。"

这位男生许盛有印象,刚才选班委的时候他几乎以全票通过,最终担任体育委员一职。体委叫谭凯,一米七不到的个头,离其他班人高马大的体委形象相差甚远,头发剪得像子弹,中间略长些,根根竖起。

谭凯求知若渴:"那这个能提高学习效率的思维模式,能具体一点跟我们说一下吗?"

"行。"许盛正好操作角色掏出道具,"比如这个手雷,看到它你能想到什么?"

谭凯不明所以："什么？"

许盛把手雷扔出去，刚才扯过的鬼话怎么也得继续扯下去，他冷静地说："抛物线。"

但愿这兄弟别问他抛物线公式定理。他除了知道这个专有名词以外，其他一概不知。好在谭凯光顾着震惊，很难让他现场来一段抛物线公式讲解，他目瞪口呆，继而真心实意地说："我服了！这实在是令人惭愧，我玩游戏居然只是为了玩。"

"湛哥果然是学神。"

"难怪人家手雷扔得准！这玩游戏简直是活学活用啊。"

邵湛的脸色在几人七嘴八舌下越来越黑。

许盛这一局眼看就要赢了，所有人屏气凝神，尤其是跟许盛一起组队那几个，更是捧着手机连气都不敢出。

"还剩最后一个……"

"他是不是在对面？"

"这王者局玩得跟青铜似的，一点难度都没有，要不然下一把我们直接跳角斗场？"

"等会儿，"周围人太多，许盛往后靠，"我扔个雷。"

他说着，开始测试距离远近，刚才胡扯过的抛物线闪出一道红光，下一秒额头就被什么东西抵住———秒后他才反应过来，那是邵湛的手。

邵湛手指弯曲，突起的骨节正好抵在他额头上，不轻不重地对着他脑门弹了一下："起来。"

少年声音泛着冷。许盛抬头，看到"自己"站在课桌边上，脸色比声音还要冷上几分，他试探着说："我马上就赢了，等我这局打完？"对面脸色还是不太好看。许盛又补一句："要不然，下局一起玩？"

什么人设不能崩，当初的誓言早就被许盛抛到九霄云外。依许盛平日里从不压抑自己、想干什么就干什么的性子，之前能勉强记着自己是谁已是难得。那股"角色扮演"的劲儿过了，每天睁开眼醒过来发现自己还是邵湛，无奈接受之余，暴露本性是迟早的事。

他和邵湛两个人性格脾气都相差甚远，就是亲兄弟也不一定能把对方演好，更何况他们俩在这之前并不熟络。

既然要崩人设就一起崩。

许盛见邵湛收回手，然后听到对方说："不玩，我要学习，你这局打完过来讲一下今天课上留的思考题。"

这难道是传说中的相互伤害？

许盛手里那颗雷丢偏，游戏角色暴露位置，加上他被邵湛弹了脑门，没顾上手里那局游戏，最后局势逆转。战绩：第2/100名。

但没人在意战绩如何，比起战绩，说出"我要学习"这四个字的"许盛"显然更加令人在意。

侯俊不敢跟"许盛"说话，只好拍拍他们"湛哥"的肩膀："湛哥，什么情况啊这是？"

许盛把手机递还给侯俊，只能帮邵湛收这烂摊子，他摸摸鼻子说："他……他最近在我的帮助下，意识到了学习的重要性，打算好好学习重新做人。"

这话扯出去倒也不亏心，邵湛平时确实需要写题，写完把答案给他。

既然话都已经说到这里，许盛顺便帮自己多说了两句："其实他跟你们想的不一样，他这个人很平和，从来不欺负同学，喜欢摆事实讲道理，不会轻易动手。你们可能都对他有误解。"

"是、是吗？"

"他也是很想融入你们的。"许盛起身前反过来拍拍侯俊的肩膀，"我过去讲题了。"

侯俊张开的嘴巴就没合上过。侯俊这班长全票通过不是没有原因，他很注重班级和谐问题，也很会照顾每一名同学的情绪，他听到这，扭头去看已经坐在座位上的"许盛"，只看到他寒冰般的侧脸。

难道，这座冰山下掩藏着的其实是无尽的柔情？

听到这番话的侯俊以及其他同学，此时此刻他们的心情和刚出事那天听许盛闭着眼吹足十分钟的顾阎王一模一样。这是他们认识的那个许盛？同一个人？确定不是同名同姓？临江六中高二（7）班真的有这么一号人吗?为什么听起来如此陌生?

他们没能细想,提到顾阎王,顾阎王就到。顾阎王吃饱喝足,想在下班前来高中部探望一下同学们,沿着走廊从一班走到高二(7)班,在七班门口停下并重重地咳了一声:"干什么都——侯俊!你这班长怎么当的,班级纪律还管不管了!"几人立马各自回到自己的座位上,安安分分上晚自习了。

晚自习过后,也许是刚才的游戏情谊建立得太深厚,侯俊几人热情邀请"湛哥"一起回寝室。

"湛哥,您住几楼?"

"三楼,"许盛把刚才"邵湛"写完的作业收起来,"一起走?"

侯俊立马说:"行,我和体委就住在你楼上,那咱就一块儿回呗。"

邵湛把笔帽盖上,虽然没有阻止许盛和他们接触,也没有要加入这帮人的意思。然而他刚站起身,侯俊像是纠结很久终于鼓起勇气的样子,对他说了一句:"许盛同学,请留步!"

侯俊整个晚自习都在回味"邵湛"说的那番话,导致他作业都没能写完。仔细想想,许盛在班里确实也没干什么伤天害理的事儿,离欺凌同学的那种校霸形象相差甚远,校外那些事虽然不清楚什么原因,也确实不能因为这些事情就这样否定一位同学,太武断!而且这位同学现在貌似还有想要改邪归正的意思,人都亲口说了想学习。当然这些其实都不重要,最最主要的,还是因为那番话是从学神嘴里说出来的。谁会质疑学神,学神在临江六中是神一样的存在!

邵湛把座椅推进去,抬眼看侯俊。侯俊挺不好意思地抓了抓头发:"那什么,要不然,你也跟我们一块儿走?"

邵湛怀疑自己是不是听错了。

侯俊叹口气:"说起来我这个班长当得实在是不称职,都没看出来你想融入大家……"邵湛心说,确实是一点也没想融入。岂料侯俊说着说着自己先动了情,他感情充沛地继续说道:"我们七班是一个大家庭,七班里的每一位同学都非常欢迎你,只要你改邪归正,日后能像现在这样,把心思一直放在学习上——"

许盛收拾好东西，在侯俊说到"大家庭"的时候把座椅推了进去，站不到十秒又嫌累，直接往课桌上坐，听完还带头鼓掌："说得太好了！"

谭凯跟着响应："好！说得好！"

邵湛在原地沉默几秒，将视线落在带头鼓掌的那位身上。他不说话的时候更是平添几分冷意。他独来独往惯了，既孤僻又不合群，往那一站就是大写的"离远点"。

许盛鼓掌的手停下。邵湛目光在他身上停留两秒后直接走了。

侯俊几人摸不着头脑，许盛连忙打"补丁"："他害羞，没别的意思，是真害羞。"

谭凯很吃惊："校霸这么纯情的？"

许盛没别的办法，只好把"纯情"这个词接下来："也没错，可以这么理解吧。"

侯俊冲着邵湛的背影挥挥手，几人拽紧书包肩带跟上去："等会儿，别走那么快，用不着害羞。"

回寝室的路上吵得很，几个男生凑在一块儿仿佛有说不完的话，当然这程度可能并没有那么深，只是邵湛身边很少会出现这样的声音罢了。

几人到三楼这才分开。许盛这节自习课上得还算有滋有味，不用再无聊度日，也不用假装对着练习册思考问题。就是侯俊他们热情邀请他进班级群的时候他发现自己没法掏手机，只能假装没电。

他回寝室之后在床上躺了会儿，一时间懒得动弹，正要阖眼，手机屏幕亮起。两条消息，一条张峰的，一条来自住对面的孤僻同桌。同桌发来的都不用点开，因为只有两个字。

[邵湛]：练字。

练字，字帖，二十页。许盛想到这几个关键词就头疼。

他没回，暂时性逃避，接着点开下一个。他担心张峰要问他关于学习的事儿，正想要怎么圆，点进去发现张峰发过来的显然跟学习无关。他发的是一串链接，链接很长，瞅着跟乱码似的。

[S]：这什么？

张峰很快回复：帖子。

[S]：你说话能一次性说完吗？什么帖子？发给我干什么？

[张峰]：这届校草评选马上就要开始了，作为热门候选人之一，我必须得为我自己拉拉票，你进去之后请点击"张峰"，为我送上宝贵的一票，谢谢为我投票的全校制作人们。

许盛脑子艰难且缓慢地转了两圈，才勉强回忆起这个校草评选是个什么东西。临江六中教学制度刻板，平时学生也都按照规矩来，但毕竟都才十六七岁正值青春期，在老师看不到的地方，这帮学生业余休闲活动并不少，校草评选就是其中之一。学校贴吧在学校管理之外，俨然成为一个小型交友论坛，并同时兼顾讨论、表白、寻人等多项校园业务。常见格式如下：有人认识××班的×××吗？想求个联系方式。张峰长得还行，平时又擅长招蜂引蝶，加上跟着许盛混，存在感也强。候选人名单往下划拉，最后面就是他。许盛划半天，划得差点失去耐心才看到"张峰"两个字。

[S]：你这排名都快掉出去了，也算热门候选人？

张峰只觉胸口中了一剑：一定要这样打击兄弟吗？

过了会儿，张峰的消息又来了：老大，说起来你和学神都在榜上，你要不要也给自己拉拉票？

许盛心说我疯了，闲着没事干搞这个，是字帖二十页不够写还是游戏不好玩？

[S]：没兴趣。

校草评选前身只是起源于一次争论一班某某某和二班某某某谁更帅的无聊帖子，经过发酵，最后演变成了轰轰烈烈的大型评选活动，并且三年开一届，大有要成为临江六中传统的趋势。

许盛虽然风评差，但毕竟那张脸摆在那里，这种桀骜不驯、野得没边的校霸人设也是有不少女生喜欢的——她们也只敢在网上想想，反正校霸不能顺着网线过来打人。

他没有去看自己到底排名第几，直接去洗了澡，然后坐在书桌前完成每日任务，练字。"刘青春"这三个字，将在他高中生涯里留下深深的、无法抹去的烙印。

第七章 人设渐崩

练字的时光，总是枯燥且乏味。

许盛翻开字帖，这才惊觉自己不知不觉间已经练完一本，他又从袋子里抽出来一本新字帖，忍辱负重地翻开。等写完，寝室楼刚好熄灯。他躺在床上，脑子里不知道为什么想起的还是张峰那句"说起来你和学神都在榜上"。

他和邵湛都在榜上。

张峰后来又给他发过几条消息，许盛都没理。

——你真不看看？

——真没兴趣？

——那你好歹给我投投票好吧，你帮我投票了吗？

张峰不知道的是，那个嘴上说着"没兴趣"的人，躺在床上翻来覆去一阵之后，还是从空调薄被里伸出来一只手，把搁在床边书桌上的手机一把捞过去。

临江六中贴吧。

第三届校草评选，投票入口[火][火][火]！

楼主：我校传统比赛项目又来啦！经过上一轮选拔赛，我们精心挑选出了100名呼声较高的选手，投票期一周，喜欢他们的话，请为他们投票吧！这一刻，大家都是全校制作人！那么全校制作人们，谁会是你们心目中的校草呢？

楼主的话结束之后，下面就是长长的投票名单。

1. 邵湛 [4085票]
2. 许盛 [3806票]

…………

许盛平时不是那种会关心这种破事的人，但人的胜负欲是一种很难说的东西，尤其对方跟你还有过不小的过节。到底是字帖二十页不够写还是游戏不好玩？许盛这样想着，在二号选手许盛投票按钮上点了一下。

投票成功。

2. 许盛 [3807票]

许盛能在热门射击游戏里挤进全服前一百,除了因为他平时不听课、游戏时间多以外,剩下的就是胜负欲。

玩游戏不想赢,那还玩什么?

这什么鸟玩意评选,点开看之前还好,看完根本忍不住。

第二?他怎么可以排第二?

第八章 湛无不盛

周末两天很快过去。其间侯俊他们有来问过题目，好在这些作业邵湛都已经提前写完，许盛只需要把写完的作业扔给他们就行："答案在这，自己悟。"侯俊竖起大拇指："谢谢湛哥，湛哥就是厉害，这么多作业半天全写完了。"

住宿生周末两天都被圈在教室里做题，导致大家的学习兴致都不高，有作业抄那就闷头抄，几乎没人在意这题到底会不会写。侯俊抄完作业又问："我早上去你寝室找你来着，校外新开一家早餐店，豆腐脑还挺好吃，但敲半天没人开。"

提到早上的事儿，侯俊说完，许盛和邵湛两人同时陷入沉默。因为侯俊会过来敲门，许盛会特意早起。第一天他还能正常爬起来，到第二天实在不行。以防万一，许盛和邵湛特意交换了备用钥匙。今天邵湛敲过门，见里头迟迟没动静，便耐着性子警告："我最后说一次，开门。"

许盛偶尔会有点起床气，睡得迷糊，没办法思考，也不管门外的人听不听得见，附送他一个字："滚。"

邵湛在门外下最后通牒："不开门我直接进来了。"

许盛干脆整个人缩下去一点儿，把被子蒙头上，没理。邵湛开门进来，本意只是叫他起来，然而手刚碰到被子边沿，许盛大概是真烦了，自己把被子掀开，眯着眼胡乱伸手。想起身，结果却抓到邵湛没来得及收回去的手腕，拉拽间意外失衡。

　　许盛后脑勺碰到枕头的时候蒙了一瞬。睁开眼，对上放大的自己的脸，他彻底清醒了。邵湛一只手撑在他耳边，勉强隔出几厘米的距离，即便如此，两人的距离也还是离得太近。

　　邵湛嘴角结痂的地方已经长好了，恢复得不错，看不出痕迹。

　　许盛正要说"你起来"，门又被人敲响，是侯俊的声音。

　　"奇怪，湛哥不在。我记得许盛是住对面这间吧，敲敲试试，我们得带他融入七班班集体。"

　　许盛内心在喊：其实也没必要那么融入，不用那么努力。

　　由于宿舍没换，而且他和邵湛两个人还以很难解释清的姿势倒在床上，这门到底是没开。

　　除了去上自习以外，接连两天许盛都以这种"我不感兴趣，我一点都不感兴趣，谁关注这种东西就是谁傻"的态度对待张峰。张峰想为自己在校草评选里求一票都累得够呛：你没有心，许盛你没有心啊，你给我投一票会死吗？！

　　而许盛想的是：每天就这么一票，我给你投了，我怎么办？！

　　许盛每天练完字之后睡前看一眼贴吧里的投票，然后内心十分抗拒、身体非常诚实地给自己献上一票。今年的校草评选比以往还凶，许盛对它的关注也仅限于每天上去给自己投的那一票罢了，即便这样他也发现这场评选似乎逐渐演变成他和邵湛两个人的比拼，而且愈演愈烈。

　　两人之间票数一直没拉开。经常是许盛上线，看到他的票数已经快要反超邵湛成为第一，于是投邵湛的那拨人连夜发力，再度把差距拉开。等两位热门候选人投票数前后过万，局势变得非常明朗：学校压根就没有这么多人，这帮人是真铆足了劲不惜开小号也要争个赢。

　　最后演变成拉锯战，两边明显表现出敌对架势。

　　501楼：学神！！看看我们学神，是学神不够帅吗？是学神拿的奖还不够多吗？投什么许盛，许盛整天上课睡觉出去打架不好好学习，这种人是没有未来的！

　　502楼：楼上说得没错！

503楼：听楼上放屁，我们校霸能文（写检讨水平还是可以的）能武（一打五），并且具有一定的演讲水平（念检讨水平），入股不亏。

能文能武、具有一定演讲水平的才华型选手许盛低声自言自语："这都是什么？"窗户外有微风吹进来，许盛躺在床上，睡觉之前刷帖子刷了五百楼后，准备退出去，此时，手机通知栏又显示出一条新信息。

[妈]：昨天给你收拾房间，看到你小时候写的日记本。

紧接着是一张图片，图上是歪歪扭扭的字迹，一看就是刚学会写字，稚嫩却认真，依稀能辨认出头两个字"今天"。

[妈]：下周末回来吗？

一周没联系，这句话加上图片算是女人主动打破僵局，无声地示弱。许盛半晌没动，等屏幕快灭之前才叹口气，回复：看情况吧。

事已至此，两人已经对睡一觉就能换回来这件事不再期待。别说换回来了，这么多天下来连点规律都没摸着。同一时间，邵湛想的也是这件事，频率、触发条件、发生原理这些东西一概不知，也无从推测。

新的一周就这样在如火如荼的校草评选中展开。由于这届评选越闹越大，开小号疯狂投票的情况维持两晚，导致不少人在课间也会议论这件事。班长和体委两人是值日生，许盛进门的时候，谭凯正好扛着拖把从厕所回来："湛哥，早。"

许盛停下，侧过身，让他先进："早。"

谭凯现在对学神的看法就是除了服还是服，他进去之前说："你放心，不要慌，我会给你投票的，昨天晚上我和猴哥也开了十个小号为你冲！对面打得实在是太凶了，差点就输了。"谭凯说到这，又想起来一个重点，他放低声音说："这件事情你千万不要告诉许盛……我们不给他投，不是对他有意见。"

许盛一开始没明白，等谭凯拖着拖把进了班，许盛才反应过来这个投票是什么意思。这帮人凑什么热闹？而且，为什么不给他投？！

许盛卸任课代表之后轻松很多，早上不用交作业，少接触老师就少一些风险，他身上就剩下一个似有若无的纪律委员一职——这个纪律委员还是进班前孟国伟跟他强调过后他才知道的，邵湛之前对他管这管那的行为跟这条线索对上了号。

邵湛晚几分钟进班。他今天穿的是件黑色连帽衫，这次衣服上倒是没什么夸张的图案，只有后背印了两排字母，衣服薄且宽松，走动间隐约勾勒出少年清瘦的身形。许盛之前很喜欢穿这件缩在座位上睡觉，把帽子戴上能遮住半边脸，还能遮太阳。"许盛"看起来还是跟整间教室格格不入的模样，跟以往不同的是，他正要越过前排同学时，收获了侯俊志忐忑又真诚的一声"早"。侯俊正在擦黑板，他生怕"许盛"没听见，也怕这位校霸过于害羞，又重复一遍："许盛同学，早上好。"

邵湛看他一眼，他不说话时眉眼似乎能描绘出近乎凌厉的线条，生生把这副皮相与生俱来的那股子"坏"给压下去了，片刻后才说："早。"

许盛已经转着笔无所事事许久，见他进来，没话找话问："之前老孟让你当纪律委员？"

这段时间发生的事情太多，不特意提，邵湛都快忘了："你以为我闲着没事干，抓你上课玩手机？"

许盛的心思被戳破，一瞬间有些不好意思，但还是嘴硬："谁知道，也不是没有这种可能。"

邵湛翻开一本练习册，又顺手把许盛在看的词汇书翻到他上次看的那一页，不再说话。许盛放下笔，已经适应这种基本都是他一个人自说自话的聊天模式："你除了写题，就没点别的爱好？那你这校园生活多单调。看你玩游戏玩得还行，打架也打得不错……"许盛脑内灵光一现，想起另一件事："还有个事，你没对象吧？"

虽然这么多天下来，"邵湛"身边没有任何女生靠近的迹象，但在临江六中这种什么都抓得严的学校里有恋情往深里藏这种事很正常。万一邵湛要真是有一段隐藏太深的地下情，到时候突然冒出来一个人……

邵湛恨不得在许盛身上装个消音装置。许盛还宽慰他："你放心，青春期发生这种事很正常，我不会举报你早恋的。"

邵湛忍无可忍。"没有。"邵湛又重复一遍，"没有对象。"

几位课代表在忙着收作业，班里吵得不成样子，英语老师走进来打断："同学们，我占用一下自习课时间啊，我们把上周留的阅读题简单讲一下，课代表，阅读作业就先不用收了，我们直接讲。"

许盛张张嘴，还想说点什么，被邵湛堵住："听课。"

班里瞬间安静下来。阅读题许盛一个字也看不明白，他对着邵湛递给他的作业，只能去看邵湛写的那几个字。好不容易熬到自习课下课，许盛把手机从桌肚里掏出来，准备去小卖部买瓶水。然而他刚抓到手机，还没来得及塞进校服口袋里，前桌正好回头："学神……"

前桌手里捧着的是刚才早自习英语老师讲的那道阅读题，看样子是有问题要问。然而前桌回头之后注意力却从阅读题上移开，落在许盛抓在手里的手机上——许盛和邵湛两个人的手机型号差得不多，但邵湛显然不会用那种花里胡哨的涂鸦式手机壳。

前桌的眼神，从震惊，再到迷茫，最后变得有些微妙。许盛抓着手机的手一时间僵在原地，收起来也不是，放下也不是。邵湛拿着许盛的手机，别说前桌了，这要是换了他自己也得问上一句这两人什么关系。怎么想也说不过去。

前桌愣愣地开口问："学神，这……这手机不是你的吧？"

他不知道要怎么说，给邵湛使了一个眼神：怎么办？

邵湛刚合上书。他坐姿挺拔，和许盛那没骨头的样不同，抬眼看到目前的突发情况，他也回过去一个眼神，大约是七个字：你不是挺能的吗？

许盛在心底骂了一句。

于是前桌问完，眼睁睁看着更诡异的一幕在他眼前发生：学神和校霸似乎在"眉目传情"。

许盛感觉自己每天似乎都在走钢丝，这根钢丝还时不时会因为各方面的外力而左摇右晃，好在比起这些，人的求生欲是更强劲的东西。在前桌越来越微妙的目光下，许盛突然感谢起孟国伟能把纪律委员一职交给邵湛，并让他管着点自己。许盛不紧不慢地把手机拿出来，然后递给邵湛："这次就算了，下次上课别玩手机，多把心思放在学习上。"

邵湛刚想开口帮他说一句拿错了，还没来得及说，许盛已经力挽狂澜把这事圆过来。邵湛觉得许盛这个人确实是挺能的。他伸手，接过许盛递过来的手机："知道了。"

许盛就在前桌"原来是这样"的目光下走了出去。

这次意外让两人不得不互换手机。邵湛倒还好，但许盛使用手机频率高，让他放学前不摸手机比让他对着英语词汇手册看两百页更不现实。两人趁着出操集合这段时间，在班里多留两分钟，偷偷摸摸把手机给换了。

许盛郑重地把手机递过去："密码不重要，你用指纹解锁就行，里面也没什么不能看的，就是相册尽量别乱翻，其他随意。"邵湛没他那么多话，直接把手机从桌肚里拿出来扔给他。许盛接过，手机交接完毕。

"行，那你在教室待着，我去出操。"虽然许盛的人设已经急速崩塌，但不出操这件事还是得再坚持一下。

许盛离开后，邵湛拿着许盛的手机，拇指刚好意外按在指纹识别处——屏幕亮起。许盛的手机屏保还是邵湛之前见过的那张街景速写，由于这张画实在太特别——主要是由略模糊的像素和速写风格带来的特别——哪怕不是第一次见，邵湛还是多看了一眼。这回不急着打游戏，看得比上次清楚。他注意到这幅画右下角角落里似乎有日期和署名，"2017.3"，署名写得过于潇洒，一笔连起，似乎是个英文字母。

窗外正好有其他班的人路过，几位女生成群结队路过七班往操场走，走在中间的那名女生扎着高马尾，身材高挑，看着性格活泼。她侧头跟两位朋友说完话，再转头回来，止住脚步，退回来趴在七班后窗窗口伸手拍了邵湛后背一下，女生清脆的声音响起："许盛！"

邵湛还没看清楚署名到底是什么，就被这一声惊扰，下意识地反手关了手机屏幕。

女生热情洋溢地说："高二开学太忙了，我们隔得又远，都没碰见过你，我居然跟张峰那小子分在一个班。"

"对了，你看我，"女生换了话题，趴在窗户口，手托着下巴，笑语嫣然，"有没有发现哪里不一样？"

邵湛从没这么摸不着头脑过。

这是一名长得挺漂亮的女生。不光是漂亮，主要这还是一个笑着问他有没有发现自己哪儿不一样的女生。这和无数电视连续剧里，女方问男方我穿这件衣服好不好看的场面有什么区别？！邵湛回忆起早自习他想缝上许盛的嘴的那一刻，才反应过来他似乎是忘了反问他有没有对象。

邵湛强行镇定下来，反问："哪里不一样了？"

女生嘴一噘："我剪头发了啊！不是你上回跟我说我剪刘海比较好看的吗？你这个人怎么这样啊？"

邵湛现在的心情就是两个字：绝望。

许盛这边也没好到哪里去，他刚往队伍里站，孟国伟急急忙忙走过来把他拉出去："你怎么才来？今天你是升旗手，我忘了提前跟你说，赶紧的，快去升旗台……"

"等会儿，"许盛怀疑自己是不是听错了，"我是什么？"

孟国伟道："升旗手啊。"

他许盛何德何能还能站在升旗台升旗。他每次往升旗台上一站，除了念检讨之外再没有第二个原因。只要他一出现，顾阎王边上的老师准要提前开始安抚顾阎王的情绪："孩子不懂事，顺顺气，等会儿不管发生什么，都要保持住主任您包容、乐观的优良品质，千万不能被打倒。"

许盛压根就没升过旗，他现在就像没学过开车的人却被逼上路一样。

升旗台对面跟他一起升旗的人许盛有点印象，戴黑框眼镜，被称为"万年老二"。这个万年老二的由来主要是因为每次考试这位同学都被邵湛压着，不论是总分还是各科排名都只能排第二。

在其他老师的催促下，第二名推推眼镜，这个动作使他看起来有些呆板，他趁各科老师不注意，主动对许盛说出第一句话："高二上的课本我都已经提前学完了。"

许盛正盯着旗绳琢磨这玩意儿等会儿该怎么系，冷不防听到对面来这么一句。第二名又说："下次考试，我肯定能超过你。"

敢情是来下战帖来了。许盛从旗绳上转移注意力，顿时觉得自己那点胜负欲在这位仁兄面前都不算什么，他琢磨着说："那你加油。"

升旗仪式结束，许盛凭借自己的模仿能力，连蒙带猜地把旗给升上去了。然后他避开人流，顺着楼梯台阶走上去，还没看到高二（7）班那块牌子，就被人从身后伸手拽住，然后一股力量将他一把拉了过去。

许盛眼前一黑，等回过神时人已经被摁在墙角。他往上抬眼，黑色连帽衫，冷脸。对方脾气是真不太好，眉尾一压，生出几分无端的针扎似的戾气来。邵湛这堵人的气势比他校霸得多，看着就像个平时经常欺凌同学的问题学生，还是那种上来压根不会跟你多废话，直接打的类型。许盛东想西想，"问题学生"开口道："你女朋友刚才来找你。"

许盛脑子里什么想法都没了。

"你们今天一个个的怎么都说些让人听不懂的话？老孟也是，那个第二名就更别提！"许盛简直要疯，"我哪来的女朋友？"

邵湛崩溃程度不比他低："你自己的女朋友，你自己不知道？"

"我知道什么？！"

"扎马尾，身高目测165，跟张峰一个班，"邵湛提取关键信息到一半，还能分神提醒他，"别骂人。"

"我……"许盛嘴里的话硬生生转了个弯，"行，我不骂人，你继续说。和张峰一个班，然后？"

"平刘海，"邵湛只有这种时候身上才会掺上点跟平时不一样的情绪，除了写试卷外，不得不面对许盛制造出来的麻烦，"她为你剪的头发。"

许盛脑子里乱成一团，把邵湛给的几个关键性信息整合起来，空白好几秒后才大概知道他说的是谁："张彤？"

邵湛松开掐着他手腕的手："别问我，我不认识。她到底是谁你自己心里清楚。"

"不是，"许盛急忙解释，"她跟我就是普通同学关系，怎么就为我剪的头发，你语文考那么高，这用词怎么……"

许盛越解释，越觉得他现在和邵湛的这段对话细品起来有点怪，就好像因为张彤这事儿弄得他在邵湛面前特别心虚似的。想到这，他被自己吓得一激灵。

"她是我高一同学，不光她，她们应该总是一拨人吧？好像都在一班？我记不得了，她们几个跟我关系都挺好，就普通朋友。"

许盛高一的同学关系处得是真的还可以，上课耍宝经常能把他们逗

这题超纲了 ①

笑。跟那几个女生认识完全是因为经常给她们做参谋。女生挑衣服、发饰，甚至纠结换发型，他都能给点建议。那时许盛经常坐在后排边趴着边看她们递过来的手机："这颜色太暖，你试试那件，那件配色好看。"张彤不止一次感慨过："其他人都分不清这两件有什么区别，你真是一股清流，有品位！"

邵湛哪里能想到自己现在的这副躯壳，除了拥有校霸的名号以外，居然还是个合格的妇女之友。许盛说到这，想到邵湛以为这是他女朋友，又说："你没说什么不该说的吧？"

"没有，"邵湛说，"我说你还有事吗，没事可以走了。"

张彤怕是在想曾经的妇女之友去哪儿了。不过比起目前的状况，几个其他班的老同学倒也不重要。

这几天课多，化学课还得去实验室亲自操作，许盛一个能把实验室炸了的外行，在邵湛说一句他做一个动作的方式下居然也能勉强撑过去，并且被迫记住了几个化学反应方程式。甚至在侯俊他们过来问步骤的时候，他都能差不离地复述给他们。

"对，你们这步没错啊，你再重新做一遍我看看。"

"等会儿，这里不对。"

"谭凯！你会不会称重量，我说这反应速度怎么那么快……"

只是分析完，在侯俊他们喊着"学神厉害"然后把头扭回去继续做实验的时候，许盛自己却莫名愣住，他什么时候这么热衷学习过？直到坐在边上全程没怎么动过手的邵湛拍了一下他的后脑勺让他把烧杯收起来，许盛这才回过神。

洗烧杯的时候谭凯偷偷摸摸凑过来，在他耳边说："今天是评选最后一天了，今晚我们多开几个小号，你放心，咱肯定不能输。"

今天周四，也是校草评选投票截止日。晚自习结束时，离投票截止还剩不到三小时了。经过谭凯提醒，许盛洗完澡，像往常一样偷偷点开临江六中贴吧关注战况。昨天他刚超过邵湛，今天邵湛粉丝们就跟打了鸡血一样，带着新开的小号继续"厮杀"。

目前票数：

1. 邵湛[22688票]

2. 许盛[22054票]

票数差距甚微，许盛给自己投完一票，反正闲着也是闲着，又刷新几次页面，更新实时票数，发现两方咬得是真紧。

1098楼：说了多少遍了，像许盛那种人是没有未来的！我们学神他不优秀吗？投许盛的在想什么？！

1099楼：说真的，我一直感觉还是学神比较帅吧。

1100楼：同意楼上，我也一直看不出许盛哪儿好看。

....

话题逐渐往人身攻击的方向展开。许盛眼睁睁看着自己变成了一个就算丢在大街上找整整十八个小时也找不出来，并且出行还有损市容的人。

这他就忍不了了。评选就评选，人身攻击算怎么回事？

许盛这几天除了给自己投一票以表示对赛况的关注以外，从来都没发过言，他点击"我要评论"，伪装成自己的粉丝，打下一行字："我觉得许盛哪儿都好看。"他本来只想打这一行，结果敲上去之后，那种恨不得为自己的帅气写一篇小作文的心没有收住，便洋洋洒洒往下写。

写完，点击发送。

熄灯后网络有点延迟，许盛看着加载图标转了好几圈才转出来那条他发出去的新增评论。这条评论前面的用户名是邵湛……

看到"邵湛"这个用户名的许盛差点把手机扔出去，他没有扔的原因是他想起来这手机不是他的。周一，在差点露馅之后，他和邵湛，换了手机，所以他现在用的手机是邵湛的！点开贴吧，自动登录的账号也是邵湛原先绑定的账号！邵湛账号名直接就是本名，注册账号的主要原因许盛也略有耳闻。学校贴吧里经常会有学习方面的求助帖，这些求助帖末尾必然会加上这样一行字——求学神空降。这些人都在等邵湛回复。当然也有不少浑水摸鱼的表白帖。

邵湛很少回复，偶尔回复了几个精简的解题步骤的话，那个帖子能在首页飘红十来天，所以几乎所有人都记得邵湛的贴吧账号。

一号选手邵湛不断往上狂飙的票数突然停滞。

邵湛的粉丝显然是刷到那条回复，不约而同停止投票，陷入茫然。

1101楼[邵湛]：我觉得许盛哪儿都好看，尤其是他桃花般迷人的双眸……

许盛第一个念头就是删帖！但这玩意儿都发出去了，删帖也于事无补。这节骨眼上再轻举妄动，能再多一重解读出来。许盛一瞬间思考起退学这个可能性，他还是退学吧。

熄灯后的寝室漆黑一片，只剩手机屏幕发出荧荧的光，照在"邵湛"那张自带高冷滤镜的脸上，少年眉眼锋利，有一种逼人的压迫感，能被万千粉丝投到第一不是没有原因。但现在许盛没有心思去想投票的事，不管谁是第一都已经无所谓，他满心都是让他退学吧。让他离开这所学校！

不，还是干脆让他了断了吧。

私人时间，许盛没再穿学校那套校服，他也没问邵湛多要几套衣服，穿的是自己从衣柜里随手抓过来的T恤，邵湛身形跟他差得不多，衣服就算换着穿也影响不大。如果说白天邵湛顶着他的壳子行走间有种"校霸"气质的话，那不穿校服的邵湛本尊冲击力更大一些。

许盛头一回洗完澡，闭着眼睛把衣服套上后，在照镜子的时候愣了半天。镜子里的少年脱离中规中矩的校服压制后，浑身上下那股劲肆无忌惮地往外散开，看起来简直是校霸本霸。

邵湛的票数仍处于停滞状态。

1102楼：……

1103楼：……

1104楼：其实我也很想打一串省略号，因为现在世界上所有的词汇都没办法表达出我此刻的心情和我的所思所感，但我还是想问一句，这到底是什么情况？！

这情况太惊悚了好吗！

试想一下当你在为偶像疯狂打投的时候，偶像本人下场为对家说话，夸奖的话跟不要钱一样说了一大车，搁哪家粉丝身上心态都得崩。

1105楼：是本人吗，真的是本人？

1106楼：是本人，学神的ID还有谁不认识吗？全校都知道。

1107楼：所以，是我想的那样？

1108楼：也是我想的那样吗？

这一刻，包括扬言要开小号帮"湛哥"守位的谭凯和侯俊也疯了！所有人想的都是：原来学神那么仰慕校霸？原来这两个人的关系竟是这样？！这是什么品学兼优好学生和不良少年之间"爱恨情仇"的故事？

几分钟过去。邵湛的票数彻底停了，一票都没有再涨。邵湛的粉丝们在集体迷茫、不知所措、慌乱中，不知道谁带头给许盛投起票，之后这帮慌乱的粉丝像找到正确道路一样，都把手头的票给了许盛，许盛的票数肉眼可见开始飞涨。

微信消息不断在通知栏里闪烁。离当事人最近的张峰还担心许盛对这个评选不感兴趣，生怕他错过今晚的第一手八卦，迫不及待跑来转述这尴尬的场面，给许盛第二击：今晚的战场贼刺激，你知道发生什么了吗？！学神居然下场给你拉票了！

[张峰]：他说你的双眼，如桃花一般，你的鼻梁高挺，恨不能在你鼻梁上滑滑梯。还有最绝的一句，你的帅气让天地暗然，让万物失色！

[张峰]：就是这句话好像有错别字啊，"暗"，应该是"黯然"吧。

许盛找不到合适的词回复，连平常的"哦"字都没办法发送。

好在张峰很快为学神找到适当理由：学神怎么可能那么没有文化，一定是输入法的错。

张峰说罢又激动起来，实时播报：兄弟，你第一了，第一名！

现在一点也不想登顶的许盛缓缓阖上眼，票数越多他越绝望。事态发展成这样，明天肯定躲不过去，就算邵湛不玩贴吧，谭凯和侯俊两个人都能上来轮番扒下他一层皮。他就算有十张嘴也兜不住。

现在怎么办？

许盛下床，抓了把头发，变成邵湛的第一天，高志博问他题目的那一刻他都没有像现在这样绝望过。

要不然去自首？

反正怎么也兜不住，这事还是该商量一下。起码得让邵湛本尊做好心理准备，两个人才能一起波澜不惊地面对明天的狂风暴雨。

许盛拉开门，做足心理准备才往前迈出去两步，站在对面寝室门前。许盛伸手，弯曲手指，敲门前又往后退了一步。他……敲不下去。于是许盛蹲下身，把手机从裤兜里掏出来，顺手扯了扯T恤领口，犹豫两秒点开微信。他和邵湛换手机之后几个主要的软件有重新换账号，贴吧那种令人意外的非常用软件是真没想到。

邵湛原先的微信联系人列表很空，除了许盛以外，剩下就是几个老师同学。分类清晰，最上面的分类是家人，然后才是学校，最后一个分类有点奇怪，许盛多看了一眼，是"南平"。许盛摸不准这个南平是不是他印象里的地名，A市边缘有几个小区块，南平区较偏。

许盛无意窥探他人隐私，匆匆掠过，之前拿到手机之后就切换成自己的微信账号了，他发过去一句：在不在？

许盛又打：你开个门，有事跟你说。

许盛继续打：开门之前，你先做好心理准备，并同时在心里默念君子动口不动手，暴力解决不了任何问题，同学之间要相互友爱……如果上述几句都发挥不了作用，你就想想现在谁是邵湛，自己的身体自己得爱惜。

许盛这段话前脚刚发出去，后一秒面前的寝室门就开了。邵湛倚在门口，脸上没什么表情，他刚洗完澡，头发还往下滴着水，没来得及擦头发手机就开始震。开门后一低头就看到蹲在他寝室门口玩手机的许盛。许盛垂着头，脸几乎埋进膝盖里，手机也摆在膝盖上，只看得到一截后颈和碎发。见开门了，许盛这才抬头。

"蹲着干什么，"邵湛侧过身，"进来。"

许盛慢慢吞吞起身，想在进去之前确认一下自己的人身安全："你看消息了吗？"

邵湛身上带着湿气，还有刚洗过澡的沐浴露味儿，一靠近便有一股凛冽之气袭来："如果上述几句都发挥不了作用，我不会管你现在是谁。"

看来是看了。许盛暗想，接着又摸摸鼻子，觉得自己怕是无论如何也见不到明天的太阳了。

邵湛寝室他来得不多，醒来那次光顾着震惊，后知后觉才发现邵湛这寝室整洁得过分，就跟他这个人一样，如非必要，不会放多余的东西。

邵湛把椅子拖出来，许盛坐上去总感觉像是在等待受刑，邵湛则倚在书桌桌沿，两个人正好对着。

许盛先用一句无足轻重的话当开场白："你刚才在做试卷？"

许盛甚至想说"晚上吃了吗"，邵湛垂着眼，看不清神色，只有三个字回应："少废话。"

"说重点。"邵湛大概能猜到是许盛又惹了什么事，自从打雷那天后意外层出不穷，几乎没消停过，因此就算真发生什么事他也并不会意外。无非就是闹点乌龙，人设崩一崩——在看到许盛递过来的手机之前，他的确是这么想的。许盛在把手机递出去的一瞬间，就发挥自己惊人的弹跳力，往后退两步，直接退到门口。

熄灯后的寝室里，是死一样的沉寂。

由于看不太清，许盛往后退的时候还踢翻了不知道什么东西，他只能借着手机那点光去看邵湛变化莫测的神情。

邵湛很快看完，大致明白了这是一个什么事件。他平时不关注这些，多费了一点心思才明白评选的大致流程。等他从许盛那篇"文采斐然"的小作文里抽离出来，别说人设了，他仿佛看到整个世界都在他眼前坍塌，并且一边坍塌还一边循环着一句文笔烂如狗屎的"桃花般迷人的双眸"。

"我得解释一下，"许盛说，"我忘了这是你的账号。"至于他为什么要上贴吧给自己发这么一段话，这个略过不解释，解释起来过于羞耻。

"你怎么不把自己给忘了？"

"文笔还能再烂点吗？"

邵湛每说一句就往前走，最后在他面前站定。

许盛后背抵着门，面前的邵湛浑身上下都散发着冰碴儿的气息，邵湛逼近他，似乎是笑了一下："作文都没见你写那么长。"

许盛还真以为邵湛当真不管他到底是谁也要让他"命丧当场"了，然而下一秒他听到门锁被拉开的声音。邵湛拉开门，看出他在想什么："搂你要是有用的话，你现在已经不在这了，还有，'黯然失色'的'黯'不那么写。"

许盛不确定自己真的逃过一劫："我能走了？"

既然揍他没用，那现在在这里僵持着也没用。邵湛松开手，强压下所有情绪说："明天要是解决不了，你就退学吧。"

许盛从邵湛手里死里逃生，勉强可以苟活下去。回去之后他也一整晚没睡着，活像一个面对公关危机的艺人。

许盛本以为他起码能活到早自习，然而没等到早自习，七班八卦代表侯俊和谭凯两个人就特意登"寝"拜访——昨夜，是临江六中所有参与投票的人的不眠夜，侯俊和谭凯两人更是难眠！谭凯去之前先和侯俊碰面："猴哥，我都干了些什么啊，我还跟湛哥说我会投他，难怪我每次说出这句话，湛哥的表情总是有一丝不寻常……这一丝不寻常现在细细回想，可不就是那个意思吗！"

侯俊震惊："还有这种事？原来早有迹象？"

谭凯说："那眼神，仿佛就在诉说着'你为什么不投许盛'！是了，我越想越觉得就是这么回事！"

两人聊着天，恍恍惚惚地下了楼。他们起得早，这会儿寝室楼里还没什么人活动。谭凯鼓起勇气敲了两下门，门里一个陌生又熟悉的声音说："等会儿。"

陌生主要因为这很明显不是学神的声音。熟悉这一点就更明显了，因为虽然不是学神的声音，但总觉得在哪儿听过，尤其耳熟。

侯俊疑惑："会不会敲错门了？"

谭凯很肯定："不可能，湛哥就住这！"

谭凯话音刚落，门正好开了。这个点实在太早，邵湛以为敲门的是许盛，加上在这寝室住惯了，很多行为都已经成为条件反射。当然他平时不会这么不谨慎，很重要的原因是，因为许盛那篇小作文，他也几乎一晚上没睡好，结果他刚套上衣服，头发还凌乱着，就对上呆若木鸡的两个人。

如果说谭凯和侯俊来之前还只是猜疑的话，这会儿世界观是真的裂了：开门的怎么是许盛？

三个人面对面，一时间谁都没有说话。

邵湛这副样子明显就是刚从床上起来。他眯着眼，单手扶在颈后，另一手搭在门锁上，天气明明燥热得很，而他眼底却像夹着风雪，令人望而生寒。只是现在这份寒意里，多了几分别的东西。比如……难得从他身上显现出的一丝慌乱和无措。

沉默还在诡异地持续着。

邵湛几乎都能从对面两人的表情里读出字来。谭凯的脸上飘着的是"湛哥和校霸到底怎么回事，昨天的事肯定是真的了吧，这……这、这竟然都换到一个寝室了"这句话，侯俊的则简单一点，他张着嘴，仿佛在说，哎呀，现场直击啊！谭凯和侯俊两人互相对视一眼，最后因为太过震惊而相对无言。

邵湛和许盛两人在闹乌龙之后都没有再继续关注评选进展，所以不知道在临江六中所有同学齐心协力的想象、发挥之下，学神和校霸连组合名都有了——"湛无不盛"。这名字，高端，大气，既好看又好听。之前关于学神和校霸的传言就有不少，虽然从棒棒糖事件就开始传两人不和，但现在回头望去，点点滴滴都是他们感情好的佐证。这种不良少年和三好学生的反差，令人越想越上头，最后大家纷纷沉醉其中，深信不疑。

邵湛对这些一无所知，他只顾着思考现在摆在他面前的问题：说什么？说其实我和邵湛同学换了寝室？

人在越是慌乱的情况下越容易出错，邵湛脑子里乱成一团。

片刻后，他垂下手，冷静下来，先为自己出现在这间寝室找了一个合情合理的原因。"他有事出去了，"邵湛侧过身，展示这间确实只有他一个人的寝室，又伸手指指对面寝室，"我那屋水管有点问题，来借洗手间洗把脸。"

这个解释确实合理。如果没有昨天晚上贴吧那件事的话，谭凯和侯俊两人说不定真不会多想。然而这个世界上很多事情没有如果，谭凯和侯俊回过神，勉强干笑道："哈哈哈，哎呀，原来是这样，你们不用不好意思的，我们懂的。"

不好意思什么？懂什么？邵湛额角一抽，耐着性子说："你们找他有事的话，可以进来等他。"

谭凯急忙说："不，不，不找了，不打扰你们。"

事已至此，还需要多说什么呢？自以为撞破一切的谭凯、侯俊两人缓缓退回到楼道口："我们先去教室了。"侯俊仍放不下他那颗班长心，又说："今天早上顾阎王会来查课，尽量别迟到。"

——醒了吗？
——早上侯俊和谭凯过来敲门。
——我开门了。

许盛收到消息的时候刚睁开眼，匆匆扫完这几句话，差点没从床上蹦起来。他哪里会想到自己离邵湛所说的那句"退学"更近了一步。

他昨晚实在睡不着，开始上网搜索危机公关的案例，一晚看了不少，总结归纳分析出几大应对要点，他上课都没这么认真过——结果今天睁开眼醒来发现此时此刻什么要点都不重要了，艺人都没经历过这么严重的公关危机！

许盛回复：你现在在哪儿？

[邵湛]：寝室。

许盛有一丝惊讶。

距早自习上课还剩不到二十分钟的时间，许盛简单收拾完，去敲对面寝室的门："你不走？"

邵湛第一次觉得许盛这个不爱上早自习的习惯，其实也挺好："我不上早自习。"

许盛不敢置信，敢情狂风暴雨都是他一个人的？！

邵湛下最后通牒："给你一个早自习的时间，我来之前，解决完。"

邵湛说完，便要关门。许盛拽着门把手，把门往里推，挤在门口不肯撒手："一个早自习可能解决不完。"

邵湛没说话，只用眼神示意他松手。许盛眼一闭，干脆耍起无赖：

"要不然,我直接退学吧。"

清晨,校门口汽笛声不绝。

学校门口的早餐铺坐满了人,也有一边咬着烧饼一边往校门里冲的,顾阎王神清气爽地站在校门口巡视。

许盛出去买早餐之前翻半天都没有找到一次性口罩,此刻恨不得埋着头走路。谣言虽然传得凶,但通常也不可能发生陌生同学为了八卦凑上来问东问西这种情况,许盛从踏出寝室楼的那一刻,收获的只是一些奇怪的目光和窃窃私语,充满探究、迷惑,甚至还有说不清道不明的狂热。

顾阎王高高兴兴地把他拦下:"邵湛啊,最近学习情况怎么样啊?"

许盛斟酌着说:"挺好。"

"学习上有没有遇到什么难点?可以常来我办公室找我。"

许盛被拦在校门口,收获的复杂目光更多,他只想赶紧结束话题:"都简单,如果非要说难点,可能就是太简单。"

顾阎王心说这不愧是他的得意门生。许盛边回答边往校外跑:"我还赶着上课,顾主任,下次有空再聊。"

买过早饭,许盛还是感觉仿佛全世界的人都在盯着他,能从背后把他盯出个窟窿。这要是再来一首背景音乐,就跟电影里演的主角出街一样。

楼道口有人小声说:"是学神哎,学神和校霸……"

"学神昨天的评论真的是他自己写的吗?"

"桃花般……"

许盛虽然听不清整个句子到底在说什么,但走到哪儿都能听见关键词"学神""校霸"还有"桃花"。他这辈子都不想再看到桃花了,也不想再听到这两个字。许盛就跟渡劫似的,三两步跨上台阶,用最快的速度闪进班,紧接着看到令他望而生畏的一幕——七班人到了大半,这帮同学不在补作业,不在背单词,也不在做任何与学习有关的事情,他们整整齐齐围在邵湛桌边,里三层外三层围了得有三四圈。

见许盛出现在门口,不知是谁高喊一声"学神来了",那群人便齐刷刷回头。许盛一窒,他承认,他在进班之前已经做好充足的心理准备,但……这是什么"大型公开处刑场"？！

其他陌生同学确实是不好意思问，可七班同学不一样。大家都是同一个班的，开学快两周，怎么也跟"陌生"二字扯不到一起去，加上人的好奇心是藏不住的："学神，早啊。"

许盛心说，没心情跟你打招呼。

另一位同学凑上前说："学神，昨天贴吧是怎么回事啊？"那名同学紧接着又来一句："现在大家都说你仰慕校霸很久了，这是真的吗？"

一群人你一言我一语，许盛被围在中间，连空气都钻不进来，只剩满心窒息。就在这时，身侧玻璃窗传来两下不轻不重的敲击声——其他人都背对着窗，从许盛这个角度看过去才能看到一截手腕以及少年微曲的指节。下一秒，窗户被人拉开。一道极冷的、没什么起伏的声音传进来："顾主任来了。"

这五个字仿佛有魔力。一群人立马散开，回到自己座位上正襟危坐，慌忙间随便找本书看，连头都不敢回。

许盛松口气的同时人潮散去，他刚好和窗外的人对上眼。窗外站着的是说不来上早自习的邵湛。邵湛从后门进来，拉开椅子坐下。等众人反应过来不对劲时，上课铃刚好响起，教室立刻安静了下来。

隔了会儿，许盛单手将课本支起来，上半身趴下去，侧过头问他："你怎么来了？"

许盛手上没使力，课本刚支起来没两秒就往外斜，邵湛看了一眼，低头装作打游戏，提醒他："拿反了。"

许盛把书倒过来："你不是说不上早自习吗？"

"我不来上早自习，"邵湛开局前活动了一下几根手指，"你打算顶着我的身份说什么？"

许盛确实是没想好。邵湛看了一眼手机上方的时间："你还能多活半小时。"

这半小时是决定性的半小时，人在事后总是能想出一些没经历前想不出的对策。早自习结束，许盛再度对上同学们好奇的目光，大脑高速运转，已经能勉强承受住这一击："什么贴吧？"

有人解释："就是有个校草评选……"

许盛怎么说也是经过一晚上公关危机案例洗礼的人，现在头脑清晰，深知打死不承认是第一要点："虽然不知道这是什么，但我觉得大家这种以貌取人的态度很不可取。"

"可那贴吧账号确实是你的。"

"是啊，还特意写了五百七十一个字，用了七个感叹号。"

许盛看似淡定的外表下波涛汹涌，你们为什么连标点符号都数得那么清楚？！

有人调出昨天的帖子，递到许盛手里："就是这个，桃花般……"

许盛是真不想再听到"桃花"这两个字，他及时接过，装作浏览两行的样子，并适时表达出三分愤慨和七分震惊："谁盗我账号？我很少上贴吧，更不会发这些。"

不管有没有人信，反正打死不能认。

为了加深这一说辞的可信度，许盛不得不自己骂自己："我怎么会有这么烂的文笔？"许盛接着骂自己："'黯然'的'黯'还能写错，用词乱七八糟，通篇语病……"

许盛这几句话精准、到位，让所有人无法反驳。是啊，这稀烂的文笔摆在面前大家不得不认，学神可是语文作文从来都接近满分的人，每次考卷都会被各科老师复印下发，供人观赏学习的。他们昨晚都过于震惊，沉浸在对过去认知的崩溃里，如今回过神纷纷质疑学神怎么可能会写出"桃花般的双眸"这种句子？

七班闹出的动静实在太大，孟国伟刚从其他班出来，夹着作业经过七班时呵斥道："都干什么呢，我在一班就听见你们的声音了，是觉得时间还有很多是吧？开学都半个月了，我看你们到时候月考考成什么样！"

这题超纲了
①

第九章 极限备考

临江六中月考是出了名的变态,严格按照高考流程走,考场按照上一回考试的成绩排,严查手机等一切电子设备。孟国伟用月考威胁大家很有效果,这一嗓子喊完,班里立马安静下来。

关于学神被盗号这一问题的讨论暂告一段落。

邵湛在边上装睡,他单手枕在底下,另一只手向前伸出去,虚虚垂在桌沿处。连帽衫宽松,拉上帽子之后只看得到一点碎发,遮住略显细长的眉,眉峰弯出凌厉的弧度。这人明明连眼睛都没睁开,仍有股不知道哪儿来的威慑力。

他装睡是因为下课前许盛摁着他的头把他摁下去:"要么出去要么趴着,我在课间从来不看书。"之前俩人扯过的好好学习的幌子已经不重要了,许盛这一举动多少也是为了掩饰等会儿"公开处刑"的尴尬。出乎他意料的是,邵湛没反驳。

邵湛虽然趴着,心情也没能平静到哪儿去。他都不知道自己为什么会鬼使神差地过来上这节早自习,等他反应过来时人已经站在七班后窗边,伸手敲响了玻璃窗。

许盛每说一个字,甚至气音停顿一秒,他的心脏也跟着罢工停跳,好在许盛大喘气之后找到了切入点。

"行了,"围观"处刑"的同学们散去之后,许盛卸下浑身紧绷的力气,往后靠了靠。自己骂自己实在是一种难得的人生经历,许盛总算从那种窒息感里抽身出来:"面子给你保住了,你可以醒了。"

人真是不把自己逼到极限,都不知道自己有多大潜力。孟国伟要是再不来,许盛还得接着继续骂自己,课间休息时间还剩五分钟,他就得骂够五分钟……

邵湛手指动了动,然后边仰头边把帽子拉下去,等他把脸抬起来,许盛才发现这人居然在笑。说笑其实并不确切,因为他笑得并不明显,只有眉梢略微扬起那么一点。

邵湛评价说:"骂得挺狠。"

从刚才的极限操作里反应过来之后,许盛的心情终于也放松了下来:"你还笑?"

"不过也没说错,"邵湛顺势坐直了,"都是实话。"

其他人不知道这番发言背后的真相也就罢了,但邵湛是除许盛之外唯一的知情人。紧张是一回事,许盛发言让人想笑又是另一回事。

许盛想说滚,但没说出口自己也笑了,他转开话题又说:"我刚才要是没扯成功,你打算怎么办?"

邵湛翻开一页课本:"打算看你选哪种方式退学。"

"你要真想看我退学,"许盛虽然学习不怎么样,但事情看得明白,"你就不会在后窗敲那一下。"

邵湛没说话。

"你平时多笑笑行吗?板着张脸,不知道的还以为我欠你钱呢。"许盛说。

"有没有人说过你很烦?"

"其实你笑起来挺好看的,"许盛说着觉得哪儿不对,自顾自地补充道,"我是说我自己那张脸。"

邵湛总算有了点反应,他眼皮微掀:"桃花般迷人的双眸?"

许盛低声骂了一句,骂完,自己也没忍住笑了。他是脑子让门给挤了,才会被胜负欲冲昏头脑,写什么小作文。

许盛发现邵湛其实也没那么难相处,虽然总是冷着张脸、不近人情,但其他地方也还可以。他现在还能好好坐在教室里呼吸新鲜空气就是最好的证明。

一个上午过去，"学神被盗号"的解释很快传遍全校。但传言这种东西，很多人一旦相信了，就是盗号贼真出现在他们面前也仍选择视而不见。贴吧里全校制作人们嗨了一晚上，还是有不少人坚信自己眼见为实，"湛无不盛"的兄弟情不容置疑。

6989楼：你们信吗？反正我总觉得这件事不简单。

6990楼：楼上+1，我也觉得不简单。

6991楼：昨天楼里那个在便利店见过校霸和学神的姑娘呢？出来再讲一遍学神和校霸便利店的故事，给大家巩固一下知识点。

6992楼：我来了我来了，那天我和我朋友留下来做值日，那是一个浪漫又不可思议的傍晚，我推开便利店的门，校霸好像是刚打完架，嘴角破了皮，整个人冷得不行坐在用餐区角落里……

什么叫跳进黄河也洗不清？什么叫就算自己骂自己也没有用？这就叫！许盛看了一晚上危机公关的案例，唯独没有去关注艺人公关之后的后续，那就是八卦群众坚定的内心：你可以打死不承认，但我们也有打死不相信的权利！好在这些后续许盛和邵湛两人都没再关注。许盛牢记公关案例最后一点：时间消磨一切。

许盛和邵湛两人趁着午休时间简单把寝室换了，刚开学，其实也没多少东西，换起来方便。

"等会儿。"许盛要走之前，邵湛叫住他。

许盛在门口停下脚步："还有什么东西吗？对了，墙上那张海报你要是不想贴可以直接揭了。"

邵湛放下手里的东西，把挂在脖子里那把钥匙取下来给他："这个。"他捏着那根黑色的细绳，又说："之前忘了给你。"

那把钥匙要说是装饰品，很显然说不过去，虽然明显是许盛自己随便用黑色细绳串起来的，可许盛没有提过，邵湛也就没问。

"啊，"许盛愣了愣说，"这个啊。"许盛把钥匙抓在手里之后才反应过来一直觉得哪儿不对劲，原来是脖子上空落落的。

许盛拎着钥匙回去，把薄被扔在邵湛床上，再度环视这间"新寝室"。东西都整理好之后，他坐在椅子上，长腿伸直了搭在书桌上，往后仰头，整间寝室倒着映在他眼里。

最近发生的事太多了，多到他没时间思考其他事情。光是思考每天要怎么顺利活下去就都已经够艰难。这把钥匙像一把能够开启魔盒的钥匙，冰冷的金属折射出几道光影。随着那片阴影而来的是女人压抑的声音：

"你非要气死我是不是——

"从小到大，我从来没有要求过你什么。

"我尽力给你最好的生活，我希望你日后能够平安顺遂，有份稳定的工作，平时课余时间你想干什么我也不拦着你，你有兴趣爱好我也是愿意支持的。"

…………

剩下的话许盛听不太清了，女人并不算歇斯底里甚至带着些强压着情绪的声音和春季迟来的雷雨混杂在一起。

轰！

许盛只记得那天窗外的雨似乎越下越大，瓢泼大雨倾盆而下，砸在玻璃窗上掀起一片涟漪。

黑色细绳缠在许盛的指尖上，许盛看着看着目光不自觉移开，落在不属于自己的那只手上，邵湛的手长得是真的优越……指节分明，肤色冷白，五指修长。他把缠在手指上的细绳往回绕，最后拉开书桌抽屉，把钥匙丢了进去。

下午第一节课是语文课。孟国伟没来之前，语文课代表沈文豪带领大家读古诗词："同学们，把课本翻到第三十五页，让我们饱含深情地朗读这首诗。"

沈文豪实在是个神人，据说平时还有写小说的爱好，上岗第一周就给班级角落安置了一个读书角。

孟国伟晚两分钟进班，他进班之后先是继续早上的发言，隔三岔五地

这题超纲了 ①

鞭策同学："别说月考了，很快你们会发现高考也没你们想的那么远，近在眼前，到时候再想发愤图强，什么都晚了！"

沈文豪在下面诗兴大发，接了一句："人生天地之间，若白驹之过隙，忽然而已。"

侯俊啪啪鼓掌："可以啊，文豪，这首诗作得妙！"

"这不是我写的……"

"别贫了你们两个。"孟国伟把批好的随堂练习卷递给沈文豪，"把这个给大家发下去，这节课咱们先讲评一下上节课的卷子。"

下发的试卷是昨天课上写的练习卷。上节课许盛写好卷子之后，就和邵湛两个人互换着交了上去。许盛并不担心这张卷子会出什么问题，正百无聊赖地翻着语文课本上的课后阅读，挑叙事的范文当故事看，因此并没有注意到孟国伟递完卷子后，手里还扣着两张。

直到下一刻，孟国伟说："邵湛，许盛，你们俩起立。"

许盛刚进班没多久，中午忙着换寝室也没睡午觉，一时之间有点蒙。他下意识看了邵湛一眼，在慢吞吞站起来之前低声问："什么情况？"

"不知道，"邵湛说，"你又干什么了？"

许盛仔细回忆，心说这卷子他应该写得万无一失："我没干什么，难道写错名字了？"写名字这种小细节确实印象不深，他现在对自己是邵湛这个念头根深蒂固，没准在姓名栏里笔误写下了邵湛的名字。许盛又说："应该不可能。"

事实是许盛的确没犯这种小错误，孟国伟拿着两人的卷子走到后排，先是令人如沐春风地拍了拍许盛的肩："邵湛，你这次随堂试卷写得非常好，尤其是最后一题，全班就你一个人写对了，特意表扬一下。"

原来是表扬优秀学生来了，许盛和邵湛两人同时松口气。

然而下一秒孟国伟转向邵湛，语调也跟着一转，他恨铁不成钢道："许盛，你说说你，整天坐在邵湛边上，就没给你起到一点积极作用。"

邵湛心情很微妙。

孟国伟怒不可遏，把试卷拍过去："你看你这题答的，这题是最简单的送分题，全班都写对了，就你一个人错！"孟国伟最生气的还不是那道送分题:"你还知道哈姆雷特呢,我就问你,你是怎么想的?"

什么哈姆雷特,这张试卷从头到尾都没出现过莎士比亚,哪来的哈姆雷特?!邵湛并没有留意许盛上节语文课趴书桌上眯着眼时不时转笔写出来的都是些什么。直到试卷被孟国伟直直地拍在桌上之后,邵湛才垂下眼,匆匆扫过,看到一张解题思路非常具有创新意义,基本每道题都不走寻常路的答卷。

问:理解文中画线句子的含义。

答:一千个人眼里有一千个哈姆雷特。

孟国伟重点偏移两秒,嘟囔道:"……不过你这字倒是比之前端正了些。"孟国伟说完再度严厉起来,又说:"这都不重要,来,你跟我聊聊你的思考过程,让你回答画线句子的含义,你写的什么?我们得好好聊聊,我都不知道你是怎么想的!人家考试是为了拿分,你考试是想气死阅卷人是吧?"

邵湛对着"哈姆雷特"这四个字陷入沉默,被迫"背锅"的邵湛此时此刻和孟国伟思维对上了,他也在想同一个问题:许盛是怎么想的?

许盛没敢看邵湛现在脸上是什么表情,他被孟国伟表扬完就坐下了。他这还是头一回受到孟国伟如此热情的褒奖,虽不适应,但感觉不错,就是后背有点冷。

"写的什么?"侯俊好奇,隔着两组往他们那个方向探脑袋,"有谁看到了分享一下。"

许盛前桌好奇回头,偷偷摸摸瞥了一眼,然后那个神一样的答案从第一组传到了第四组。

侯俊赞叹:"人才啊。"

"哈姆雷特,"谭凯也是真心实意表示佩服,"服,我真服了。"

孟国伟这是听不到"许盛"解释就不肯上课的意思,他非常坚定,异常执着:"你说,你倒是给我说说看。"

邵湛的头发刚才被帽子压得略有些凌乱,他在孟国伟看不到的地方伸手,在许盛后颈掐了一下泄愤,似乎在无声地说:你下课给我等着。

许盛顿时觉得更冷了。

这题超纲了①

然后邵湛收回手,这才按照许盛的答案,代入许盛的语文水平,对哈姆雷特进行二度阅读理解后说:"我觉得这个句子,每个人都可以理解出不同含义。"

"所以你就这样答?考试时标准答案只有一个!"

邵湛发现他拿捏许盛的想法拿捏得越来越准,这个时候仿佛脑子里有一道许盛的声音替他回答,他说:"标准答案是死的,但人是活的。"

班里人哪见过这么不寻常的回答,邵湛这一下算是刷新了他们上学多年的认知。

侯俊感慨:"牛!"

谭凯拜服:"贼牛!"

这样回答的结果就是"许盛"的形象不仅仅在班级同学心里立起来了,也整整站足了一节课。孟国伟留下一句"这节课你站着听"才开始讲试卷。等孟国伟转过去,邵湛那张脸冷得仿佛结了冰:"那道题,你怎么想的?"

许盛趴在桌上闷头笑,但他不敢笑得太过分,于是硬憋了一会儿才说道:"其实你分析得八九不离十,不过最重要的原因还是我不会写。"

看不懂,自然就理解不了,邵湛对学渣这种生物的了解更进一步。

下节课是英语,英语老师在上课铃没响之前路过七班时,捧着水杯在门口也说了一句:"马上月考了啊,咱们往后学新课的同时也不要忘记回顾前边的内容。"在各科老师的强调之下,月考这件事的存在感被一点点刷起来。成绩是检验学习效果的最佳工具,不光孟国伟,所有老师都对这次考试十分重视。

许盛第一次听孟国伟提起的时候还没有那么真切的感受,权当拿来叮嘱他们别太放纵的手段。直到各科老师果真开始复习起前面的内容,"咱们为月考做点准备,我给你们把知识点归纳总结一下",月考这件事才真正以势不可当的姿态闯进他和邵湛的视野里。

"听说咱们这次月考特别严,"课前,侯俊边写作业边感慨,"我在老孟办公室听来的,一个考场配四个老师,变不变态!"

"我也听说了,还说难度也比之前那些考试高,有很多综合难题,这哪儿是月考,完全照着期中考试走的吧。"

许盛手里的笔落下去,邵湛手里那局游戏放错技能,直接被对面一招带走。两人实在是没有想过会持续这种状态参加月考,每天睡前总是想着五天,十天,十五天……十五天最多,应该过段时间就能换回来。许盛周末这两天,每天睁开眼第一时间就是起床照镜子。没想到这都快月考了,他俩还没换回来!

临江六中考试按照成绩划分考场。许盛愣愣地想象了一下有四位监考老师的考场,他坐在第一考场,第一排,座位号一号,还得在考生姓名栏里填上邵湛的名字,以学神的身份答题……许盛被自己的想象吓出冷汗。光是想象到那个画面,许盛就快疯了。

邵湛也没好到哪儿去,就许盛那种哈姆雷特式的答题方式,要让他顶着许盛的身份去最后一个考场考试,比让他多做几道奥数题都难。

许盛觉得呼吸一下子变得有些困难,他抬手解开一颗校服衣纽,少年嶙峋的锁骨展露无遗。

"听说你之前一直都是第一名?"许盛问。

"听说你之前一直都是倒数第一。"邵湛说。

这两句话之后,是无尽的沉默。许盛发现自己之前想退学,想早了。

"你往边上站。"

"上次不是这个位置——你先对着后面那棵树……对,往右往右,再往右点。"

"你上次也不是这个位置。"

"我上次在哪儿?我不在这吗?"

已是夜晚,天色暗下,夏日干燥炙热的风从婆娑树影间刮过,蝉鸣声隐在树影里扩散开,唯有昏黄的路灯从不远处照过来一丝光亮。窸窸窣窣间,最先说话的那个声音又说:"你认真的?"另一个低声骂了声。

许盛骂完,一条长腿踩在墙上,另一条腿懒散地沿着墙面垂下去,他就这样坐在墙头上说:"不然还有别的办法?"

邵湛站在墙下，他现在站的这个位置就是十多天前许盛纵身一跃跳下来并且刚好砸中他的位置。这角度不偏不倚，刚好和身后道路上两棵梧桐树错开。他觉得自己也是疯了！在许盛提议要不回去再跳一次墙的时候，居然没有直接拒绝。

他残存的理智在"月考"这两个字的攻击下荡然无存。

"再跳一次这方法可能确实……确实傻，但你想得到比跳墙更有可行性的方案吗？你上次撞见我的时间大概在闭校前后，"许盛那天因为手机快要没电，因此下公交之前特意看了一眼手机，"今天时间正好，从车站走过来差不多需要十分钟，所以我们二十分开始跳。"

许盛边说边把手机掏出来，单手撑着墙沿，手机屏幕上的时间是八点十四分："再等六分钟，我就跳下来。"

"怎么确定是你跳还是我跳？现在谁才算许盛？"

这是个好问题。许盛提议跳墙的时候没想那么多，下意识默认自己是许盛，但现在许盛的灵魂虽然在他这，可肉体在邵湛那啊。到底哪个才算是他？！

许盛沉思一会儿，想出一个折中的办法："我跳下来之后要是没反应，就换你上去跳。"

邵湛只能用沉默来掩饰自己不知道该不该同意的迷茫。

说话间，手机屏幕上的时间从"8：14"逐渐跳到"8：19"。

"准备好了吗？"许盛问。

"你跳吧。"邵湛说。

邵湛看起来比许盛淡定点。他今天穿的是一身黑，往那儿一站就跟场景倒回似的，少年整个人跟这片黑暗融在一起，唯有浑身冷意似乎能扎破黑夜，从黑暗里穿出来。

但这个淡定也只是表象，任谁此时此刻站在这里，面对一个即将从墙上跳下来的同桌，都没法淡定。

许盛深吸一口气，感觉自己现在的心情就像是站在赛道上，浑身紧绷，等待那声枪响的运动员。他张开手，活动了两下腕关节，邵湛这具身体有少年人特有的朝气和力量，他倒不是很担心跳下去会出什么大事。

40。

41。

…………

许盛在心里默数,微微起身,把手机塞回兜里。他仍维持着单手撑墙的动作,只不过原先屈着的那条腿变成了踩在墙沿上做预备动作——

58。

59。

许盛掐着点,除了默念着的数字以外,他还能听到胸腔里越来越剧烈的心跳声。最后几乎在兜里还没灭屏的手机从"8:19"变成"8:20"的同时,他干脆利落地松开手,脚下使劲,直接从围墙上一跃而下!

邵湛用尽自己全部的自制力才挣脱想躲开的人类本能,站在原地看着许盛以惊人的速度直直地朝他扑过来。

两人一齐栽倒在地。这回没有电闪雷鸣,更没有晕过去,非常符合正常情况下从这堵并不高的墙跳下来造成的伤害值,只是撑在草皮上的手肘被磨得有点疼罢了。

紧接着俩人互换位置又跳了一次,还是同样的结局。

第二回,许盛躺在草皮上,一时间没爬起来。他看着万里星空,满脑子都是一句话:怎么会这样?

邵湛原本撞在许盛身上,然而他反应快,两人齐齐倒下之后他单手撑在许盛的腰旁边移开了大部分重量,只是掌心似乎还沾着对方的体温:"你没事吧?"

许盛后背硌在石子上,已经无心去注意那点小伤口:"没事。"

许盛缓了一会儿才坐起来,这会儿心态是真的崩了:"难道换不回来了吗?"

邵湛跳完墙之后倒是冷静下来:"想换回来或许还有其他条件。"至于这个其他条件到底是什么,他暂时还没有头绪。

许盛觉得今晚不值:"这墙不是白跳了?"

"是,还白跳了两遍。"

许盛无语凝噎,跳墙这种傻事,如果真有成效那都不算什么,但是跳完之后什么都没发生，这就很尴尬了。

邵湛叹口气："起来，回寝室。"

许盛回到寝室，脱掉上衣，进浴室之后对着那面镜子照了一会儿。镜子里还是邵湛那张脸。许盛现在看到邵湛的脸就想到月考，并深深感觉自己的世界正在急速崩塌。

他洗完澡出来，想到今天的字还没开始练。于是许盛在跳完墙之后又怀着难以言喻的心情开始练字。其间张峰来找过他两次。

[张峰]：你放学怎么走那么快，你是不是在外面有别的兄弟了？

要赶着去跳墙。

[张峰]：玩游戏吗？

练字，不玩。

[张峰]：看你好几天没找人组团了，你最近在干啥呢？

最近每天都琢磨着怎么退学。

张峰发的几条消息使屏幕亮了又暗，屏幕最后一次亮起的时候，闪烁的联系人不是张峰，是他的学神同桌。许盛放下笔，把手机捞过来，邵湛只发过来简短的三个字：开下门。

等许盛把笔放下起身去开门时，邵湛已经在门外站了有一会儿了。开门时邵湛正低着头单手摆弄手机，他刚洗过澡，湿发遮在额前，穿着深蓝色运动裤，衣纹轻轻浅浅地勾出腿形，见许盛来了才抬眼。

许盛想说有事吗，然而话到嘴边，视线落在邵湛手里拎着的几本练习册上。这几本练习册，一本书脊上写着黑色标题《高二数学教材全解》，另外两本则写着《概念英语》《学好数理化》。

许盛心中警铃大作，这场面是何等的似曾相识！那几本《刘青春》就是这样到他手里的，给他造成的伤害至今都难以消退。许盛停顿几秒，才艰难地把话说完："你不会是想让我从今天开始做题吧？"

你还是人吗？

邵湛刚把手机收起来，还没来得及说话，许盛以意想不到的惊人速度"砰"的一下直接把门关了。

"……出来。"

"你滚吧，"许盛在门里说，"我不做题。"

许盛背靠着门板，明知道门锁着外边的人进不来，还是死死抵住："我宁可退学。"

两人隔着门板，进行漫长的拉锯。

"我看着你写，"邵湛说，"不会可以问我。"

这要换成是六中任何一个人，听到这句话可能得乐晕过去。众所周知，学神很少给人讲题，也没人敢打扰他，邵湛这个人早已神化，遥不可及，只有在考前偷偷在心里拜一拜这样子。

但许盛压根不想遭受这种折磨："有这工夫研究研究到时候怎么作弊也比在这教我写题快。"

邵湛耐着性子继续劝："月考不难。"

许盛前不久还对顾阎王说"我现在觉得唯一的难点就是太简单"，但他这会儿也不得不直面自己的内心："我们对'难'这个词的定义可能不一样。"

门外沉默许久。紧接着，邵湛最后一句话是："我有钥匙。"

邵湛进门之后第一件事不是把练习册甩给许盛让他做题，他另一只手里拿着瓶碘酒，微抬下颚示意道："把衣服脱了。"

许盛没明白，邵湛伸手指他胳膊肘，又指了指他后背，问："是嫌磕得不够狠？"

许盛这才反应过来，刚才磕到的地方破了点皮，他自己都没留意。

这回后背的痛感比上回明显不少，估计是运气不好，撞到的石头比较尖利。胳膊肘他自己能擦，后背确实是够不着。

许盛扯着T恤下摆把衣服一点点掀起来，露出少年精瘦的腰和脊背，再往上是略微突出的肩胛骨——最后是肩胛骨上那片刺眼的文身。它出现在邵湛的身上，说不出的突兀，但这突兀里，似乎还藏着别的东西。

许盛侧过头，觉得两个人现在也算是共患难，还有缘分，便按捺不住问了："你那个……你身上这玩意儿，遮疤用的吗？"

这还是头一回把文身挑明了说。

许盛补充："你放心，我又不告老师。"

邵湛手上动作没停，伤口和那片翅膀离得近，他的视线刚好落在那片刺青上。能这样以旁观者视角去看后背这片刺青，多少感觉有些奇妙，以往几百个日日夜夜，他都几乎感受不到它的存在，或者说，刻意不去感受它的存在。

许盛没等到回应。邵湛用棉签蘸了药水，许盛背对着他，看不见他脸上的神色，最后只听到一句："别乱动。"

距离月考只有一周多的时间了。许盛没在文身这件事上多纠结，他也没工夫去纠结，上完药之后他被扔过来的教辅材料给砸晕了。许盛坐在床上，他现在这个位置正好对着书桌侧面，侧面留着约莫一臂宽的书桌长度，他咬着笔帽，被迫翻开一页《高二数学教材全解》。

邵湛坐在他对面，在他寝室里写试卷，一成不变的坐姿，只有在看题目时会偶尔停顿一会儿，然后勾着笔在草稿纸上进行演算。即便是这样邵湛还能分心警告他："认真审题。"

许盛很想现在就在手机上查查临江六中退学手续，或者转学也行。别人上学就只学习，他却还要思考每天怎么活下去，这日子也太艰难了点。

邵湛这几本练习册不是随手拿的，许盛翻开就看到红笔标注，红色字迹在一行公式上画了一道，边上写着一个笔锋凌厉的字，透过那字仿佛都能联想到写字的人冷漠的口吻：背。

月考范围不大，邵湛画好重点，押了几道必考题。如果是七班任何一个人坐在这里，看着这些重点和邵湛押的题，肯定一目了然，恍然大悟，茅塞顿开，感觉这次月考能往前冲刺五十名！

"你可能还不太了解我，"然而许盛和他们都不一样，半晌，许盛拿着那本高二练习册，认了现在这个状况，叹口气问，"有高一的教材吗？"许盛对自己的认知十分准确："我先补基础。"

邵湛笔下的演算写到一半，一时间忘了该舍哪个。他本以为就那么点东西，只要画完重点，再把必考题多推几遍，应该没什么问题。他问了一个连孟国伟都很想知道的问题："你中考怎么考的？"

提到中考，许盛难得没回嘴，反而怔了怔。记忆一下被拉回很远。

许盛抿紧唇，眼前那本高二练习册上的字逐渐变得模糊，恍惚间他仿佛看到自己手上拿的是那本熟悉的《冲刺中考》。那沓卷子几乎被他翻烂了，试卷上密密麻麻的全是公式推导和错题演算，然而再一晃，幻觉般的字陡然消失，横在他面前的是一只细长的手。

邵湛手里勾着笔，笔尖在他手里拿着的那本练习册上方轻点了一下，说："拿过来。哪里不会？"不知道是不是许盛的错觉，少年说话明明还是那个语调，听起来却是没有那么冷了。

许盛指指第一道重点题。这道题除了高二新学的知识点以外，确实还结合了高一所学的公式定理，是一道综合题型。邵湛从边上抽出一张草稿纸，覆在练习册上，然后把高一定理写下来："我推一遍，你看着。"说着，他在纸上画出坐标轴。"函数在数学上的定义，是给定一个非空的数集 A，"邵湛在坐标轴边上写了一个 A，说，"对 A 施加对应法则 f，记作 $f(A)$。"

邵湛从基础开始讲起。许盛以为邵湛讲题会像他这个人一样，根本不管别人听不听得懂，毕竟这副不近人情的样子怎么看也不像是会给人好好讲题的性格。然而出乎意料的，邵湛讲题思路明确，没有一句废话，甚至讲完一个要点之后还会停下来问他懂了吗。

许盛其实是懂了，但他这个人面对学习是真缺乏热情，即使邵湛讲的他都听进去了，依旧处在没个正形的状态里，不落下任何能暂时从学习状态脱离出来的机会。他一只手撑着下巴，邵湛这张天然带着压迫感的冰山脸此刻显现出几分散漫，许盛微微俯身，语调拖长了问："老师，我要是说没懂，你还能再讲一遍吗？"

这句"老师"喊得意味不明。说许盛是"妇女之友"其实也不确切，他这个人只要不正经起来，很容易给人造成某种错觉，比如此时此刻就很像心不在焉，还试图撩拨家教老师的坏学生。

"懂了就自己做一遍。"邵湛没理他，冷声道，"看题，别看我。"

"你不看我，"许盛勾着笔说，"怎么知道我在看你。"

只要能不谈学习，许盛什么鬼话都能扯得出来："你这样冷着脸，学习效率会打折扣……是不是得照顾一下学生的心情？"

"或者我们聊点别的，"许盛又说，"没有对象，那喜欢的人呢？"

第九章 极限备考

窗外蝉鸣声渐弱,临近熄灯点,寝室楼楼道内异常安静,邵湛捏着笔,冷着脸没说话,抬眼,他只对上一双略微带着点笑意的眼睛。

邵湛有一瞬间晃神。

就在这时,时间刚好跳到十点熄灯的时间,整栋楼陡然间陷入黑暗。许盛心说都熄灯了,这补习时间也该结束了吧。他摸黑伸手,想把练习册合上。然而熄灯后室内实在是暗,一时间没能适应,眼前什么都看不清,他直接抓到了邵湛的手。

明明是自己的手,却好像拥有和他截然不同的温度。

直到一片黑暗间,一道低冷的声音问:"摸够了吗?"

许盛眨了眨眼,这才反应过来,触电般地把手缩回去。

许盛被迫在题海里"徜徉"的苦难日子这才刚开了个头。一个自高中入学之后就再也没有听过课的学渣不得不面对一道又一道看都看不明白的题,背各科知识点,还得抽时间练字,苦不堪言。许盛寝室书桌上从来都空空荡荡,除了写检讨用的A4纸以外,不放任何和学习有关的东西。现在教辅材料越堆越高,几乎快占满半张桌子。最上面那本是邵湛的笔记,是学校贴吧里无数人梦寐以求、想看一眼的学神笔记。

熄灯后,邵湛在走之前把高一笔记递给他:"每节课的板书和要点都在上面,还有哪里不懂就自己看。"

许盛接过笔记,随手翻几页,跟翻漫画似的。这种随手记上去的东西跟正式考试的时候写的字不一样。邵湛笔记上的字迹并没有许盛当初随意瞥过一眼的摸底考考卷那么规整,笔锋依旧刚劲,字迹却略显潦草,带着几分平时窥探不到的张扬。

许盛突然想皮一下:"哪儿都不懂怎么办?"

邵湛看着他,嘴里吐出来的话跟他这个人一样冷:"九年制义务教育,建议回去再接受一遍。"

走道上感应灯感应到声响亮起,邵湛刚好背对着光源,楼道内的灯打在他身上,给他镀了一层浅浅的光。然后他语气缓和下来,逆着这光说:"要是不懂,给我发微信,1点前我都在。"

许盛一开始是闲着没事找事，有意骚扰他。

——在吗？

后来发现邵湛是真的1点前都在线，只是回复有点延迟。

——在。

许盛打起精神，咬着笔帽，坐在书桌前打字回复。

——聊会儿天？

——我会以为你这是在提醒我。

——提醒你什么？

——留的题不够多。

许盛停止骚扰，把手机扔边上，照着邵湛刚留下来的草稿纸接着背公式。晚上睡觉前，许盛阖上眼，心说，地狱也不过如此吧！这是学渣所不能承受之重，学习压垮了他。

这样想着，许盛定好闹钟，把手机随意搁在床头，收回手的时候不知道为什么有一瞬间怔住。然后他摇摇头，把那些莫名其妙出现的念头甩出去，久违地祈祷起明天一切可以恢复正常。

自那之后，邵湛每天晚上都会来他寝室对他进行惨无人道的一对一辅导，很快许盛发现不止晚上，每天放学后两小时晚自习也成了躲不过去的学习时间。晚自习仍旧是住宿生的天下。不知道是谁打探到顾阎王这几天不在学校的消息，这帮人晚自习玩得更疯了："不在，真不在，我和猴哥刚刚特意摸到顾阎王办公室外头，潜伏许久，门是关着的。"

"敲过门了吗？你这消息确保万无一失？"

"敲过了，"侯俊关上教室门，"本来我还在想要是顾阎王真在办公室里我该说点什么，谭凯那小子还出主意让我跟顾阎王哭诉最近心理压力太大……但真没人。"

教室里其他人原先还装模作样低头写作业，听到这话纷纷抬头："兄弟们——上线上线。"

侯俊几次来找"湛哥"打游戏，自从有"湛哥"之后，谭凯都被踢出了侯俊的游戏小组。侯俊捧着手机，从第三组窜过来："湛哥，来不来，一起研究研究抛物线？"

"抛物线"这是许盛一战成名的名句，之后成为侯俊他们玩游戏的代名词。毕竟老师们总是神出鬼没，万一哪天号一嗓子"打游戏啊"，结果回头发现顾阎王那张脸都快贴上来了，那多不好。

"行，"许盛巴不得每天都跟他们研究抛物线，他掏出手机往后靠了靠，问，"你们队里还有位置吗？"

"有，马上就给您搞个位置，"侯俊扭头，对谭凯喊，"谭凯，你退出去吧，不需要你了，把好友位置留给我们湛哥。"

谭凯泫然欲泣，戏说来就来。他伸出一根食指指向侯俊，扯着嗓子说："侯俊，你的良心呢，当初甜言蜜语说你不能没有我，现在把人家抛弃的也是你——"

侯俊摸着胸口说："凯，你听我说——虽然你人不在队伍里，但你永远都会活在我们心里。"

谭凯大概是想学影视剧女主小幅度摆动头和身体，以表达出一种娇嗔的感觉，然而这个动作他做起来就是标准的猛虎摇晃："我不听我不听我不听！"

许盛一边登录游戏一边被这两个人逗得闷笑不止："要不然我还是不拆散你们了。"

侯俊立马抛下谭凯来挽留："别啊。"

谭凯也就是嘴上说两句，本身还是很乐意观战学神那些操作的："赶紧准备，我观战。"

七班教室后排又以许盛为圆心，围了一圈人。许盛上线，去道具仓库换了身装备，正要开局，就感觉边上空着的座椅被人拉开，然后余光瞥见一片黑色衣角。

都用不着看来的人是谁，从这圈人骤然降低的音量就能猜出来那人的身份。

开学至今，校霸没真干什么事，而且有班长侯俊坚定不移地认为"校霸想融入七班这个班集体"，"许盛"在班里的形象还算可以，但由于邵湛身上这股走到哪儿都令人望而生寒的气场，还是让不少同学不敢接近。

许盛试图跟他谈过这个问题:"下次张彤过来,别直接让人家出门右转回班级,多聊聊,免得到时候人家以为我故意疏远她。"

邵湛没说话。

"还有猴子找你,别老问他还有事没,要学会关心同学……"

邵湛总算有了一点反应:"说够了吗?"

最后许盛更是直接扔给邵湛一本《沟通的艺术:为什么情商比智商更重要》:"这本书给你,我特意跑了趟图书馆,不用太感动,你记得好好看就行。"

许盛刚瞥见那片黑色衣角,下一秒,他便眼睁睁看着手里的手机被人抽走。邵湛无情地摁下"取消准备"后便把手机扔给了对面的谭凯:"他不玩。"

谭凯脸上的疑惑太刺眼,于是邵湛好心解释:"他要学习。"

月考迫在眉睫,必须争分夺秒。邵湛这句话一出,所有人都惊了:这什么情况,哪儿有不良校霸督促学神学习的?!这是什么让人猜不透的、谜一样的套路?而且学神还不反驳校霸?

不明真相的群众等半天,只等来"湛哥"的一句:"啊,对。"

侯俊、谭凯等人觉得更迷惑了。许盛也觉得生无可恋:"我得学习,你们玩吧。"

教室后排那群人不明所以地散开。最先喊着"大家撤吧"的人是侯俊,他经历过大清早去敲学神的门结果开门的人是校霸这种事,再发生任何看不透猜不明的情况,他都不意外:"走吧,我们别打扰他们俩……不是,我是说,别打扰学神学习。"

许盛被邵湛摁在课桌前,重新面对邵湛画的那些知识点,继续背公式。偶尔邵湛还会给他喂点心灵鸡汤,增加他的学习信心。他看出许盛这次是真的很难撑下去,但许盛这次要是撑不下去,后果不堪设想。为了让许盛拥有更好更强的心态面对这次月考,邵湛会鼓励鼓励他。只是邵湛喂心灵鸡汤的方式让人汗毛直立,他面无表情地圈出两道题递给他,没什么感情地说:"写吧……你可以的。"

许盛脑子里全是纠缠不清的各种公式,不断徘徊在崩溃边缘:"我不可以。"

邵湛掰开许盛抗拒的双手，以强硬的姿态把练习册塞进去，又把黑色水笔递给他："你能行。"

许盛这学上得，非常窒息："我不行。"

这回是真的就算逼到极限也没用，就算面前真是悬崖，他也只能往下跳。求生欲在这些题面前完全丧失，做不出任何极限操作。

月考前半周，在邵湛惨无人道的地狱模式训练下，许盛以难以想象的速度补完大半考点。

许盛洗完澡，擦着头发给邵湛开门："今天讲什么？"

"不讲题，"邵湛手里没拿太多东西，只有几张卷子，他说，"写套测试题，给你估个分。"

月考虽然有综合题，但重点还是考查这一个月学习的内容。许盛高一漏学的东西太多，邵湛只能挑着重点题去补，再加上押的题，第一轮补习下来，该讲的题都讲了，他对这次月考多少有点把握。测试卷是邵湛自己出的："答题时间不够，没出太多。每科只有二十题，一题五分，六十分及格。"

让许盛心甘情愿做试卷，不能没有条件，于是邵湛又说，"写完这套题，明天休息一天。"

许盛每天被迫往脑子里灌输一堆东西，时间长了竟也不知道从哪儿冒出来一股自信，感觉这次月考确实可以搏一搏，再说这条件实在诱人。

"行。"

邵湛掐表。许盛找半天才找到支笔，开始答题。

邵湛出的这套卷子题量确实适中，许盛答完时，距离熄灯还有半小时。他合上笔帽，把试卷往邵湛面前拍。

邵湛在写数学老师额外给他布置的题，那数学题一看就和平时他们学的课本题不同，因为这回就算是把题拆开，许盛也看不懂。

邵湛没抬眼，把许盛拍过来的试卷摆正后问："不检查？"

检查什么，多看这些题一眼他都头疼。许盛手一松，把笔扔下，撑着脑袋看邵湛阅卷。

　　两人一开始都想着这次月考没准真能混过去。然而许盛这份月考测试卷彻底浇灭了两人不该有的自信和希望。邵湛甚至分辨不出自己在往这几张卷子上填考生最终得分的时候，是一种什么样的心情。

　　考生姓名：许盛。

　　语文得分：43分。

　　数学：40分。

　　英语：34分。

　　理综：41分。

　　考生许盛，全科不及格。

第十章 装病乌龙

这几个冰冷无情、令人绝望的红彤彤的分数并排摆在书桌上，寝室霎时间陷入死寂，也没人愿意率先打破这片沉默。邵湛默默放下笔，半晌，邵湛艰难地吐出三个字试图安慰考生，也是想安慰自己："进步了。"

许盛面对这惨烈的分数，实在想不通自己哪儿有进步："这分数你也夸得出口，你是在安慰我？"

"你摸底考一百五十分的卷子，考出来也就这个分。"

许盛无言以对。

邵湛又说："这几张试卷，卷面分只有一百。"

许盛都不知道他现在该不该为此高兴。平心而论，许盛这个分数跟他以往的分数相比确实已经有不小的进步。要是换成一百五十分的卷子，那平均分加起来都能算是突飞猛进，孟国伟都能流下感动的热泪，并且把许盛的卷子供在办公室里："菩萨显灵啊，许盛居然也能考出这种成绩！这是我们七班的许盛同学吗？他终于肯学了！"

邵湛说完，开始仔细看他的错题部分，找这人的失分点到底在哪儿。分数只是一方面，许盛基础差，光看分数并不能彻底了解他对知识点的掌握情况。简单举个例子，假设某道题需要三个解题步骤才能得出最终解，许盛以前是一个步骤都下不去手。但邵湛结合许盛用来演算的草稿纸后发现，现在许盛起码能走一个步骤，多的时候还能走两个。

许盛虽然不喜欢学习，但毕竟这些天都被邵湛摁在题海里无法呼吸，他也不希望白遭这罪："我真的变强了？"

"算是吧，"邵湛说，"虽然对填空题来说，过程并不重要。"

"那有个屁用。"

"但你的解题意识是跟上来了。"

邵湛这番话并不能安慰到许盛，许盛只觉得窒息感更强烈："那个什么解题意识也不重要，重要的是现在怎么办？"

怎么办？这是俩人不得不面对的严峻问题。交换身份之后，他们遇到过很多坎，但不论是哪一次，都没有月考来得波涛汹涌，什么桃花般迷人的双眸，在月考面前都是弟弟！

邵湛本来以为考砸对他来说很简单，但他观摩了几张许盛的答卷之后，他发现他是真的模仿不了许盛的答题思路。许盛不是那种简单的交白卷拿低分选手，他面对能写的题会写上自己的思考过程，当然写上去也都是错的，不能写的题大概是因为漫长的考试时间太无聊，还会随便扯点东西。以上任何一种邵湛都模仿不来，而且他也没办法在语文作文页面上写几首狗屁不通的诗歌凑字数。

大难当前，许盛灵机一动，他原先半倚在书桌上，下一秒立刻坐直了问："有什么办法能缺考？"

缺考或许是他们唯一能走的路了，不去考试不就什么事儿都没有了吗！能拖一时是一时，许盛越想越觉得这个方案可行。

邵湛对学校各项条例都记得很清楚，他冷声说："学生必须严格按照学校规则进行考试，有特殊情况者可暂时免考，等待之后下发相应的补考通知。一、家中有重大事件发生者……"

"大事发生，"许盛说，"这谎不好圆，过。"

邵湛心说他现在到底在这干什么，他抬手去掐鼻梁，往下说："二、重病……"

邵湛这句话才刚说两个字，许盛一拍桌子："这个可以。"

邵湛看着他。许盛笃定道："装病，这容易。"

"有个头疼脑热的还不简单？就算去校医务室查不出来也没事，就说学习压力过大，随便怎么扯都行，只要是身体上检查不出根源的病症都能巧妙地转化成精神问题。"

为了给邵湛一点信心，许盛又说："这种事我以前干过，总比家里有事那个容易。咱上哪儿去请两个人装家长来学校？几句话就得露馅，老孟也不是吃素的。"

两人敲定好缺考理由，决定明天就开始实行，邵湛起身要走之前，许盛拉住他："那个，你上次给我上的药还有吗？可能是磕得有点狠了，加上洗澡时泡了水，伤口有点痒。"许盛说话时扯了扯衣领，身上那件T恤本就宽大，这一扯干脆露了半片肩出来，也露出一角刺青。

等给许盛上完药，也差不多快到熄灯的时间了，邵湛才拎着几张试卷回寝室。

关上门，耳边回归安静，再没有其他任何多余的声音。邵湛把试卷放桌上，"许盛"两个字朝上，许盛的字跟以前比起来差别不大，"盛"字上半截那一钩，勾得仿佛要刺出来似的。邵湛正看着试卷出神，这时手机屏幕亮了一下，带着"南平"标签的群组在通知栏里闪烁。邵湛没理，直接关了屏幕，趁还没熄灯去洗澡了。

天气燥热，凉水顺着水管流下——邵湛这几天又是跳墙又是给许盛补习，最后还要面对全科不及格的答卷，脑子现在也有些凌乱。他阖上眼，眼前浮现的却是刚才他给许盛上药时，正对上的那片刺青。尽管闭着眼，刺青的图案却仍无比清晰地浮现在眼前。他头一次将它看得那么清楚。脑海里画面百转千回，不断回溯，图案逐渐淡去，最后出现在他眼前的是南平中学学校边上的巷弄。

那是很熟悉的场景，破败的墙砖，由于潮湿且照不到阳光，所以总是显得很暗。这条灰暗的巷弄口倚着墙站着一个人，那人低着头，身高腿长，下身穿着南平六中的校服裤子，上身是一件简单的T恤，衣摆被巷弄里的风吹得几乎快飞起来。由于光线太暗，只能看到他指间夹着的那根烟亮着星星点点的火光。那光像是呼吸一般，忽明忽暗。

邵湛似乎听见巷弄外有人喊了一声"湛哥"。于是画面镜头逐渐往前推移，邵湛看见那人抬头——少年嘴角带着刚受的伤，眼底全是难掩的戾气,冰冷且张扬,眉眼间是还没完全长开的、略带青涩的样子——那是他自己。

"啪嗒",邵湛关了淋浴开关。水流顺着被浸湿的头发不断往下流,他拉开浴室门出去。这时手机通知栏里闪的不再是那个群聊,而是"S"。

许盛换了头像,原先那个炫彩头像被他换成了一张风景照。和一般的风景照还不太一样,他没照湛蓝的天空,照的是光线穿透云层投映在一面墙上,有人用双手交叠的手影比画出了一只展翅欲飞的飞鸟。

那两只手是许盛的。邵湛也不知道为什么自己只看了一眼,就能通过影子认出来。

[S]:你明天晚点走。

[S]:有东西给你。

[邵湛]:给什么?

[S]:口罩,装病这种事情得铺垫,不能一下就病太猛,不真实,明天我们先戴上口罩,装感冒。

次日,许盛果真特意带着翻箱倒柜翻出的两只一次性口罩去敲邵湛的寝室门。许盛把口罩递给他让他戴上,并叮嘱注意事项:"今天咱俩就先咳,以咳为主。"邵湛接过口罩,意识到在自己的整个高中生涯里,从来都没发生过这么魔幻的事。

许盛现在是邵湛,得早点去教室,他提前先把口罩戴上了。这会儿估计有些闷,于是他抬手用一根手指勾着口罩边沿,把黑色口罩拉下来一点说:"要是老师问你怎么了,就说没事。"

邵湛勾着口罩:"你这业务,还挺熟练。"

许盛把口罩给拉上说:"还行吧。"

许盛说这事他有经验,是真有经验。初中为了名正言顺地翘课,许盛用这种表演骗过不少老师,演技逼真到老师曾亲自劝过他:"许盛,你这成绩,上高中也是悬,要不去考戏剧学院吧,希望还大些。"

许盛吃过早饭戴着口罩往教学楼里走,还没进班就收获不少关切的目光。侯俊正补着作业,一抬头,被用口罩挡了半张脸的许盛震住,都忘了自己补到哪儿了。

"湛哥，你这是怎么了？"

许盛遮住半张脸，反倒衬得眉眼更加突出，他装模作样地咳了一声说："没事，可能有点感冒。"

侯俊心说最近气温挺稳定的，还能感冒？但他并没有多想，作为班长，他把关爱同学当作第一准则："这，身体才是学习的本钱，得注意啊。你如果感觉哪儿不舒服就跟我说，我带你去校医务室看看。"

许盛连连摆手，边咳边说："……真没事。"

侯俊目送"学神"拖着病弱的身躯越过一排排同学，往后走，直至他"湛哥"落座，才担忧地收回目光，继续低头补作业。当他补完一门，拿的出另一门打算接着补，抬眼意外看见校霸也戴着口罩进班的时候，侯俊有些不淡定了。

这——什么——情况？！校霸浑身寒气，没穿校服，黑色口罩戴在他脸上，看着更是让人感觉深不可测。许盛把手里的词汇手册翻过去一页，抬眼也看到了这个场面。他其实早就想说了，邵湛这人自带的气场真的是特别高傲冷酷，傲到近乎嚣张的程度，而且还是那种本人压根无意识的嚣张。他心说叫你装病不是叫你装酷。

"许……"侯俊觉得叫许盛有些生分，于是改口，"盛哥，你？"

"没事。"

怎么一个两个的都说没事？！这看起来也不像是没事的样子啊。侯俊狐疑道："刚湛哥说他感冒来着，你不会也……"

这句感冒提醒了邵湛，他微微侧头，手隔着口罩布料抵在唇边，冷着脸咳了一声。

侯俊不淡定了，这天气感冒，还是两个人一起感冒？校霸和学神，这两位，这是干了什么才能在这个天气一起感冒啊？！侯俊想不明白，再想下去，他怕自己会想到什么不该想的，于是他低下头继续补作业。

谭凯刚好进班，也看到独树一帜的一对口罩同桌，就问："猴哥，他俩怎么回事？"

侯俊摇摇头，厉色道："别问我，我什么都不知道。"

谭凯莫名："不就问问你吗，你反应这么大干什么？"

上午的课仍以半复习为主，数学老师把要重点复习的知识点和新课内容结合了起来。数学老师姓周，据说和老孟是同学，但两个人看起来一点也不像同龄人。周老师保养得当，打扮也相当时髦，薄衬衫外头甚至还套了件深灰色马甲："这道题前半部分的考点，看出来是什么了没有？就是你们高一学的内容，这题变一变你们就看不懂了？"

"你们这思维，太僵化，"周老师说，"不知变通。"

许盛发现这道题他虽然不知道怎么解，但看着却很眼熟。天气本就燥热，口罩戴久了更是闷，许盛勾着口罩边沿透气，又用笔戳了戳邵湛："这题你昨晚是不是讲过？"

邵湛拿着手机，手指在屏幕上点了两下，然后说话声才隔着口罩传出来："讲了三遍你还是没懂的那道。"邵湛忍不住又补一刀："没想到你居然能有印象。"

许盛气结："没印象有点说不过去，我也没那么差吧？再说学习这事不能一蹴而就。"说到这，许盛往邵湛那边凑了凑："你玩的什么？"

"听课，"邵湛没抬头，伸手抵在许盛额头上，将他往回杵，又说，"数独。"

许盛本来以为能看他玩一局什么小游戏，排解一下上课无聊苦闷的心情，但一听到"数独"两个字，许盛就什么想法也没了。他实在想不明白为什么有人会不珍惜课堂上打游戏的机会去玩数独。

周老师讲题讲到一半，实在是很难忽视教室后排两位戴口罩上课的同学，尤其其中一个还在玩手机，他趁着同学埋头写题的时候扬声问："邵湛、许盛，你们俩怎么回事？这口罩戴着不热吗？"

侯俊坐在前排，替他们回答："老师，他们俩身体不舒服。"

"身体不舒服还有精力玩手机呢——"周老师点点头，评价道，"身残志坚。"周老师又说："你学习要是能拿出哪怕十分之一的毅力出来，考试都不会是这个成绩。"周老师说着，又不免疑惑："是真不舒服？"

邵湛装病装得其实很没诚意，就跟他刚进教室给人的感觉那样，完全体会不出他是在生病，妥妥地装相。

许盛用胳膊肘碰他一下。

"干什么？"邵湛说。

"咳。"许盛低声提醒。

邵湛反应过来，他把数独退出去，又随手点开一款游戏装样子，然后在七班安静祥和的写题氛围里，在周老师疑惑的目光下，吸了一口气："咳咳！"

邵湛这一声咳出来，许盛也紧随其后，他业务能力比邵湛强，不光咳，还带动作。许盛微微弓着上半身，低下头，肩膀随着咳嗽的频率小幅度抖动："咳，咳。"

邵湛小声提醒道："你是不是有点过了？"

"你懂不懂什么叫没有痕迹的表演，我这力度刚好适中。"

由于许盛"适中"的力度，周老师深深担心起两位同学的身体健康。下课后他回到老师办公室，把教案往桌上放的同时叹口气，对孟国伟说："老孟啊，你们班邵湛和许盛两位同学身体好像不太舒服……"

孟国伟也刚回到办公室没多久，坐下还没来得及喝上一口水，他去顾主任那儿领通知单，说是最近感冒病倒了不少学生什么的，他还没仔细看："我刚回来，等会儿各班班主任都到我这领个通知，学校新下的，让同学们注意防范，把我累够呛——"

孟国伟说到这，猛地掀开茶杯盖子，仰头喝了口水，这才扭头问："老周你刚才说什么？"

周远蹙眉道："我刚在你们班上课，你们班邵湛和许盛戴着口罩，像是感冒了，好像还挺严重，尤其是邵湛同学，咳得腰都直不起来。"

孟国伟一时消化不了这信息："啊？"

"我看下节课安排他俩去医务室看看吧，"周远对两个人一起戴口罩这个画面有自己独到的见解，"别是什么流感。"

周远这句"流感"虽是随口说说，但的确有不少先例。学校人员密集，要是防控做得不到位，一人感冒全班都得跟着感冒。周远说完，发现孟国伟拿着茶杯的手竟开始微微颤抖起来："老孟，你怎么了这是？"

孟国伟没说话，只拿手往旁边一指。周远目光右移，看到孟国伟桌上摊着的那张刚从顾主任办公室领回来的高二年级组通知书。白底黑字，第一行宋体放大加粗写着：关于我校加强环境卫生防范的通知。

各位老师同学：

高一（1）班已有三名同学感冒发烧，为维护六中健康的学习环境，希望大家多加防范。流感主要表现为疲劳、四肢乏力、头疼脑热，并伴有咳嗽症状出现。由于潜伏期症状轻微，不容易引起重视，往往会造成群体间流行。望同学们多加注意。

再往后就全是如何改善环境卫生的建议了，多开窗多通风之类。

这种通知书几乎每隔一个月就能发下来一张，流感往往一个传染俩，在特定季节确实可能一下"消灭"一个班级，因此学校特别注重这块，生怕影响学生学习。毕竟对校领导和老师来说，学习才是最重要的事，就是缺一节课都不行。

孟国伟起初压根没把这事当回事，想着回头让课代表在班里下发，通知到就行。然而周远一番话，让他不得不正视这份防范通知。

周远看完，安慰道："老孟，别紧张，他俩就咳了几下，不一定是生病了。"

孟国伟抬手，扶着办公桌："你说得也对。"

下节就是孟国伟的课。上课铃响，他深吸一口气，带着教案往七班走，结果刚放下课本，就看到两位戴口罩上课的同学。孟国伟挪开眼，强装镇定："我们把课本翻到第68页，昨天讲到……"

"咳。"

这声出自他最得意的学生，"邵湛"同学。

孟国伟深吸一口气："讲到这句，豫章故郡，洪都新府……"

"咳，咳。"

这来自他最头痛的学生，"许盛"同学。

许盛课前已经和邵湛商量好了，咳三声就算完成任务。自己挑好时间咳，尽量错开。

于是孟国伟这堂课上得万分焦虑，他中途停下说："许盛。"

这题超纲了①

邵湛抬眼。

"你把窗开大点，"孟国伟停下指指窗，"班里粉尘大，通通风。"

邵湛把手机扔回桌肚里，起身开窗。孟国伟这才感觉呼吸畅通了些。

这些天下来，许盛已经养成上课记笔记的习惯，毕竟什么事都不能干，干坐着也无聊，还不如抄笔记有意思。他用的一直都是邵湛的课本，如果有哪位同学来借书，他们就会发现学神的课堂笔记上的字迹突然变得潦草，而且潦草到了一种让人看不懂的地步。

许盛写到一半，察觉到邵湛的目光："怎么了？"

"没什么。"邵湛想说你这字练到哪儿去了，但最后还是睁只眼闭只眼，任由他在自己课本上乱涂乱画。

补习是不可能有用的，练字也不可能。

孟国伟这堂课上得胆战心惊，顾主任的通知书他本来打算课上发，但他心细，担心现在发下去会给这两位戴口罩的同学带来心理压力，也会引发不必要的恐慌，于是他回到办公室之后，沉思许久，拦住一位来办公室交错题本准备回班的同学："你去七班，把邵湛和许盛喊过来。"

许盛去的时候压根猜不到老孟叫他俩是想干什么。倒是邵湛起身时说了一句："你咳得太用力了。"咳成这样，能不被叫过去问几句吗？

许盛跟在邵湛后面，两人一前一后戴着口罩走在高二年级组的过道里，吸引不少目光，有同学甚至走远了还在回头张望。"湛无不盛"话题楼再添新料。

到了办公室，许盛和邵湛刚坐下，孟国伟就递过来两杯热水："听说你们两个，身体状况有些问题？"

许盛接过热水，琢磨着说："还行，是不太舒服。"也不说哪里不舒服，装病的诀窍就是得含糊。

孟国伟又问："最近……是不是……很容易累？"

许盛的手绕到邵湛身后，在他身侧轻掐了一下。

邵湛说："是有点。"

孟国伟再度确认:"四肢乏力?"

许盛为了装病,什么都能认:"没错。"

孟国伟每说一句话就停顿一秒,他揪着心,又问出一句:"或许,偶尔还会感觉头疼脑热?"

许盛在心里盘算,头疼脑热也不是什么大问题,能认。最后他说:"是的。"

两人不知道的是,孟国伟的世界仿佛已经被雷劈得分崩离析,这位执教多年,遇到什么突发情况都能冷静处置的优秀教师脑内天雷滚滚。

孟国伟心想:完了啊。

孟国伟的表情实在不对劲,眼神里浓浓的担忧和一句"怎么会这样,竟然是这样"呼之欲出。他张张嘴,由于紧张,头两个字几乎发不出声音:"是这样,你俩不要紧张……"

许盛想不明白为什么孟国伟会是这样的反应,身体上略有不适怎么了?有点头疼脑热怎么了?至于这样吗?不知道的还以为他和邵湛两个人得了什么绝症。

许盛疑惑地回答:"我俩不紧张。"

孟国伟后边的话不知该从何说起,他想喝口水给自己压压惊。于是许盛和邵湛眼睁睁看着孟国伟抖着手拿起水杯,杯子里的水左摇右晃,荡起一圈圈波纹。

这到底是谁在紧张?

"老孟怎么回事,"许盛侧过头问,"帕金森?"

邵湛吐出五个字:"我怎么知道。"

课间,办公室里人多,放眼望去清一色灰蓝色校服。邵湛戴着口罩,加上身上那件T恤,往那一坐和整间办公室格格不入,他站起来说:"老师,要是没有别的事,我和邵湛同学就先……"先回去了。

他话没说完,孟国伟放下水杯,大喊一声:"慢着!"

说罢,孟国伟俯身去够桌上的座机,摁下一串数字,电话"嘟"几声后被人接起,对面是一个和煦轻柔的女声:"喂?这里是校医务室。"

"李医生，"孟国伟咽下一口口水，惊慌道，"这里是高二年级组办公室，请医务室马上派人过来一趟，我这里有两名同学，需要立刻隔离，请尽快——！"

许盛听到孟国伟前半句话时候的心情也只是意外，但"隔离"两个字一出，许盛直接蒙了。他站起来和邵湛对视一眼，两人同时在对方眼里看见了一个巨大的问号：隔离？！

"这里头是不是有误会，"许盛急得口罩都给摘了，"什么隔离？"

"邵湛，你先把口罩戴上！"孟国伟大惊。他想着在校医来之前安抚好学生的情绪，同时和周老师一起疏散办公室人群："同学们赶紧出去，回到自己班级。出去！快快快！跑起来！"

一时间，办公室陷入一片混乱。正在交作业的、向老师汇报作业进度的、站着挨训的学生都被轰散，在老师们强有力的催促之下夺门而出，东西都顾不上拿。许盛站的位置离门口近，人群一窝蜂往门口涌，跑在最前面的一位男生手里还拿着笔尺，眼看就要撞上许盛了，突然一只手伸出来，拉了他一把。许盛被这股凭空冒出来的力道拽到了边上，刚好和撞过来的人错开。

前后不过几秒钟，门口已被人群堵得水泄不通。

许盛垂下眼，刚好看到邵湛抓着他衣摆的手一点点松开。这人甚至并没有看他，仍旧是一副"别靠近我"的样子，手上动作却和他表现出来的模样截然不同。

邵湛像是在掩饰什么似的补充道："别挡道。"

尽管还没弄清楚现在的情况，并且邵湛这话说得很欠骂，但许盛还是说："谢了。"

孟国伟很快疏散完人群，校医务室派来的人也到得很快，风驰电掣地越过两栋教学楼就往高二年级组办公室赶。校医穿着白大褂，戴着医用口罩，从门外冲进来："需要隔离的同学在哪儿？"

孟国伟举手："这这这！"

六中医疗设备是出了名的好，光校医室就有单独的半层楼，具体为一间医务室、一间休息室，加上一间基本上没用过的隔离室。隔离室门口多设置了一道门,窗户也是封死的,里面配有基础设施及专门的消毒器械。许盛和邵湛两人被推进去之后,校医直接关上了门。

也正是这时候,校园广播响起:"在这个流行性感冒多发季节里,为维护六中健康的学习环境,我校严格展开卫生工作,一旦发现可疑同学,将进行24小时的隔离治疗。"

"继高一的同学病倒之后,我校又有两位高二同学也有疑似症状……不过大家不要惊慌,请各位同学在老师带领下,尽快有组织、有纪律地开展自己班级的消毒活动。"

这是什么绝世巧合?走在大街上广告牌砸下来的概率也不过如此吧!两人并排站着,面对冰冷的铁窗,彻底凌乱。

"老师,"这下邵湛也干脆把口罩摘了,他对站在隔离窗外的孟国伟说,"我觉得我好点了。"

许盛抓着隔离窗上的铁栏杆,跟着说:"我也觉得我好了。"

孟国伟哪里会相信他们的话,他怜爱道:"不用担心,只要保持平稳的心态,积极配合治疗,流行性感冒并不可怕。"

废话,感冒休息几天就好了。但是六中校领导实在把这件事看得太重要,隔离24小时绝对是真的。许盛就算是想破头也想不到事态会往这个方向发展,他说:"我真的觉得我好了。"

邵湛强行冷静下来,提议:"我们可以去检查。"

"傻孩子,"孟国伟叹一口气,也是不忍心这种事情发生在自己学生身上,"潜伏期是查不出来的。"

邵湛、许盛被现实打击得毫无还手之力。孟国伟走后,隔离室只剩下他们自己,房间里一股消毒水的味道,熏得许盛再度把口罩拉上。他倚着墙问:"现在怎么办?"

邵湛发现和许盛在一起的每一分每一秒,都能发生让人意想不到的事情。许盛这个人,成绩不怎么样,却很有想法。

"等着,"邵湛说,"过一会儿来人再说。"

也是,除了等着没别的办法。隔离室里只有一张床,跟宿舍里那种床铺差不多,许盛向来不会委屈自己,邵湛站在窗户边观察外面的情况,回头看到许盛已经找好姿势躺下了。

"你干什么?"

"睡午觉。"许盛很能开导自己,"换个角度想,这也是个不用上课的好机会。"说着,许盛往边上挪了点,给邵湛腾些位置:"你也睡会儿?反正闲着也是闲着,谁知道需要观察多久,总不能站到放学。"

看着那张床,邵湛别过头,拒绝道:"你自己睡吧。"

他现在觉得去最后的考场考试,或是让许盛顶着他的名字去第一考场,也不是那么让人难以接受的事。但有一点许盛说对了,离放学还有大半天,总不能站到放学。隔离室里除了那张床以外,就只剩一把连椅背都没有的圆凳。

夏天燥热的风被铁窗隔离在外,炽热的烈阳却毅然穿过层层障碍。蝉鸣声渐远,午后干净的青草气息像是少年刚晾干后的校服味道。

张峰得到消息,一下课就往隔离室狂奔,路上还撞到了侯俊、谭凯两人。三个人心急火燎地跑到了隔离室门口,透过窗户看到的就是这样一幅景象:

隔离室里的两人也许是睡得太熟了,这会儿的气氛并不像之前那样剑拔弩张。只见他们湛哥半张脸都埋在校霸肩上。校霸或许是察觉到目光了,他眼皮掀开一道缝,然后半撑着起身,抬手把邵湛往边上推过去一点。说推可能并不恰当,因为"许盛"的动作并不像他的脸色看起来那么冰冷无情。直到学神的脑袋顺利靠回到枕头上,他才抽回手。

张峰发出了意味不明的感叹:"哇哦。"

谭凯疑惑:"什么情况?"

唯有心如明镜的侯俊心说,贴吧里的大家可能都在理解某些事实上出现了偏差……不过校霸平时看起来有那么冷吗?侯俊回忆着,只回想起刚开学时许盛那种漫不经心、偶尔勾着唇插科打诨的样子。

好像,也没有很冷?

侯俊这个念头只是一闪而过,并未深究,因为"许盛"已经走到窗边:"有什么事?"

张峰想起这次前来的目的,他猛地扑近,脸都快贴到窗户上了:"老大,你现在感觉怎么样?情况肯定没那么糟,高一那几位同学都退烧回来上课了。"

"我们一点事都没有,"邵湛等半天就是在等人过来,他打断道,"你把校医叫过来。"

"啊?"

剧烈咳嗽是这种流感的一项关键指标,两人本就是装咳,现在不咳嗽对他们两个来说不过是回归正常。校医经验丰富,加上观察半天后发现两人确实没有继续咳嗽的症状,在心里把患病概率从80%降低到了20%。尽管如此,校医还是得核实清楚:"那你们之前在课上咳嗽是?"

邵湛很快找到理由,他面不改色地说:"教室粉尘太大。"

"粉尘"这个许盛也想到了,他只能换条思路:"用嗓过度。"

校医不明所以,许盛继续解释:"我最近几天都喜欢在清晨朗读一个小时课文。我们热爱学习的人是这个样子的,早上记忆力好,就特别想读课文。"

闹半天只是一场乌龙,校医继续观察了两小时,发现两个人确实是一点问题也没有,别说不咳嗽,就是现在立马让他们去操场上跑十圈都行。

考场历险

至此，轰轰烈烈的月考也悄然而至。

"月考从今天开始，考两天，请大家认真对待。早自习还有半小时，还可以把知识点再整合复习一遍。"孟国伟在台上激情澎湃道，"摸底考虽不尽如人意，但我相信这次一定能看到你们这一个月以来的努力成果！"他说话时没注意到台下有两位学生的表情异常僵硬。

"你等会儿去第一个考场，"邵湛说，"进门左手边第一个。"

短时间补习没用，装病失败，月考是不得不去参加的"送命"选项。许盛叹口气说："我在最后一个，你把你所有信息颠倒过来就是我的。"

说完，两人同时陷入绝望，孟国伟也不知道等待自己的是什么。

自习课下课铃响了，顾阎王的声音从广播里传出来："月考马上就要开始了，请各位考生安静、有序地前往各自的考场。确认考试用具，仔细审题，阅读注意事项。涂卡的时候记得看清楚，别涂错了。"

"第一门语文，考试时间150分钟，大家合理安排好时间……"

七班教室里，侯俊刚带领大家把座位拆分好，排成单人单座，然后七班同学才陆陆续续往外走，走廊上人流分成好几个方向。有同学在走廊外低语："听说你这次在第一考场，那不是能和学神一起考试吗？"

"是啊，上次摸底考出排名之后，我就开始期待下一次考试，我真的期待这次月考好久了。"答话的同学按捺不住兴奋的心情，就是这话要是让许盛听见可能要当场自闭。

"你第几考场?"

"我啊,我第三,上次考试失误太多,别提了。"

走廊上声音渐弱,许盛和邵湛两人正打算交换几条注意事项。许盛的考试日常很简单:"你要是不知道干什么就睡觉。"

邵湛想起摸底考那天坐在他右手边的少年全程用后脑勺冲着监考老师的场景。许盛倚在他课桌边上提醒道:"你没什么要说的?"

邵湛起身,把准备好的文具抓在手里,说:"对你不抱希望。""老实点,"经过许盛身侧时,邵湛停下来,他只要再偏移几度,嘴唇就能碰到许盛的耳垂,原本属于许盛的声音硬生生沾上几分低冷,他在许盛耳畔低声道,"少添乱。"

"对了,"邵湛走到门口时又停下,还真想起来有一件要注意的事,"别写哈姆雷特。"

第一考场和最后考场遥遥相望,隔了整整一条长长的走廊。许盛收拾好心情往第一考场走,他虽然心里慌得不行,但毕竟是三天两头上升旗台检讨的人,这点表情管理能力还是有的,于是第一考场所有考生看着学神以极其潇洒且淡定的姿态经过后窗。他明明是头一次来,却走出已经在这个考场考过千百遍试一样的步伐。学神身上那件校服领口开着一些,进门未语先笑,勾着唇冲教室里的同学打了声招呼。邵湛这副皮相本来就惹眼,褪去那身冷气之后,竟有种说不上来的迷人气质。

"啊,学神!"考号离许盛较近的那位同学眼里都快冒出星星了。

一时间全班注意力都集中在学神身上。许盛向第一考场这些考生打完招呼,一眼看到右手边第一排座位上贴的1号标签,他把手里的笔放桌上,坐下等待开考。

他一个学渣坐在邵湛的位置上考试,心情实在是难以言喻。

他身后坐的就是和他一起升过国旗的万年老二。万年老二伸出手指推推眼镜,这种时候还不忘跟他下战帖:"你等着吧,这次考试我准备得很充分。"

许盛心说，哥，你都不需要准备，这次第一名的位置你是十拿九稳。

许盛想归想，面对其他同学诸如"学神我好紧张啊，你紧不紧张"的问题时，他很快调整好心情，模仿邵湛平时那种冷淡的语气说："我不知道紧张到底是一种什么感觉，因为我从来没有过这种心情。"

不愧是学神，其他同学在心里夸了一句，真牛。

又有人问："学神学神，依你之见，咱们这次月考会很难吗？"

许盛继续发挥："我也不知道什么叫难。"

"那学神，你这次考试准备得怎么样？"

"准备？"被邵湛摁着脑袋补习一周，还是取得全科不及格成绩的许盛思考了一下说，"这点东西还需要准备？"

这就是学神和其他人之间的差距！所有人心服口服。

要是平时，他们压根不敢主动和学神说话，但今天学神看起来似乎心情不错，于是有人大着胆子问："学神，能让我摸一摸你的手吗？"

看似淡定实则在琢磨等会儿考试怎么办的许盛不明所以。那名同学神情害羞地说："我太紧张了，怕考不好，想沾沾学神的考运。"

这种行为就跟学校贴吧里无数个"拜学神"的帖子是一个原理，并且因为邵湛平时考试实在过于逆天，校园里流传着一个传说：要是逮到学神真人并蹭上一蹭，考试成绩定能突飞猛进。许盛对摸手这件事并不排斥，反正也不是他的手，但他怕对方沾到些什么不该沾的——比如来自最后一个考场最后一名的考运。想到最后考场，许盛心说，也不知道邵湛怎么样了，像他这种"三好学生"……许盛想起那天网吧外的场景和背上的文身——好吧，好像也不是那么"三好"。

与此同时，"三好学生"邵湛正好走到最后考场门口。临江六中怎么说也是重点学校，但哪个学校都有上高中之后突然颓废、成绩断崖式下跌的人，最后考场里聚集的正是这些不学习的差生。当然这些人和许盛比起来那都是小巫见大巫。他们没有许盛不学得那么彻底，也不敢像许盛那样行事嚣张。许盛的嚣张具体表现为：凡是考试，基本只留给监考老师一个后脑勺，监考老师把人叫起来，他也能漫不经心地抬起头说一句"老师，没说考试不让睡觉吧，反正这卷子就算不睡觉我也写不出，还是您想找我

第十一章 Chapter 11 考场历险

唠唠嗑"。最后考场平时的名场面就是少年坐在角落里撑着脑袋，勉强写会儿卷子，写着写着就干脆把笔一扔，趴课桌上睡觉，也没老师敢管他。

邵湛进去的时候，最后考场的考生还处于一片混乱之中，教室后排聚集着一圈人正热烈讨论着："你这小抄打得不错啊，借我看看，这在哪儿印的？字体能缩这么小？"

另一位同学说："别乱碰，我刚整理好的，一份语文古诗词，一份数学公式，一份英语万能句式，写作文能用得着，你别给我弄乱了。"

那几人围在教室后排讨论着等会儿要怎么作弊。这画面太熟悉。邵湛在门口停下脚步，手也不自觉地握紧，恍然间思绪倒回。回忆里的画面顺着那天脑海里浮现的那声"湛哥"往后，几名少年从巷弄外走来，为首的那个剃了寸头："湛哥，还是你厉害，那几个挑事的现在只会跪在地上求饶了。"

另一人个子矮点，但眼睛很大。矮个子问："今天考试咱还去吗？"

寸头狠狠拍了他脑袋一下："你问的是什么蠢问题，哥儿几个什么时候考过试？你这话显得咱们这种不良少年混得特别不专业！"

矮个子摸摸后脑勺，有点委屈地说："湛哥就每次都考。"

"考试什么时候开始？"倚着墙的少年问。

矮个子说："大概十分钟后吧。"

寸头诧异道："湛哥，你真去考试啊？咱学校考场比的都是作弊技巧，没什么考试的必要吧……"

邵湛看见另一个自己把烟摁灭了，抬手用指腹擦了下嘴角的伤口就往外走。他穿过人行道，单手撑着道路上的栏杆翻过去，留下一句话："随便考考。"

将邵湛从回忆中拉回的是围在教室后排的那几位同学如射线般恨不得将他穿透的炽热目光，以及一声中气十足的"许盛"。邵湛回过神看见那名准备了几沓小抄的同学坐在倒数第二排。按照这个座位排布的规律，他应该就是倒数第二。倒数第二看到他这样，神情万分激动，又喊了一声："你还敢来？"

邵湛感到一丝苦涩。这场面是多么熟悉，就连台词都跟祖传的一样。他确认许盛没有告诉过自己他在考场上也树过敌。邵湛不知道什么事，干脆没理。他越过前几排的人，经过倒数第二排的时候却被倒数第二抓住了手腕。没由来地频频回想起往事，邵湛现在心情真算不上好。他以为倒数第二这是想动手，于是他几乎是靠着本能反手扣住对方的手。倒数第二只感觉手腕处传来一阵疼痛——但他压根没时间反应，下一秒他已经被人拎起来，干脆利落地按在了课桌上。课桌受到外力破坏了原本排列整齐的队形，往边上挪出去几厘米。

全考场的人目瞪口呆。

其实从"许盛"进门开始就有不少目光聚集在他身上。倒数第二"哎哟"一声后喊："许盛你疯了？！"

邵湛摁完人才反应过来，刚才倒数第二似乎只是单纯想把他拦下来而已，听语气两个人应该还挺熟。况且校内不比校外，没几个真直接动手的，就算有，也没人敢跟许盛动手。

他将手上力道松开："不好意思。"

倒数第二揉揉手腕，倒也没计较："你就没有别的话想跟我说吗？"

说什么？倒数第二仿佛蒙受着什么惊人的冤屈，又道："你对我做出那种事，你就一点也不愧疚吗？你摸摸自己的良心！"

"上回考试，你让我把答案给你抄，结果呢？你说排除了我的答案之后准确率果然高了不少！"他说的上回考试是摸底考之前那次。

"你这是在侮辱我的答案。你侮辱我也就算了，居然还动手！"

邵湛用学神的脑袋也想不到居然是这样的前情纠葛，他太过震惊以至于不知道该怎么圆场了。

考试铃响。邵湛接过发下来的语文试卷，在考试姓名栏里写下"许盛"两个字后才回过味来，心说这确实是许盛能干出来的事。他甚至能想象出许盛坐在这个位置上，用一副没睡醒的样子说出"排除你的答案之后准确率果然高了不少"的语气。

同一时间，第一考场里，许盛用自以为最端正的笔迹，在考生姓名栏里写下两个字：邵湛。

月考一个班配四个老师是谣言，那么多考场，每个考场都分四个老师压根儿不现实。见监考的老师只有两名，许盛放心了，不然考试中途他都不知道该怎么挡试卷。只是有一点比较麻烦，第一考场主监考老师是隔壁班语文老师，虽然这位老师不带七班，却是许盛高一时候的班主任。女老师踩着高跟鞋，身段窈窕。她分发完考卷后，站在讲台上将考卷从头到尾阅览一遍，然后才放下，提醒道："没什么大问题，放松点答就行。"

对第一考场的考生，老师还有什么不放心的？简直太省心了！个个都是"985""211"的好苗子，都不需要监考，哪怕没有老师在教室看着他们也不会出什么岔子。

许盛写完名字，吐了一口气，把试卷翻个面，开始逐字逐句看题。要是一遍看不懂就看两遍。这要是穿越回跳墙那天之前，许盛自己都不相信，他，许盛，有一天能有这么端正的考试态度。

周围同学已经埋头开始答题，一时间考场里只剩下笔尖划在答题纸上的声音，还有时不时的翻页声和风扇在头顶转个不停的声音。当许盛真开始看题时，他发现考卷上有不少眼熟的题目。他透过这些题仿佛看到邵湛晚上洗过澡，在他寝室里帮他补习的模样。少年眉目低垂，勾着笔圈完题目，抬头看到对面的人一只手藏在底下偷偷玩手机，压根没在听。他将笔倒过来，不轻不重地在对方额头上点了一下："认真听。"

邵湛押题是押得真准。许盛把整张试卷上的题目粗略看了一遍，发现百分之八十的考点邵湛都讲过。不光语文，其他科目也是如此。但有印象和会不会写是两码事。许盛只能硬着头皮尽力去答。

监考老师原先在讲台边上坐着，坐了会儿大概是坐累了，想起身活动，于是开始绕着过道来回走——尤其喜欢在1号座位旁停留。女老师虽然没教过邵湛，但这位学生在年级组里的出名程度足以让任何一个班的老师对他印象深刻。她想看看邵湛答题答得如何。

站在边上扫几眼考生的考卷答案，估摸一下这次考试同学们的发挥状况，这是每位监考老师的习惯。然而她每次刚扫到答题纸一角，这位年级第一就反应迅速地扯过试卷，把左半面写好答案的答题纸给盖上了！速度快得令人咋舌，卷面挡得严严实实，一个字也瞧不见，并且大有"你不走

这题超纲了①

我就不松手"的架势。这是什么年级第一独有的怪癖吗?不喜欢让人看答案?女教师又多看了他一眼,带着满脸问号绕去其他组了。

最后考场里,邵湛考前虽然看了几张许盛递过来的摸底考试卷,但许盛的答题方法实在很难复制,他手里转着笔,迟迟没有开始答题。前桌那位倒数第二倒是奋笔疾书,手上动作没停过。

邵湛手里那支黑色水笔转了一圈之后落在桌上,准备像许盛说的那样趴下睡会儿。但他趴下去之前又想到什么,伸手去拍倒数第二的肩。

倒数第二没回头,身体往后靠。实在是平时被许盛坑多了,他抵着后排课桌警惕地问:"你又想干什么?"

邵湛语调没什么起伏:"等会儿把答案给我一份。"

倒数第二听到"答案"这两个字,立马炸了:"同一招你用一次还不够,你还想侮辱我第二次?!"

上次的惨剧,萦绕在倒数第二心头挥之不去。依稀记得,当时的许盛言辞是多么恳切地夸了一通倒数第二平均分只有50分的分数,并适时表达出"别人的答案我都不稀罕要,我是看你有潜力"的中心思想。夸得倒数第二飘飘然,最后终于松口。结果那次考试许盛居然用排除答案大法,考得比他还高!倒数第二其实之前一直不害怕这位校霸,接触下来还觉得校霸挺好说话的,然而不知道是不是他的错觉,今天的"许盛"似乎没有之前那么好说话。

少年陡然逼近他,两人之间的距离缩短。倒数第二只觉得一股寒意朝他袭来,他心一紧,仿佛回到刚才被人按桌上的那刻,然后耳边响起四个字:"你给不给?"

邵湛其实没有逼他的意思,但凛然的压迫感还是直直地钻进倒数第二耳朵里。倒数第二自己都没反应过来,就已经脱口而出:"给……"

侮辱就侮辱吧。要是不给,这校霸怕是真的要再按他一顿了。

倒数第二的答案很快从前排传了过来。邵湛要这份答案还真不是倒数第二想的那样,他只是想参考,看看真正的学渣都怎么答题。

"考试结束，请各位考生放下笔，停止答题。"

广播播了两遍。许盛交完卷，可能是教室过于闷热，再加上紧张，他后背竟冒出一层薄薄的汗。怕考场里其他同学会拿着题来问他，许盛交完卷直接就出了教室。交卷后实在没地方去，许盛避开人流想去食堂附近的小卖部买吃的。小卖部就只开了一个小窗口，这小窗对"邵湛"这个身高来说还是矮了些，他弯着腰，隔窗指了几样东西。

"好嘞，总共十七，"老板从边上扯下透明塑料袋，把东西装进去，"我这零钱不够，同学，要不你凑个整？"

"行。"为了凑数，许盛随手拿了些糖。然后坐在边上用餐区，掏出手机慰问同桌：你怎么样，还活着吗？

邵湛估计是没看手机，没回。

许盛没再发消息，他把手里的三明治吃完，又把兜里的糖拆了，这才咬着糖往教学楼走去。这糖还是薄荷味，冰得人清醒不少。

他没回第一考场，也不敢回，光隔着窗户看到一群人围在一块儿就知道是在对答案。他绕了个圈，绕去最后考场的时候才感觉到呼吸畅通——还是在这个考场舒服自在。

最后考场的人正忙着打下一场考试的小抄，教室里同学分成几拨，还有躲在后门角落打游戏的人。可能是刚才考试考得太耗费心神，邵湛正趴在课桌上补觉，许盛从这个角度看过去，只能看到少年搭在桌沿的手和半截后颈。邵湛和最后考场整个环境格格不入，却又有哪里说不上的融合。在他身上似乎有两种相斥的特质同时存在着。

邵湛本来没想睡，只是阖上眼睛之后，意识在周遭混杂的声音里被拉远了。

"为什么每次都来考试？"

"特地回来在考场上坐满两小时，就为了交张白卷上来……真想放弃自己的人不会干这种事，你看看考场上其他人，那些才是真不想学。"

"邵湛，"那个声音又问，"你在挣扎什么？"

…………

梦境光怪陆离，画面不断回溯，像支离破碎的黑白影片，衔接出错乱

这题超纲了 ①

却真实存在过的时空。数重声音穿插在耳边，分不清是现实还是虚幻。

邵湛前面的位置空着，倒数第二在后门游戏团里杵着。从许盛进门那一刻开始，最后考场就陷入十分诡异的沉默里。

"那是学神？"学神没事来他们考场干什么？！然后他们看着学神旁若无人地在"许盛"前面的空位上反着坐了下来，长腿踩在地上，手搭着椅背。

所有人都被"学神来找校霸"这个场景震得一时不知该做何反应。

许盛本来想找邵湛聊会儿。见他在睡觉也没想打扰他，打算留颗糖在邵湛桌上就走。结果手刚伸出去，还没碰到书桌，邵湛就睁开了眼。邵湛对突然靠近的人感知尤其敏锐，还没看清楚对面的人是谁，下一秒许盛的手腕已经被他抓住了。

"不用那么热情吧。"许盛抓着糖，愣了愣说。

邵湛思绪回笼，松开手问道："你来干什么？"

许盛说："你们考场都在对答案，我怕我回去一个个都扑过来问我答案是什么，过来避会儿。"

许盛说完，把手里那颗糖递过去："吃吗？"

邵湛没说要，许盛直接把糖塞进他手里。"薄荷的，提神醒脑。我觉得我考得还行，我头一回把题目看那么仔细，这回肯定超常发挥，"许盛说，"你不用太担心。"

邵湛剥开糖纸，薄荷味确实一股脑冲上头，意外地抚平了情绪："你可能不懂超常发挥是什么意思。"

"你几个意思？"

"你想的那个意思。"

许盛忍不住低声骂了一句。

"下一场考试你还是直接交白卷吧，"邵湛说，"交白卷都比你往上填答案强。"

许盛快气死了，邵湛这个人一天不嘲讽他就不能过日子了吗？这个该死的嘲讽能力十级的选手！

月考考了整整两天。这两天许盛和邵湛两人过得度秒如年，水深火热,跟受刑似的,熬完一门还有一门,考试铃响了又响,仿佛没有尽头。

第二天下午,最后一声清脆悠长的考试结束铃终于响起,广播里传来顾阎王雀跃的声音:"同学们,月考结束,相信各位同学都尽自己所能,交上了一份完美的答卷!不论结果好坏,我们现在最重要的就是赶紧摆正心态,以崭新的面貌迎接下一阶段的学习……"

后面的话许盛听不太清了,因为他刚放下笔,就听见窗外响起一阵几乎可以盖过广播的惊雷。

轰隆隆!

这一声似乎是错觉,好像没人听见这声巨响。考试结束,考场里的人依旧在互相说笑,监考老师也松一口气,笑着招呼大家把考卷从前往后收上来。许盛却什么也听不到,也动弹不了。他只能看到监考老师的嘴在不断张合,好像面前的景象都在缓缓离他远去,有一种强烈的、不属于这个世界的抽离感,同时窗外的惊雷声却越来越响!

轰隆隆!

交卷前一刻是最后考场里的考生最活跃的时候,邵湛像许盛叮嘱的那样,参考完倒数第二的答案之后趴在课桌上闭目养神。耳畔却无端响起一阵雷声,随后意识伴随着雷声逐渐陷入混沌,身体异常沉重,但另一部分意识却一点点飘浮起来。数声雷鸣过后,原本平静的天空开始出现其他人都看不见的异状——天空闪烁出耀眼夺目的光,头顶无尽的苍穹像一个巨大的灯泡。

CHAPTER 12 短暂日常

"同学……"

"同学,交卷了。"

许盛感觉自己似乎睡了很久,耳边是监考老师慈祥的声音,催着他赶紧交卷……等会儿?慈祥?第一考场主监考不是女老师吗?两位监考老师的平均年龄不会超过三十岁,哪儿来的慈祥?然而理智告诉他那确实是一道苍老慈祥的声音,那声音催促半天之后有些不耐,他重重地说:"怎么回事,考试的时候睡觉……"

许盛隐约察觉到不对劲,动了动手指,终于摆脱混沌的意识,睁开了眼。入目便是课桌,许盛支起身,发现头疼得不行,然后看见压在他手臂下面的试卷字迹凌乱。这字明显不是他的,因为就算是乱,也乱得比他的好看多了。

第一考场也没有那么吵,甚至有人以为监考老师听不见似的大声嚷嚷:"最后一题怎么写啊?你先别动,我能抄一个步骤是一个步骤,救救兄弟吧。"

监考老师没工夫管那几个,面前这个旁若无人睡觉还叫不醒的考生实在过于嚣张,他吹胡子瞪眼道:"这么喜欢睡觉,回家好好睡去,还来考什么试!"

说罢,监考老师一把抽走许盛的卷子。许盛在监考老师抽试卷的间隙中，瞥见试卷上考生姓名栏里赫然是两个字：许盛。

这是他自己的卷子？许盛蒙了一会儿，这才后知后觉低下头——他身上穿的是一件黑色T恤。试卷被收走后，桌上只剩下一张近乎空白的草稿纸。他这才注意到草稿纸中央留着四个字：考完别走。是邵湛的字，由于匆忙，更显凌乱。

边上有人交完卷，热情洋溢地收拾好东西准备迎接快乐周末，经过他课桌边时喊了一声："盛哥！"

"啊，"许盛扯了一把领口，已经很久没听过这称呼，隔两秒才回应，"有事吗？"

"不愧是你，睡到现在，监考老师脸都绿了。"王强是许盛高一时的同学，他又说，"晚上有没有什么安排？咱几个好久没一块儿上网了。"

许盛没说话，他现在满脑子都是"换回来了？邵湛人呢？他回去没有？"的念头。

"改天吧，"许盛抓着水笔起身，往考场外走，"我还有点事。"

第一考场收卷速度比较快，许盛赶过去人已经走得差不多了，他穿过考场拥挤的人群，走到后门正好撞到邵湛从门口出来。

其间走廊里有几个人在低声议论："听说学神考试的时候睡着了？"

"是啊，监考老师喊了他好久才把他叫起来。"

"怎么会睡着呢？学神考试一向都很认真的啊。"

"可能是这次考试对学神来说实在太简单，检查完之后没事干，"这几位同学给邵湛找好理由，完全是大型的双重标准现场，"不过考试睡觉也太帅了吧！"

话题中心人物，考场睡觉的帅哥手里拎着张草稿纸，单手插在校服裤兜里从第一考场门口走出来。和许盛头一回见他的时候差不多，规矩的校服，浑身冷意。不过现在邵湛这股不要钱似的冷意压根扎不到许盛："同桌，对个暗号？"

"对什么？"

"不是经常有那种灵异故事，"许盛说，"就是某一天，身边有人消失，但往往回来的人其实已经不是当初的那个人了……"

这题超纲了①

邵湛把手里那张演算得乱七八糟的草稿纸给他："你有时间看这些乱七八糟的故事，不如多背几个公式，填空题就没一题对。"

看来身体里的人没换错。

邵湛也只来得及看一眼答题纸，就发现匆匆扫过的题目就没一题是对的。他不敢想象其他几科都被许盛答成了什么样。

"我们这算是换回来了？怎么偏偏是月考结束……"许盛想到那阵莫名其妙的雷，又问，"你听到雷声没有？"

"听见了。"

难道雷才是关键？这回没跳墙，甚至在两人都没有身体接触的情况下换回来了，莫非是因为打雷扰乱了磁场啥的？但这跟月考又有什么关系？然而这些想再多也得不出答案。

七班教室里，侯俊他们几个人正围着教室电脑点歌："同学们，我们听点音乐舒缓一下气氛，班长在这里祝大家周末快乐，享受出成绩前最后的快乐时光。"侯俊说到这，瞥见邵湛和许盛进来，眼睛一亮："湛哥！考得怎么样？要不要点歌，想听什么？"

以往邵湛从来都是独来独往，侯俊说完他反应两秒，才意识过来是在和他说话："你们点吧。"

侯俊没等到湛哥点歌，倒是紧跟着邵湛进班的校霸说了一句："给我点一首《心如死灰》。"

"啊？"

许盛拖着座椅，坐下之后说："或者心灰意冷，哀莫大于心死，什么都行。"

许盛的说话语气熟稔，侯俊都不知道自己什么时候跟校霸那么熟了："许盛同学，你今天……心情不错？"

许盛想起来自己现在的人设，勉强给自己打个"补丁"，他摸摸鼻子："那什么，我不是一直挺想融入班集体的吗？"

"我这个人比较慢热，"许盛煞有其事地说，"我之前是害羞。"

侯俊一脸恍然大悟的表情。邵湛低声警告："别闹。"许盛收了声。

侯俊总觉得哪儿奇怪，然而不等他多想，孟国伟进来布置作业，顺便提醒大家周末回家注意安全："月考已经结束了，咱班的成绩不需要担心——在我心里你们都是最棒的！回去路上注意车辆啊。"

许盛没有记作业的习惯，刚换回来感觉还有些奇怪，觉得哪儿都不对劲，有种形容不出的诡异感。可这明明是自己的身体……

"你不觉得奇怪吗？"许盛上半身趴在课桌上，侧头去看邵湛，"怎么感觉在你那里反倒舒服点。"

邵湛记完作业松开笔，对上许盛的眼睛，换回去之后，他这副自带攻击性的长相才完全发挥作用，少年鼻梁高挺，眉眼冷若寒霜，他垂下眼，冷声说："我可不想再来一次。"

许盛被噎了一下，于是装模作样地咳了一声，然后去掏手机，漫无目的地点开微信，试图转移注意力，却忘了他和邵湛改过账号——他登录的是邵湛的微信。

有几条未读消息，许盛手上动作没收住，手比脑子反应得更快，直接点了进去。然后他发现这位联系人的头像比之前网吧里那几个黄毛还夸张，看打扮就是社会精神小伙儿，一张点烟大头照，光是那指甲盖点大的头像，浓浓的不良少年味儿都差点溢出屏幕，还是那种走在街上呼风唤雨，身后八十个小弟的那种。这位不良少年的微信名字也很有特色：社会你狼哥。

[社会你狼哥]：大哥。

大哥？这什么信息量！他边上这位学神同桌的人际关系那么复杂吗？

后面的内容许盛没敢看，他飞速把对话框往右划，划回联系人列表。

"你账号，切一下，"许盛把手机递过去，"还有……我刚才不小心点开了一条。"

邵湛接过，手指不太明显地略微停顿后，把账号退出去了。

他还没开口，许盛很自然地转移话题。他已经坐起身，上半身后仰，连带着椅子腿也往后翘起，没正形地说："你坐几路公交车回去？没准咱俩顺路。"

"不顺。"许盛正要说话，邵湛扯了一下衣领，松开手说，"南平，

这题超纲了 ①

你顺一个试试。"

许盛几乎是立刻就把这个南平和第一次交换手机的时候在邵湛微信里见到的那个南平联系在一起。南平离这隔着好几个区，确实偏远，没法顺。许盛刚才问那么一嘴就是想缓解尴尬，免得对方不想解释还得为了这声"大哥"找个充足的借口。他也没再接着说，登录自己的微信账号，三条未读消息。

[张峰]：考完试打球去？打球总行吧，这你总不能再拒绝我了吧。

[张峰]：老大，再怎么热爱学习，也得锻炼锻炼身体啊，这样才能长期发展学习事业，学得更好，飞得更高。

许盛回复：闭嘴，几点？

另一条是——

[妈]：这周末回来，妈做好饭等你。

六中放学后的操场最热闹，男生们有时候晚饭都顾不上吃，一窝蜂地去篮球场占位子。许盛偶尔也去打打球，但他的作用不光打球。只要这位爷带着一群人推开篮球场铁网门，拎着瓶水懒懒散散往里头走，全校就没人敢跟他抢场子。

许盛去操场露了个面，屈腿坐在花坛边上看张峰用非常业余的技术三步上篮没有投中，跟着人群一起嘘了两声。球场上张峰几人上蹿下跳，没什么意思。许盛把目光放远，离开熙攘的人群，落在与篮球场隔着条道的对面通往男生寝室楼方向的路上，穿校服的少年单肩背着包，一侧耳朵里塞了一只耳机，正往车站方向走。许盛心说，这全校那么多穿校服的，他同桌这身校服还真是穿得一眼就能让人认出来。邵湛耳机里的英文朗诵中断两秒，随即出现一声清脆的消息提示音。他划开手机屏幕。

[S]：看见你了。

[S]：我在操场，回头。

邵湛停下脚步，按往常他肯定直接用行动表现出六个字"你看我理你吗"，再加之成为许盛之后，顶着校霸的名号，过去的回忆和曾经那些人事物一下子朝他席卷而来——那条消息更是出现得太意外，虽然许盛转移了话题没多问，但回忆还是会冒出来。同时邵湛也察觉到了许盛有时候比他想象的更加敏锐，这份敏锐来自对人的观察，和表面显露出的那份随性截然不同。

"回头"两个字像是有什么魔力似的，邵湛抬眼看过去。

夏季昼长夜短。太阳还没开始往下落，阳光灼热。许盛往那儿一坐比那帮打篮球的看着还招摇。他手里拎着瓶水，衣摆被风吹得扬起，平时坐教室里耳钉并不显眼，现在在光线照射下那枚耳钉折出光来。见邵湛回头，许盛笑了一下，隔空冲他挥了挥手。

[S]：下周见。

邵湛提醒他：下周出成绩。

[S]：……

许盛还打算回点什么。张峰从场上退下来，用校服衣摆擦汗："对面那妹子，刚才看我没有？"

许盛回神："什么妹子？"

"刚不是叫你帮我盯着点吗？"张峰急了，"就对面操场上那个，扎两辫子的，高一她就在咱们隔壁班，兄弟的终身大事你一点也不上心。"

"你上心的人多了去了，我哪儿能每个都记住。"许盛不敢说他光顾着看同桌，压根儿忘了这茬，"就你那上篮，你还是向上天乞求她刚才没看你吧。"

张峰噎住，又察觉到刚才许盛瞅的方向明显不太对，顺着看过去："不对啊，你刚才在看什么？"

许盛拎着水瓶说："没看什么。"

"没看什么你……"张峰话说到一半，也看到那抹身影，"学神？"

许盛拧开水瓶仰头喝了一口水，打算将这个话题糊弄过去，然而张峰在他身边坐下了，像是想起什么，一脸凝重地拍了拍许盛的肩："说到学神，上回那件事我一直没好意思问你，后来发现实在问不出口……"

许盛被他拍得一愣。男人的第六感告诉他这十有八九是互换身体的后遗症，跟之前自己那一通胡来的骚操作有关。果不其然，张峰说："就是贴吧那个事，其实你也感觉出来了吧，我觉得学神对你不一般。"

这题超纲了 ①

这句话的威力不亚于昨天那声雷，许盛嘴里那口水差点没喷出来。

许盛后面话说得异常艰难："你觉得……什么？"

张峰恨铁不成钢："这还不够明显吗？学神一个几乎不玩贴吧的人，为你写了五百多字的小作文，桃花般迷人的双眸——你别跟我扯什么盗号不盗号的，别人不知道我还不明白吗？求着孟国伟要跟你当同桌，又辅导你学习，这意思还不够明确？还有网吧打架那天，我总算想通他急急忙忙跑过来是因为什么了！"

他不是，他没有，但许盛无力辩驳，换回来之后他才真切感受到邵湛的人设被他崩成什么样了。

许盛这哑口无言的反应更是给张峰信心，他觉得自己简直神了，临江六中最大的秘密被他撞破："行了，我知道有些事情我不该点破，这毕竟是你们俩的私事。我只是没想到你俩私下交情那么好。"

许盛打断："不是……这个事情可能，和你想象的有误差。"

张峰愈发笃定："我都明白。跟我你还怕什么，我又不会说出去。"

兄弟，你这样我确实是挺怕的。

许盛最后叹口气："你……滚去打球吧，快滚。"

张峰抱着球上场。许盛在篮球场边坐了会儿，在天逐渐暗下去之前，才又点开微信把那句"周末回来"看了一遍。

然后他随手把水瓶隔空往垃圾桶里扔，这才起身。砰！一道抛物线划过，不偏不倚正好命中。

时隔一个月没回家，小区还是老样子，多了些绿化植物，从小区进去道路两旁栽上了两排梧桐树。小区地段处于A市市区边上，环境静谧。

许盛开了门，玄关处灯亮着。他到家的时候女人也才刚从公司回来，身穿黑色竖条纹西装，简洁干练，长发微卷，正对着窗户打电话："没问题，薛总。我今晚就让人把报表改出来……真不好意思，我应该再仔细点的，不该出现这种纰漏。"

许盛经过客厅，不轻不重地屈指在餐厅门口敲了两下，算是通知她自己回来了。

许雅萍又说了几句才挂了电话。许盛原先给自己倒了杯水,见她挂电话,把那杯水推到她面前,然后整个人往椅背里一靠。桌上是从附近饭店里打包回来的家常菜。

许雅萍道:"突然有工作要做,没来得及买菜,就叫了点外卖。"

女人是很典型的职场女性,许盛和她长得很像,尤其是眼睛,只不过女人的眼睛形状不如少年锐气,除了细微的眼角细纹,岁月几乎没有在她身上留下痕迹,任谁见了都会觉得这是一个很漂亮的女人。从繁忙的工作状态里出来,女人满脸倦容。许雅萍说话的语气带着职场里磨炼出来的、自己也不自知的强硬:"听说你们昨天月考,考得怎么样?"

许盛也不在意,夹起一筷子菜:"就那样吧,正常发挥,还有一百多分的进步空间。"

别人考一百多,到他这成了还有一百多分的进步空间。许雅萍捏着筷子,半天没有动,她似乎是忍了又忍,最后干脆放下筷子,主动挑破这看起来还算正常的氛围:"你是不是还是想着——"

"啪"的一声,她的话没能说完,许盛也放下了筷子。空气好像突然间凝固,沉重得压得人喘不上气来。两个人都没提那个词,却和说出口并无两样。在这逼仄迫人的空气里,许盛下意识想抬手解开校服纽扣,才想起来他现在不是邵湛了,也并没有穿校服。

半响,许盛起身,张口说:"妈,我吃饱了,你自己吃吧。"

许雅萍没说话,隐忍着,指甲几乎掐进肉里。许盛回来她是高兴的,她一半是懊悔自己性子急,把好好的一顿饭弄成这样,一半又是气,气孩子这个学习态度。

"你站住,你想去哪儿?"许雅萍也站起身,两人隔着餐桌对峙,"我知道你还在怪我,甚至恨我,恨我干涉你。但是你现在还小,你对这个世界、社会的认知并不健全……"

"我出去转转,要是你叫我回来只是为了和我说这些……"许盛不太在意地说,"我们可能没有坐在这里一块儿吃饭的必要,还有,下次不用拐着弯问孟国伟我最近在干什么。"

他现在这个状态和摸底考后第一次被孟国伟叫过去的时候没什么两

样，看上去什么都不在意，刀枪不入。许盛说完，拉开了门走了出去。

许雅萍是单身母亲，平时大部分时间都在忙工作，在生存压力面前，很多事物没办法兼顾。从许盛小时候起，只要她晚回家，许盛就被托管在小区楼下一家私人画室里。画室不大，学生总共就十几人，开画室的是一位美术老师，许雅萍记得老师第一次夸"这孩子有天赋"的时候，她没有当回事。在许雅萍的观念里，画画怎么能当正儿八经的工作？要是喜欢，业余时间画一画没人拦着他。她就希望孩子稳稳当当的……

许雅萍对着对面的空位，叹了口气，由于种种疲累，她缓缓阖上眼。

许盛说是出去转转，其实也不知道要去哪儿，站在街边走了两圈，拿出手机想看时间，解锁后手机屏幕上那张速写映入眼帘。这张像素模糊的日期下面的署名是一个"S"。

许盛也不知道怎么就绕回搬家前那片旧小区附近。小区楼下的那间画室还是老样子。画室半开着门，刚收了一批新学生，许盛靠近门口听见老师正在讲解基础握笔姿势："咱们拿笔，跟写字手势不一样，用我们的拇指和食指去拿这个笔，笔握在手心，拇指指腹压在笔杆上……对，咱们这节课主要教握笔和排线。"

画室里面还有一间隔间，是开放式房间，平时会有在画室学画多年的学生私下自己找时间过来画，没画完就会放在隔间里，因此这个隔间还有个外号叫进阶室。一张素描或是油画能画一礼拜的那种，精细度让人叹为观止，完全超出刚学画的那些同学的认知。就像你还在学五线谱，人家已经去演奏厅了。

老师是位四十多岁的女人，她身材纤细，白裙，长直发，说话时轻声细语："每人发一张画纸，这节课的重点就是把排线练好。"

许盛站在门口，并没有进去。还是女人给同学们示范完，起身整理完画纸，把示范的内容贴在黑板上，回过头才看到他："许盛？"

许盛走进去："康姨。"

许盛从小就这么叫，康姨笑了笑，没忍住多瞧了他几眼："高中学业忙不忙？好久没见着你了。"

"还行,我来附近……买点东西,顺道来看看你。"

"正好小凯在里头,"康姨哪里能不知道"买点东西"只是借口,当初许家母子闹成那样,但她没立场多说,指指隔间,"他前阵子还念叨你呢,你来他肯定高兴。"

康凯是康姨的儿子,比许盛小几个月,也算是从小一块儿在画室长大的交情,两人上一次联系还是康凯参加"星海杯"那会儿。不过是康凯单方面联系,那几条消息许盛没回。

康凯在听到那声"许盛"之后就扔下画笔出来了,他样貌周正,就是个子不高,见真是许盛,连忙把人拉进隔间:"妈,你上课吧,那画不用你改了,我让盛哥给我改。"

"你就是这么招待我的,"许盛在笔盒里挑了一支削好的铅笔,"一来就让我给你改画。"

"我妈那人你又不是不知道,平时还好,凶起来简直就是母老虎。"

许盛目光落在画架上那幅人头像上,给他调整局部形体结构。

"难怪我妈总嫌弃我,让我多跟你学学,"康凯对着画纸半天没研究出来的形体偏差被许盛一眼抓到,"你还是人吗?我们手的构造是不是不一样?"

手的构造是不是一样这事儿不清楚,但许盛手指长,手长得倒是比别人的好看。

许盛说:"别自卑,勤能补拙。"

"得。"

"直面人和人之间的差距,把悲愤化为动力。"

"行了,你别说话了。"康凯又说,"上次给你发消息你也不回。"

许盛随口说:"学校管得严。"

康凯想想也是,临江六中,出了名的严厉。

许盛不能在这里逗留太久,改完结构,又强调了一下明暗,然后手一松,铅笔落到笔槽里:"后面的你自己画,我出去洗个手。"

隔间里除了康凯还有一位在画色彩的同学,那位同学从许盛进来就频频往他们那儿看。原因无他,说着"我们手的构造是不是不一样"的康凯是画室里公认的画神，向来都只有他帮人改画的份，虽然没到考试时间，但以他现在这个水平拉去参加艺术联考，成绩随随便便都能稳在全市前十名，在画室里就是开挂般的存在。更别说一个月前的"星海杯"绘画大赛，他拿了第一。那可是由杨大师当评审的比赛！

"画神，"那位同学实在是好奇，涮笔的时候问了一嘴，"他是谁啊？也是咱画室的？很厉害吗？"

康凯语气漫不经心，说出口的话却完全不是那么回事，他想起"星海杯"绘画比赛那次，杨明宗大师追着他一副恨不得求他告诉他改画的人是谁的样子，说："我要是画神，那刚才那位可能就没有词可以形容了。这么说吧，那位爷要是参加联考，全市第一估计得换人。"

美术联考是由各省统一组织的专业统考，也是美术生的一种资格性考试，考生只有通过联考才有资格报考艺术类院校和院校组织的校考。画室里这些憧憬着各类美术院校的艺考生，都在为了联考能够考出理想的分数奋斗。他们得不断练习几门必考科目，用过的画纸叠起来比人还高。

全市第一是什么概念？跟文化生高考考个状元几乎没区别。别说全市第一了，只要能进前五十，考生所在的画室就能被扒个底朝天，第二年大家纷纷涌过去学画。而画室每年招学生时，也会以去年出了几个前多少多少名、及格率控制在百分之多少作为宣传语。

康凯这番话说完，那位同学手里的扇形笔差点没握住，千言万语最后只汇成一句："什么？"

康凯摇摇头，用见怪不怪的语气说："你还是太年轻，把'人外有人山外有山'这句话在心里默默念两遍。"

那位同学还是不敢相信："真这么厉害？"

"刚才让你默念什么来着，总之有些人吧，你不得不服。"

其实康凯在遇见许盛之前他也没见识过这种人——或者说简直不是人，是魔鬼。他们家画室虽小，他妈却不是一个简单人物，之前在美院教课，后来身体不好才从美院退下来自己开起了画室。康凯在康妈言传身教下，自认有点美术天赋，直到有个女人敲开他们画室的门，还带了一堆礼物。女人客套一番后，委婉地提出来意："实在是不好意思……我平时工作忙,他一个人待在家里我又不放心……"

他和许盛头一回见面,只有一个印象:这男生长得也太招摇了。许盛这样貌看着容易让人有距离感,但性格完全不是那样,情商高得毫无痕迹。那是冬天,他穿着一件黑色毛衣,衬得肤色苍白,眼底沾上几分笑意,套路非常深地打了声招呼:"姐姐好。"继而又看向康凯:"这是你弟弟吗?"就这句话俘获了他妈,他妈笑得花枝乱颤,巴不得许盛每天都来:"叫什么姐姐,哎哟,我都这把年纪了……叫我康姨就行。"

当然这些都不是重点,重点是许盛在画室待的时间不超过三个月,康凯的世界,裂开了。那是一堂速写课,规定时间三十分钟,他妈坐在前面给他们当模特。最后交上来的那叠画纸里却夹着一张薄薄的、显然是随手从练习簿上撕下来的纸,这张纸左上角很嚣张地写着几个字,头一个大字是"解",完整的内容是"解:这题不会"。除了这行字以外,纸上还画了一幅构图完整的速写,笔只是普通水笔,没法表现出像用传统炭笔或是铅笔那样竖锋侧锋处理速写虚实的技法,但依旧把女人的动态抓得活灵活现,线条果断,衣服的纹路在关节处随意勾画两笔,体现出体积感。

康凯看着他妈评分评到一半,突然愣住了,过了一会儿才问:"这张画是谁画的?"

许久,坐在画室最后面,因为不想写作业,所以半趴在桌上的男生举起了手,指间夹着支黑色水笔:"作业写得太无聊,随便画的。"

康姨诧异地沉默两秒,问:"你以前学过?"

"没有,"许盛坐起身,把手里的笔放下,不以为意,"很难吗?"

康姨静默了,凑上去看到那张画之后的康凯也跟着一言不发。

起初康凯还把许盛当作自己的一生之敌,但没多久,他就连这人的车尾灯都看不着了。从那之后,在康凯心里,许盛就等同于逆天的存在。

画室洗手池有一长排紧挨在一起的水龙头,方便学生下课洗画具,瓷砖上沾着没洗净的色彩斑斓、星星点点的颜料痕迹。逆天存在许盛洗完手,康凯已经在画室门口等他,他蹲在画室门口的花坛边上,见许盛出来,他拍了拍裤腿:"去车站?送你一程。"

许盛拒绝:"没几步路,你有这工夫不如回去把你那张头像改改。"

"能不笑我吗？"康凯说，"咱俩这么长时间没见，就知道笑我。"

许盛笑了一声，没再开玩笑。走出去一段路康凯才说："我上回去仓库，看见画纸被人动了，你回去过？"

"刚开学那会儿吧，"许盛反应两秒才想起来康凯说的"上回"是哪天，说，"是去过一趟，回去看了眼。"

那间仓库是康凯朋友的，废弃多年，后来借给许盛放置以前用过的那些画具。把一切尘封落锁的瞬间，康凯这个旁观者在边上看着都难受，许盛却只一言不发地把钥匙挂脖子上，之后没再提过这事。

"本来想常联系你，结果你消息也不回。"

"没事，以后想联系还是可以联系的。"

康凯心说六中不是一向以规矩多著称、死板得不行吗："临江六中规矩不多吗？"

"是挺多的，校规林林总总加起来能有个五百多条，"许盛说到这，又说，"但我什么时候守过规矩？"

这思想觉悟！康凯真觉得，他这兄弟可真是牛炸了。

康凯在心里感慨完，才想起来刚才在画室里许盛可不是这么说的，他说他不回他消息是因为学校管得严："不是，你刚才还说……你怎么一会儿一个说辞？"

"刚才是骗你的。"

康凯再次在短时间内重新认识他兄弟一回。

公交十五分钟一辆，两人走到车站的时候，2路公交正好缓缓进站。

"送到这就行了。"许盛说。

康凯没回话，半晌，他才突然喊他："盛哥。"许盛回头。康凯不知道自己该不该再提这茬，许盛说过不再画画之后，这个话题无形中变得敏感起来，最后他还是说："我真觉得你要是去参加联考，什么清美、央美，都不是问题。"

天色渐暗，徐徐驶来的公交车灯光直直地打过来，分散开的光遮住许盛的眉眼，看不清他此刻是什么表情，最后他说："走了。"

许盛到家时发现家里已经没人了，低头看微信才看到许雅萍半小时前发给他的消息。

——妈去公司了，临时有事。

——你晚饭才吃那么两口，要是饿的话再叫点东西吃。

许雅萍工作忙，她在一家私企做HR，当年生许盛那会儿丢了工作，在家歇了一年后复出时发现社会日新月异，几经辗转才找到份工作，接着一步一步爬到现在这个位置。为了支撑家庭，她过得很累。高强度工作，谁见了都要夸一句不容易。

许盛没法忽视这两条消息，他叹口气，回过去一句：知道了，注意身体，别总加班。

许盛踩着拖鞋回房间，手机又响两下。这回通知栏图标闪烁的是群聊消息。高二（7）班官方班级群有一个特别官方的名字：相亲相爱一家人。这名字一看就是侯俊取的。官方群里所有同学包括老师都在，平时没人说话，这次"僵尸群"复活的原因是谭凯在群里小心翼翼地向孟国伟打探月考消息。

[谭凯]：孟老师，月考成绩什么时候能出啊？

[孟国伟]：很快！

侯俊出现的速度也很快，很显然和谭凯两个人是商量好的。

[侯俊]：很快是多快？

[孟国伟]：你们放心吧，我们正在抓紧时间阅卷，争取等你们周一过来就能把这次月考卷给讲了。

许盛心说：倒也不必那么快。

班级群里的人巴不得成绩晚点出，听到这个消息，纷纷感到失望。

[侯俊]：好的，老师，老师辛苦了，其实比起成绩我们更在意的是老师您的身体。

谭凯紧随其后唱双簧：是啊，不要太累了，成绩晚点出也不要紧。

许盛在心里默默为这两个人点个赞，退出群聊聊天框，点开另一个。光是看着邵湛头像，他几乎都能想象出邵湛那张脸。许盛回忆自己在考场上是如何顶着邵湛名字发挥的，越回忆越心虚。

[S]：看群了吗？

[S]：你下周一……要不要请个假？

邵湛收到消息的时候，刚做完一套卷子。邵湛倚着椅背，难得从各类试卷里抽出时间，示意他继续往下说：然后？

[S]：然后我先看看具体成绩和老孟他们的反应，再想对策。

[邵湛]：结局都一样，还用挑日子？

[S]：……

南平区房屋年龄大多都老，这里和市区差异大，中学也没几所，消息相对闭塞。居民楼里住楼下的老人喜欢听戏曲，老人家耳朵不好使，因此电视机声音总要放很大，老式电视机里咿咿呀呀的声音不断传出来。两室一厅，房子里空荡荡，只有邵湛一个人。客厅墙上原本挂相框的位置已经空了，只剩下一个长方形的痕迹。邵湛去厨房接了杯水，准备再写一套卷子，手机又响了一下。

[S]：作为补偿，我下周给你带早饭？你想吃什么？

[S]：或者其他的，反正算我欠你一次。

[S]：你想让我为你做什么都行。

你想，让我为你做什么，都行。最后一句话发出去后，许盛才发现有歧义，他想了两秒后，直接撤回了。

孟国伟说他们在加紧阅卷，这话不假。六中老师周末都没休息，加班加点批试卷，快的话，周日就能把成绩单以及各班均分统计出来。他回复班级群消息的时候正在办公室里，面前摆了好几沓试卷，为保证阅卷公正性，侧面能看到学号姓名的那栏都被封了起来，他们并不知道现在在批的试卷到底是哪位考生的……不过也有例外。批试卷批到这个点，孟国伟摘下眼镜，抬手去捏鼻梁，试图缓解眼部疲劳。

"孟老师，"隔壁班语文老师刚好批完手边那沓试卷，不由得问，"你批到邵湛的卷子了吗？"

孟国伟再度戴上眼镜，说："我没批到，应该在你那吧？"

邵湛字写得好看，考试分数高，各科老师只要批到他的卷子不用看姓名就能认出来。当然除了邵湛以外,也还有一个特别好认的,就是字差到没眼看的许盛。

隔壁语文老师心说这就奇了怪了,语文考卷一共就两位老师批,她把刚批完的试卷又从头到尾翻了一遍,确认自己肯定是没批到,猜测道:"试卷份数是齐的吗,确认收齐了?你那边真没有?"

孟国伟还没批完,后面所剩张数不多,他粗略翻看,每一张试卷的字迹都不像邵湛写的:"我这没有。"

隔壁语文老师还想说点什么,但孟国伟心却很大,他摆摆手,毫不在意,也丝毫不担心自己班级的邵湛同学,甚至已经提前想好这回要怎么庆祝邵湛同学再次勇夺第一:"没关系,邵湛的成绩我一点也不担心,肯定又是第一名。到时候我计完分把他的卷子挑出来,你拿去多复印几份!还有咱们月考的年级排名大字报,第一名的位置可以先往上填姓名了。"

第十三章 有难同当

新的一周，校门口车流不息，同学们背着书包成群结队往学校走，文具店照例挤满了人，店家会卖一些当红偶像明星的周边文具用品，每次上新都能引来哄抢。临江六中虽没有规定学生周末不能回去，但住宿生基本上都是一个月回去一趟，这惯例逐渐成了不成文的规定。

学校侧门，顾阎王刚逮到几个违反校纪校规的。他把人拉出来在边上站了一排："你，校服呢？还有你，周末放个假回来你是要造反啊？你以为你在头发底下染这么一小撮毛别人就看不见是吧？！"

为了追求时髦，有些同学染发只敢染在头发里面，上面层层头发遮盖住，如果不是被风吹乱，不会那么轻易被人发现。

顾阎王神态自然地掏出一把折叠剪刀："把你那撮毛剪了再进去。"

挨个训完，顾阎王往队伍后面走，看到一片黑色衣角，少年身形清瘦，在人堆里格外扎眼。许盛拎着早餐站在排尾："顾主任早上好。"

顾阎王原先还算淡定，但他只要看见许盛就形成条件反射，一股气顿时从胸腔冲到头顶："许盛你来干什么，我刚才抓你了吗？"

"没有，"许盛是自觉入队的，"就是来跟您打声招呼，周末两天没见，有点想您。"

"别，你还是多想想咱六中校规吧！你少在我面前晃就是对我最大的关心——又不穿校服，还有你那耳洞，说了多少次，"顾阎王头开始疼了,"赶紧给我滚!有多远给我滚多远!"

许盛就是故意来找骂的。他从来没有那么怀念过顾阎王的大嗓门。当邵湛的时候,顾阎王那语气柔和得他头皮发麻,被这种"你真是我的小骄傲"言论攻击长达一个月,许盛心里总觉得难受。现在真被顾阎王这么骂一顿,反倒舒服许多,之前那种颠倒的错位感消失,现在总算是归位了。

许盛依言滚了:"顾主任再见。"

许盛进班向来都晚,不是迟到就是缺席,但一个月过去,作息习惯不知不觉有了改变,他六点准时起床,提前二十分钟到了教室,并且还没觉得哪儿不对。

高二(7)班没来几个人,除了值日生以外剩下的只有几位同学。然后他看到他同桌的校园生活也不知不觉有了改变——侯俊、高志博、谭凯几人正围着邵湛喊"湛哥"。

"湛哥,作业能否借小弟瞻仰瞻仰,"侯俊说,"我保证,真的只是参考,不是抄。"

谭凯紧随其后:"我虽然没办法保证,但我会尽力控制我自己。"

高志博则可怜兮兮的:"湛哥,这题我独立思考很久了,还是没有头绪,我还要再独立思考下去吗?"

邵湛从进教室起耳边的声音就没停过,仿佛十个许盛在他边上说话一样,但出乎意料地,他似乎并没有觉得太烦。

许盛从后门进去,突破包围圈。侯俊先是看到一只手伸过来,两根手指勾着塑料袋,然后才看到校霸那身标志性的T恤。许盛把手里拎着的早餐往邵湛桌上放,拉开椅子坐下:"不知道你爱吃什么,随便买了点。"

邵湛伸手把作业翻出来,直接扔给侯俊他们,又说:"这什么?"

"早餐啊。"

所有人在瞬间提取了关键性信息:校霸给学神买早饭。侯俊小心翼翼地伸手,把邵湛扔过来的作业本接住,表情复杂。

"谢谢湛哥,"侯俊在谭凯和高志博头上分别敲了一下,带着两人"战术性"撤退,"大恩大德无以为报,我们就不打扰你们了。"

邵湛以为早餐只是随口一说,他冷声道:"不用。"

许盛也坚持:"我这个人吧,说到做到。"

邵湛沉默两秒,然后他合上桌上那本错题本,往后靠了靠,眉眼冷峻,眼底却隐约藏了几分耐人寻味的深意,说出一句带着些许压迫感且略带调侃的话:"所以真的让你帮我做什么都行?"

"你看到了?"许盛有些尴尬,地上现在要是有个洞,他恨不得马上钻进去。好在邵湛身上那股劲儿很快收住,快上课了,他拎着早餐袋,把袋子挂在靠过道那边,然后说道:"对你没别的要求,上课闭嘴少说话,安静点。"

许盛难得没反驳,因为他还有一句最重要的话没敢说:多吃点,吃饱好上路。

侯俊借鉴作业的速度很快,他把出差错的步骤找出来,发现是他函数图像画得有问题,更正后就把邵湛的作业本还回来了,顺便过来向两人汇报一手信息:"我早上去老孟办公室,他们已经批完试卷了,早上在计分,估计课前分数就能出来。"

许盛和邵湛两人呼吸皆是一室。

侯俊唉声叹气:"湛哥,真是羡慕你,哎,我都要紧张死了。"

许盛心说,不,你都不知道我们有多紧张。事实上,许盛昨天晚上都没睡好,邵湛也没好到哪儿去。许盛试探道:"你早上去的时候,办公室里气氛正常吗?"

侯俊不知道许盛这话是什么意思,他想了想说:"好像……挺——挺平静的吧。"

许盛又问:"老孟的精神状态呢?也正常?可能不光精神状态,比如出现血压飙升、心律失衡这种身体上的问题,或者再严重点……学校今天有救护车进出吗?"

"啊?"

孟国伟的精神状态十分钟之前还处于正常状态,直到他将试卷翻过去一页,露出底下那张。孟国伟看了一眼,机械化地往电脑上输入:考生姓名,邵湛,考号1号,语文成绩……这几天试卷接触得太多,等孟国伟打完,这串字才真正进入他大脑里。他猛地停下手上的动作,瞪大眼睛,把页面上调,重新看了一遍。语文成绩……

孟国伟瞳孔逐渐扩大,握着鼠标的手微微颤抖,浑身僵硬地坐在座位上,边上其他科目的老师喊他他都没反应。

65分。

孟国伟低下头去看试卷,试卷上的字,狂野,奔放,像一头在草原上肆意狂奔的野牛般横冲直撞,完全不是邵湛平时的字迹。仿佛隔了有半个世纪那样漫长,他才隐隐听见其他老师在耳边的呼喊声:"孟老师……"

孟国伟魂不守舍地回应:"啊?"

周远抖着手站起来,他差点没站稳,手扶着办公桌,这才堪堪支撑住他的身躯,他手里赫然也是一张考卷!周远说话时断断续续:"邵湛……邵湛的数学成绩出来了,5……59分。"

孟国伟觉得自己的灵魂已经飞走了。一个又一个噩耗传来,最后孟国伟桌上摆了四张考卷,考生姓名全都是歪歪扭扭的两个字:邵湛。

不光孟国伟,所有老师的内心,天崩地裂。

"学神,"早自习没开始,侯俊小道消息刚分享完,七班门口冒出来一颗脑袋,是其他班的同学,"老师叫你去办公室。"

许盛原本缩在边上准备打游戏,一局刚开,闻言立马退出去了。他坐直,心说,该来的,还是躲不过。

邵湛起身前低声道:"回头跟你算账。"

许盛缩了缩脖子。唯有侯俊向邵湛投去羡慕的目光,发出一句感慨:"湛哥,肯定是成绩出来,老孟都迫不及待想表扬你了!"

办公室气氛跟往常很不一样。以往这个点,办公室里人来人往,吵得半条走廊外都能听见,然而邵湛这一路走过去,却异常安静。他抬手敲门:"报告。"

孟国伟往嘴里扔了两颗定心丸,就着水吞下去,这才调整好语气说:"进来吧。"

"老师,"尽管很不想面对眼前即将发生的事,邵湛还是深吸一口气,佯装淡定道,"您找我?"

孟国伟眼神复杂地看着这位他曾经最引以为傲的学生,他的天才少年邵湛，临江六中的骄傲。

孟国伟正要说话，门口又是一声："报告。"

许盛敲完门，在孟国伟说话之前，举起手里随便从书桌上拿的一本课本，目光和邵湛的对上一瞬，然后一本正经地瞎扯："老师，我有几道题不会，想请教请教您。"

孟国伟今天受到的刺激已经够多了，再加上一个"许盛来问题"，可能是物极必反，心情居然毫无波澜。孟国伟叹口气，暂时中止和邵湛的谈话，说："进来吧。"

"你来干什么？"趁孟国伟接书的空当，邵湛低声问。

"怕你死在办公室。"许盛在他耳边说。

许盛这本书真是随便拿的，看都没看，直到孟国伟问才知道自己拿错书了："你这是高一的课本？"

许盛连忙说："啊，对，我……基础薄弱。"

孟国伟实在没有心情，他合上那本崭新的高一课本，对许盛说："你先出去吧，下节课课间再来，我和邵湛同学有些话要聊。"

许盛反应本来就快，这一个月历练下来更加是什么场面都能应对自如。他拿着课本说："没事，正好我也想找周老师问两道数学题。"

周远办公桌就在边上，离得近。许盛没准备题，随口胡诌一句"上周那堂课讲的知识点不太懂"，然后一只耳朵听周远翻开课本推公式，一只耳朵听孟国伟和邵湛谈话。

孟国伟花费好大力气才说出口："是这样，这次月考成绩出来了。"

邵湛应了一声。

"最近生活上，没遇到什么事吧？"

"没有。"

"关于月考成绩……老师有几个问题想问问你。你别紧张，你有什么想法也可以和老师说，我们一起解决，共同克服。"

说着，孟国伟把几张试卷推过去。邵湛总算看到许盛把题目答成什么样了。一排红艳艳的分数冲击所有人的眼球。"你这字，是怎么回事？"

许盛这字他没法解释。邵湛眼一闭："最近在练狂草。"

孟国伟想问的问题太多了，每张试卷上的每一道题他都感到非常困惑，他甚至想直接问他怎么会考成这样，又怕事情没有搞清楚之前会伤害到邵湛。孟国伟只能挑出几个具有代表性的问题。他指指英语作文题，这次英语作文的题目叫"阅读"，主要是让考生谈谈保持阅读习惯给人带来的好处。他艰难道："英语作文，你写的第一句，'Old people said, read hua hua hua, write shua shua shua'是什么意思？"

桌上四张考卷，英语分数最低，仅有36分。孟国伟的内心天摇地动，这分数，全年级能与之一战的恐怕也只有许盛了。他当初费尽心思安排两人当同桌，是希望许盛能多往邵湛这边靠一靠，但他万万没想过受影响的居然是邵湛啊！这到底是怎么一回事？！

"英语老师本来想亲自问你，"孟国伟再度回看这篇英语作文，发现自己刚才定心丸吃少了，他缓了口气说，"但她临时有点事，去行政楼了……邵湛，你平时作业情况都……都很正常，成绩也一直很稳定，所以你能解释一下吗？"

"我……"我不能！邵湛说不出话。同样都是天崩地裂，邵湛不比孟国伟裂得少。邵湛面对那些狂野到几乎看不清写的是什么的连笔英文，陷入沉默。再难的题他只要看一眼就有思路，然而此刻大脑却一片空白。不止空白，邵湛甚至感觉到他脑子里某根神经，不可控制地，爆裂了。

这句子说它是英文都是抬举！语法不对，所用词汇翻遍词汇手册都找不着哪个词能跟"hua""shua"对上，根本就是独创了一门语言。

邵湛强压下情绪，才没把一桌之隔、在对面装模作样问题目的许盛抓过来摁在桌上，问问他写的是什么玩意儿。

"所以公式是这样推出来的，"与孟国伟一桌之隔的周远演算到最后一步，转而把笔递给许盛，"听明白没有？来，你试着自己推一遍。"

许盛全部注意力都在邵湛那边，压根没听周老师在说什么，他一只手握成拳，抵在嘴边不轻不重地咳了一声，试图吸引邵湛的注意，然后低声提示道："你那什么，你发挥一下想象力。"

许盛怕别人听见，因此这句话说得含糊又小声。见邵湛没有反应，他又含含糊糊地挤出三个字，再度强调："想象力。"这句翻译不难理解，

这题超纲了①

但他承认，确实是需要加上那么一点点的想象力。

邵湛心说，什么想象力不想象力的他不知道，他现在只想打人。

许盛被邵湛的眼神冻得一激灵，他在来办公室之前，是怕邵湛交待在办公室里。他现在觉得，邵湛交不交待他不知道，但只要邵湛活着踏出这间办公室，等会儿要交待的可能就是他了。因为如果他是邵湛，他也会灭了那位叫许盛的答题选手。

其实许盛还真挺冤，他这次考试真考得特别认真，不然也不会翻译出这么绝妙的句子！他自己平时考试都没那么认真过。事实上其他三科的成绩确实也都有所上升，邵湛给他补的那些知识加上他难得认真的态度，这三科平均分估计能有60到70分左右。只是英语不像其他学科，词汇量匮乏不是一两天能解决的问题，阅读题通篇下来连主题都看不明白，ABCD四个选项就更不用说，除了瞎蒙，没别的路可走。

与此同时，周远察觉到了许盛的心不在焉，他提高声音问："许盛，你嘀嘀咕咕说什么呢？"

许盛回过神："啊，我是说……这公式原来是这样推出来的。"

周远把笔给他："懂了就推一遍，你今天怎么想到来办公室问题？以前除了罚站和考试考太差过来接受教育，可从没见你来过办公室，今天太阳打西边出来了？"

一个谎需要用无数个谎来圆。许盛只得硬着头皮说："最近在邵湛同学的带领下，我发现了学习的乐趣，我深受启发。"

周远也为邵湛月考成绩纳闷呢，他都不知道这成绩到底算谁启发谁。孟国伟在那等待邵湛的回答。邵湛在许盛那句"想象力"的提点下，试图抛开自己受到的那么多年教育，抛开所学的英语知识来解码这句诡异的英文。最后他还是放弃了，因为就算他翻译出来，也没法回答孟国伟，孟国伟会以为他疯了。

"这句，应该是写错了。"

"笔误？"

邵湛"嗯"了一声。这笔误误得未免有些惊人，但比起邵湛考了这点分，和笔误误成这样，显然是笔误更具有说服力，孟国伟又问："那你……练狂草干什么?"

"换风格。"

孟国伟一哽:"你的字已经写得很好了,不用再练……有时候想寻求突破是好事,但狂草可能不太适合你,真的不用再练下去了。"

除开那句英文,孟国伟还有满腹疑问:"邵湛啊,那这语文作文怎么能跑题跑成这样?不像是你会犯的错误。"

"最后几道数学大题都只写了'解'和冒号,就没了,怎么想的?"

"电闪雷鸣,骤雨初歇……这句诗是你改编的吗?还是柳永写的版本你不满意?"

…………

一句又一句话狠狠往邵湛身上砸,砸得他想立刻离开这里,许盛就是交白卷都比把题答成现在这样强!但人的求生欲和应激反应是一种令人难以想象的东西,加上这一个月什么事情没有经历过,邵湛空白的大脑逐渐恢复正常,孟国伟还在滔滔不绝地往外倒问题,邵湛打断道:"老师。"孟国伟停下看他。"其实是这样的,考试那天,我身体不太舒服。"短短几秒,邵湛脑子里飞速掠过很多东西,很快为这个借口串出一整条非常完整的逻辑链,"最开始是咳嗽,那些症状很快消失,当时经过校医诊断也以为没什么大碍,但没想到第二天起来还是头疼。您也可以去问监考老师,考试快结束的时候……我已经失去意识了。"

"啊?"

不光孟国伟被邵湛说愣了,许盛也愣了。等他反应过来,只剩下一句感慨:精彩!能把装病和考场昏迷扯出来,整个事件被他扯得有头有尾,有理有据,有因有果!年级第一不是白当,这头脑,缜密!

孟国伟确实有听说邵湛在最后一门考试收卷的时候睡着,监考老师怎么叫都叫不醒,当时他们都以为邵湛只是普通的"睡着"而已,除了有些奇怪邵湛居然也会在考场上睡觉之外,其他的并没有多想。听了这番话,孟国伟恍然大悟!原来是这样啊!顿时感觉天也不崩了,地也不裂了。

"我就说呢,"孟国伟把那沓试卷整理好,放回去说,"你肯定不会考成这样。现在身体好些了吗?怎么好端端的会头疼?"

这题超纲了 ①

"没事，可能是着凉。"

孟国伟又拉着邵湛说了一会儿话，千叮万嘱让他一定要去医务室看看："身体是自己的，下次考试要是身体不舒服就告诉老师，不用强撑着，都疼得胡乱答题了……难怪字也花成这样，行，那你先回班吧。"

两人一齐松了口气。许盛也想回班，然而周远一嗓子把他喊住："你刚才听没听！听没听！我给你推的是什么公式，你推的又是什么？你往纸上画个三角形是想给我推个勾股定理？！"

等许盛拎着课本解决完那道公式，回班时发现班里人走得已经差不多了，这才想起来下节课是体育。看来今天的体育课没被其他老师征用。

许盛经过后窗，准备从后门进去，就看见后门那倚着个人。少年倚着门框，身高腿长，浑身冷意，光线从外面照过来刚好打在走廊上，却在他面前戛然而止。估计是刚才办公室氛围太窒息，他这会儿校服领口倒是没扣到最上面。听到脚步声，少年漫不经心抬头看了眼："过来。"

尽管许盛当过一段时间的邵湛，从外人角度去看又是完全不同的感觉。许盛觉得他今天可能要命丧于此："下节体育课，你不下去？"

许盛没靠太近，他靠着后窗，和邵湛拉开一条手臂的距离，给自己留下点空间，并且试图测试直接从后窗伸手进去把课本扔桌上的可能性。

邵湛像是看穿了他一样："是你自己走过来，还是等着我动手？"

许盛说："有话好好说，别总动手动脚的……"

然而下一秒，邵湛这手还真动上了。之前在最后考场，包括很多时候，邵湛无意中流露出来的那股劲儿是真实存在的，他动起手丝毫不给人反应的时间，出手奇快，力道精准，一摁一个准，狠得比那种真每天出去打架的校霸更像个大佬。

许盛低骂一声，后背抵上门板，力道倒是不重，邵湛很显然收了力。

邵湛头发长了点，低下头时细碎的发丝半遮住眼，那点"生人勿近"的感觉体现得更加明显，下颚线条流畅，刀刻似的，再往下是少年突起的喉结，许盛看着那喉结动了几下。

邵湛说："你那句英文，什么意思？"

许盛也懒得反抗，有门板他就顺势倚着："古人云，读书破万卷，下笔如有神……不是这么翻的？"许盛又说："为了把你这英语作文格调凑高点，我还特意找的名言，翻译得那么精妙，我自己考试的时候都没有发挥过这么高超的英语水平，你和老孟居然都没看出来。"

敢情你还挺委屈。

"你品，你细品，翻书的声音是不是'哗哗'，写字的声音是不是'唰唰'。"

"你还是闭嘴吧。"

许盛为自己绝妙的想象力和翻译能力感到惋惜，他们压根没有尊重一个英语奇才神一样的发挥！

此时，楼梯口由近及远响起一阵脚步声。动静并不大，他们班同学都去上体育课了，以体育课的宝贵程度，不大可能是他们班的人。但世事难料，侯俊的声音传来："好久没上体育课了，我都忘了穿我那双战靴！"

话音刚落，教室门被人一把推开了。

许盛刚好挣了挣手腕，说："能不能撒手？你弄得我有点疼。"

前半句话侯俊没怎么听清，后半句倒是听得一清二楚。许盛语调懒散，尾音拖长，加之整个人被邵湛罩住，从教室门口往后看，只能看到许盛微侧的半张脸，黑色衣摆，以及被禁锢住的手腕。

当许盛听到"哐"的一声并往声音传来的方向看去时，就只看到侯俊和谭凯两人错愕地站着，而眼前的场景与无数小说文案雷同：谁都知道，学神高冷、孤僻，从不和人亲近，然而有一天，某某某却无意间看到学神把校霸摁在墙上，并且校霸还说着糟糕的台词。

四个人一齐僵住。

许盛低声说："说了别动手动脚。"

"这就算动手动脚？"邵湛看了他一眼，松开手，"你可能没见过真动手是什么样的。"

许盛心说，你还想怎么动？

侯俊半天才找回自己的声音："我，那什么，我回来换双鞋就走。"

"太久没上体育课，学习冲昏了我的头脑，"谭凯紧接着解释自己的来意，"我忘了我是体育委员，回来拿考勤表。"

这忘得也是够离谱的。

邵湛松开手，许盛咳了一声，试图解释："我们……"

那两人根本不需要听许盛解释，他们心里已经有了真相。于是侯俊主动接过话："等会儿一起下去？"

许盛发现这场面也确实解释不清，干脆作罢。

六中操场上人群熙攘，烈日晒着草皮和塑胶跑道，散发出一股浓浓的青草味和橡胶的气味，不断蒸腾而上。跑道上以班级为单位站了好几列队伍，还没集合，不少人围成一圈，坐着聊天。自带运动器械的同学，用手指顶着篮球，少年人朝气蓬勃，一扫在教室里无精打采的面貌。

许盛过去的时候，七班同学也围了一圈。"朋友，"许盛蹲下身拍了拍其中一位同学的肩膀，"腾个地儿。"

那位同学挪了空位出来。许盛随意坐下，顺便用手撑着塑胶跑道占了个位子，扭头去看邵湛，见邵湛明显一副想越过他们的样子，便问道："你不坐？"

邵湛不怎么参加集体活动，正想说"你们聊"，许盛却直接伸了手，少年并不太突的骨节曲成弧度，抓在他校服衣摆，声音里总是带着几分笑意，他嘴角勾起道："坐下聊呗，邵同学。"

邵湛面色不改，眼底寒意却不自知地褪去一些。学神不近人情是出了名的。除了侯俊几人在晚自习上领略过学神的另一面，并迅速发展出游戏友谊之外，七班其他同学对邵湛的了解少之又少。高不可攀，望而生畏。然后所有人看着学神真被校霸拉着坐下了。

七班同学集体开了眼。

许盛问："聊什么呢？"

这时他们才反应过来刚才讲的八卦才讲到一半："啊，我们在聊体育课抢课的事。"

七班有两位老师是抢课狂魔，在年级里是出了名的爱抢体育课，导致每节体育课都是一场没有硝烟的战争，同学们也都对此怨声载道。不过考试过后体育课倒是比前两周多了好几节，恢复到正常课量。

那位同学接着分享八卦："咱们这节课背后的故事你们知道吗？据说

是体育老师实在受不了了,这次好几位老师吵着要,最后专门拉了个群问他愿意把课给谁。体育老师一怒之下怒吼说'我也得考试,体育老师就不是人吗,体育课就不值得被尊重吗',把那些老师给吼蒙了。"

他说到怒吼的时候,绘声绘色地把当时的情形演了一遍。

谭凯悠悠地接下去一句:"然后上课前,他发现他的课代表已经忘记自己是课代表了,连表都没带……"

众人笑得东倒西歪。许盛也笑,抛开校霸头衔,以及这人种种违规劣迹,他身上那种张扬的特质其实还挺能迷惑人的,所以他高一那会儿和同学包括老师关系不错这事不难理解。操场上有几个许盛高一的同学,上回趴在窗户边上喊他的女生也在,她和其他几个女生有说有笑,一眼望到操场上有位不穿校服的:"许盛。"许盛冲张彤远远地挥了个手。他确实属于那种犯了事儿,再站你跟前插科打诨几句,也能让你没法打心底生他气的类型,而且脑子里全是些异于常人的想法。

谭凯发言完,几人把话题扯到别的地方去,聊天内容里偶尔也会带上"湛哥"这两个字。

侯俊说:"我知道,那游戏昨天更新了,新赛季凶得不行,差点给我打自闭,今晚等我湛哥带我……"

邵湛被头顶的太阳晒得发热。他看了一眼刚才许盛抓过的那片衣角,那一下似乎有一股奇异的力量。耳边这些声音真实存在着,嘈杂、喧闹的声音横冲直撞闯进来,比起全科标红惨不忍睹的试卷,面前这些好像才是一场最大的意外。

体育老师这时拿着口哨从器材室走出来,他吹了一声口哨,喊:"七班,集合——"

"咱们这节体育课先把五百米测了,测完自由活动,想借器材的找谭凯,让他统一给你们拿。"排好队后,体育老师讲完课堂注意事项,又说:"谭凯,你下次要是再忘记自己是什么身份,你就自觉请辞吧,行吗?我这好不容易给你们抢到一堂课,结果课代表都没了。"

谭凯说:"意外,这真是意外,我下次一定不会再忘记自己是谁!"

五百米男生先测，测完一窝蜂地往篮球场跑，跟赶着投胎似的。七班男生组了两支队伍。谭凯还得帮女生们拿羽毛球，根本拿不下那么多器材。许盛测完就见谭凯正拎着球网袋往这走，球差点从网袋里掉出来。许盛跑过终点线之后没停，直接三两步往前又跑了一段，接住那颗试图往外掉的篮球。

"谢谢，"谭凯说，"对了，刚才没说完老师就来了，你和湛哥晚上有空吗？"

许盛抓着球问："晚上？"

谭凯说："猴子周末从家里偷偷摸摸带了个平板过来，今晚打算整点刺激的，怎么样，来不来？"

只要不是学习，许盛对这种学习以外的活动向来都是来者不拒："行啊，至于你湛哥来不来我就不知道了。"

提到这个，谭凯来了劲："你觉得湛哥会来吗？湛哥虽然在考场上未尝败绩……"许盛在心里默默补充一句，月考之后他尝到了。谭凯接着说："但生活也不至于只剩下学习吧？"

许盛算是听明白谭凯话里话外的暗示了："你想让他来？"

谭凯点头。

"想让我把他带来？"

谭凯再次点头。

许盛笑了一声，把球往地上拍，弹起来再接住："你们直接问他不行吗？我去问他就愿意来？"

那肯定啊，你俩什么关系！不过这话谭凯没说出口。其实谭凯隐约感觉到哪儿不对劲，之前他明明觉得湛哥更亲切，相反的，他和校霸一直都有点距离，按理来说应该毫无心理负担，也毫无隔阂地直接问邵湛才是，但人的潜意识是很奇妙的东西，现在他面对邵湛却不太敢说话，对着许盛倒是意外地什么话都能说。谭凯挠头，自己也说不明白这是为什么。

侯俊他们的活动安排在熄灯之后。说要整点刺激的，但许盛不知道这个"刺激"到底是什么，他打算晚点回宿舍再问邵湛晚上有没有时间。

等到体育课下课，各科老师都已经统计完月考分数，考卷也分批下发。邵湛考试成绩传遍了全年级，听到消息的人久久回不过神。

"我看了排名表，有一个谁听了谁疯的消息——学神这次考了全年级倒数第二名！"

"你有病吧，今天愚人节？我不信，就算你跟我说是正数第二名我都不带信的，万年老二怎么可能考过学神？这次月考又不难。"

"是啊，正数第二名都不可能。"

"我骗你我不是人！排名表就在办公室，不信自己去看！"

随着看到排名表的人数变多，说"不信"的声音逐渐消失，因为学神那门门不及格，英语还只有三十几分的成绩闪瞎了所有人的眼。

"真是倒数啊？倒数第一校霸，倒数第二学神？我疯了！"

对邵湛的考试成绩的讨论很快蔓延到学校贴吧，贴吧也疯了一片，唯有那个讨论学神和校霸迷幻同桌关系的那栋楼里蔓延着一片诡异的宁静与祥和。

第十四章 电影之夜

1986楼：抓到解题思路了吗？

1987楼：抓到了。

1988楼：为同桌考倒数第二？

1989楼：你在最后考场，我在第一考场，你我之间的距离太远，既然你没有办法向我靠近，那就让我走向你。

1990楼：楼上正解，这肯定就是我们学神的心声！

1991楼：有一句话我已经说累了……

1992楼：俺也一样……

…………

好在许盛自那之后对贴吧这玩意儿产生"尴尬后遗症"，没再登录过他的贴吧账号，不然他会惊讶地发现他用一己之力扛起了"湛无不盛"组合的大旗，毕竟小作文是他自己写的，月考也是他自己考的。

除了这些人外，最后考场所有考生也感到魔幻：期中考试岂不是要和学神一个考场？他们想象了一下期中考试的阵容，不约而同被吓得汗毛直立，这可真是他们差生生涯里一桩奇事。

七班同学作为八卦的前线观众，也按捺不住心中的疑问。下了体育课，侯俊抓着校服领口扇风："湛哥，上节课隔壁班有两个人在打赌，说你要是能考倒数第二他就去吃屎，现在正被他们班同学揪着往厕所去，这怎么回事啊?"

邵湛不光要应付各科老师,还得应对全年级甚至是全校的同学。他看了一眼许盛,许盛非常自觉地咳了一声,然后用事不关己的态度往座位上一坐,倚着窗口那堵墙低头摆弄手机。邵湛翻开一页书,把在办公室里说过的话精简叙述一遍:"身体不适,发挥失常。"

等侯俊走了,许盛才放下手机,想了想,然后主动伸手过去。邵湛正打算写之前老师留的思考题,他把课本翻开,发现上面全是许盛写的字,又狂又潦草,这人笔记记到一半没了耐心,还画了不少涂鸦。撞进邵湛眼里的是夹在笔记里的一张周远的Q版头像。周远当时估计在课上发火,停下来讲纪律问题,许盛寥寥几笔就把周远暴怒的神情抓得十分精准,然而这张涂鸦他只看到一眼就冷不防被一只手盖住了。

许盛手背朝上,压在他课本上,估计是刚才操场上阳光太盛,晒得手指泛红。许盛说:"你要是生气的话,让你动一下。"

今天的课程基本上就是试卷讲解。难得考完试没有下发学神的例卷,班里同学还觉得不习惯。孟国伟在台上发表月考总结:"咱班这次均分不是特别理想,但没关系,月考已经过去了,让我们放眼未来,学好当下的每一天,一次失败并不能代表什么。"

年级倒数第一和倒数第二都在七班,均分能上去就怪了,明摆着稳坐均分倒数第一。本想着把邵湛分在七班能均衡一下许盛的分数,没想到两人都考成这样。孟国伟也不气馁,像他说的,月考成绩并不能代表什么,平时大家上交作业的表现都很不错,综合水平还是可以的。

"文豪,把试卷发下去,我们简单讲一讲这次的月考卷——"

许盛把试卷摊开,拿到试卷前他以为邵湛只是帮他控了分,大部分题目直接空着而已,没想到他发现邵湛给他答的题完全符合一位学渣的思路历程,简直就是一份完美的学渣答卷。

问:( ),骤雨初歇。

答:(天昏地暗),骤雨初歇。

虽然没有出什么哈姆雷特式的名句,但也算是发挥得不让人起疑。

这题超纲了 ①

许盛调侃:"看不出来,你还挺会答题。"

邵湛没有许盛那种好心情,他把试卷翻了个面,看到了孟国伟在办公室里说过的跑题作文:

尊敬的各位老师,我怀着郑重的心情,写下这篇作文。

检讨写多了吧?邵湛实在头痛,把试卷又翻回来,最后干脆折起来直接塞进桌肚里:"你也挺会,你是在写检讨还是写作文?"

许盛被问住了。后来他勉强撑着听了会儿课,然后开始琢磨是趴下睡会儿还是掏手机打游戏,最后许盛选择了后者。整整一个月没玩游戏,许盛的游戏排名掉下去不少,跌到三百名开外,倒是在"数独"游戏排行榜上有了姓名,许盛有次误点进去发现不少人喊他"爸爸"。当然邵湛一句话都没回过。

刚上线,张峰的私聊消息立马就来了:老大?

S:?

狂峰浪蝶:你不是说不玩游戏了吗?

许盛这才想起来之前那番好好学习的鬼话。

S:人难免会走歪路。

狂峰浪蝶:啊?

S:之前是我不懂事,现在我想通了,学习没什么意思,还是应该追求自由和快乐,把有限的生命投入到无限的游戏里去。

S:来一局,我组你。

狂峰浪蝶:哦。

张峰把手机藏在桌肚里,单手操作,他抬头看一眼讲台,生怕被发现,又低下头,被许盛这番话弄得摸不着头脑。这位爷态度转变也忒快了,这到底是学还是不学啊?

每周周一都是抓行为规范抓得最严的一天,顾阎王偶尔会经过高二走廊巡视同学们的上课情况。许盛打游戏看着漫不经心,跟打发时间似的,低着头,整个人往角落里靠着,由于瘦,后颈某块骨头略微凸起,他打到一半,手机屏幕被一片阴影遮盖住。

他抬眼,看到是邵湛的手:"干什么?"

许盛刚想喷一声，说某纪律委员不会又想管他上课的违纪行为吧。邵湛没说话，他一只手勾着笔在记笔记，另一只手横着伸过来。许盛一下没反应过来，加上邵湛力道不重却带着一种不容反抗的架势，少年骨节分明的手指按在许盛手机上，引着他把手机扔回桌肚里。许盛一句国骂转到嘴边，走廊上有很清晰的脚步声从后门传过来。

许盛身侧的窗户上贴着顾阎王那张大脸——顾阎王就是来搞偷袭的，没抓到现行，和许盛四目相对。顾阎王有些尴尬地伸手狠狠指了指他：你小子给我老实点，别让我抓到。

许盛收回眼，这才反应过来邵湛刚才是在给他打掩护。邵湛依旧没有看他，记完笔记之后抬眼去看孟国伟，倒是冷声说了几个字："手机是不是不想要了？"

"……所以联系这段话之后我们再回过头去看问题，知道问题在哪里了没有？你们都找错中心段了，现在重新回答我，这篇文章的主旨到底是什么？"

孟国伟的讲课声，试卷翻页声，再加上头顶的风扇卷着夏日燥热的风，让许盛似乎感觉手指指尖也跟着热起来，那好像是刚才邵湛指腹擦过的地方。

放学前，试卷全都讲解完毕。各科老师作业没给他们留太多，主要就是订正卷子和预习新课。上周周五，两人刚换回来的那天就立马把寝室也换了回来，所有东西换回原位。侯俊发消息来的时候，许盛正打算上床睡觉，一天下来他完全忘了体育课上约好的事儿。

[侯俊]：你和湛哥什么时候来？我给湛哥发消息了，他估计是没看到，给你们留了位置，快开场了。

[S]：等着，马上。

许盛抓抓头发，想起来还有这茬，踩着拖鞋去敲邵湛寝室门，琢磨等会儿要说点什么这位只知道做题的同桌才会答应参加班级活动。

门里没有动静，隔了会儿才传来拧动门锁的声音。邵湛刚才在洗澡，熄了灯，借着走廊上那点光看不真切，只觉少年浑身冷冽，几缕湿发遮着眉眼，鼻梁高挺，没穿校服，身上穿着件简单的深色T恤。

"什么事？"

许盛直接说："猴子让我问问你，晚上咱班有个团建，你去不去？"

"说要搞点刺激的，"许盛说完觉得这话听起来有点危险，又说，"这话是猴子说的。"

"不去。"

这回答也算意料之中。邵湛打算关门，许盛眼疾手快把门抵住，大有一种你不答应我就不撒手的气势，他刚从床上起来，头发有些乱，衣领也因为起来之后没好好整理加上动作幅度大往边上歪。

虽然彼此从来都没说过，但两人都对对方的身体熟悉得不能再熟悉。光看那片深陷出一道沟壑的锁骨，邵湛不用想，眼前很自然浮现出少年清瘦的身体……

邵湛想到这，别开眼。许盛平时属于那种"你不去那就拉倒"的性格。但不知道为什么，这种希望邵湛能去的想法，或者说是希望他别老板着张脸，也别整天盯着试卷的念头扎在他脑海里，许盛下意识说："为什么不想去？"

邵湛其实没那么抗拒，就是觉得麻烦，但许盛这话说得很有意思。

邵湛俯身看他，逼近道："你希望我去？"

氛围说不出的奇怪，明明是猴子约他，又不是他想约他。许盛漫无边际地想了一堆，最后心说爱去不去，他不管了。

"撒手，"邵湛却退后一点儿，说，"你从外面抵着我怎么出去？"

侯俊寝室在楼上，离得不远，熄灯后除了走廊上忽明忽亮的感应灯以外，整栋寝室楼陷入黑暗。算上许盛和邵湛，侯俊寝室里总共围着六七个男生。等人齐了，侯俊才郑重其事地从床底下把偷藏的平板捞出来，摁下开机键："只有45%的电了，兄弟们，好好珍惜这个难得的夜晚。"

"搞点刺激的"这个说辞听起来神秘，其实就是看电影。但在教条死板又严谨的临江六中，确实算得上刺激。

许盛坐在侯俊对面的空床位上，一条腿蜷着，没当回事。然而电影开场不到二十秒，一段血肉模糊的画面冲击着许盛的眼睛，他浑身僵住，在心底骂了一声。

临江六中规矩奇多，也正是这种教育方式，才使得许盛那些行径轰动全校。六中同学大都一心只想着冲刺高考，闷头读书，就算是差生也都差得规规矩矩的——别看张峰上课打游戏，放学去网吧，要是一旦被抓到，跪下高喊"我错了我再也不敢了"的速度比谁都快，平时从不敢迟到，更不敢翘课。但许盛此刻没有工夫去惊讶于七班同学私下原来也有颗放荡不羁的内心，他手指不自觉抓紧，从屏幕上挪开眼。

侯俊压低声音，鬼鬼祟祟道："嘘，安静点，刺激的来了。"

谭凯对着片名《杀人游戏》这四个字陷入深深的沉默，等片名闪过去，屏幕上开始放片头画面和参演人员的时候，他直接反手狠狠在侯俊脑袋上拍了一掌："你跟我说是动作片？！结果就给我看这个，这算什么动作片？"

侯俊摸摸后脑勺："都肢解了，还不算动作？这动作幅度多大啊。"

谭凯以及其他同学一阵无语。

侯俊是个电影迷，尤其钟爱各种犯罪片。侯俊热情邀约的时候，说辞都是"好东西""刺激""动作片"，导致这帮血气方刚的少年来之前已经幻想了一出大戏，浮想联翩……

"散了吧，散了吧。"另一位男生作势要走。

许盛对他有印象，沈文豪的同桌，平时晚自习偶尔趁顾阎王和老孟不在，用教室电脑放歌听。这兄弟总喜欢跟着唱几句，据说心怀音乐梦想，但唱歌水平实在不敢让人恭维，总是惹得其他同学在台下喊"兄弟，别开腔，自己人"。

"别啊，"侯俊把人拉住，"袁自强，下次你唱歌，我给你鼓掌。"

袁自强连忙确认："真的？"

谭凯狂笑："猴哥，你这牺牲未免也太大了。"

邵湛虽说不怎么参加班级活动，真往那一坐，倒也没违和感。

他坐在许盛边上，后背刚好倚着床头支起来的铁杆子，对面前屏幕上正在播的剧情毫无反应，甚至眼睛都没眨一下。

许盛从屏幕上挪开眼之后不知道该看哪儿，最后目光落在左手边这人的衣摆上，再然后是少年精瘦的手腕——邵湛的手撑在床沿上，跟他离得很近。可能是靠得实在太近了，许盛能清楚闻到邵湛身上那股沐浴露的味儿，跟第一次他闭着眼摸黑在他寝室里洗澡时的味道一样，是带着点冷调的薄荷味。

四周漆黑一片，只有摆在书桌上那块平板闪着光。寝室里充斥着惊悚音效和几位同学交头接耳、一惊一乍讨论剧情的声音："这个人马上要死了吧，我觉得下一个肯定是他，赌不赌？"

"赌！我觉得是边上那个女的，赌一个新出的皮肤。"

在侯俊等人争下赌注的时候，许盛听见另一个低冷的嗓音在他耳边响起："你是看电影还是看我？"

邵湛从进门起就没说话，他换下校服之后坐在人群里异常像那个带头干坏事的。侯俊看到他的时候还愣了两秒，头一回见学神不穿校服的样子，寝室里几人莫名被衬得跟他小弟似的。

邵湛说完那句之后，偏过头，刚好对上许盛的眼睛。他们这边的说话音量和影片比起来不算大，侯俊等人还在目不转睛盯着屏幕看。

盯着人看还被当场抓包难免尴尬，许盛说："我当然是看电影。"

邵湛不置可否。

许盛又说："谁看你了。"

邵湛"嗯"了一声，顺着他说："刚才一直盯着我的人不是你。"

许盛一时无言以对，但很快抓到一条新思路，他反驳说："你不看我怎么知道我看你？"

没想到邵湛接话接得干脆利落，他换了个姿势，额前几缕湿发半干，别开眼时眼底晦暗不明："我承认前半句。"

许盛一愣。承认前半句的意思不就等同于"我在看你"？

邵湛对这部电影没什么兴趣，十分大众的桥段，故意卖弄玄虚，剧情不够，血腥镜头来凑，加上耳边叽叽喳喳的声音说个没完，都在争着下注，吵得不行。他没了兴致，却发现他那位平时话最多的同桌倒是异常安静。不光安静，甚至是从电影一开场就连动都没动过。

邵湛试探道："你害怕？"

许盛表示这种事情压根不会发生在自己身上，开什么玩笑："就这点东西，你觉得可能吓得到我吗？"

狠话放完，就得装到位。许盛只得继续看前面的屏幕，屏幕上刚好放到这样一幕：戴黑色面具的黑衣人出现在女主身后，女主在厨房里端着刚从烤箱里烤出来的甜点，全然不知危险正悄然逼近，黑衣人缓缓举起手里的镰刀——

许盛心中飘过无数经典国骂。他什么片都能看，唯独这种血腥暴力片除外。灰暗色调，画面像是被染脏了一样，加上无数血腥片段，让人心理不适。恐惧追根究底都来源于自身，来自许盛或许自己都已经遗忘了的某些造成恐惧的童年琐事。

他小时候跟许雅萍两个人租房住，当时许雅萍带着他刚来A市，工作没稳定下来，租房只能租便宜的单间。辗转看了几套，最后租到一间还不错的，许雅萍高兴道："面积比其他几套大这么多，价格居然差不多。"后来才知道上一任屋主因为事业不顺，某天争执之后闹出了惨案。许雅萍忙工作的时候居多，许盛就一个人在家里。不过那套单间他们也没住多久，不到一个月便换了住所。

许盛看到这里，手不由自主地往边上挪了挪，想抓个东西，什么都行，只要能不引人注意地给自己壮胆就好。恰好屏幕里的画面转暗，寝室里又没有其他光源，慌乱之中他一伸手就抓到一个有点硌人又带着温度的东西。

没一会儿，血腥画面结束，剧情暂时回归平静。

侯俊一拍大腿："还真是这女的，她刚不是锁门了吗，这男的怎么进去的？"

谭凯说："前面有铺垫，你没仔细看，不过这些都不重要，你只要知道从现在开始你欠我一个英雄皮肤就行了。"

袁自强接道："还有我的掌声，别忘了。"

侯俊惨叫一声："放过我吧。"

许盛把踩在床沿的脚放下来，心思从恐惧中抽离，这时才后知后觉地反应过来硌在他掌心的好像是手指骨节。意识到这点之后，许盛猛地松开了手。

"是挺勇敢的，"邵湛看了他一眼，意有所指道，"一点都不怕。"

许盛解释："抓错了。"的的确确是不小心抓错了，许盛却莫名地心里发虚。

可惜剧情没能平静多久，后半段就开始往全员按照游戏规则自相残杀的方向发展，陷入疯狂混战。

邵湛的视线又回到了屏幕上，说话语调跟平时没有什么不同，许盛却觉得这人其实没有他表现出来的那么不近人情，因为他说："害怕的话，你可以再抓错一次。"

侯俊平板电量勉强维持到电影结束。

电影结束后，几人各自回寝室，侯俊送他们到楼梯口，忍不住继续讨论刚才的剧情："这结局真是让人意想不到……是吧，盛哥。"

"啊，"许盛后半段完全没有心思去管剧情往哪儿发展，也不记得什么剧情，他愣了愣才说，"确实意想不到。"

侯俊继续念叨："凶手怎么会是他呢……"

许盛看着邵湛走在最前面，邵湛T恤领口开得大，走廊两边都开着窗户，夜里干燥的微风穿堂而过，后颈往下那片肌肤裸露在外，再往下就是那片除了他以外再无人知晓的刺青。

邵湛这个人，好像，确实不难相处。

张峰收到许盛的消息是在半夜，他刚从"王者峡谷①"回到现实世界，准备盖上空调被睡觉。"大半夜的，谁啊？"张峰捞过手机。

[S]：你觉得邵湛这个人怎么样？

张峰眯着眼睛打字，回复：除了前段时间脑子好像有点不太对劲以外，总体上来说就是一个字，冷。

张峰之前没怎么见过邵湛，不代表没听过关于学神的传说。

[张峰]：学神冷酷无情不是出了名的吗，你大半夜的怎么想起来问这

---

① 王者峡谷：游戏《王者荣耀》中的竞技地图。

个啊？

许盛回寝室之后躺在床上，半天仍没有睡意，他心说：我脑子才不对劲，我是不是疯了？

然而张峰是一个自认知道了很多东西的男人，压根不需要提示，自己很快联想到一种最有可能的情况：你不会因为他之前的那些行为，打算反思一下你对人的态度吧？

[S]：……

张峰又说：其实学神学习好，长得又帅，你也是该反省一下自己了。

[S]：滚。

这茬过不去了是不是？许盛干脆绕开这个话题。

[S]：上游戏？

[张峰]：不来了，刚打完。对了，你知道学校这周安排咱军训的事儿吗？也不是军训，那叫什么来着，我给忘了……教育什么？

"国防教育，"次日早自习，孟国伟站在讲台上声情并茂地进行动员，"没错，相信大家已经期待很久了。为了提高我校学生的综合素质，学校每年都会展开各类活动，咱们这次国防教育时间就定在周三，为期五天，等会儿我让侯俊把通知发下去，大家回去告知一下家长。"

第十五章
晴空霹雳

　　A市各中学经常组织举办各类活动，这些活动都有不同的主题，每学期会组织学生参加。国防教育顾名思义，是为捍卫国家主权、领土的完整和安全，对全民传授有关的知识技能的一次教育活动。说白了就是一次小军训，只不过和普通军训相比，还加入了一些参观实践类的项目。孟国伟这话一出，全班沸腾。

　　谭凯比了个瞄准狙击的动作："上周就听说这消息了，没想到是真的！听说咱这次还能参观仿真航母，还能玩枪……"

　　孟国伟咳一声，重重地拍讲台："安静点，怎么回事你们，当是去秋游呢！"虽然和秋游差很多，但能暂时离开课堂，去哪儿他们都高兴。通知书从排头传到排尾，许盛趴在桌上半睁开眼，邵湛刚好接过通知，把通知书放在他面前。许盛视线一半被盖在头上的帽子遮住，一半落在邵湛还没来得及抽回去的手上。

　　"醒了就别趴着，"邵湛说，"老孟盯你半天了。"

　　许盛勉强坐起身，衣帽顺势滑落下去一点，他看一眼手机，发现离早自习下课还有五分钟，他放下手机才觉得这话哪儿不对，他琢磨着说："你这算是在帮我盯着老孟？"

　　邵湛一只手勾着笔，侧过头看他一眼："还不够明显吗？"

　　什么叫"不明显吗"？邵湛不头一个把他手机收走就不错了！

许盛回忆起两人鸡飞狗跳的相遇，心说他这位学神同桌现在这样算不算双重标准？

"你是不是忘了你还有个身份叫纪律委员？"

"忘了。"邵湛话音一顿，把手里的笔放下，抬头去看孟国伟在黑板上写这次国防教育的注意事项，又说，"还是你希望我管你？"

许盛当然不希望。能回归正常的上课生活，不用时时刻刻被人盯着不准做这个不准做那个，更不用在某人的身体里顶着学神名号每天学习，这对许盛来说已经是不敢奢求的小幸运了。许盛坐起来没多久，又用手撑着下巴，没骨头似的坐着，宽松的帽子还虚虚搭在头上，他勾唇笑道："谢谢邵同学网开一面。"

邵湛也不知道自己是怎么了，他之前对许盛是一套标准，现在……现在碰上他好像什么标准都没了。孟国伟要是知道自己的"一带一"计划最后执行成这样，估计要吐血三升。让你管许盛不是让你纵容他！他最优秀的学生邵湛！他的天才少年邵湛是怎么回事？！

许盛说完才低头去看通知书。

各位同学：

  我校响应号召，积极配合展开国防教育活动，高二年级于周三统一前往绿舟基地。

  此次国防教育活动为期五天，请同学们备好日常用品，禁止携带与此次活动无关的娱乐设备。

  …………

通知内容都是老生常谈。许盛匆匆扫过，把通知书折起来扔进桌肚。孟国伟简单复述强调完通知书上的要求后总结："六个人一间寝室，你们私下讨论好，侯俊放学前把寝室名单交上来给我。"七班同学再度沸腾。

下课后，侯俊拉着谭凯过来："两位哥，有没有什么想法？你俩要是愿意的话，我就再找两个人，咱寝室就齐了。"

许盛没意见："行啊。"

侯俊转头看向一脸"别打扰我"的邵湛："那……"他话没说完，却见许盛已经直接在纸上把邵湛的名字添上了。

"啊?"侯俊心说他湛哥这都没说话,他答应了吗?

许盛写完之后说:"他默认了。"

侯俊确认了一遍邵湛没有要否认的迹象,才把统计纸抽走。

周三,六中校外沿着道路停了一排大巴车。直到要出发前许盛才把要带的换洗衣物和洗漱用品简单地装进包里,跟着大部队站在校门口排队。他个子高,全校也只有他一个人不穿校服,往人群里一站格外招摇,招摇得顾阎王一眼就看到他:"许盛!你出列!"

七班那辆大巴车刚好开了车门,许盛懒散地走过去:"到。"

顾阎王是来提醒他好好遵守军训规矩的,他本来只是隐隐担心,真见到许盛之后只觉得不闹出点事儿面前这位爷就不姓许:"到了绿舟基地老实点,别和高一时候那样跟教官比谁嗓门大,这次国防教育好几所学校都在一块儿训练,到时候丢的不止是你一个人的脸,我们六中所有人的脸都得被你丢光,真闹出什么事你看我回来怎么收拾你!听见没有?"

"听见了,我耳朵没聋。"

顾阎王还想再说点什么,七班队伍最后面那位少年却在上大巴车之前停下脚步:"顾主任,集合了。"

顾阎王对着邵湛立马变脸,脸上笑得褶子都出来了:"哎,好。"然而笑容转瞬即逝,面对许盛时又是严肃脸,他伸手指着许盛,走之前最后警告道:"老实点。"

许盛走在邵湛后面,他们是最后上车的,只剩下后排两个空座:"我可能要在车上睡会儿,你坐外边?"

邵湛没有异议。落座后,许盛给许雅萍发了条消息,发完也没等对方回复,戴上一侧耳机扭头看窗外风景。邵湛不知想起了什么,问了一句:"高一军训,上台检讨的是你?"

"啊?"许盛反应慢一拍,没想到邵湛会突然问这事,"好像是有那么回事。"

许盛高一跟教官吵过架,不是什么新鲜事。军训生涯里难免会遇到过于严厉的教官,所有命令必须强制执行,不听任何解释,骂哭过不少同学。张彤军训那天刚好生理期，只能穿自己的裤子，本来身体就不适，强撑着下来训练。结果教练不问原因，劈头盖脸就是一顿骂。

见状，许盛打断："报告。"

教官很不高兴："说。"

许盛站在最后一排，语调漫不经心，但说出来的话完全不是那么回事，他甚至笑了笑："教官，您能好好听人说话吗？"

于是军训第一天，高一的同学就见一个人顶着大太阳走上了升旗台。因为离得太远看不清面貌，只能勉强分辨对方个子很高，人也瘦，声音随意而张扬：

"尊敬的各位老师，我怀着沉重的心情写下这份检讨。

"我没有控制住自己的心情，但我认为教官也不该不听学生解释就妄下定论，给学生的身心健康造成无法磨灭的伤害。

"如果教官无法改正，我也不敢保证类似的事情不会再次发生。

"检讨人，高一（2）班许盛。"

高一同学还没适应新学校和新环境，就认识了一位开学第一天就上台念检讨的同学，而且检讨风格独特。

在邵湛的印象里，最初"许盛"这个名字和人完全对不上号，他也从没在意过这个人是谁，但不可否认的，谁都没法忽视那年夏日的烈阳，也没办法忽视迎着光走上台的少年。

许盛简单复述，把张彤生理期这个点略过去，只说身体不适："怎么想起问这个？"

"没什么。"邵湛说。

许盛也没继续追问，耳机里的音乐夹杂着侯俊几人在车上玩卧底游戏的声音，窗外风景蹁跹而过，许盛都不知道自己是怎么睡着的。

去绿舟基地车程一个多小时。等他再睁开眼，看到的却是邵湛的衣领，再往上是少年微微凸起的喉结和线条流畅的下巴……他怎么睡到邵湛肩上了？

许盛坐直了，找理由解释："这车，是不是太颠了？"

邵湛一语戳破："平时坐着都不规矩，就没指望你睡觉的时候还能够

这题超纲了 ①

老实。"

许盛活动两下脖子，扭过头，却对上对面侯俊和谭凯两人冒光的眼睛。是不是哪儿不太对，这什么如狼似虎的眼神？殊不知两人心里想的都是：真的累了，说累了……

"马上到了，睡觉的都醒醒，我们先去寝室把东西放下，然后去世纪公园集合领军训服。"孟国伟把其他人叫醒，照着流程表念道，"上午的安排，参加国防教育开幕式，动作都快点，别磨磨蹭蹭的……"

绿舟基地是A市著名的一个军训基地，占地面积大，分成八大园区，大巴车从基地门口开进去都需要开很长时间。他们这次主要在国防教育区活动，区域里绿水环绕，草坪暴晒在阳光下，经过绿荫环绕的空地，大巴车徐徐驶进住宿区。路上已经有身穿军绿色军训服的学生从住宿区陆续走出来。

"那是四中的吧，"有同学趴着窗户说，"不知道这次有几个学校一块儿训。"

绿舟基地里几个学校一起军训的情况很常见。为了方便区分各学校，六中的军训服和刚才路过的四中学生不同，是海军蓝配色。领到衣服的同学回寝室换军训服，许盛把塑料袋拆开，拎着衣服正打算回去，谭凯在一旁招呼："边上有厕所，咱直接在里头换呗，省得再来回跑一趟，衣服就让猴哥送回去。"

侯俊听到前半句还在连连点头，连连称赞"你可真机智"，听到后半句时不乐意了："你等会儿，我插一句话，请问这事我答应了吗？谭凯，你有没有心？"

"班长的职责是什么，就是为班级同学服务。"

"滚吧你，本班长愿意退位让贤。"

许盛笑了半天。侯俊话虽这样说，却也没拒绝。厕所里没人，隔间只有三个。邵湛敲了敲门，再推开，确认里面没人之后说："你先换。"

这种事也没必要客气，换个衣服而已，许盛拿着衣服进去。但情况并不像他想象的那么简单，许盛刚套上军训裤，就发现有个问题。邵湛等在隔间外，他算着时间差不多过去五分钟，边上侯俊都换完出来了，他面前隔间却还是没动静,他正想开口问好了没,隔间门从里面开了一半。

许盛一只手拉着门,低声问:"有腰带吗?"

邵湛看见许盛拎着裤子从门口出来,白皙的手上抓着小半截空荡荡的裤腰。

军训裤上的那圈松紧带对许盛来说明显不够紧,就算把扣子扣到最右边也还是松松垮垮地往下掉。加上许盛那件上衣也没有好好穿,估计是赶着时间胡乱套上的。薄款长袖外套,袖子被他卷起来挽至手肘,里面什么都没穿,衣服纽扣只扣了最下面几颗,衣领大开,看着异常不正经,他这副样子不知道的还以为是躲在厕所干什么坏事。

许盛没有防晒的习惯,平时露在外面的皮肤和身上的有色差,顺着嶙峋深陷的锁骨往下,那片皮肤白得晃眼。

邵湛没回应,面前那间隔间正对着洗手池,他倚着水池瓷砖壁,眼底神色不明地看着他。

倒是从隔壁隔间换好衣服出来的侯俊说:"皮带?这裤子还需要皮带吗,我和自强穿着都刚好啊。"

袁自强长得壮实,身高也高,比谭凯那一米七的个子看起来更像个体育委员,他边整理衣服边有些不好意思地说:"那什么,其实也不是那么刚好,我穿着有点紧,勒得慌。"

"自强,这说明什么你知道吗,"侯俊说,"该减肥了,待会儿食堂要是有肉,哥替你解决。"

"呵……猴哥,我真是谢谢你。"

两人谈话时在隔间门口站了会儿整理了下衣服,现在正要过来看看许盛那裤子到底有什么问题。

"会不会是给你拿大了一号?那位发军训服的阿姨就那么扫一眼扔一套过来,跟火眼金睛似的,没准扔错号了……"

然而侯俊这话没能说完,许盛那条裤子到底什么样也没看成,因为邵湛挡住了两人的视线,侯俊只能看到学神冰冷的身影。少年面上没什么表情,身姿笔挺,他干脆利落地抬手,掌心抵在校霸额头上,直接把人又推回隔间里,"啪"的一声关上了门。

"我回趟寝室,"邵湛把人摁回去才说,"钥匙在谁那?"

侯俊愣愣地"哦"了一声,把口袋里的钥匙掏出来递过去。邵湛接过,又屈指在门板上敲了两下,对门里的人说:"把衣服穿好再出来。"这回"哦"的人成了隔间里的许盛。

隔间门外的脚步声渐远。许盛后知后觉,低下头才看到自己身上那件没穿好的军训服,心情复杂。光顾着纠结裤子,忘了上衣都还没穿好,他刚才就穿成这样在邵湛面前晃了半天?

"盛哥我们在外面等你——"过了会儿,侯俊几人喊。

许盛把上衣扣上,说:"知道了。"

邵湛从厕所走出去,没克制住,低头看一眼自己的掌心。他向来理性,刚才手上动作却比脑子里任何想法都快。

住宿区不少人已经换好衣服往外走,一眼望去,蓝、绿军训服的学生混杂在一起。

六中住宿区安排在A区域,一幢幢以各国名字取名的、风格迥异的独栋建筑物坐落在绿荫大道旁。

他去敲隔壁寝室的门,说明来意,隔壁寝室里刚好有邵湛高一同学,那同学眼睛一亮:"学神?我这有我这有,刚好没用上,你拿去用吧。"

邵湛拎着皮带说:"谢谢。"

那同学看了一眼邵湛身上的衣服,顺口问:"客气什么,是你军训服不合身?"

"不是我,"邵湛说这话的时候自己都没注意到眼底神情软下来,"……是一个朋友。"

那同学摸摸后脑勺,略有些不自在,笑笑说:"同学一年,好像还是头一次跟你说那么多话。"

邵湛在学校里就是神话,冷也是真的冷,班里之前组织过活动,去找他总是三个字"没兴趣"。要是再多说几句,得到的回应就会是一句礼貌中略带不耐的"说完了吗"。别说表白了,班里喜欢他的大半女生连问道题目都不敢,"算了吧姐妹们,珠穆朗玛峰登十个回合都不一定能追上这座'大冰山',上次隔壁班班花鼓起勇气过来,不出三分钟哭着跑回班……这种级别的，我等凡人看看就好。"

那同学回忆完，又默默在心里说，他怎么感觉学神似乎有了点人性？

许盛在马桶盖上坐着摆弄了一会儿手机，点开微信。

许雅萍发过来一句"注意安全"。

他回了个"嗯"，又点开邵湛的头像。

[S]：你到哪儿了？

这句消息刚发出去，厕所门"嘎吱"一声，紧接着隔间门被人敲了两声："开门。"

许盛俯身，将门拉开一条缝，邵湛把手里的皮带递过来。

许盛想到刚才发生的那一幕，接过，轻咳一声："刚才……"

邵湛猜到他想说什么："又不是没看过。"从头到脚，哪儿没看过。

许盛愣了，这什么流氓发言！不过邵湛这话也没错，可不是哪儿都看过吗！

许盛三两下扣上皮带，邵湛在边上隔间里换衣服。两人出去的时候，谭凯正在抱怨这套军训服阻碍了他的帅气："这帽子一压，压得我发型都垮了，这套衣服就更不用说了，就一个字，土，三个字，土爆了！这谁能撑得住——"谭凯说到这，正好对上一前一后走过来的校草评选的一、二名。他剩下的话戛然而止。他错了，错得离谱，就这套军训服，还真有人能撑得住。

许盛这个人要是守规矩些，这长相绝对是临江六中的门面之一，属于那种放在招生宣传手册上能凭借一己之力拉高学校报名率的存在，可惜这人的那张脸基本上只会出现在处分墙上，并配上以下几行大字：高二（7）班许盛同学，于××日违反第×条校纪校规。

邵湛就更不用说了。这两个人里光是单独一个走在路上，回头率都得爆，更何况现在两位爷还偏偏走在一块儿，双倍暴击。

阳光打在两人身上，许盛走在邵湛身后，勾唇笑着似乎在说什么，邵湛没反应，许盛便使坏，抬手把邵湛的帽子摘了，邵湛这才回头。

有穿绿色迷彩服的其他学校学生在边上排队，忍不住窃窃私语："我被击中了！这么一对比，咱学校校草简直不配叫校草好吗，有人知道这是哪个学校的吗?"

"不知道哎,这次有四所学校一块儿训。"

"什么也别说了,咱选错学校了,朋友们!"

"好像是六中的吧,我在他们队伍里看到我以前同学了。"

"那还等什么,"另一位同学激动道,"赶紧去问问你同学!"

开幕式还没开始,穿绿色军训服的学校贴吧迅速沦陷。

"有人看咱学校贴吧了吗?"有人道,"已经有人发帖寻人了,还放了图,问知不知道他们是哪个学校的,叫什么。这杀伤力也太强了点,跨校'杀'人啊……"

图片拍得很模糊,且和自己学校无关,因此跟帖量不多。但为数不多的回帖里,倒是有条比较特别的回复:指路临江六中,"湛无不盛"了解一下,高冷学神×叛逆校霸,入股不亏。

临江六中的同学们怎么也想不到他们学校这"湛无不盛"的组合之火还能烧到其他学校去。

广场上,各校领导在树荫下站了一排,地上摆着音箱设备,大有要挨个发言的架势。孟国伟在前头张望半天,见邵湛过来,急忙把他叫过去。

许盛几人在队伍后排,不知道孟国伟找邵湛有什么事,不过许盛也没问。他随口道:"开幕式开多久?"

谭凯对这类活动很有经验:"参考这次学校数量,短则一小时,长的话一个上午都有可能。"

许盛从来不是那种愿意在太阳底下暴晒几小时就为了听领导说些场面话的性格,他说:"超过半小时我就撤。"没人愿意在大太阳底下听领导发言,但很显然,更没人有这个胆子直接撤。谭凯无法想象:"撤?怎么撤?这不太好吧,这次这么多学校呢,顾阎王肯定得疯。"

"想委婉点就找个理由,"许盛说,"不想委婉就直接走人,还能怎么撤。在这傻站着进行一上午光合作用吗?"

谭凯服了:"半小时肯定是不可能,领导讲完话之后,还有学生代表发言环节,咱们学校这次学生代表是湛哥。"

和许盛每次出现在升旗台就是上去念检讨不同,邵湛几乎每回都是学生代表。难怪孟国伟急着把他叫过去。

　　许盛平时不爱听那些发言，就算"老实"地被顾阎王摁在操场上，耳朵里也会塞上一只耳机，他还真没怎么见过邵湛上台发言的样子。许盛突然觉得进行一上午光合作用，也不是一件不能容忍的事情。

　　半小时后，谭凯一回头发现说要撤的人还站在队伍后排，他问："盛哥，你要走了吗？你是打算委婉地走还是……？"

　　许盛理直气壮："走什么？我觉得你说得对。"不顾谭凯眼中的疑惑，许盛继续说："离场确实不太好，作为学生，得维护学校形象。"

　　平时也没见你维护过啊！但这话谭凯不敢说。

　　与此同时，台上正进行到下一个环节。

　　"……感谢顾主任的发言，"两位主持人都是其他学校的，说完，看一眼手里的稿子，又立刻目视前方，声情并茂道，"正如顾主任所说，国防教育是非常重要的，我们都该培养起国防意识，接下来有请临江六中学生代表邵湛同学，为我们讲讲何为国防。"

　　起初台下掌声十分敷衍，稀稀拉拉的。毕竟晒了这么长时间，再多精神也晒没了。然而当邵湛从人群里走出来，掌声明显热烈很多。少年身上是一身普通到不能再普通的迷彩服，且穿得相当规矩，却衬得人清瘦挺拔。比起远到看着模糊不清的长相，隐隐的面部轮廓和他身上压根遮不住的寒意更令人印象深刻。

　　其他几位学校代表手里都拿着叠纸，只有他空着手上去。

　　几所学校里只有六中是重点，其他学校校规没那么严谨，甚至在台下偷偷交谈的人也不少。

　　邵湛接过主持人手里的话筒。刚说出口几个字，边上学校甚至响起尖叫声。邵湛仿若未闻，很快许盛发现这人上台发言也很有个性，平时顾主任骂他行事嚣张到六中里再挑不出第二人还真骂错了，这明显有个更嚣张的，只是人家话术高超，让人一下反应不过来而已。

　　因为邵湛在台上说完一段话之后，停下来冷声说了一句："请各校管理好学生秩序。"这话翻译一下，就是两个字：别吵。这还不算完。侯俊原先站在孟国伟边上管理班级秩序，这会儿退下来，压着嗓子偷偷摸摸地说："惊天大消息……"

"学生代表原先是另一个，结果临时身体不适，稿子还找不着了。所以湛哥这是临场发挥你们敢信？"

孟国伟刚才着急忙慌地把邵湛叫过去就是为了这事，定好的学生代表突然拉肚子，换军训服的时候一通折腾，稿子也不知道交给谁、丢哪儿去了。这次开幕式领导发言结束之后，头一个上台发言的学生代表就是他们六中的，这可把六中几位老师急得够呛。

孟国伟着急道："这可怎么办？"

周远想主意："学生代表顺序能挪后吗？再找找。"

顾阎王极强的荣誉感喷涌而出："这次这么多学校一起训，必须展现出我校风采！"

但是开幕式马上就要开始了，哪有时间现写一篇稿子出来！情况万分紧急，几位老师思来想去，脑海里只浮现出一个人选，那就是临江六中的骄傲，他们的天才少年邵湛！如果说要在学校里找一个能临场发挥的学生，除了邵湛，别无人选。也只有邵湛能控制住现在这种场面。商量好方案，顾阎王道："我到时候尽量多拖一会儿，为邵湛争取时间，给他多一点时间在台下准备。"于是邵湛换好衣服后，直接被孟国伟拽走。

"……所以现在情况是这样，临场发挥你没问题吧。"孟国伟道。

"时间，"邵湛只问重点，"讲多久？"

孟国伟算算时间："一篇两千字的发言稿，大概八到十分钟吧。"

邵湛全程没什么表情，连惊讶和诧异都没有，只在听到十分钟的时候微微掀起一点眼皮，其他什么都没问，问完发言时长之后说："行。"

这个听起来颇有些冷淡的"行"字，像一颗定心丸，孟国伟吊在嗓子眼的那颗心落了下去。

"国防教育的意义在于，"邵湛站在台上，说完那句近似于"别吵"的话之后开始发言，"建设、巩固国防基础，提高全民的国防意识和国防精神，也是增强民族凝聚力的重要途径。"

邵湛条理清晰，上来把国防分成三大块，从意义开始，再到如何落实。少年眉眼因为距离太远而变得有些模糊，但与生俱来的压迫感和让人不敢放肆的冷意还是从声音里扬出来。

是阳光太盛吗？强烈的阳光晒得人几乎睁不开眼。许盛眯起眼，他袖口依旧折上去了几道，手腕露在外边，突出的腕骨清晰可见，在一片老老实实把袖口纽扣都扣起来的学生里，依旧是那个最令老师和教官头疼的人。他迎着强光，视线越过面前层层人群去看台上的少年，一时间分辨不清这到底是从谁身上散出来的光。

侯俊不由自主地赞叹："牛啊。"

谭凯也真心叹服："这是真的牛，心服口服。"

"是挺牛，"许盛表示赞同，他笑了笑说，"不愧是我同桌。"

从邵湛空着手上去那一刻，就有人在底下低声说："天哪，这哥们是脱稿？"

"厉害啊，这得讲十分钟吧？我就不信一点失误都没有。"

有人特意掐着时间说："三分钟了，还真没失误。"别说失误了，连卡顿都不带有的。然而这些其他学校的学生都没有料到，真相远比脱稿还离谱。临场发挥你敢信？

孟国伟和顾阎王几位老师并排站着，在边上树荫下忍不住露出笑意。稳当，妥帖！他们临江六中这回定能展现出学校风采，在几所学校里打响振奋人心的一炮，让在场八千师生记住他们临江六中是一所德智体美劳全面发展的好学校！

孟国伟欣慰道："我就知道他肯定行。"

顾阎王更是感叹："我们学校能有邵湛这么优秀的学生，真是几届修来的福分。"

两人脸上洋溢着灿烂的微笑。许盛在所有人都在感慨"六中上去的这位学生代表还是人吗"的时候，也跟着一起感慨，然后他隐隐听到遥远的天边似乎响了一声雷。许盛顿时觉得不好了。经过之前交换身体的事件，许盛现在听到雷声就下意识有应激反应，具体表现为汗毛直立、后背发凉，跟触电似的，仿佛从脚指头到头发丝都过了一回电。他浑身僵直，心说这是幻听了吧。这大太阳把隔壁学校俩女生都晒晕了，天气预报也说了这一周都是晴天，不然学校不会挑这段日子军训。肯定是幻听！换一次不够，怎么可能还会再换？科学世界，科学改变命运，要相信科学！

许盛这样安慰完了自己，那声雷由远及近，又结结实实地在他耳边"轰"地劈了一下。许盛整个人都差点被这声音震傻了。

台上。

"关于普及青少年国防……"邵湛不带卡顿的流畅发言，罕见地顿了一下。就算邵湛发言卡顿，侯俊他们还是能继续闭眼吹："足足五分钟，才卡这么一次，老孟说总发言时长大概十分钟，这什么水平，我们湛哥简直了！牛炸了！"

许盛从侯俊身后拍了拍他的肩："猴子。"

侯俊回头："嗯？"

许盛问："你有没有听到什么声音？"

"听到了，"侯俊说，"是我们湛哥在台上优秀发言的声音。"

许盛不敢问得太明显，他说："不是，我刚才好像听到打雷了，你们听见了吗？今天是不是要下雨？"

侯俊看他的眼神变得有些迷惑，不知道许盛这番莫名其妙的话是什么意思。他说："没有啊，哪儿来的雷声？今天天气那么好，天气预报都说了降雨概率几乎为零。"

谭凯和袁自强也说："什么雷？听错了吧。"

谈话间，又是一声地动山摇的雷响。

轰隆隆！

许盛和台上勉强继续维持发言的邵湛都感觉自己浑身上下的血液一点点凉了下来。不，是，吧！这破雷还不放过他们？！来一次就够了，怎么还来？而且还偏偏挑在这个时候？！

心情最复杂的人是许盛，邵湛往台上一站能临场发挥出一篇两千字作文，他可发挥不出来，他最多只能发挥出一篇两千字检讨，还是临江六中在场所有老师学生听得耳朵都要长茧的那种。不论许盛现在的心情有多郁闷，雷声也并没有因此停歇。

雷声越来越响，最后就跟在两人耳边炸开似的——轰！

许盛和邵湛同时觉得浑身发僵，霎时间仿佛所有声音都离他们远去，时空也仿佛静止，眼前的画面被折成星星点点的碎片。那些碎片在两人眼前飞速流转，分散在强烈的阳光下，将面前的事物一点点重构。

许盛意识有一瞬间的空白，等他再回神过来，只觉得头有点疼，他完全没有意识到自己现在所处的是什么位置，也没有发觉手里拿着的是一个话筒。许盛低声骂道："ci……"

他声音并不大，然而伴随着话筒里的电流杂音，这声单音节被瞬间放大，台下八千师生全都被这声疑似脏话的音节震在原地。台下这八千人原本听临江六中邵湛发言，听得好好的，纷纷为这位在台上脱稿五分钟的少年折服，然而当这位学生代表冷淡地说到"所以我们应该积极行动起来"，卡顿了两秒后，居然接的是一声语调懒散的"ci"。这什么情况？临江六中学生代表那么牛的吗？直接骂人？

不光这八千人，许盛也被自己这声巨响震到，他这会儿才看清楚自己手里握的是一个话筒，脚下踩着的是广场中央的演讲台，电箱就摆在他身后，开幕式那块鲜红的横幅也支在他身后。

很显然，他，许盛，现在是临江六中学生代表，正站在台上发言。

许盛又去看台下，一眼找到负手而立的孟国伟，孟国伟边上的同学手里举着七连的牌子，于是他顺着这排人往后看，果不其然看到队尾脸色铁青的"自己"。

四目相对间，两人明显从对方眼里看到同一种情绪。

邵湛现在的心情也没有好到哪里去。他甚至比得知之前那位学生代表身体不适，并且找不到发言稿时的孟国伟还要头疼。两人着实没想会有再次互换的可能性，不然他肯定会让许盛接着练字帖。这种玄幻的时刻经历过一次也就罢了，怎么可能还会来第二次？！

然而这第二次灵魂转移真的就这样猝不及防地发生了。

台上的学生代表成了许盛，许盛哪会发什么言，让他上去念检讨还差不多！邵湛突然不太敢看这个画面，也不敢预料接下来即将发生的事情。

这题超纲了 ①

许盛本人也不敢想。

"ci……ao……朝着我们理想的目标……"许盛情急之下来了一个一百八十度大转弯,"积极展开国防教育。"

这句话一出,台下议论声止住了:"吓我一跳,我还以为六中这位大帅哥疯了呢。"

邵湛算是发现了,许盛这人总能狠狠吊着他,总能让他提心吊胆。

许盛这一通操作,简直是在完蛋的边缘反复试探,他勉强把刚才那句话拽回去……然后呢?还要说什么?打雷的时候侯俊说过,邵湛已经临场发挥五分钟了。也就是说,现在还剩下五分钟发言时间。

当着那么多人的面,许盛倒是不紧张,毕竟他也是见过大场面的人,真要算上台发言次数,没准他的次数比邵湛还多,只是这领域实在跨度太大,到底要说什么?

于是台下离得近的人看到六中这位样貌高冷的大帅哥停下发言,忽然抬手,把原本扣得规规矩矩的军训服衣扣解开一颗。

在许盛做这个动作的同时,台下又是止不住的一波躁动。许盛丝毫不知道自己顶着邵湛那张生人勿近的冰山脸,做这种撩人的动作,视觉冲击力有多大。他垂下手,短短几秒钟时间脑子里也有了思路,他先顺着之前邵湛说的话展望未来:"相信通过这次国防教育活动,能够让大家真正提高国防意识,祖国的未来一定更加美好,我们要把握好现在,用行动去期盼未来。"

邵湛眉头一挑,这番展望未来的话总觉得在哪儿听过。

孟国伟、顾阎王他们也是一愣:这,这有点耳熟啊这。

许盛这番展望未来的鬼话扯了大概有两三分钟。颠来倒去重复两遍,然而时间还没凑够。紧接着许盛话锋一转,很熟练地转到另一个地方:"可能有人还不太了解临江六中,我们临江六中是一所非常有秩序的中学,校园环境优美,临江六中的校训是文明、和谐……"

邵湛总算知道在哪儿听过了。上回互换第一天,许盛把那叠A4纸拍在他面前,对他说过的许盛式检讨教程里就有这段:

"一般检讨结构分三大块,认错、拍马屁,再加上展望未来……拍马屁就是吹吹老师和学校，什么临江六中是……"

许盛这马屁足足拍满了三分钟，把临江六中吹得天上有地上无，吹得临江六中校领导脸上乐开了花。

侯俊听得目瞪口呆："我湛哥这是怎么了？咋还吹上了？"

"你懂不懂，这次这么多学校，肯定得充分展示出我校风采啊！排面知不知道，湛哥这一招，高啊，真的是高！就是你觉不觉得，这台词有点耳熟？"

这哪是耳熟。许盛无数次站在台上念检讨，标准收尾都是这番话，只不过大家一时间没能把学神的发言和校霸的检讨联系在一起而已。

两人边说边回头，想跟许盛一块儿探讨探讨，但"许盛"看上去像是心情不好，弄得侯俊一下子不太敢跟他说话，总感觉冷得扎人。然而侯俊正要把头转回去，却意外撞见"许盛"嘴角转瞬即逝的一抹笑。那抹笑实在是很不明显。

邵湛第一反应不是怕自己人设崩，也不是怕这场演讲垮台。时空仿佛从互换第一天，从许盛教他检讨怎么写开始，连接到现在。许盛在台上强装镇定着满嘴胡扯的样子……意外地，很有意思。

许盛满嘴跑火车，也不知道自己现在扯了几分钟了，又不能停下来问台下"请问我说够了吗？几分钟了？怎么还没完？"这几句话，要是说出口，所有人都得疯。

许盛这发言说得跟临江六中招生手册似的，等他吹完师资力量，实在没词了，只能在台上随意走了两步，自创出一个环节，带领六中同学喊起口号："六中同学，跟着我一起喊。"

许盛转了转话筒："六中六中，所向披靡！"

六中同学集体荣誉感爆发，竟也跟着他瞎胡闹："所向披靡！"

其他人再次震惊。这学校还没完了？

孟国伟虽然意外，但谁不喜欢听人拍自己马屁。他正乐滋滋地看着他的天才少年，面前突然投下一片阴影："许盛？"

邵湛从七连后排走出来，径直走到孟国伟面前。他在后面没办法给许盛暗示。走到前排这才离许盛近些，他走出来之前把帽子摘了，二话不说塞在侯俊手里，然后找借口问："老师，有多余的帽子吗？"

孟国伟看一眼许盛这副头发凌乱的样子，再看看台上的优秀学生，心说真是对比出差距。他心情复杂地训道："帽子才刚发下去多久你就弄丢了？！还有你这袖子怎么回事，给我放下来，像什么样子！"孟国伟叹气，弯腰从边上的纸箱里又拿了个帽子出来："你多向你同桌学学，这么优秀的同学就摆在你边上，整天不学点好的……"

邵湛接过帽子的同时，对站在演讲台上的人比了一个暂停的手势，才说："谢谢孟老师。"

许盛看着邵湛左手拎着帽子，右手伸出一根手指抵在掌心，示意可以停了。他松一口气，打算说结束语。神经突然松懈下来，差点说出一句经典台词"我不保证下次不再犯"，许盛微微鞠躬："我……我的演讲结束了，谢谢大家。"

许盛下台，顾阎王突然回过味来："不对啊，这台词听着怎么那么像许盛那小子的检讨？"

其他学校的同学虽然被迫听了那么长时间关于临江六中有多优秀的发言，出于礼貌还是鼓了掌。台下响起一阵掌声。其他学校校领导紧急下达通知："我们学校也不能认输！通知我们的学生代表，等会儿发言带上学校介绍，输人不输阵！"

于是这次国防教育开幕式，由许盛打头阵，变成了学校介绍大会。口号层出不穷，以非凡的精神面貌拉开了此次军训的序幕。

"我们宏海四中，升学率稳定，保持在14%左右，学校创立于2007年8月，现有6个年级，42个班，宏海宏海，成就梦想，引领未来！"

14%倒是不必拿出来吹。

许盛没工夫去想这些，他退下来之后直接走到后排，搭上邵湛的肩，凑过去低声问："怎么回事？"

邵湛反问："你问我？"

许盛快疯了："你在台上听见雷声没有？上回打得还不够，还来？"

上次好歹还有个标志性动作跳墙，勉强可以解释为撞坏脑子，但这次两个人都好好地站着，没磕着也没碰到，就这么换了。

"这回没晕，也没征兆，"邵湛冷静分析，"上次在考场昏迷时间只有几分钟，跳墙那天根据老孟的说辞，昏迷时间应该有半小时，所以可以解释为，我们身体的适应能力在逐渐增强。"

"或许下一次再来会比这次还顺。"

许盛抗议："别了，你能不能说点好的？"

分析再多也没用，许盛不得不接受他又变成了邵湛这个现实，暂时不知道这次会维持多久，只能指望下一次打雷来得早一些。

军训而已……许盛把刚才的发言归类成意外，心说，又不考试，还能出什么幺蛾子？

第十六章 过往恩怨

"大家好,我是你们的教官,我姓王,"七班的教官在一众教官里异常醒目,个子高瘦,样貌周正,腰杆挺得很直,说话时声音有些哑,"叫我王教官就行。"他们班这位教官不像其他教官似的,一上来就给个下马威。没几句话的工夫,已经和七班同学聊上了:"刚才那位学生代表是咱们连的?讲得不错,很会带动气氛。"

"那是,"有同学说,"也不看看我们湛哥是谁。"

"湛哥,你刚才真是牛。"

开幕式结束之后,所有学生分批去食堂吃饭,下午第一个项目是整理宿舍,王教官会过来带着他们叠被子,侯俊边等前面那排人往前走边说:"临场发挥,换我肯定连话都说不好了,你刚才紧张吗?"

许盛好了伤疤忘了痛,随口应道:"有什么好紧张的,这种东西想都不需要想。"强到极致就是嚣张,许盛说话这么不留余地,也幸好是在邵湛的身体里,才撑得住这份嚣张。

绿舟基地的食堂有两层,六中学生和宏海四中的学生用一层,食堂布局简单,两边各有六个打饭窗口。排了几分钟的队,侯俊第一个打完饭。他拿不下手里那碗汤,往回走的时候越走越托不住,看到"许盛"离他近,于是直接塞进"许盛"手里:"盛哥帮个忙,这汤快洒了,差点酿成惨案,我座位就在边上,能帮我拿过去吗?"邵湛手里拿着侯俊那碗汤,没拒绝。许盛说:"等会儿要是排得快,饭我帮你打。"

前面大概还有十几个人,邵湛走后,队伍保持着先前的流动速度缓慢向前移动。许盛移到一根用来承重的圆柱边上,百无聊赖地靠上去,想低头玩会儿手机。然而一摸口袋想起来这不是他自己的军训服,他颇为可惜地叹口气,把头上那顶帽子摘了,又三两下把扣好的袖口解开撩上去。跟变装一样,分分钟从"高傲学神"切换到"不羁校霸"。邵湛平时压着的那股劲儿,跟不要钱似的往外冒。不过许盛和邵湛还不太一样,他总给人一种随性懒散的感觉,抬眼望着人的时候总习惯性带着三分笑意。许盛撩完袖子,队伍还没动。排在后面不断窃窃私语,你推我、我推你,推得面红耳赤的几位女生倒是动了,其中一位没扎头发的女生被推出来。那女生长发别在耳后,军训帽戴得像个装饰品。她皮肤白,两颊微红,走到许盛面前,声音也很小:"同学……"

许盛抬眼。

"你好,我——我是宏海四中的。"女生说到这对上许盛的眼睛,害羞地停顿两秒,没能再说下去,只把手里攥着的字条递过去。很明显字条上是联系方式之类的东西。

虽然现在在邵湛的身体里,但许盛从小到大没少接收到这种暗示,哪能不懂。许盛"妇女之友"的名号不是白来的,他对女性一向很温柔,情商也不低,哪怕是拒绝也拒得相当有水平,不至于让对方面子上挂不住,甚至会给人一种平时肯定处处留情的错觉。"你好。"许盛就这么倚着圆柱,看她的时候眼底笑意未减,"给我的吗?"

毕竟不是许盛自己的皮囊,邵湛这种平时冷漠高傲气质十足的外表做这种表情冲击力更大。那女生在他的注视下,紧张得话都不会说了。

许盛正打算委婉拒绝,例如"你很漂亮,是不是在玩大冒险",用开玩笑的语气给对方一个台阶下,转眼一想,他现在是邵湛,没准邵湛会喜欢这一款呢?许盛又看了那女生一眼,长得不错,漂亮乖巧。世界上怎么会有他这样善解人意的人?!虽然这个假设总让他感觉不太舒服,但许盛没有深究,反而继续琢磨,要是他就这样斩了邵湛的桃花……

许盛正犹豫面前这字条到底该不该接,就在指尖即将触到字条的那一秒，许盛的手被另一只从身边横着伸过来的手拦住，说拦住可能不太确切，准确地说是压住。

邵湛的手覆在他手背上。

"不好意思，"除了压在他手背上的温热的掌心，许盛还听见一道毫无感情的、略冷的声音，"他不加好友。"

许盛呆住了，那女生也很呆滞。

邵湛说完，又问："还有事吗？"

"没——没有了。"那女生收回手，将字条背到身后。难得没有被人拒绝的尴尬，主要因为来挡字条的居然是另一位帅哥，这场面很难让人尴尬起来。不仅不尴尬，其实，还有点带劲。女生和其他几位围观的好友同时在心底爆出一声惊叹。这展开！

最蒙的莫过于倚着圆柱的许盛。然而邵湛说完并没有给他反应的时间，他的手往上移，直接掐着许盛的手腕，把他拽回队伍里，和后面那几位女生隔开距离。邵湛松开手，他走回来远远地就看到许盛在那儿顶着他的脸对女生笑，冷声道："解释。"

许盛甩了甩手腕："解释什么？"

许盛以为他想要的解释可能是"为什么要破坏他形象"之类的问题，然而邵湛看他一眼，却说："你平时都是这么和女生聊天的？"

许盛觉得这对话听起来怎么有种兴师问罪的意思："我怎么聊天了，不就是正常聊天吗？"

邵湛不想评价。行吧，许盛解释："我正要拒绝，这不是怕万一是你喜欢的类型，回头你手撕了我吗？"

许盛说完，却见邵湛沉默两秒，说了两个字："不是。"

"不是什么？"

"不是我喜欢的类型。"

许盛愣了愣，连前面的人打完饭，下一个轮到他打都没注意，食堂阿姨用铁勺"哐"地敲了一下，扬声问："小伙子，吃啥？"

后排的女生退回去之后，她朋友观察前面两人半天，最后小声在她耳边说："算了算了，这年头，果然帅哥都和帅哥……"

吃过饭，下午的活动是在寝室里整理内务。

寝室分上下铺，一共八个床位，他们小组只有六个人，床位倒是不用争。寝室长是侯俊。王教官在男女寝室都指定了一个寝室进行内务讲解，他刚从女生那边讲完过来，进寝室的时候侯俊带头鼓掌："欢迎王教官！"

许盛没跟班里十几个人挤前排的位置，他坐在圈外的空床位上，长腿搭在地上，懒得听教官讲那一套一套的规矩。

五分钟后，他坐不住了："报告——"

王教官停下动作："说。"

许盛说："申请去趟洗手间。"

王教官并不严厉，他继续手上动作道："去吧。"

许盛走到门口，想起来他现在是邵湛。这次互换身体比上回自然熟练很多，没有特别不适应的感觉，导致他行事作风都太"许盛"了。担心邵湛以为他真要撤，许盛走到一半又停下脚步，在门口偷偷对邵湛比画了一个"五"，意思是我就出去五分钟，透口气。邵湛睁只眼闭只眼，没管他。

许盛径直出了寝室楼，沿着绿荫道往前走，离宏海四中所在的B区不远。公寓楼和公寓楼之间都有隐蔽的小道，再往外就是高高的围墙，围起来之后小道变得像条巷弄。许盛又往前走了一段路，正打算折返回去，无意间在那条像巷弄的小道里看见几个学生。

穿绿色军训服，应该是宏海四中的。为首的那个还染了几缕黄头发，戴着项链，正蹲在"巷弄"里抽烟。几人不知道在聊什么，隐约能从谈笑声里捕捉到几句短促的脏话。

许盛之前多少也有听过宏海四中这个学校，以略显混乱的校纪校风闻名，老师不怎么管学生，据说学校里聚了一帮"校霸"，和社会上的人有联系，每周五都会在学校附近"教训"人。

许盛没逗留，正要走，抽烟的那个把烟摁灭了，警觉地抬眼朝许盛这边看来。不知是不是许盛的错觉，抽烟的那人看到他的时候，目光没有立马移开，而是定定地落在他身上，然后那人似乎是笑了一下，往前走了两步，语气意味不明："邵湛？"

许盛上午心里那句"不就是军训吗，互换也没什么关系，只要不考试都是小场面"仿佛化成一巴掌狠狠打在他脸上。

这哪是小场面。对面五六个人，个个看着都是一副社会青年的样，脱下军训服走出绿舟基地，站在大马路上可以直接收保护费了。他们和上次网吧里那几个年纪小的、自诩道上混的黄毛气势还不太一样，眉眼里带着份藏不住的戾气……这几个是真的"混"。

许盛不怎么跟人动手，临江六中"校霸"的名号也来源于谣传——他翘课翻墙出去除了和张峰去网吧，剩下的时间几乎都泡在废弃仓库里对着画架和那些画，头一回被谣传校外打架被班主任叫去办公室的时候，他没有解释。

"有同学说看到你私自出校了，你到底打没打架？"

"没打。"

"没打，你说没打我就信？那你说说你昨天晚上在哪儿？"

许盛沉默。昨天晚上在外面画画这事不能说，传到许雅萍那儿又得闹得不可开交。许盛只说自己没打，又不说昨晚到底去哪儿了、在干什么，最后干脆垂下眼一副"随便你说什么吧"的态度。他这副样子在老师眼里基本等于默认，于是总是翻墙出去打架的谣言越传越真，碍于没抓到现行，老师也只能口头教育。

尽管许盛这校霸的称号来得有些水分，但不代表他对这些不擅长。少年人，年少轻狂，不喜欢打架不代表别人拳头挥到面前了也不挥回去。

许盛跟着许雅萍到处转租，见过的人也多，早年居住环境并不好，很多事他都不愿意和许雅萍说，知道她忙，为了生存已经忙得筋疲力尽。

"你手上怎么回事？"

许盛低头看一眼，没说打人打的，只是随口道："摔的。"

许雅萍皱眉："摔能摔成这样？"她没有多想，疲惫地说："你把药箱拿来，最近几天别碰水。"

后来去画室之后，康凯学校里也有一帮刺头，他们那片地方本来就不太安生，有一阵康凯总是身上带着伤回画室，青紫的痕迹藏在袖子里，还是许盛给他改画的时候意外看见。

"别扯什么摔的，"许盛说，"这借口都是我用剩下的了，你要能摔成这样,出去再摔一个我看看,打谁了?"

"顺序倒了,我是被打的那个,"康凯愁眉苦脸,"那你别和我妈说……是我们学校校霸,最近到处收保护费。"

康凯那双手,画画厉害,打架技能点为零。康凯就是随口倾诉一下,毕竟许盛看上去也不像能打的样子,不画画的时候就找一地儿趴着睡觉。然而康凯着实没想到第二天放学校霸抓着他的书包往巷子里走,就在这时,校门口不远处走出来一个人影。"我话就说一遍,"许盛逆着光说,"撒手。"以为艺术生只会拿画笔的康凯在这天人生观又受到了冲击。那几个"校霸"被许盛撂倒的速度快得令人咋舌。很久之后康凯依旧忘不了那天,许盛在他心里,彻底成了"爸爸"。

面前这几位宏海四中的人走上来,将许盛团团围住。刚才喊邵湛名字的那位明显是领头人,其他人自觉给他让开一条道,离得近了,许盛能清楚闻到对方身上的烟味。"刚才你在台上发言的时候我就看到你了,本来还想找你,没想到这么巧……"他说到这笑了,"缘分啊。"

许盛脑子很快转了几圈:认识?什么关系?朋友还是仇人?许盛心说应该不会有什么太大关系,估计只是以前认识的老同学罢了。然而他转念一想,想到邵湛肩胛骨处的刺青和打架后的模样,包括那次无意间瞥见的聊天记录,他立马推翻刚才的结论,也不能太武断……想到这,许盛挑了一句不会出错的开场白:"有事吗?"

对方把这三个字放嘴里嚼了嚼,说:"没什么事儿,就是看你在临江二中混得挺好的,学生代表是吧?不知道你现在这帮同学……"

"临江六中。"许盛打断道,对面顿了顿。

"你继续。"许盛说。

许盛隐约感觉到后半句话应该和邵湛身上藏起来的刺青有关。对面被许盛这样冷不防打岔,原本剑拔弩张的气氛消散一些,但他仍力挽狂澜,声音忽然刻意压低,低语道:"你这帮同学,知不知道你以前那点事?"

许盛确认了,这肯定不是朋友,这人跟邵湛有仇。

"你和你爸一样——"那人声音拉长,不怀好意道,"老鼠的儿子会打洞，装什么三好学生——"

　　邵湛他爸？在邵湛的身体里听人说这些事情的感觉很奇妙。奇妙之余，比起好奇邵湛以前到底有过什么事，以及邵湛和他爸又是怎么回事，许盛最强烈的情绪居然是不爽。这什么道德绑架式发言！扯呢？！但许盛最想说的还是我同桌也是你能说的？

　　许盛没耐心站在这应付这帮混混，他收起身上那股无所谓的劲儿，抬眼再看过去时，竟隐隐显出些和邵湛相似的冷意："说完没有？"

　　对方狠话放到一半，被许盛打断。"我没空听你废话，"许盛说，"滚……"滚开这词太粗暴，不像邵湛会说的话，最后许盛临时改成："让开。"

　　他这毫不客气的两句话让本就紧张的气氛到达顶峰，对面有人把嘴里咬着的烟拿开，骂了一声。

　　千钧一发之际，宏海的班主任出来沿着绿荫道找人，远远就看到班里几位问题学生围在一起，连忙喊道："杨世威！你们几个在那干什么？"

　　这帮人虽然平时不服老师的管教，但表面功夫还是得做，闻声立马散开。被唤作杨世威的就是领头的那个，他定定地看着许盛，往后退两步，最后丢下一句话："你等着。"

　　怕你不成。许盛脚下没有停顿，也没理他，掐着五分钟的时间回了寝室。王教官刚好叠完一床被子："剩下时间交给你们，把被套套好，被子按要求叠整齐，过会儿我来检查。"

　　许盛睡在下铺，坐在床边开始跟着他们一块儿套被套，谭凯睡他上面，套得一团乱，长长地垂了一长条下来，砸在许盛脑袋上。

　　"不好意思，技艺生疏。"

　　谭凯对床的侯俊更是整个人钻进了被套里，他在被套里钻了一阵后发出号叫："哎哟，被套拉链好像锁上了！谁来救救我。"

　　许盛叹口气，发现全寝室最会套被子的反倒是邵湛。在他们手忙脚乱的时候，跟他隔着条一臂宽的窄过道的邵湛已经把被子叠完了，叠得方方正正，和教官的展示品几乎一模一样。

　　学霸学什么都这么快的吗？！

第十六章 Chapter 16　过往恩怨

邵湛叠完之后，看了许盛一眼："会吗？"

"不太会。"许盛都没听，上哪儿会去。他抓抓头发，最后干脆耍无赖，伸手去拉邵湛的衣角说："老师，要不然你教教我？"

邵湛倚着床边上支起来的杆子，垂眼去看许盛抓着他衣角的手。半晌，他抬眼吐出四个字："行啊，求我。"

这话听起来有那么点调戏的意思。邵湛也就是随口一说，没想到许盛能屈能伸，为了不自己动手什么话都说得出口，熟了之后更是一点负担都没有，少年压着原本张扬的语调，低声说："求你。"

邵湛难得想在心里爆句粗口。这到底是谁逗谁？他沉默两秒，最后朝许盛走过去："起来。"

许盛往边上挪了挪，没站起身，就这么盘腿坐着看邵湛套被套，脑海里无端又浮现刚才来找碴儿的几个人。要不要告诉他？许盛犹豫。等差不多叠完，许盛还是咳了一声，不管怎么说他刚才那两句话也算火上浇油，没准真浇出点什么事来："我刚才出去的时候碰到宏海的人了。"

"递字条的？"

"不是，"许盛说，"几个男的，在抽烟。好像是你以前同学，说了一堆有的没的。"许盛把具体内容含糊过去，又说："领头那个叫什么……杨世威。"

邵湛手上动作顿住。

第一天活动安排不多，晚上在观影厅安排了一场有关国防教育方面的电影。

"七连，起立！"

"坐！"

电影开始前，王教官带着他们反复练了几次，挺直腰杆中气十足地喊，一直喊到他们起立坐下的动作整齐划一为止。

"摘帽，等会儿保持安静，注意纪律。"

邵湛摘下帽了之后，下意识想去解衣扣，等把手搭上去才发现许盛早就把能解的都给解开了。

八点整，电影开始。

关灯之后，偌大的观影厅陷入昏暗，邵湛眼前一片黑，直到前面的巨幕一点点亮起来，缓缓映出一行片名，这时观影厅才勉强有点光亮，音箱摆在两边，音质并不好，音量陡增的时候会带上很明显的杂音。巨幕上的字是什么，邵湛并没有细看。此刻满厅昏暗，恰好是藏匿情绪的最佳包装，"杨世威"三个字不断回荡在他耳边。

许盛听见边上有动静，目光下意识从屏幕上挪开，扭头看到邵湛的位置空了。侯俊也注意到这边的动静，主要是电影太无聊，注意力容易分散："不愧是盛哥，看电影也撤。我也想撤但我不敢，这电影是真的无聊……哪儿是电影，这是教育片吧。"

侯俊话音刚落，又听到一声动静。紧接着他看到遵纪守法的化身学神邵湛也站了起来，还十分娴熟地弯着腰，不引人耳目地沿着边上的过道出去了——他好像又撞破了什么大秘密。

许盛沿着过道推开门走出去，观影厅外面是三楼大堂，他不知道邵湛到底是往哪个方向走，只能在四处瞎转。哪儿都没有能藏人的地方，许盛最后随手推开某个隐秘通道的门，通道里灯不太好使，灯光很暗，但即使这样他还是看到少年坐在走廊尽头窗台上的样子。

邵湛身后的窗户开了一道缝，有风从外面吹进来，少年掌心撑在窗台边沿，见有人推门，抬眼看了过来："你来干什么？"

许盛关上门，随口说："我的学神同桌都学会翘课了，我还不能出来透口气？"许盛倚着墙又问："现在是不是可以讲讲你身上那玩意儿，还有那个杨什么东西的，怎么回事？"

其实"杨世威"这个名字准确来说并没有什么意义，邵湛和这个人的恩怨也浅得很，然而这个名字却掀起过往，将无数次想起但都戛然而止的记忆碎片拼凑在一起。

最先拼凑出的片段是警车、雷雨天，和电视新闻上的报道："……警方成功抓捕嫌疑人邵睿明。"

电视画面的背景是南平汽车站售票口，外景女主持人披着雨披，语速平平，不带什么感情地照着稿件进行播报。南平区是小地方，谁家儿子儿媳妇儿吵架都能闹得人尽皆知。在邵湛的回忆里,邵睿明判刑之后流言疯传,渐渐地,大家都叫他犯人的儿子。

小地方总是容易滋生出很多愚昧事件。比如有些大人不让自己的孩子和他接近,比如走到哪儿都会有人到处议论。邵湛当时年轻气盛,因为对方说话太过分,第一次跟人打架,于是他们说果然是×××的儿子。

也确实是混过,没人管教。然而某一部分清醒的意识仍然在不停挣扎。直到中考前一百多天,学校里一位一直不肯放弃他的老师把他叫过去:"别人怎么说你不重要,重要的是,你想成为什么样的人。"

他拉了自己一把,把自己从这个地方拉出去了。那年中考,邵湛考了全南平第一。

回忆纷杂,最后邵湛看着他说:"初中同学。"许盛示意他继续。邵湛言简意赅,用两个字叙述和杨世威的恩怨:"打过。"

虽然气氛不太对,但许盛还是忍不住想他这同桌可真是把"冷"贯彻到底。"打过"这两个字,冷酷又无情。

邵湛勉强把"打过"两个字补充完整:"我打过他。"

初中时候的杨世威在南平混得不错,学校里的人都叫他"威哥",邵湛和他们圈子不同,关系并不深。当时学校里校霸帮派分了两拨,杨世威属于整天横行霸道、胡作非为,在学校里疯狂刷存在感的那拨,另一拨则以邵湛为首——他们没什么特征,除了上课不怎么听讲以外,和其他同学并没什么两样。

如果说许盛这样算是校霸,那时候的邵湛可比许盛过分几百倍,用"校霸"这个词形容起来都算是轻的。邵湛坐在后排,偶尔会睡觉,大多数时候还是靠着椅背,边玩游戏边看黑板上的板书,但课本上一点痕迹也没有,作业簿也都是空白。安静只是表象,少年眉宇间沾着极冷的戾气,锋利又张扬,眼眸深邃,看似风平浪静,对视间仿佛有无形的压力。谁都知道这位爷不好惹,也没人敢去招惹他。

杨世威的几位兄弟有次来他们班找事,以为邵湛不在班里,结果邵湛抓了把头发坐起来,随手挪了一下椅子,一句话都还没说。那几人对视一眼,无声对话:"你不是说邵湛不在吗?"

这题超纲了①

"确实是有人跟我说他不在班里啊。"

最后这事也没找成,犹豫两秒,对方直接走了。用当时同学的话来形容,那就是"这才是真正的大佬,不带跟你废话,也不跟你装腔作势"。

邵湛现在回想那段时间,仿佛什么都是空的,自己也不知道自己在干什么,回到家打开灯,满屋空荡,迷茫,找不到方向。"学坏"好像是一件很容易且自然的事情。

跟杨世威真正产生矛盾,是后来有段时间邵湛放学去学校附近咖啡店里做兼职那会儿。他样貌惹眼,个子蹿上一米八,又不怎么和人说话,学校里不少女生偷偷注意他,导致店里总是满员。

"对面那个,长头发的,听说杨世威最近在追她,是挺漂亮。"同事点完单,对他说,"不过倒是成天往咱们店里跑,心思都写在脸上了,你对人家就一点意思没有?"

邵湛来店里之前刚打完架,毫发无伤,如果不是同事亲眼看着邵湛进门前单手拎着人跟拎垃圾似的往边上扔,都想象不到这人居然上班前还打过架。闻言,邵湛连眼皮都没掀:"没印象。"

同事啧啧两声:"你说怎么就那么不公平,别人羡慕不来,你呢,看都不看。"

不过同事很快就不羡慕了,因为杨世威很快带着几个人过来砸场子:"邵湛——你出来,你什么意思?"

平时在学校里被邵湛压一头,南平一霸的位置明面上是杨世威的,实际谁不知道南平真正的校霸姓邵,这也就算了,连看上的妹子都向着他。杨世威又说:"你们店里怎么招的人,调查过没有,知道自己招进来什么人吗?招谁不好招个杀人犯的儿子……"

杨世威前面说那些话的时候邵湛理都没理他,直到最后一句话,直到那个词出来。咖啡厅对面就是巷弄口。邵湛出去之前慢条斯理地把围在腰间的围裙解开了,挂在前台上,又撩起袖子,数对面的人数:"五个。"

杨世威没听清:"什么?"

邵湛的回答是干脆利落的一招肘击,杨世威被他猛地拉近,紧接着两眼一黑,丝毫没有反应的余地,腹部撕裂般的疼痛让他忍不住发出了一声惨叫。

其实不需要邵湛多说,许盛能猜到大概。之前暴露出来的几条线索最后都汇聚成一个结果:他的学神同桌,以前是个真校霸。

许盛脑子是真不笨,智商大概都加在情商上了,之前就隐隐有了猜想,今天姓杨的一番话侧面验证了之前那个猜测,并且牵出了另一根线。

从窗户缝隙里不断有风穿进来,邵湛额前的碎发被吹得有些乱,遮在眼前:"他都跟你说什么了?"

许盛下意识不想把那句跟他爸有关的流言说出来:"也没说什么,都是些没意思的废话。"

"你同学知道你爸是谁吗?"倒是邵湛自己把话牵过去,笑了一声说,"或是有其父必有其子。无非这几句。"

许盛心说这猜得真是分毫不差。

邵湛沉默两秒后,说:"我爸……"邵湛没去看许盛现在脸上的表情,他早就习惯周遭人对于这件事的反应了,导致他听到属于自己的、但语调截然相反的声音在通道里响起的时候,有一瞬间怔然。

"你爸是谁跟你没关系,又不是你爸跟我当同桌,你也不用解释这个,"许盛说,"那个杨什么玩意儿的,他当时要是再说下去,我就让他知道他爸爸姓许。"许盛话没说够,他放狠话的时候眼底几分笑意褪去,继续说:"下回别让我看见他。他不知道自己今天躲过一劫,这要他许盛大爷本尊在那儿,从他说第一句话的时候他人就已经不在了。"

窗外的风忽然燥热起来。邵湛彻底把刚才脑海里那些画面都甩出去,喉咙里干且燥,他猛地抬了头,借着通道里并不明亮的那点光线,去看几步之外的许盛,也是他"自己"。

许盛平时看着好说话,懒洋洋的跟没骨头似的,除了叛逆以外没有实质性的"杀伤力",认真起来却完全不是那样。

许盛思路跟常人不太一样,邵湛他爸这个话题掀开之后,许盛骂完杨世威了最在意的问题居然是:"你那天抓我干什么?怎么说你也是当过校霸的人,翘课翻墙不至于还跟宿管打小报告吧。"

邵湛没料到这个,许盛却是越想越不明白,邵湛要真是"三好学生"

也就罢了……许盛叹口气："都是千年的狐狸，你跟我玩什么聊斋。"

凝滞的气氛被这句"千年的狐狸"打散，不知道是谁先笑了一声，两个人不自觉地都笑出声。邵湛笑声很低，他笑了一声之后微微仰起头，喉结滚动两下。

半晌，邵湛才说："因为太像了。"

"像什么？"

"说不清，"邵湛说，"可能是像以前的我。"

六中规矩实在太多，多得邵湛恍惚以为自己离那段时光已经很远。周围全是好好学习的模范生。许盛当时坐在围墙上准备往下跳时的剪影，猛地撞进眼帘，恍然间让他透过层层尘封的锁链看到了自己。只是没想到，之后两人会互换身体，再睁开眼醒来，他真成了"许盛"。

电影时长一个半小时，他们没法全程缺席，观影厅灯亮之前得回去。许盛冲着窗台上坐着的人伸手："走不走？"

侯俊电影看到一半，又听到边上一阵动静，扭头一看，消失了整整半场电影的学神和校霸一起回来了。侯俊摇摇头，继续看电影，心说他知道得真的太多，这俩真是，太明目张胆了吧！

电影结束之后由教官带领各自的班级回住宿区。老孟全程拎着个袋子在边上看着，王教官叮嘱明天早上拉练的注意事项："第一，明天早上听到广播之后，我只给你们十五分钟时间，穿戴整齐在这集合，超过十五分钟没下来的，你可以试试后果你承不承受得住。第二，会有教官去你们寝室检查卫生，被子、洗脸盆，这些都要按规矩摆放……"

寝室里有单独的浴室，绿舟基地太大，公共浴室不管设置在哪儿走过去都不方便。

侯俊问："谁先洗？猜拳？"

猜拳结果，邵湛第一个洗。许盛没记起还有洗澡这回事，好在不是公共浴室，不然对着邵湛洗澡，怎么想怎么奇怪。不过现在这个情况显然也没好到哪儿去，毕竟邵湛现在用的是他的身体，平时不在一个寝室眼不见为净也就算了，现在直面邵湛用他的身体去洗澡……许盛坐在床上，听着浴室门落锁的声音，手里那局游戏最终没能打下去。

狂蜂浪蝶：咋了？

S：不玩了。

狂蜂浪蝶：大哥，你什么情况，这局前期优势那么大……

许盛把屏幕摁灭了，听见浴室隐隐水声。

"湛哥，你耳朵怎么那么红？"侯俊正从背包里掏睡衣，扭头看到"学神"坐在对面下铺正耳朵泛红，几乎快从耳根一路红到脖子里。

许盛猛地起身，拉开移门，去阳台透会儿气："没什么，就是突然有点热。"

晚上，侯俊他们开启男生寝室夜聊模式。许盛最后一个洗，洗完出来已经熄了灯，只剩邵湛手里亮着的手机还有一点光，不然他从浴室出来真是两眼一抹黑。

侯俊问："盛哥，还打游戏呢？"

邵湛没回应。等许盛上了床，手机屏幕光才暗下去。

许盛最后在宿舍夜谈声里迷迷糊糊睡了过去，直到听到王教官说的广播才醒。广播就是一首歌，铿锵有力地唱着："团结就是力量，这力量是铁，这力量是钢……"

"什么啊——"宿舍夜谈主力军之一侯俊翻个身，把耳朵堵上，"怎么还放歌？"

许盛听到广播的时候意识还不是很清晰，反而是侯俊的声音让他意识回笼不少。因为发声位置不对。

侯俊明明睡他对面上铺，怎么他翻个身，连着自己身下的床板都在震？许盛想着，早晨的阳光照得人睁不开眼，他想抬手抓头发的时候，眼前朦朦胧胧的一片，视线缓慢聚焦，最后聚焦在他半空中顿住的手上——这是他自己的手。

许盛有点蒙。第一次足足持续到月考结束。他都做好了再奋斗一个月的准备。结果第二次互换，不到二十四小时就换回来了？

"团结就是力量！"

广播还在继续冲击每个人的耳膜，扩音喇叭藏在门后，不光寝室里在放，窗外绿荫道上的广播也在唱："这力量是铁，这力量是钢！"

走廊里一片哀号，尽管不情愿，却还是积极响应起来。

侯俊翻身完想起来昨天教官下达的时限，又猛地从床上坐起来，闭着眼开始找军训服，三两下往身上套。

"咱只有十五分钟，分秒必争，都醒醒，凯子！别睡了！"

谭凯犹如行尸走肉，行为和意识剥离，手如千斤重："我好困，我突然觉得还是学习比较快乐……"

侯俊一个枕头砸过去，在组织动员方面侯班长谁都不怕，另一个枕头结结实实砸在许盛头上："别学不学习的了，都给我起来！"

许盛这才坐起身，他双手撑着床单，目光斜着瞥了一眼，看到邵湛已经穿好了军训裤，站在床边，背对着他套上衣。男孩子上半身赤裸，脊背线条流畅，肩胛骨凌冽突出，往下是清瘦的腰，仍带着这个年纪的少年人独有的青涩。

许盛只瞥见这一秒，一秒过后刺青和脊背都被遮住。

邵湛抬手把衣服纽扣扣上，没追究许盛落在他身上的视线，只提醒道："你还有十分钟。"

许盛哀号一声，这才掀开被子开始换衣服。穿衣服加上刷牙洗脸都花不了多少时间，整理东西才最费时费力。侯俊好不容易把自己那床被子叠成规整的豆腐块，又开始担心校霸不按规矩办事，他没记错的话昨天王教官教学的时候这位爷可是听得不太认真。

侯俊扭头正欲催促，果然对上倚着床栏无所事事的许大爷："盛哥你……"你能不能按规矩办事！侯俊这话没能说出口，因为他看见正在帮忙叠被子的学神，话到嘴边一转："……你这被子叠得不错。"

许盛表示认可："我也觉得我同桌被子叠得不错。"

许盛昨天是厚着脸皮求的邵湛，今天更直截了当："我不会，这床你昨天好歹也睡过，你想睡完翻脸不认床？"

邵湛叠完扔下一句："明天自己叠。"

许盛痛快答应："行，明天我再想办法求你。"

邵湛欲言又止，最后冷着脸把许盛搁在床头的军训帽拎起来，往他头上扣,遮住了他大半视线:"衣服扣上,下去集合。"

十分钟之后,广播从"团结就是力量"变成急促的笛声。伴随着笛声的还有教官在寝室楼门口拿着大喇叭倒计时的声音:"同学们,你们现在还有五分钟时间……三分钟……两分钟……最后一分钟!"楼道口挤满了人,同学们慌慌张张往外走。许盛倒是不急,慢悠悠晃过去,卡着最后一秒入队。

上午拉练内容就是跑步,绕着操场,女生五圈,男生八圈。谭凯作为体育课代表都差点跑掉半条命。王教官道:"再坚持坚持,还剩两圈,相信自己能行……"教官说完看着步伐越发迟缓,原本应该跑在队伍最前面,现在掉到后面和第一排同学并行的谭凯,发出灵魂质问:"你小子真的是体育课代表吗?"

谭凯一说话更没力气,直接掉到第二排去了:"我是……"

这一掉,全班没忍住都开始笑他:"凯子你丢不丢人!"

许盛也乐得不行,他边跑边笑,用胳膊肘碰了碰边上的邵湛:"他怎么当上的课代表?体育老师要是在这,当场革职。"

邵湛残酷无情地还原选班委当天的情景:"因为没人想当。"

真实,这残酷的真实。

阳光洒在这群人身上,后背浸出一层薄薄的汗水,燥热的风刮过,许盛笑起来毫不掩饰,语调上扬。没安分多久,跑步的时候他又把袖子给撩起来了,邵湛听着耳边男生明朗的笑声,心率恍然间有一瞬失衡。

谭凯在大家的嘲笑声里自暴自弃,越跑越落后,最后干脆落到最后一排,和许盛他们并肩:"盛哥,湛哥,你们可别再取笑我了啊!再打击我我就要掉到别的连队里去了……"

侯俊恨铁不成钢:"你要是掉到别的连去,你就别回来了!"

不止是身边这个人,七班所有人的声音也以势不可当的姿态跟着冲进来。邵湛眯起眼,心说平时早晨的太阳,有那么热烈吗?

"好,很好,咱们七连在没有人领跑的情况下,凭借自己惊人的毅

① 这题超纲了

力，除了体育委员外其他人全都坚持下来了，"拉练结束，王教官说道，"值得表扬。"

拉练完，七连同学排队去食堂吃早饭。中途有半小时休息时间，九点再次集合，紧接着展开上午的活动。

经过昨天一天的摸索，同学们对食堂已经很熟悉了。大家都饥肠辘辘，绿舟食堂里口味一般、换成平时准得被人嫌弃的伙食吃起来居然感觉十分不错。

"我肯定是饿晕了，这个水煮蛋怎么会这么好吃？"

"还有这个白面馒头，细腻！"

沈文豪大赞："松软不失韧劲，苦后回甘，从舌尖滑到心底，面粉的香气扑鼻而来——"

侯俊不甘示弱，低头喝了一口粥，跟着赞叹："这碗小米粥，米少汤多，喝下去就两个字，顺滑！"

谭凯眼睁睁看着桌上的东西都被他们吹完了，只能把目光投向仅剩的咸菜："这……这个难度有点高。"

许盛把筷子一放，加入吹嘘大军，说："我来。"

"这咸菜……"许盛顿了顿，完全忘了自己的语文水平，他想半天才想到"爽口"这个词，然而没等他吹，桌角就被人撞了一下。

他们桌离打饭的窗口很近，和边上那排隔着过道，那一下动作幅度不小，整张桌子都被撞歪几厘米。

"怎么走路的，往人桌上撞？"声音很耳熟。

许盛抬眼，看到杨世威从撞桌子的那人身后端着盘子走出来，几个人都穿着宏海的军训服，看样子是一起的，他似笑非笑地说："还不跟人道个歉。"

许盛下意识去看邵湛的反应，发现他脸色冷得吓人。

被杨世威拎回来的那人笑嘻嘻道歉："不好意思啊，端着东西，看岔了。"等他道完歉，杨世威才松开抓着那人衣领的手，在邵湛桌边站定："上回碰见你，都没来得及好好聊聊，没想到你我还算有缘分，啊，对了，自我介绍一下，我是邵湛的初中同学。"

这话听起来是没什么毛病，但气氛不对，语气更不对。侯俊和谭凯他们互相看了两眼，不知道该不该打招呼。杨世威这碴儿找得刚开场，后面明显还有一场大戏。

邵湛并不怕他，也不怕他在这里胡乱说什么，从许盛跟他说碰到宏海的人之后他就已经有了心理准备。他不怕杨世威，但这件事总归麻烦。于是邵湛他放下筷子起身，一句"有事出去说"还没说出口，对面的许盛倒是干脆："自我介绍就不必了，没什么好认识的。"

原本杨世威的注意力都在邵湛身上，冷不防对面冒出来这么一句，倒是把他说愣了。他扭头看过去，这才注意到桌对面的少年。没见过：这脸长成这样，只要看过就不太可能会忘记。他看起来漫不经心的样子，说到最后甚至不要钱似的附赠了一张笑脸，只是这笑里藏着两个字：请滚。

"还有，"许盛又说，"你别在这杵着，挡道。"

他杨世威自认这辈子没几个人敢在自己面前嚣张，初中的时候邵湛算一个，现在面前这个不知道从哪儿冒出来的算第二个。这谁啊！杨世威在心里喊，哪儿冒出来的，还敢跟他叫板！杨世威被许盛这两句话给说蒙了，后面的台词一下忘了个一干二净。

侯俊很会看人眼色，这明显就是有仇，他端起盘子说："都吃完了吧，走走走，咱赶紧回去休息。"

偏偏沈文豪和袁自强两位愣是品不出："没吃完呢……"

"还吃什么吃！"侯俊强行把沈文豪手里的白面馒头抢下来，往盘里放，平静地告诉他，"你吃完了。"

杨世威见状，赶紧开口："行，那我就直说了吧，你们可能还不知道……"

许盛看向他身后，来了一句"教官好"，杨世威一愣，回过头去看。就这个工夫，邵湛被许盛拽了一下帽子。侯俊几人撤退之后，许盛也端着盘子懒洋洋站了起来，另一只手拉了一下他的帽檐示意："愣着干什么，走了。"

这场充斥着隐隐硝烟的会面在许盛三言两语的糊弄和同学们适时的撤退之下平息。

"哪儿啊，没看到教官啊？"

"哪来的教官！"杨世威低声咒骂一句，说，"被人耍了。"杨世威说完死死盯着邵湛离开的背影，咬牙切齿："这事没完……"

邵湛倒完餐盘，侯俊几人在食堂门口等着，见到邵湛之后也都没多问，直接把食堂的事揭了过去。

今天一天的活动除了站军姿、正步走之类的训练以外，大家还参观了军事馆，倒是没怎么和宏海的人碰上。绿舟基地太大，自己学校的人都不一定能碰上面，更别提宏海，除非对方直接找上门来，像之前两次意外撞上的可能性不大。

晚上的活动结束得早。许盛洗完澡出来，邵湛已经不在寝室里了："我同桌人呢？"

侯俊答："刚才老孟过来，把湛哥叫走了，好像是聊结训晚会主持人的事儿，具体我也不清楚。"

许盛没多问，拿起手机看时间，通知栏里有几条未读消息。

一条是张峰的：游戏否？

另几条是康凯发的。

[康凯]：我妈说今年考试改革了，这是集训发的新教材。

[康凯]：考试内容范围扩大不少。

康凯发过来的图是几本书，封面就是一张范例画作，最上面那本是《场景速写》，除了这本以外还有两本《风景色彩》。许盛阔别画室已久，康凯偶尔还是会给他发相关消息，多数时候以"帮我看看这张画"为由，没有挑明过。康凯也担心自己这样目的性是不是太明显，那天车站之后，两人在网络上的联系也主要以唠家常为主。他正巧在画室里，等半天，没等到许盛回复，忍不住划开微信，补充道：我妈让我给你发的，没别的意思。

这句话发完，对面那位爷总算回了。

[S]：嗯。

[S]：康姨最近身体还好吗？

[康凯]：挺好的，她老念叨你什么时候再回来看看她，我都怀疑我不是亲生的了。

两人有一搭没一搭聊起来，许盛回复完，在等康凯回复的空当里又把聊天记录划回去，犹豫两秒，在那张图片上按了保存。就在这时，寝室门被人敲响，样貌陌生的男生犹犹豫豫地推开门问："学神在吗？"

侯俊离门近："我湛哥不在，有什么事等他回来我转告给他。"

"外面有几个人……不是我们学校的，说要找他。"那男生说，"还说要是五分钟内没见着人，那就别怪他们不留情面，说要把、把什么事直接抖出来。"

"啊？"

许盛打字的手顿住。刚想完除非对方找上门，不然在绿舟基地里就怎么都碰不上，这就真找上门来了。五分钟……邵湛五分钟之内能不能回得来都是个问题。许盛又想到昨晚邵湛逆着风坐在窗台上的样子，还有早上食堂里那帮人找碴儿的架势，没由来地上火："他们人在哪儿？"

传话的男生也是进来之前临时被人拦住，让他把话带到："在、在A区第二栋楼边上的巷子里……"

另一边，康凯正打算徐徐图之，琢磨着唠完这句家常，就把话题绕回去，这位许画神不画画了，不光他痛心，他妈也痛得很。痛心画坛少了一位奇才！痛心各大美院的损失！许盛两年前的几张画，直到现在他妈都还贴在画室墙上没揭下来过！

康凯正要打字，对面传过来一句话。

[S]：不说了，我还有点事。

[康凯]：？

[S]：我先去打个架。

"我先去打个架"，这话听起来就跟"你等会儿，我先去吃个饭"一样随便。康凯盯着手机屏幕，神色复杂。

"画神，帮我看看这个衬布怎么画呗？"边上有人喊他，"总感觉我画出来颜色太近了，区分不开。"

康凯扬声道："行，你等会儿。"

"跟谁聊天呢？"那同学涮了涮画笔，拎起来之后往吸水海绵上擦，又随口问，"不过你怎么这表情？发生什么事了？"

康凯脸上的表情确实很复杂，如果仔细分辨，就能看出他表情里似乎还有那么一丝……同情。他虽然不知道是谁招惹了许盛，但他习惯性提前替对方默哀。

许盛这个人，很少动手。只要不是太过分，不触及原则，他都懒得计较。康凯记忆里也就初中那会儿在校门口见识过一次——这位爷不出手则已，一出手对面就完蛋了，简直就是被按在地上摩擦。

"上次来过画室里的那位真画神，"康凯把手机搁一边，摇摇头，自言自语道，"也不知道是谁走路不长眼惹到他了，算了，不说这个，你起来，我看看你那画。"

许盛发完那句话，把手机往兜里一揣，一只脚蹬地站起身说："我出去一趟。"他说话的时候脸上没什么表情，一双笑眼冷下来，微微上挑的桃花眼生生冷出几分锋利的戾气。他刚洗过澡，头发都没干透，换下军训服，身上套了件宽松的T恤，牛仔裤牵出几道褶皱，衬得那腿又长又直。

"一会儿我同桌要是回来了……"许盛走之前又说，"这事儿就先别跟他说。"

离他最近的袁自强愣愣地"哦"了一声。等许盛走后，侯俊越琢磨越觉得不对劲，他拍拍谭凯的肩："凯子，你感觉到了吗？"

谭凯没明白："感觉什么？"

"杀气。"

"隐隐约约好像感觉到一点。"

侯俊又是一掌拍在谭凯后脑勺上："这哪儿是一点！"侯俊说完，敏锐度加上直觉让他把早上食堂的事情和现在这桩事联系到一起。他猛地起身："不行，我觉得要出事，我得跟出去看看。"

听侯俊这么一说，谭凯也回过味来了："不好，这不会是早上那几个人吧……"

侯俊环视寝室里剩下的三个人，紧急部署。"凯子、自强，你们两个跟我走。文豪，要是我们十分钟之后还没人回来，你就直接去找老孟。"

这个点，外边的天色早已经暗下去，只有绿舟基地里的路灯亮着，绿荫道上灯火连成一片。路上没什么人，外边夜黑风高，洗完澡溜去小卖部偷偷摸摸买泡面的人也都已经回寝室了。

许盛两手空空出现在巷弄口时，杨世威几人正倚着墙抽烟，他眯起眼缓缓吐出一口烟，等着邵湛过来见他。结果这口烟吐出去，烟雾弥漫在眼前，面前的景物蒙上一层淡淡的雾。等这层雾散去大半之后，在路灯光线照射下，他才看清站在巷弄口的少年。

来的不是邵湛。

杨世威看到那张脸，立马就想起来是早上坐在邵湛对面、耍过他的那个："你谁啊，我找的是邵湛，白天的账没跟你算，你还上赶着来送死了是吧？"

临江六中"校霸·许盛"没有回答他自己是谁，也懒得自报家门："我？我是谁不重要，你可以叫我爸爸。"许盛脖颈间的钥匙链滑出来半截，他抬手捏着那把钥匙把它塞回领口里，说完，又直截了当地发问："你们是一起上，还是一个一个来？"

对面算上杨世威，总共有六个人，手里都没拿东西。许盛已经很久没跟人动过手，他数完人数，不动声色地去按手指骨节，问题应该不大。许盛问完，也不等对面回答，已经为他们挑好了打法："你们一起上吧，节省时间。"

杨世威气笑了，他把烟从嘴边移开，身边的兄弟往前冲想直接给许盛一点颜色看看，杨世威抬手制止了他们。被人挑衅后，他现在只想让其他人看看他等会儿怎么打爆面前这人的脑袋："你们退后。"

杨世威一个人走上前，和许盛面对面站着。"行，"杨世威把烟扔了，"既然你那么想找死，那我就成全你。"

许盛出来之前估摸着这架应该很快就能打完，面前这混混要是想一对一单挑，那就结束得更快了。他心底那股往上烧的情绪烧到最后意外冷却不少，他甚至能习惯性勾起唇，眼底沾上笑意，但那笑意也冷得异常不对劲："打个赌，在我手里，你挺不过五分钟。"

杨世威双手握拳，骂骂咧咧地挥拳上来，他在南平那么多年也不是白混的，从这记雷厉风行的出拳就能看出来确实有一套。许盛侧身，一把掐住杨世威的手腕，干脆利落地禁锢住对方直直砸过来的手。杨世威着实没料到许盛看起来一副"我不打架，我平时只玩弄玩弄别人感情"的样子，力气却不小，他挣了几下都没挣脱开。

"你……你到底是谁？"

"都说了，是你爹。"

杨世威脸上挂不住，他身后的几人也不知该不该上前帮忙。许盛另一只手抬起，直接拽上杨世威的衣领。他打算三两下把人撂倒再去解决他后面几个人，气氛十分紧张。就在这时，巷弄外传来一阵急促的脚步声，脚步声越来越近，听声音穿的还是拖鞋，啪嗒啪嗒的。

侯俊跑在最前面，他借着路灯的光，果然看到许盛手里拎着个人，和他之前的猜想完美重叠，这大爷还真是出来打架来了！作为班长，不能放任军训期间班级同学打架滋事，他急忙喊："盛哥！慢着！手下留人！"

许盛被他喊得一愣，手上无意识松开一点力道，杨世威便乘机从他手中挣脱。

侯俊跑得气喘吁吁，谭凯和袁自强两人紧随其后。

许盛甩了甩手腕，想问你们来这干什么。侯俊已经勇敢地挤进他和杨世威中间，他郑重地把双手都搭在许盛肩上，强迫许盛垂下眼看他，侯俊甚至勇敢地直呼其大名，呵斥道："许盛！"

这一声都把许盛喊服了，他说："你们来凑什么……"

侯俊打断道："打架是不对的，咱们这次军训，代表的不止是我们这个班集体，更代表着咱学校，再说了，你想过打架有什么后果吗？顾阎王肯定饶不了你，有什么话不能和这位同学好好说呢？"

谭凯也劝："是啊，盛哥，别打了，有话好好说。"

袁自强同样苦口婆心："我们临江六中的校训是什么？是文明，是和谐！我们得让其他学校的同学知道，咱六中学生都是讲道理的，野蛮人才靠拳头说话！"

搞什么？许盛被他们三个人说蒙了。他叹口气，很想说你们别闹了赶紧回去，向后转，齐步走。侯俊却不给他这个机会："再说了，你这样湛哥要是知道了，他肯定也不希望你在这打——"

原先侯俊他们突然冒出来说话的时候，杨世威没来得及反应，他整理好刚才被许盛扯开的衣领，听到"湛哥"这句，杨世威这才想起来这趟的重要目的。

刚才被许盛按着动弹不得，抹不开面子，新仇旧恨攒在一块儿，杨世威走上前，边鼓掌边说："湛哥？听起来你们跟邵湛关系不错。"杨世威说到这，又往他们这边凑近了些。侯俊离他最近，侯俊只觉得像是有人贴在他耳边说话似的，搞得他汗毛直立。

"既然关系这么不错，那你们知道你们嘴里的湛哥是什么样的人吗？知不知道他爸是——"剩下三个字说得更低，却在所有人耳边炸开。

霎时间，巷子里一片沉默。

事情其实和许盛之前猜的八九不离十。只不过性质确实更严重些。许盛忍不住去想，这三个字让邵湛那些年都背了多少流言蜚语？他是背着多少，然后把自己拽了出来？

许盛这回跑出来打架，就是不想这人把邵湛的事到处乱说，不管事情是什么样的，当事人不愿意提就在这大肆宣扬算怎么回事？许盛心里气急了，怨自己刚才怎么就收了手，没把他直接打趴下。想到这，许盛又忍不住去想侯俊他们……又会怎么想？

"你们别跟着凑热闹。"许盛说，"哪儿来回哪儿去。"

侯俊他们几个都说不出话了，杨世威想看的就是这种反应。但他还没来得及感受到一丝畅快，下一秒，刚才第一个冲进来劝架的那位居然骂了一句脏话。

此刻，侯俊完全忘了自己的身份是班长，要维护临江六中的秩序。不止是侯俊，谭凯和袁自强也放开扒在许盛身上的手。然后许盛眼睁睁地看着前一秒还在说"打架不对"的侯俊话锋一百八十度大转弯："这能忍？真当我们七班的人好欺负？"

谭凯呛声道："我们学神轮得着你说吗？你谁啊你，关你屁事？"

袁自强长得壮实，说话颇有威慑力，他边说边走上前，把六中校训抛到脑后:"行啊,来,不就是打架吗?"

杨世威无语了,他和他的几位兄弟没料到事态居然会这样展开。什么情况?这几个人不是来劝架的吗?而且怎么是这个反应?

侯俊说完,又拍拍许盛的肩,尽管他们平时在学校里上课都不敢多讲话,但毕竟都是十六七岁血气方刚的少年,难免会有控制不住的时候。他身体里潜藏的冲动因子在疯狂叫嚣:"盛哥,我懂你的心情了。别担心,你敞开了打,后面那几个交给我们。"

另一边,留在寝室里的沈文豪急得左右踱步,频频看时间。十分钟过去了,人还没回来,那肯定是出事了啊!沈文豪牢记班长的指令,孟国伟的房间在B区,他犹豫两秒,最后带着手机夺门而出——

B区,教师宿舍里。

"行,那晚会主持的事情你再考虑考虑,"孟国伟说,"老师也不勉强你。"

教师宿舍里有专门的办公桌,邵湛站在桌前:"谢谢老师。"

孟国伟暂时把晚会主持人的事搁下,想起来另一件事:"咱们今年的竞赛,算上准备时间,离得不……"

孟国伟说到这,门外传来了一声声嘶力竭的吼叫声:"孟——孟老师——!孟老师——!"

孟国伟抬头一看,这声杀猪般的叫声出自他的课代表,沈文豪同学。

"文豪?你怎么回事?"

沈文豪一路跑到B区,爬上三楼,跑得腿都软了,他喘着气冲进来,扶着门缓了两秒才说:"出事了,许盛好像跟宏海的人打起来了。"

孟国伟傻眼了:"打架?"

这次国防教育活动从开始那天算起,满打满算也才过去不到两天,这不到48小时,许盛就能在绿舟基地里整这么一出?!

沈文豪继续说明情况:"猴哥带着人追过去了,但是到现在都还没有回来。"

说到这,沈文豪眼前一暗——是邵湛,少年说话时不自知地带着几分压迫感,声音泛冷,他逼近道:"他在哪儿?"

邵湛突然逼近,无形的压力压得沈文豪反应开始迟钝,他断断续续地说:"在、在咱们寝室楼附近的巷子里……"

然后孟国伟看着邵湛一句话没说,直接越过他的课代表夺门而出。

邵湛给孟国伟的印象就是冷静,奥数比赛赛场上都没见他有过紧张的情绪。孟国伟纳闷,怎么一听到许盛打架,就急成这样?

孟国伟强迫自己冷静下来,必须冷静地面对此时此刻发生的问题。事情已经发生,现在重要的是怎么去解决。他安慰慌张的课代表,同时也是在安慰他自己:"没事,既然侯俊他们已经赶过去了,问题就不大,我相信侯俊,这孩子看着皮,其实内心很成熟,他一定能处理好这个问题,我对他有信心!"

沈文豪连连点头:"对,猴哥肯定能拦住他,就算猴哥不行,还有凯子和自强,三个人,问题应该不大。"

孟国伟紧随其后,跟上优秀学生邵湛的步伐,一块儿赶往事发地。

邵湛三步并两步跨下台阶,他扶着楼梯扶手,碰到最后几级台阶时完全失去耐心,直接一跃而下。他以为自己该担心的是杨世威有没有当着他们的面说什么话,然而真正听到消息的那一刻,他才发现那些都不重要。

风从他身边刮过,邵湛满脑子都是许盛现在怎么样了。杨世威不好对付,他受伤了吗?邵湛从来没跑这么快过,不到八百米的距离,跑到半路便感觉心脏狂跳。邵湛八百年不骂脏话,这会儿让许盛激得一朝回到从前,低声骂了一句。他是傻的吗,冲出去跟人打什么架?

孟国伟体力跟不上年轻人,中年发福严重影响了他的速度,带着平时坐办公室坐出的小肚腩,那稀少的运动量不足以支撑他在第一时间赶到案发现场。孟国伟下楼之后喘着气说:"文豪,你先跑,不用等我。"

沈文豪停下来:"孟老师?"

孟国伟从兜里掏出钥匙,弯腰把停在楼下的那辆自行车锁解开,这是绿舟基地统一给陪训老师配的小黄车:"老师年纪大了,跑不动,我骑个车往那儿赶。"

邵湛赶过去之前，想象过很多种场面，唯独没有想过面前这种。

与此同时，邵湛身后，由远及近的车辘辘声戛然而止，急急忙忙赶来的小黄车颤颤巍巍地紧急刹车，发出"嘎吱"一声。

骑小黄车赶来的孟国伟也没料到展现在他面前的竟会是这种场面——一眼看过去根本找不到他们七班内心成熟的班长。

"我让你说！知道我湛哥是谁吗就乱说！"

"你再敢说一句？！"

"以为我们临江六中的学生只会学习是吧？我告诉你们，不光学习，我们动手能力也很强，我校学生向来都是德智体美劳全面发展。"

"你可能不知道你死在谁的手下，这样吧，我大发慈悲地告诉你——我，是你俊爷！"

昏暗的巷子里十个人正在混战，因为人实在太多，动作又激烈，乍看过去压根儿看不清到底是谁跟谁扭打在一起。混乱间，一只蓝色塑料拖鞋从战场上飞出来，甩出一道抛物线，直直地砸在邵湛他们面前。

直到打架中心的一位穿绿色军训服的宏海学生被一只细长、指节紧绷的手从墙上拽回来又被猛地抡到墙上时，大家才看清楚战况。

黑T恤的少年原本被其他人挡着，直到外围几个人打着打着往边上去了，他才从人群里显露出来。少年背对着他们，打斗导致衣领往边上歪，黑绳缠在颈间。他把人摁下之后也缓缓蹲下身，另一只手很随意地搭在膝盖上，看起来十分游刃有余。

其他人纠缠在一块儿分不清楚，但这位爷绝对很好辨认，光看背影就能认出来。

孟国伟急忙从小黄车上下来，脚蹬地之后也顾不上去停车了，任由小黄车往边上倒。"许盛——！"

许盛摁着杨世威的手顿了顿。

"都给我停下！我看谁还敢动手！"孟国伟这一嗓子很有作用，喊完两边动静立马小了不少。也正是这样才让他们看清七班内心成熟的班长侯俊打架打得脚上的拖鞋都飞了，另一只拖鞋拿在手里，当武器，正在光着

第十六章 Chapter 16 过往恩怨

233

脚拍人。孟国伟一口气差点背过去："我是临江六中七班班主任，宏海四中的同学们，你们也停下，再不停手我就通知你们学校领导了！国防教育期间在绿舟基地跨校打架，是要接受处分的！你们还年轻，未来的道路还很长！"

"老孟？"侯俊这才想起来自己干了什么蠢事，"完了，我给忘了，我让文豪去找老孟来着……"

谭凯哀叹道："早知道这样，找什么老孟，男人就应该用拳头解决问题。"

侯俊也后悔："战术有误，我怎么知道宏海的人那么欠揍！"

几秒钟之后，原本缠在一起的人分开，躺在地上的也爬了起来。

许盛没打够，这才哪儿到哪儿。但他也不得不松手，刚松开手，抬眼就看到了走到他跟前的邵湛。许盛蹲着，路灯强烈的光线只照到巷弄口，再往里只剩下散进来的光，邵湛逆着光站在他面前，视线交会间，谁都没有主动开口说话。

许盛本意是想在邵湛回来之前把宏海这帮混子解决掉，甚至都不打算告诉邵湛这帮人来找过他，结果在打架中途就被逮到了。

"我……"

许盛没"我"下去，因为邵湛已经蹲下身，和他平视，语气温和："伤到没有？"

许盛怎么也没想到邵湛第一句话会是这句，他和杨世威现在这个状况很明显是他把杨世威摁着打，要问伤到没有，也应该问杨世威更合适。

"没有。"

孟国伟给绿舟基地负责人打完电话，对方告知他宏海四中会立马派人赶过来，孟国伟挂断电话，也打断了邵湛和许盛两人的对话。"许盛，你给我起来！你们站开，临江的站左边，宏海的站右边，贴着墙站好了！反了你们，在基地里打架，啊？！侯俊把拖鞋穿上！"

他们没站多久，宏海的教导主任骑着个小黄车赶来，大致了解完事情经过就把宏海的人带回自己住宿区教育了。宏海的人不怕老师，这会儿能那么听话完全是刚才被打晕了。

"还有你，许盛，"等宏海的人走之后，孟国伟转向在"案发现场"抓捕的"重犯"，"你挺能耐啊，这么两天工夫就能给自己创造出一个舞台，还是跨校打架——"

许盛头发已经干了，刘海遮在额前。别人都贴着墙，他没站多久干脆倚了上去。

"你给我站直了！"许盛勉强站直。

"你们谁解释一下，怎么回事？"没人说话。

"刚才一个个的都那么英勇，这会儿成哑巴了？！"还是没人说话。

静默间，出乎孟国伟意料地，邵湛从边上阴影处走出来，走到许盛边上——他身上还是那套军训服，只是穿得没有白天那么规矩，刚才边跑边解开了衣扣，现在衣领略有些凌乱地敞着。孟国伟眼睁睁看着这位优秀学生也跟着站进打架的那排人里。

"跟他们没关系，"邵湛说，"那帮人是冲我来的。"

孟国伟瞬间觉得不好了，他的天才少年，市三好学生，临江六中的骄傲在说什么？

自己打的人，许盛敢做敢认："跟他没关系，人是我打的。"

邵湛低声说："你别说话。"

孟国伟满腔怒火在邵湛说完话之后，莫名其妙地熄灭了。

他刚才是气得上头，忽略了七班还有其他同学也在跟着打架这回事。这如果是寻常打架，许盛一个人上去打也就算了，侯俊、谭凯他们不至于跟着瞎胡闹。这事不对劲，肯定有别的原因。跨校打架本来是该严惩，由于邵湛出面，局面变得复杂起来。孟国伟最后摆摆手："别在这杵着，回寝室再跟你们算这账。"

回去之后，孟国伟单独把侯俊叫了出去，侯俊一开始支支吾吾不肯说，最后才把事情经过抖出来，孟国伟听后沉默。

"我本来不想打架的，是他们太过分了，听说还是学神以前的同学，这什么同学啊，有这样的吗？"

孟国伟执教多年，什么事没遇到过。这种学生因为家庭问题被人指指点点的情况遇过不少。高年级的还好些，但低年级的同学心智发育不成熟，有时候不带恶意地讨论都会给人造成伤害，更何况这种带着恶意的。

孟国伟虽然嘴上没说，心里多少也是松动了些，天平倾斜，不忍心给他们下处分："那也不该打架！打架能解决问题吗？！明天早上我要看到四份检讨，字数不能低于三千字，我不管你们今晚还能不能睡觉，明天一早必须交给我！"

最后侯俊抱着一沓A4纸从孟国伟那儿回自己寝室。

"兄弟们，老孟说了，让咱写检讨，"侯俊叹口气，把纸发下去，"不低于三千字，明天早上还得上台当着四所学校的面检讨……"

写检讨对他们来说还是头一次。

谭凯感叹："别说，还挺刺激的。我的高中生涯也算圆满了。"

侯俊环视一圈："湛哥和盛哥呢？"

谭凯接过纸："不知道，他俩没回来多久就一前一后出去了……"

许盛回寝室没坐多久就溜出去了，打算去小卖部买药，刚才罚站的时候他注意到侯俊他们都有不同程度的擦伤，结果他刚走到小卖部门口，就看到一个熟悉的背影。

"七十八，"小卖部老板把塑料袋递出来，"这是找零。"

塑料袋里是消毒水和创可贴。

许盛摸摸鼻子，被人抢先一步，只好和邵湛一起往回走："我正打算过来买点药，猴子他们手上蹭伤了……你手脚倒是快。"

邵湛没接话，两人并肩走进寝室楼。他们寝室在楼道尽头，边上就是过道窗台，许盛正要推开门进去，邵湛却止住脚步，猝不及防地扣住他手腕，把他整个人往边上拽。许盛回过神时，后背已经抵在窗台边沿处。

邵湛把手里的东西搁在窗台上，单手拆开棉签袋，另一只手扣住许盛的手腕没放，许盛的手抓在手里看的时候一点都看不出这双手打起架那么狠，他突出的指节处有擦伤，伤口很浅，破了点皮，邵湛低声说："自己受伤了不知道？"

第十七章
触碰的手

一步之隔的寝室里，还能隐约听见侯俊他们边写检讨边交谈的声音，然后这些声音一点点远去，最后剩在许盛耳边的只有邵湛逼近时掀起的一阵细不可闻的风以及对方极轻的呼吸。许盛不自在地动了动手指，蜷曲起来的指节很快又被邵湛扳直："别乱动。"

许盛有些尴尬，只能找点话说："小伤，可能是刚才在墙上不小心蹭到了，没什么事。"

邵湛擦药的动作很轻，他扣着许盛的手，用棉签仔仔细细把伤口清理一遍。半晌，他问："为什么打架？"

许盛含糊道："打架哪有为什么，看他们不爽算理由吗？我们校霸是这样的，看到敢在爷面前胡乱嚣张的人就忍不住想打，立立威风，让他们知道谁才是临江一霸。"

邵湛单手把药水瓶盖拧上，抬眼看他："扯。"

许盛不知道为什么，突然觉得有点心虚。

邵湛看着他眼都不错一下："接着扯。"

许盛本来不想说，打架这件事怎么想怎么羞耻，打的时候是爽，打完要说什么？而且他也不想在邵湛面前提宏海那帮人。

邵湛盖好瓶盖，正要松开许盛的手腕，还没撤离，却被许盛反手给抓住了。

"因为你，"由于很少有人走动，走道里感应灯暗下去，许盛打架过后身上衣服还没来得及整理，黑绳从脖颈间滑出来，锁骨深深陷下去，他说，"因为不想他们说你。你是什么样的人，比起听别人怎么说，不如我自己用眼睛去看。"

许盛不想提打架，但有些话忍不住想告诉他，他抓抓头发，想表达的情绪太复杂，语言组织能力下线："不是所有人都像宏海那帮人那样的，你看猴子他们就……他们……"

他们这才是正常人！别跟垃圾较劲，那帮垃圾也不配过来找你事！

这时，有人从外面回来，脚步声响起，原本暗下去的感应灯也随之亮起。灯亮的瞬间，许盛似乎看到邵湛眼底也跟着闪烁了一下，那抹细碎的光亮藏得很深，最后沉进少年自带寒意的深邃眼眸里去。

寝室里。

侯俊第一次写检讨，写得抓耳挠腮："……我错了，我真的深刻认识到了我的错误……我的天，这怎么写得满三千字啊。"他挠完头，转眼看到推门进来的两人："盛哥，过来领纸！"

许盛一愣，继而反应过来还有检讨这一茬。

他走在邵湛后面，正要伸手去接，却见邵湛把装着药的塑料袋放在桌上，然后很自然地顺手接过了侯俊递过来的那沓纸："有笔吗？"

侯俊愣了，这不是许盛的检讨吗，学神现在一副他要写的样子是怎么回事？

"有，"侯俊从边上翻出来一支笔，"这里还有一支。"

邵湛接过，顿了顿才说："谢谢。"

邵湛说这句谢谢的时候并没有看那支笔，侯俊很快反应过来邵湛谢的是什么，忙说道："没事没事，这要换成班里任何一位同学，我们都会冲上去的。"

谭凯也说："是啊，真没什么，不过打架的感觉……其实还挺爽。"

刚才老孟来得太突然，他们来不及回味，这会儿边写检讨边回忆当时的情形，袁自强说："猴哥，你是真的猛，我眼睁睁看着你那拖鞋飞出去——然后你干脆把另一只鞋也给甩了,用拖鞋把宏海的人都给拍傻了,平时没看出来啊,战斗力那么惊人。"

侯俊握着笔抱拳:"过奖过奖。"

不知道是谁先笑出了声,到最后寝室里只剩下一片"鹅鹅鹅"。

许盛也笑,他边笑边拉开椅子坐下,问:"你拿纸干什么?"

邵湛用左手在左上角十分熟练地写下"许盛"两个字,握笔时骨节曲起,没抬头:"你想自己写?"

有人免费帮忙写检讨,许盛高兴还来不及呢,哪有拒绝的道理:"我不想。"

邵湛当过一段时间"许盛",也写过检讨,模仿许盛的字再写一份检讨对他来说并不难。倒是侯俊他们看呆了,并沉浸在学神居然真的在帮校霸写检讨这个事实里恍惚到无法自拔。

上午的拉练是每天必须经历的环节。国防教育第三天,拉练结束后,四所学校的学生没有像前两天那样被安排去食堂吃饭,而是在教官的带领下前往开幕式那天去过的广场。各校同学看着广场上熟悉的音响设备,议论纷纷。

"我们不是应该去食堂吗?"

"不知道啊,难道又有什么领导要发言?"

"可能吧,学校领导不是总喜欢搞这么一出吗?现在只能祈祷早点结束,我都快饿死了。"

议论声太大,总教官呵斥:"都安静一点,想站军姿是不是?"

四所学校的学生方阵按衣服颜色分成四块,整整齐齐地在广场区域内等待"领导"的发言。只见调试好设备之后,果然上去了一位领导。顾阎王脸色铁青,他来之前就有预感许盛会不老实,没想到噩梦成真的速度居然那么快!

"很抱歉耽误大家一些时间,我校学生由于在国防教育期间打架滋事……向全体同学进行严肃检讨。"

"打架"这个词一出,所有学生一片哗然。六中的人还好,在许盛无

第十七章 Chapter 17 触碰的手

数次检讨的历练之下，面对这种情况显得尤为淡定。外校的人就不同了，他们哪里见识过这么刺激的事儿，来了没两天，打架检讨就全齐了!

"检讨?! 谁啊，这么野?"

六中学生瞥了他们一眼，在心里说：小场面，还能有谁，临江六中校霸，无数人民教师的噩梦——

顾阎王开始念检讨名单："七连许盛……"把"重犯"放在头一个单独念完，顾阎王这才缓口气继续念："……侯俊、谭凯、袁自强，你们四个人出列。"

许盛从人群里走出来的时候，引发的轰动不比第一天邵湛作为学生代表上台发言小。帅哥不管走到哪里都吸睛，更何况是一个打完架的帅哥。许盛没戴军训帽，仪容仪表也称不上规范，衣袖卷至手肘。少年三两步跨上台，随手接过边上的话筒，再把话筒递给侯俊。

六中什么情况，两次上台都是这种颜值?

"我错了，我深刻地反思我这次的行为，"侯俊第一个检讨，他没经验，难免紧张，检讨内容也很标准，"我不该违反规定，伤害宏海的同学……"

谭凯和袁自强的检讨跟侯俊大同小异，把检讨书从头到尾念一遍就算完事。照理说其他人应该为暂时吃不上早饭而焦躁，然而检讨队伍最边上还没发言的许盛撑住了场面，不少人在期待他发言。

十多分钟后，袁自强磕磕巴巴念完稿子："我们临江六中的校训是文明、和谐，我一定时刻牢记。我的检讨结束了，谢谢大家。"

话筒这才到许盛手里。许盛手里拿着上午交给孟国伟的检讨书，邵湛写检讨的水平确实高，开篇就是一句名人名言，升华检讨。早上阳光太烈，许盛在台上晒半天，浑身都被晒得有些发烫，他盯着检讨书上的字，把话筒抓在手里，开口前突然转了念头。

邵湛站在队伍后排，越过层层人群，看见许盛三两下把那几张A4纸折起来放进口袋，然后少年空着手说："尊敬的老师同学们好，不多占用大家的时间，我简单地做一下检讨。我感到十分羞愧，我这次的确犯了不该犯的错误。"

这题超纲了 ①

240

许盛神情自然，跟前面三个紧张念稿的完全不一样，颇有种"这就是老子的场子"的气势。许盛前半部分发言都还算正常，就在所有人都以为他这次难得安安分分做检讨的时候，他突然话锋一转，转回开局说过的那个"错误"上去："我这次主要犯的错误是我不该在绿舟基地打人。"

顾阎王本来就不太好的脸色还没来得及转晴，直接黑了个彻底，在许盛检讨内容逐渐偏移之际嗅到了一丝熟悉的气息："赶紧把话筒线拔了，让许盛下台！让他闭嘴！反了真是！平时在学校里胡来就算了，这回当着这么多所学校的面，他是想上天啊？！"

然而拔话筒线的速度比不上许盛的语速："绿舟基地内禁止打架，学生有义务遵守基地内的各项规定，我应该出去打。"

少年声色张扬，可能是早上起来没睡够就出来拉练，又在太阳底下懒洋洋地晒了半天，声音里带着几分懒意，他对着台下等待检讨的杨世威笑了笑："某些人下次要是再多说一句不该说的，我见一次打一次。检讨人，许盛。"

许盛话音刚落，全场哗然！

许盛这番话和上一位检讨人袁自强用来做结束语的临江六中校训"文明、和谐"形成强烈对比。顾阎王、孟国伟和临江六中所有老师及领导，只觉得眼前一片漆黑，他们临江六中，毁了啊。

许盛检讨完，想把话筒递还给刚才边上的教官，教官竟不敢接。而台下所有学校的同学都炸了。

"我的天，这哥们儿，够野啊，这是在念检讨吗？"

他们什么时候听到过这种检讨，总结下来就是四个字——下次还打。疯了？嚣张成这样？

"服了。"台下竟然有人鼓起掌，"英雄不问出处，这哥们儿虽然不是我们学校的，但是我服了。"

顾阎王再也按捺不住滔天怒火，也不想着这么多学校都在台下看着要保持优雅的形象什么的了，形象都被许盛三两句话给败了个彻底。他脱下身上那件用来遮阳的外套，把外套甩在孟国伟手上，撸起袖子狂奔上台。

"许盛！这么喜欢打架是不是，我就让你知道知道什么叫社会的毒打！你别跑，你给我站住，兔崽子——让你检讨，你说的是什么玩意儿，我看你是又忘了花儿为什么这样红——"

顾阎王的出场让场面陷入混乱，孟国伟上台拦人："那什么，冷静一点，都冷静一点……"

孟国伟手忙脚乱，没发现此刻不该出现在台上的六中骄傲邵湛同学也从队伍里走了出来，三两下跨上台。注意到的只有台下的同学们。各校同学对开幕式那天六中那位看着异常冷酷的学生代表印象深刻，尤其女生，不少女生对他念念不忘，没想到这会儿能看到他上台——她们想到这，思绪集体顿了顿，才接着想——上台护着那位打架的。

混乱间，手边有什么就利用什么。许盛干脆躲在邵湛身后，边躲边说："是啊，顾主任，冷静一点。"

"我怎么冷静！"顾阎王伸手指着许盛，四下寻找有没有顺手的道具，"今天不是我死就是你这个兔崽子亡——"

许盛的兄弟张峰在台下看得瞠目结舌，许盛今天这一战，可以载入临江六中校史了。

台上实在太乱，邵湛没站稳脚跟，很快又被惊慌失措的侯俊撞了一下。侯俊招架不住，正想找机会溜下台。下台前，侯俊真心实意地赞美道："湛哥，这种时候能站出来，你是真男人，你撑住，我走了。"

烈日之下，广场上一片混乱。邵湛刚才站在台下看许盛他们检讨的时候就有一瞬间失神，他的视线越过层层人群，最后落在台上的人身上。临江六中对他来说，在高二之前并没有什么特别的意义。只是换了一个没人认识他的环境，把所有心思和情绪收起来放在学习上，收起来当一个"三好学生"。是从什么时候开始习惯性远离人群的？邵湛问自己，又从什么时候开始有了变化？

时光流转，倒回两人第一次相遇的那天。

那天风很大，夏日喧嚣的蝉鸣声不断，黑色T恤的少年蹲坐在高高的围墙上往下跳，也跳进了他的世界。

"顾主任，"许盛躲在邵湛身后，用顾阎王曾经提醒过他们的话反过来再提醒他，"台下那么多学生，还有其他学校的，我们要展现出临江六中宁静优雅的校风……"

顾阎王被孟国伟和其他老师死死拖着,整个人几乎腾空,双脚离地,在空气里胡乱扑腾。"临江六中还有个屁的优雅校风!邵湛你上台干什么?你别护着他,你让开。"邵湛挡在许盛前面,顾阎王下不去手。

台下,张峰笑得东倒西歪,他大哥还是他大哥。张峰掏出手机把这段惊世骇俗的画面录下来,画面抖动,最后镜头一晃,无意间聚焦到头顶那抹烈阳上。

毫无疑问的,临江六中许盛在这次几校共同参与的国防教育活动里彻底出名了。许盛这次检讨事件以顾阎王在台上怒吼着"你给老子再写三千字"结束。之后几天的活动无外乎继续拉练,参观绿舟基地国防区各项展览馆以及绿舟基地的特色——仿真航母。

"谁小的时候没有梦想过当一名海军呢,"参观中途,有同学感慨道,"看看这设备,多酷啊。"

"我一直梦想成为一名作家,"沈文豪推推眼镜说,"我刚在××网站上发表了我的处女作,大家可以去支持一下。"

邵湛第一次听说,有些吃惊:"网站?"

沈文豪在写小说这个领域里一直不曾放弃过,校刊已经装不下他的野心,××网站据说是一个新兴起的文学网站。邵湛对班级同学的动向并不了解,许盛略有耳闻,解释说:"文豪好像最近在网上写科幻小说吧,平时给他刷刷点击量就行,猴子上回还在班级群里鼓励大家踊跃评论。"

邵湛听完,见其他人把话题传过来,不知怎么的,传到了许盛身上:"盛哥以后想干啥?"

这个问题一出,向来能扯的许盛罕见地沉默了两秒,只不过这沉默在哄闹的环境里并不引人注意,邵湛多看了他两眼,看见许盛垂下眼,单手插在裤兜里,侧身从门里出去,走到外面的甲板上。

"不知道,"半晌,他迎着风说,"没想过。"

教官开始介绍新设备,众人七嘴八舌地把话题转到别的地方去了。

国防教育第五天,闭幕式晚会结束之后,大家各自回寝室收拾东西,明天一早就得坐大巴车回学校。最后一晚，不少同学陷入莫名的狂欢状态里，可能是想着回学校之后迎接他们的又是无止境的学习，在绿舟基地的最后一晚让所有人格外珍惜。

许盛洗完澡，拉开门从浴室里出来，侯俊他们刚商量好要怎么度过这个珍贵的夜晚。

侯俊神秘地说道："我们商量好了，今晚整点宿舍活动。"

许盛没在意："说来听听。"

侯俊嘿嘿一笑说："上次看过的那部电影，它还有第二部，想不到吧。"许盛在这一瞬间失去了灵魂，呵，这还真是想不到呢。

许盛后背发凉，琢磨等会儿能找什么借口避开。然而侯俊根本没有给他想借口的时间，他偷偷摸摸从背包里掏出平板："咱学校寝室没法充电，没想到绿舟基地的插座能用，还好我机智，把我的平板带来了。"

此时邵湛正在孟国伟寝室里。孟国伟上回找他谈竞赛的事儿，结果还没谈完就被沈文豪冲进来打断，这回才把竞赛的事情讲清楚。邵湛回到寝室时电影刚好播到片尾。

许盛头发半干，坐在床上，虽然面上不动声色，但邵湛推门进来时发出的动静还是让他没控制住抖了抖。

邵湛关上门问："看的什么？"

侯俊看得入迷头都没回："《杀人游戏2》，你回来得太晚了，湛哥，这都快播完了。"

看完电影，几人又凑在一块儿打了几局游戏，零点刚过，这帮之前还喊着今晚通宵的人就一个个都熬不住了，扔下手机呼呼大睡。

许盛脑子里满是滚动的弹幕，以《杀人游戏2》为主。刚才那几局游戏并没有让他从电影画面里缓过神。大热天，寝室里温度并不低，许盛还是把被子盖得严严实实的，缩在被子里，从好友列表里随机找人聊天。

[张峰]：老大，你还不睡啊？

[S]：来找你联络联络感情。

[张峰]：都几点了，明天再联络吧。

[S]：还是不是兄弟了？

[张峰]：是兄弟，不如我们梦里联系吧，这几天的训练太累了，我想早点睡。

熄灯后漆黑一片的寝室里，只有许盛那个床位上隐约还透出些手机的光亮。

许盛给张峰回复"行了，你快滚去睡吧"之后就从聊天框里退了出去。这时他的手机收到一条新消息，是邵湛发来的，言简意赅的三个字：还不睡？

许盛心里慌得不行。他现在跟前两天在检讨台上叱咤风云一战成名的样子完全不同，这要是让他那群新晋粉丝们看到，估计得怀疑人生。他手指顿了顿，还是佯装淡定地回复：年轻人晚上"修仙"不是很正常吗？你不也没睡？

[邵湛]：马上就睡了。

这个点，难得能抓到一个没睡觉的。许盛安心不少，可能还因为这个没睡觉的人虽然跨越了网线，但其实只跟他隔了不到一臂宽的过道。

许盛忠于本能，回：别。

隔了有好几秒，聊天框顶上显示"对方正在输入中"。邵湛发过来的字像是有魔力，许盛几乎能想象出少年低沉清冷的声音。

——害怕还看？

手机荧光照在许盛脸上，他想装到底。

——谁说我害怕。

——就那点东西，你盛哥怎么可能会怕？

半晌，对面床铺窸窸窣窣一阵，发出一点儿很轻的声响，听起来像是被子和床单摩擦的声音，在静谧的夜里听得异常清楚。

然后许盛看见聊天框里多了两个字。

——伸手。

伸手？伸什么手？

许盛一下子没反应过来，他盯着聊天框看了会儿，终于明白了邵湛的意思。但他没有马上行动，而是做了一番心理建设之后，才小心翼翼地把

第十七章 Chapter 17 触碰的手

手从被子里一点点探出去。

许盛其实在被子里待得有些热了，手探出去之后在被子里焐着的温度很快散开，他探出去的手伸到半途，手指指尖便碰到什么东西——触感很熟悉，许盛一下就想到了在侯俊寝室看电影的那天晚上。

许盛只觉萦绕在自己心头那挥散不去的恐惧感一下就被驱散了，就像冬日的阳光，无声又无息，却能将渗人的寒意变成令人安心的温暖。

静默间，手机屏幕自动熄灭了。

许盛都不知道他那天晚上是怎么睡着的，也不知道邵湛是什么时候睡着的，寝室里侯俊他们睡得正香，谭凯正打着呼噜，袁自强时不时从睡梦中冒出来几句梦话，可能只有从窗外照进来的月光无意间窥见这晚发生了什么。

"要回学校了……"第二天一早，侯俊闭着眼穿上衣服，提醒大家赶紧起床收拾东西，"八点集合，都赶紧起来。"侯俊嗓门大，比闹钟还管用："兄弟们，别睡了！"

许盛被侯俊喊醒，他眯起眼，被窗外照进来的阳光刺得睁不开眼。等意识逐渐回笼，他遮在眼前的手不自然地在半空中顿住，半天没动弹，然后他才缓缓把手拿开。

他坐起身，看到邵湛早就已经换好了衣服，正拿着水杯从隔间拉开门走出来。

邵湛看他一眼："醒了。"

"啊，"许盛移开眼，不太自然地说，"早。"

侯俊弯腰拿水杯和牙刷，揉着腰进隔间前插话道："对了，你们昨晚睡得还好吗？我咋觉得这床比咱学校的床还硬……木板材质难道还有差别不成？"

这话许盛答不上来。他昨晚怕得跟什么似的，睡得挺好这话他说不出口，然而侯俊问这话的时候正对着他，因此许盛飞快下床，抢在侯俊前面进了隔间。

侯俊被挡在门外："盛哥，就算你很帅你也不能不排队啊。"

第十七章 Chapter 17 触碰的手

短短几天，绿舟基地给同学们留下不少回忆。绿荫道看起来都令人感觉特别怀念，还有拆过的枪，参观过的军事设备，疯抢过的泡面，和其他连隔空喊过的话，甚至是打过的架。

昨天晚会结束，王教官也有些不舍。他为人和善，七连同学们都很喜欢他，在有个别同学不舍地喊"教官"时，他也微微笑道："明天你们就要回学校了，回去以后好好学习，这五天能和你们一起度过，我很高兴，很高兴认识你们。"

七连同学收拾好东西，最后一次在绿舟基地食堂用餐。用餐后，王教官送他们到大巴车那儿，隔着车门跟大家做最后的道别。然后大巴车缓缓起步，驶离绿舟基地。

回到校园的感觉既熟悉又陌生，孟国伟怕这帮学生的心思收不回来，返校头一堂语文课就安排他们写作文："咱们这节课静静心，写一篇课堂作文，题目是'我的梦想'。也是提醒你们，好好规划接下来的学习生涯……我还不知道你们，出去玩几天就飘了。"孟国伟思路广泛，和这篇作文联动，还想出了一个花里胡哨的环节，让同学们匿名写下自己的目标大学："等毕业的时候，看看自己有没有实现目标。"

孟国伟把作文题目写在黑板上。

许盛只看了一眼，直接趴下睡觉。

邵湛问他："不写？"

许盛头都不抬："写诗歌是需要灵感的。"

邵湛语塞，他还真忘了他这位同桌还是个"大诗人"，从来不好好写作文。

这堂课，许盛作文交了白卷，一个字没动。

课间邵湛被孟国伟叫过去，邵湛的作文孟国伟总是会单独在课下给他分析讲解一遍，这次也不例外。简单讲完之后，孟国伟还有别的事要忙，他把收上来的匿名字条交给邵湛："邵湛，你帮老师整理一下，拆开放在一起，整理完压在我文件夹里就行。"

邵湛应了一声。

这些字条字迹各异,既然是匿名,这帮人写什么学校的都有,除了不少师范类学校外,其中也不乏名校,更甚者直接畅想清华北大。然而就在这些字条里,有一张上写着跟其他学校都格格不入的院校——中央美院。

第十八章 先发制雷

国防教育期间,连着五天都是大晴天,七班同学在教室里闷头写作文的时候,外头天色便开始转阴。

纸上的字迹邵湛熟得不能再熟,因为他模仿过。

临江六中不比其他以美术特色为主的高中——比如立阳二中,每年美术生占比为80%,而他们临江六中就算往前翻几百页校史都不可能翻出来一名美术生。"中央美院"四个字写着跟玩儿似的。孟国伟要是看到,估计以为哪位同学在瞎胡闹,能当场吐血三升。

乌黑色的云从远处汇集过来,彻底遮住从云层缝隙里照进来的最后一丝光线。

"整理好了吗?"孟国伟拿完通知单回办公室,看到整整齐齐的一叠纸,说,"行,辛苦你了。下节英语课吧?回去提前做预习工作。"

邵湛起身,手上动作动得比脑子快,趁孟国伟不注意,把写着"中央美院"四个字的字条抽了出来。

"邵湛。"孟国伟又叫住他。

邵湛脚步一顿。他不动声色地用孟国伟批阅好的作文纸压着那张字条,抓在手里。

孟国伟记起高一那会儿头一次见到少年的画面,走进来空气温度都骤降几度,除了那张提前交上来的满分卷外,印象最深的就是少年眉宇间锋利冷淡的神色。现在站在他面前的邵湛和那会儿也差不太多，但孟国伟总觉得哪儿有点不一样。可能是那股冷淡不由自主收敛了些，尤其提到许盛的时候。

"许盛在绿舟基地打架的那件事……"孟国伟一直想跟邵湛聊聊，他放下通知单说，"你在老师眼里一直是一位很优秀的学生，以前是，现在也是，有些事情我们生来无法选择……所以更要抓紧当下，有任何困难，都可以找我。"

邵湛愣了愣。

孟国伟点到即止，他不擅长抒情，别过脸咳了一声，说："去吧。"

邵湛刚从办公室里走出去，身后一位同学紧随其后，并鼓起勇气叫住了他："邵湛同学。"

来的人是万年老二，不，经过这次月考，他现在已经翻身当第一了。

邵湛实在是搞不懂他们俩之间有什么好聊的，于是说出的话也更加冷淡："有事吗？"

万年老二沉着脸："我知道你月考根本没有不舒服。"

邵湛停下来看他，不知道是从哪里走漏了风声。万年老二继续说道："第一门考试考完你还说这次题目太简单，一点难度都没有，像这样的试卷一百二十分钟你能做十张。"

那是许盛吹的牛。

说到这里，万年老二有些悲愤了："你是不是瞧不起我？"

"你变了，"万年老二眼底有什么东西在逐渐破碎，"我以前把你当成我最强大的对手，因为你和我一样，尊重考场，尊重考试，珍惜每一次的考试机会，我以为我们有着相同的对学习的信念。"

邵湛不知道此时此刻该说些什么，最后他还是决定什么都不说。万年老二最后抱着手中的练习册，径直从邵湛身侧走了过去。

邵湛回班的时候，看到座位边上聚了一拨人，以许盛为中心，侯俊坐在许盛对面，几个人聊得热火朝天。许盛这人，抛开唬人的"校霸"头衔，人缘真不差。

许盛拧开矿泉水瓶，正在听侯俊分享一手八卦，侯俊压低了声音说：

"盛哥，你知道杨世威后来又被人打了的事儿吗？"

许盛手一晃，水瓶里的水溢出来一点。

"又被打？"仇家那么多的吗？

"是啊，就咱们上台检讨完，后一天的事儿吧。"

要说这个杨世威，许盛在台上当众放话，他事后没再来找碴儿这就够奇怪的了。

侯俊在宏海有几个老同学，检讨过后不少老同学主动过来聊天，聊的内容非常有指向性，直接指向他们班两棵"草"：猴子，我来问，他们有对象了吗？

[侯俊]：咱班学神还是咱班校霸，你问哪个？

老同学急忙表示：我都可以都可以！

[侯俊]：……胃口这么大吗？

然而侯俊只能在心里说，朋友，你不太可能了。麻烦出门右转去临江六中贴吧看看"湛无不盛"的帖子下面有多少回复吧。

不过这都不影响侯俊八卦。

[老同学]：杨世威又被打了，好像还是趁着晚上在宿舍楼附近堵的他，打自闭了都。

这件事到底怎么回事儿，可能只能去采访杨世威本人。

杨世威本来确实是不想轻易放过许盛，都想好怎么去找碴儿才显得自然且不生硬。然而那天晚上拉练刚结束，在回寝室路上，从巷弄口缓步走出来一个人影。

这个人影他很熟悉。由于洗过澡，身上没穿临江六中那套蓝色军训服，只穿着一件薄薄的T恤，因此和记忆里的那个人重叠率更高。杨世威还没来得及做出反应，下一秒后背已经和绿舟基地的沥青路面亲密接触，紧接着一阵爆炸般的疼痛从他肋骨处炸开。

少年的声音冷得可怕。平日里压着的戾气和锋芒几乎将他席卷，他已经很长时间没有跟人动过手了："我找你不是因为你乱说话。"

"哪只手打的他，"少年声音压下去，"说。"

许盛八卦到一半，发现侯俊也不知道是怎么回事，仰头灌下去一口水,笑道:"你能不能弄明白再来。"

许盛看到邵湛从班级门口进来,把盖子拧上,喊:"同桌——"

邵湛没了脾气,也懒得再跟他算那笔月考时候的旧账。

上课铃响,侯俊他们散开,邵湛拉开座位:"在聊什么?"

许盛说:"聊一个不重要的人。猴子说杨世威又被人打了,他这可真是树敌无数,虽然不知道是谁,不过打得好。"

邵湛没说话。

许盛转头,盯着邵湛看了一会儿,他看着邵湛总算不再把衣服纽扣扣到最上面的校服上衣,脑子里无端端冒出来一个念头,也可以称之为直觉,他问:"检讨那天晚上,你不在寝室吧?"

邵湛眉毛一挑:"查岗?"

许盛连忙否认:"也不是。"

邵湛转开话题,提醒他:"上课了。"

整个上午,天空依旧乌云涌动。许盛这课上得非常忐忑,忐忑到趴在桌上睡不着觉,上游戏也没法像以前那样纵观全局,打到一半就下了线。这鬼天气,等会儿会不会突然响一声雷?许盛实在是怕了那神出鬼没的雷。他睡不着,趴在桌上用笔戳了戳邵湛:"喂。"

上午最后一节是生物课,生物老师在黑板上留下一道题目,让他们写在练习簿上。

邵湛写题速度很快,其他人还在抄题目的时候,他就已经勾着笔开始写答案了:"说。"

"等会儿要是打雷了怎么办?"

邵湛笔尖一顿。许盛继续补充这个可怕的猜测:"虽然前两次都不是因为下雨才打雷,而且别人也听不见雷声,但也不排斥正常打雷也会换……"

窗外,昏沉的天色酝酿半天后,云层暗涌,电光一闪,瓢泼大雨倾盆而下。

许盛更慌了。

他，许盛，这辈子四舍五入几乎就没有怕过什么东西。罪案片算一个，现在还多一个，打雷。

许盛今天穿的衣服带帽子，懒懒散散地往那一趴，只能看到半截弧度流畅的下巴，还能隐约看到一点鼻尖，碎发遮在眼前。

邵湛写完答案后抬手，用勾着笔的那只手把他头上的帽子往前拽了点，盖住剩下半张脸："瞎想什么。"

生物老师站在讲台上，把台下那点小动静看得一清二楚。老师总是偏心成绩好的那位，平时许盛没少惹事，再说确实是许盛先找邵湛聊的天，她厉声道："许盛，你起立。"

许盛把帽子拽下来，站起身。

生物老师气不打一处来，高跟鞋踩在地板上，走动两步："你刚才在干什么？我给你一个机会，自己承认错误。"

许盛承认得特别直白："我在骚扰我同桌。"

没料到许盛会那么直白的生物老师被堵得一时失语，而台下其他学生则默默围观。

侯俊暗叹："不愧是盛哥，'骚扰'这个词用得有灵魂。"

虽然课上发生了小小的意外，窗外的雨也越下越大，隐约还有轰鸣的雷声，但这些都像不断熄火的发动机，这雷始终没有劈下来。

下课后，许盛划开手机屏幕，天气预报，雨，气温34℃。

尽管这场雨应该只是自然的天气现象，但还是提醒了许盛，他和邵湛能在绿舟基地里突然换第二次，就会有第三次，第四次……晚自习后，雨势减弱，许盛带着一整天紧绷着的心情，久久不能入睡。

他躺在床上，思考半晌之后点开邵湛的头像。

[S]：我考虑过了。

[邵湛]：考虑什么？

[S]：我们得想办法。

[S]：先发制"雷"。

[S]：不能坐以待毙。

许盛有时候也很佩服自己的聪明才智。他本意是想找邵湛商量商量对策，但几句话发出去，脑海里自动冒出来一个绝妙念头。

许盛退出微信，点开购物软件，在搜索栏里敲下三个字，寝室楼网速不好，好几秒才加载出页面。页面上赫然是一系列带闪电特效的图片，图片上标着"不锈钢精品避雷针"几个大字。

许盛对着这些图片思考两秒，想起来学校应该有装避雷针这玩意儿，看来这东西没什么用，得来点更狠的。

许盛脑子里再度冒出另一个绝妙的想法。他在搜索页面上输入"高压电绝缘服"。

很快，网页加载出来一套黄色类似雨衣的全套绝缘服。产品介绍让许盛信心倍增：双层阻燃，绝缘面料，耐压，承受电压1kV/3kV/5kV，时间1分钟，三层EVA，魔术贴搭扣，背带裤。

这套绝缘服，从手套，到靴子，一应俱全。详细介绍页面里标着几行路边小广告上同款加粗加重的黄字，乍一看跟"两件八折"似的，只是此刻几行黄字写的是：安全耐用，防雷防电，极致工艺，经久耐用——一套保护您安全的绝缘服，专为避雷而生。我们承诺，防雷！不防雷，无条件退款！

邵湛在收到许盛发来的消息之前，就点开了许盛的聊天框，对着上面那个"S"看了一会儿。着了魔似的，自己都不知道自己这是在干什么。片刻后，似乎是知道他在盯着聊天框一样，那个"S"后面跟上一串"对方正在输入中"，他手指不由得紧绷起来。

许盛想跟他说什么？

然而这些纷乱的念头在许盛发过来一张商品截图之后，瞬间消散。

这，是，什么，玩意？！跟乡下老大爷冒着大雨冲进田里干活时候穿的雨衣套装长得差不多。图上的模特被层层包裹，只露出半张脸，下巴也裹在立起来的领子里，还穿着配套橡胶手套和土棕色橡胶靴。不论再怎么细细品味，这张图都无疑将"土"这个字发挥到了极致。

完全不知道许盛脑子里都在想些什么的邵湛感到一丝丝绝望。

这题超纲了①

许盛对自己找到的这个商品很有自信。他懒得再打字，直接拨过去一通语音电话。

"喂。"许盛这声"喂"是降调，尾音下压，仿佛玩世不恭地在人耳边调笑似的。许盛继续说："怎么样？这套绝缘服，避雷抗压。相信物理，相信科学，有了这套绝缘服，那破雷肯定拿我束手无策。同桌，咱们来两套？"

邵湛花了两分钟时间说服自己，才能继续和许盛聊下去，少年声色冷清，透过电流，再传回许盛耳朵里："你认真的？"

"废话，不然我闲着没事干吗？"

隔两秒，邵湛说："不怎么样。"

"我给你两秒钟时间，你重新想好再回答我。"

邵湛说："那你再问一遍。"

许盛问："怎么样？"

邵湛把刚才的答案重复一遍："还是不怎么样。"邵湛叹了口气："你穿成这样，是生怕别人不知道你智商有问题吗？"

邵湛的回复无法打击许盛对这套绝缘服的热情，只要有一线生机，哪怕是万分之一的可能性，他都愿意尝试。许盛脑回路有时候的确和常人不太一样，用康凯的话说，可能就是搞艺术的，脑子多少都有点问题，不走寻常路才搞得好艺术。

许盛转头去找康凯。

康凯刚好也没睡，他最近有个绘画比赛，花了两天时间刚确定好主题，总找不对状态，起完初稿又被他撕下来扔边上。

康凯接起电话："怎么这个点想起来找我了？"康凯说完，把第二张画纸"唰"地扯下来。

"你还在画室？"许盛问。

"是啊，"康凯说，"最近有个比赛，咱画室都报了名，我可不能把第一名让给除你以外的人……我康凯的人生里遇到你一个魔鬼就够了，绝对不能再遇到第二个。"

许盛笑了两声，想起来这通电话的目的是什么："我发给你的截图，你看了吗？"

康凯还真没注意，画画的时候太投入，能接到这通电话还是因为手机忘调静音了。

康凯把手里的勾线笔放下，缩小通话界面，这才看到许盛说的截图，他深深地震惊了："这是什么……"

康凯下一句是："有点酷啊。"

许盛心里舒坦不少："多说几句。"

"这背带裤的设计，时髦炸了，看看这橡胶手套和靴子……你怎么的，打算当电工？"

许盛不知道怎么说，总不能说最近总有莫名其妙的雷劈我，然后每次轰隆隆电闪雷鸣之后，我还会跟我的同桌互换身体吧。这种话说出去，康凯没准要拉着他跑一趟医院精神科。

"你也可以这么理解吧，我去下单了。"

康凯没法理解。几所知名美院的校考，连他都不敢说百分之一百能过，但许盛不一样，他要真打算走这条路，老老实实回来考试，上什么美院不是闭着眼睛就能上？有什么想不开的，要去当电工？康凯像是看到一块会发光的金子被人丢进泥潭里，惋惜得不行："我不是歧视电工，我觉得每一份职业都有它的价值，但是你——"

许盛和淘宝卖家简单聊了两句，然后直接拍下两套绝缘服，打断他的发言："行了，你接着画吧。"

康凯把剩下的话咽回去，赶在许盛挂电话前叫住他："等会儿。"

"那什么，"康凯决定从侧面，用自己的力量把许盛拽回来，"这次绘画大赛，我已经想好主题了，就是设计上还有一点问题，你能当我的指导人吗？我遇到什么问题就来问你。"

这种绘画比赛，有指导人并不奇怪。不过康凯要找指导人，为什么不去找他妈？康凯及时阻断许盛的后路："我妈得指导大半个画室呢，我不想麻烦她。"

"所以你就麻烦我。"

"嘿嘿。"

天色也不早了，许盛没把这件事往心里去，不就是个指导吗？于是他痛快答应："行。"

许盛睡前看了一眼订单页面——很好，两套绝缘服，一套给他自己，另一套给他同桌。

由于住宿生多，加上这帮住宿生几乎都是一个月才回家一趟，因此六中对学生寄快递到学校这种事并不反对，所有快递统一收放在门卫室里，到放学时间才允许学生进门卫室拿快递。因此很多同学每天就活在等快递的煎熬里。

课间，侯俊写着课后作业，突然猛地抬头，号了一嗓子："我新买的球鞋到底什么时候能到我身边？物流显示还是两天前更新的内容，我的球鞋啊！"

许盛坐在后排，边打游戏边远程配合侯俊："最近物流速度是不是有点慢，我也等了几天了。"

侯俊连忙关心道："盛哥，你买的什么？"

许盛操作了一下游戏，含糊地说："衣服。"

邵湛坐在许盛边上，把试卷翻过去一页，听到"衣服"这两个字的时候，额角青筋忍不住一跳。

许盛回城买完装备，正要重新上路，手机屏幕被一只手挡住——邵湛压着手机，强迫许盛抬头看他。

"那套东西，你买了？"

"买了。"

许盛不光买了还买了两套。

"你放心，虽然你那天那样侮辱它，但我这个人心胸广阔，不会跟你计较的，我送你一套。"许盛挪开邵湛压在他手机屏幕上的手，以德报怨，"谁让你是我同桌呢。"

邵湛心情微妙，现在换同桌还来得及吗？

许盛那套号称不避雷就全额退款的绝缘服在路上跑了三天，最后和侯

第十八章 Chapter 18 先发制雷

俊的球鞋一起到了。

下了晚自习，侯俊捧着球鞋，在门卫室撞见许盛。他对许盛这两袋沉甸甸的东西很感兴趣："挺厚实哈。"

全套装备件数多，加上买了两套，看起来鼓鼓的确实很夸张，但许盛反应很快，眼睛都不眨："冬装。"

"大夏天的，你买冬装？"

"夏天买，才便宜。"

侯俊表情微妙，校霸的心思你别猜。

许盛说完，觉得这个解释还是略有些牵强，于是又补充道："我给我同桌也买了一件。"

侯俊的表情更微妙了。

许盛带着两包东西回寝室的时候，正好撞上邵湛拿着水杯拉开寝室门出去接水。邵湛刚洗过澡，换下一身校服，少年身高腿长，碎发微湿，他的目光落在许盛手里那两袋东西上，顿了几秒才僵硬地挪开，最后落在许盛身上："你不会……"

四目相对间，仿佛有什么东西在暗中涌动，空气里无数因子由静止到疯狂乱窜，最后轰然爆发，两人几乎同时动了——许盛以迅雷不及掩耳之势猛然走上前两步！但邵湛退得比他更快！

"你跑什么？"

"你追什么？"

"快递到了，给你送衣服啊。"

"拿走。"

除非他疯了才会穿这套衣服。情急之下，没人注意到他们俩这番简短的对话有多幼稚。

许盛连邵湛的衣角都没抓到，邵湛已经退到寝室里，手握住门锁，打算直接把门关上。说时迟那时快，许盛抢先一步，他伸手抵住门，然后整个人都借力顶了上去，成功将门缝顶开。然后许盛的手从门把手上移开，五指微弯，直接从那道浅浅门缝里探进去，抓在门上。邵湛担心他夹到手，松开一些力道。

邵湛打算跟他讲讲道理："你觉得那几声别人都听不见的雷，用物理能解释吗？所以物理防护有什么用？"

"它不知道什么时候才会再响，"邵湛松开手继续说，"在这之前难道你打算一直穿着……"

然而邵湛的话没能说完，几乎就在邵湛提到"它"的那一刻，窗外有一瞬间亮如白昼，一道不知名的强光劈开穹顶，劈出花火般的闪电。只是这一瞬间发生得太快，快得让人无法捕捉。等这阵绚烂的花火闪过去，才又遥遥从天际闷声劈下来一声雷。

轰！

闪电闪得太快，一眨眼就看不见了，但这声雷却是结结实实地劈在两个人耳边。

雷声愈演愈烈，劈出撼动天地的架势。

轰隆隆！

直到第二声雷劈下来，许盛才回过神，他骂了一声："邵湛，你是乌鸦嘴吗？"

许盛把手里东西扔给邵湛一袋，然后手忙脚乱地开始拆自己手里剩下的那袋，扯开包装袋之后，里面赫然是全套绝缘服！

他单手扶着墙，三两下把背带裤套上："愣着干什么，赶紧穿啊。"

我除非是疯了，我就算站在这里被雷劈，我也不会……邵湛缓缓阖上眼……

不过半分钟时间，两人穿戴完毕，面对面以惊人的装扮站着。

两人身高相近，黄色绝缘服穿在他们身上，远远看过去就像两个身材高瘦的小黄人。

一般来说，就算是再丑的衣服都无法折损临江六中两棵"草"的颜值——毕竟他们人长得帅，又是天生的衣架子，穿什么都帅，比如临江六中校服屡次在A市校服评选里垫底，穿在邵湛身上还是很逆天——但是这套绝缘服能。

轰隆隆——！

雷声狂啸。

然而两人都暂时没有办法思考和嘲笑此刻的自己。

许盛在心里默念：你可是能承受3kV电压的绝缘服，专为避雷而生，你可以的，你行。

老天并没有听到许盛内心的呼声，熟悉的眩晕感很快席卷两人的大脑，世界再次被碎片化，并开始急速重构。

最后一声惊雷劈下。许盛恍惚感急剧加重，脑子里也跟着"嗡"了一下，片刻后……他看到了穿着黄色绝缘服的自己。

这套衣服，是真的很丑。

不仅丑，还傻。

许盛伸手："把我手机给我，在我裤兜里，左边还是右边不记得了，你找找。"

许盛深吸一口气，竭力压制自己的愤怒："我去写个差评。"

第十九章 祸不单行

两人开始脱衣服。

邵湛把橡胶手套摘下来，又三两下褪去上衣和背带裤，等他把许盛身上穿的那套绝缘服脱下来，低下头，看到许盛身上穿的那条黑色低腰牛仔裤，破洞的，膝盖上侧还有两道折痕——许盛这穿衣风格大部分时候都跟他这个人一样张扬。

邵湛抬手。

然而，此时许盛后悔了。眼下表面看来是"许盛"去拿自己的手机，但实际那具身体是邵湛在操控。

所以，邵湛一动，许盛连忙轻咳了一声，说："还是我自己来吧。"邵湛没什么意见，他垂下手："那你自己来。"

许盛走上前两步，邵湛正好靠着墙。两人现在身份互换，许盛个子比邵湛略高出一点，走上前之后直接罩住邵湛，许盛忽然觉得他自己来这个提议也许并不是那么明智，因为他现在是邵湛。

许盛用属于邵湛的手伸进了自己的口袋。

拿出手机，他忍不住在心里吐槽自己：我从自己兜里拿自己的手机，我别扭个什么啊！接着，他就想起来当时买衣服的时候广告词里有一句承诺——不防雷全额退款。

[绝缘服专卖店]：亲，你好。

[S]: 不太好。

[绝缘服专卖店]: 看到亲已经收货了呢，是产品有什么问题吗？

[S]: 你们的衣服不防雷。

面对许盛的控诉，专卖店客服明显愣住。

[绝缘服专卖店]: 咱们的衣服用的是专业避雷防压材料，冒昧地问一句，您说不防雷，是雷已经劈到您了吗？

[绝缘服专卖店]: 您……要不证明一下您被雷劈了？

许盛气绝，他上哪儿证明去！邵湛把聊天界面看得一清二楚："你再聊下去，店家会怀疑你是碰瓷的。"

许盛一窒，邵湛不等他反应又接着说："寝室，还换吗？"

互换之后很多事情都需要考虑，寝室、手机、座位。

次日周五，早自习前。许盛怀着复杂的心情，坐在邵湛座位上，刚翻开一页熟悉又陌生的词汇手册，侯俊就冲了过来："湛哥！"

许盛右眼皮猛地一跳。果然，下一秒，侯俊从背后拿出一本化学练习册："湛哥，昨天留的作业我不太明白，最后一道实验题的最后一问，我和谭凯商量半天了，他也不知道怎么写，您帮忙指点指点呗？"

之前互换的时候许盛凭一己之力将邵湛人设崩了个彻底，树立起亲民学神的形象，之后绿舟基地那件事更是拉近学神和班集体的关系，侯俊他们那帮人压根不怕邵湛了，甚至还敢打趣他。遇到什么不会的题，更是"湛哥湛哥"叫得异常亲切。

许盛其实很想反问他，化学，有作业，不，昨天有化学课吗？虽然他在脑子里转过很多念头，但许盛还是很专业地调整好，以极佳的心态，故作镇定地面对侯俊。他不知道作业在哪一页，扬了扬下巴说："翻开。"

侯俊"唰唰"把练习本翻开，顺便弯下腰，把提前准备好的笔恭恭敬敬递给邵湛："大哥，请。"

许盛出门前，邵湛说他过几分钟就过来，但现在等不了几分钟了。许盛单手接过侯俊递过来的笔，另一只手探到桌肚里，划开手机屏幕，飞速打字：一分钟内，没赶到教室，你就等着给自己收尸吧。

他们俩这次手机换了，但帐号还没来得及切换，许盛来不及管那么多，用邵湛的号直接给自己发了信息过去。

"讲这道题之前，我希望你先反思一下自己，为什么不会？"等邵湛过来的中途，许盛只能尽力拖延时间，他勾着笔说，"是你对上堂课的知识了解得还不够透彻。"

侯俊惭愧低头："光想着新球鞋去了，确实没有好好听课……"

许盛这个从来不听课的人劝诫道："下次好好听课。"

许盛又说："这道题，你等许盛过来给你讲。"

"啊？"侯俊怀疑自己听错了，等许盛？那位均分不及格的许盛？

邵湛收到来自"自己"的消息就往教室赶，赶到教室后门的时候刚好听到许盛在说："我昨晚刚跟他讲过一遍，为了考查他对我传授的知识掌握得怎么样，这道题让他给你讲。"

侯俊点点头："这样啊，没想到盛哥最近那么热爱学习。"

"我昨天怎么教你的你就怎么教他。"许盛把笔塞进刚赶来的邵湛手里，"巩固知识的最佳方法就是给其他同学再讲一遍。"这话要是让高志博听见，他可能得恍惚一整天。学神上次可不是这么说的啊！说好的学习最重要的是独立思考呢——独立思考去哪儿了？！

侯俊这个最后一问，是回答化学方程式。邵湛三两下把重点圈起来，然后用左手写下一行字，言简意赅道："这里，写上催化剂，加热。"

侯俊思绪跑偏，比起这道题目到底怎么写，他现在更纠结的问题是，大早上的，他居然，在听许盛，给他讲题？！侯俊的注意力怎么也集中不起来，还有比这更魔幻的事情吗？侯俊意识不清醒地赞道："盛哥，你这解题思路，很清晰。"

邵湛放下笔，有意无意地扫了许盛一眼："都是老师教得好。"

许盛老师不敢说话。

等侯俊带着练习册回座位，许盛和邵湛两人才暗自吐出去一口气。好在今天的课程和前几天并没有什么不同，讲新内容之余，再带一带之前讲过的东西，做简单复习。第一次发生这种互换身体的情况直到月考过后才换回来，两人对如何扮演对方颇有心得，课堂作业邵湛写完就推给许盛。

许盛没法玩手机，只能被迫听课，时不时地还得被老师叫起来回答问题，其中有一个代表人物——周远。周远特别喜欢邵湛，尤其数学课程越往后进展，他就越能够给同学们出几道解起来十分困难的综合难题。放学前最后一节数学课，周远将PPT翻到最后一页，上面又是一道综合题！

"最后十分钟啊，我看看你们谁能做出来。"周远说到这，手里捏着一小截粉笔头，那截粉笔在空中甩出一道抛物线，最后砸在"许盛"头上："把手机放下。"

邵湛把数独界面切出去。

周远又说："邵湛，你上来做一下这道题。"

许盛撑着下巴，虽然看起来像是在认真听课的样子，实际上思绪都不知道飞哪儿去了，被邵湛用手肘碰了一下才回神："……啊？"

许盛不想上去。疯了吧？就算等会儿邵湛能借着去洗手间的名义上来给他送答案，但他那字出现在黑板上不就洗不清了。

许盛也回碰了邵湛一下，意思是：怎么办？

许盛犹豫间，周远得意地问他："我今天这道题出得怎么样？"

许盛斟酌道："有层次。"

"那还不赶紧上来。"

许盛感觉自己像是每天都被人逼到悬崖边一样。邵湛刚想提醒他，可以假装身体不适，没法上台。但许盛脑子转得比他更快，情急之下，他展现出求生的本能，一把拽过邵湛，将"许盛"的手高高举起来："老师，我同桌说他很想上台解题，希望你能给他一个机会。"

邵湛的手被他抓在手里，沉默两秒后说："你就这么卖我？"

许盛毫无心理负担："你又不是许盛，最多也就算是我自己卖我自己。"许盛又说："我这不也是在帮你吗？"

事已至此，两个人到底是谁在卖谁，已经分不清了。

继侯俊之后，周远也迎来人生中的"高光"时刻，他那位不学无术、可能连题目都看不懂的学生许盛，居然主动申请上台解题。周远哽了哽，想着再怎么样也不能打击学生的积极性，于是说："那……你上来吧。"

邵湛还能怎么办？不得已他只能上黑板，仿照许盛的答题风格，写下

"解"和冒号之后不动了。他这是抓到了精髓。最后邵湛是被周远用粉笔头砸下台的，接连几截五彩斑斓的粉笔头在空中划出曲线："许盛，你玩我呢！平时交作业的时候就写个'解'气我还不够，你就想上来展示一下你这个歪七扭八的'解'字是吧——你给我滚下去！"

这道题目直接成了课后思考题。"别以为周末就可以松懈啊，周末的时间更应该好好利用起来。"说完，周远顺便把"邵湛"叫了过去。邵湛和其他同学的课后作业略有不同，一些真正的难题周远没法拿给他们做，更别提那堆竞赛题了："邵湛，你来一趟，我单独给你布置几道题。"

许盛出去之后，邵湛把压在书下的手机拿出来。手机通知栏里有两条新消息。因为账号还没切换，许盛手机里的微信还是他自己那个，昵称栏里标着一个"S"，头像还是那个剪影。指纹解锁解得太快，拿起手机的一瞬间，两条新消息映在邵湛眼前。

[康凯]：救命。

[康凯]：十万火急，你赶紧来一趟。

邵湛对同学信息不甚了解，但他经常帮各科老师批作业、统计分数，遇到过的名字几乎过目不忘，如果他没有记错的话，整个高二年级组里应该没有叫康凯的人。而且如果是学校里的人，也不会说"你赶紧来一趟"。那么只剩下一种情况，许盛手机联系人列表里这位备注名叫康凯的人，是校外的，应该还是许盛的朋友。聊天框里，联系人边上那行"对方正在输入中"断断续续闪现。

[康凯]：你再不来我真的要死了。

[康凯]：反正明天就是周六，你出来一趟也没事，兄弟，我吊着最后一口气等你！

[康凯]：给你一小时，六点前没到，你就给我收尸吧。

与此同时，老师办公室里。周远布置好题目，又伸手去够边上的水杯："邵湛，你先把这十道题抄下来。"

"哦，"许盛垂着头站在边上，反应两秒才抬起头，"……抄？"

许盛现在是邵湛,邵湛不管说什么老师都能主动给他找台阶下,周远说:"难道你能背下来?你记忆力好,要是能背下来那也行。"

不好意思,背不了。许盛只能硬着头皮拿起边上的笔,被周远盯得,他的手不由得微微颤抖起来。邵湛之前给他买的那沓字帖,他有一阵没练了。坚持很难,但放弃很容易,放弃之后,许盛那字早就又拐了回去。或许是那段时间受到的束缚太多,他的字……甚至比之前更草,更狂野。

在周远灼灼的目光下,许盛随手拽过边上的A4纸,尾指抵在纸面上,尽量字迹端正地写下三个字"第一题"。好在周远只看了那么一眼,边上电话响起,周远伸手接起电话:"喂,顾主任,哎,您说。"

许盛松了一口气,手上速度加快,想在周远挂电话之前把所有题目抄完,赶紧离开这间办公室。再待下去,他怕自己没法活着回去。

许盛虽然大部分时间都不交作业,或者交上去就写一个"解"字,但初高中生涯里总有几科老师脾气过于暴躁,架不住那些老师总为了作业这事找他谈话,所以他也会找同学抄抄作业。他的字本来就草得连字形都看不出了,因此抄作业的速度奇快。没想到现在这项技能用在抄题目上了。许盛很快抄到最后一题。周远也有聊完要挂电话的意思:"今天就开始实行是吧?行,那我知道了。"

许盛加快速度,把最后几个字连起来抄完,水笔笔尖落在句尾,在句尾点了一个点。"啪",周远把座机电话挂上,坐下,他掐掐鼻梁,对许盛道:"是这样的,顾主任刚才和我说……"他说这话的时候,刚好看到那个极为潇洒的点,于是话说到一半又顿住。饶是许盛手速再快,终究也还是慢了一步。许盛心说,邵湛,我已经尽力了。

周远张张嘴:"你……你这字……"

"老师,"许盛把笔放下,在脑内疯狂搜索关键性信息试图求生,"……其实我最近还在练狂草。"

周远一脸愿闻其详的疑惑。许盛直起身,抓着抄好的题目退后一步:"上回在办公室里,孟老师不是问过我的字是怎么回事吗?"

周远想起来了,确实有这回事,当时邵湛考试考了不及格,试卷上的字还写得很飘:"你还在练?"

这题超纲了 ①

许盛说:"我想过了,我不能因为这个字体不适合我就选择放弃,放弃很容易,但我选择坚持。"许盛顿了顿:"我会继续练的。"

这倒也不必,本来写得一手好字,没事练什么狂草。但周远不知道该怎么说,他沉默两秒,决定略过这个话题:"是这样的,刚才顾主任打电话过来,说全部竞赛生今天放学之后都要去三号会议室开会,刚好你在这,我就不另行通知了,你现在就去吧。"周远说完,又喝了一口茶,抬头发现"邵湛"还站在他跟前,没动弹,便问:"你愣着干什么?顾主任他们已经到会议室了。"

许盛感觉周围的空气变得异常稀薄,薄得几乎令他喘不过来气。竟什么生?什么竞赛?许盛缓了一口气,才想起来邵湛还有竞赛生这么一层身份。邵湛之前参加过不少竞赛这事他倒是知道,学校荣誉墙上挂满了他的名字,奖状多得贴不下,被称为"临江六中之光"。许盛其实无数次经过过那堵荣誉墙——他以前不光翻后门,高一那会儿有段时间前门附近的摄像头坏了,他还会在顾阎王眼皮底下翻前门。从高高的围墙上一跃而下,正对着的就是荣誉墙。他没有仔细看名字,但也看到过烈日阳光下照着的一排排奖状,并且无数次和奖状的主人擦身而过。

许盛深吸一口气:"我知道了。"等许盛从办公室里出去,才看到"自己"十分钟前发过来的消息:我在教室等你。

周五放学后的学生散得最快,人群往外涌去,也有不少停留在学校附近、聚集在校外商业街上闲逛的同学,此刻的教学楼被校门口喧闹的人群衬得异常冷清。

许盛回教室的时候,邵湛正背对着讲台坐在课桌上,两条长腿微微弯曲,轻轻地搭在地上,大开的后门窜进来一阵风,少年身上那件T恤微微扬了起来。邵湛这个人不愧是前南平校霸,随随便便往那一坐就比许盛平时展现出来的气势更强烈。有同学从隔壁班收拾好东西出来,路过七班时,不由得往里多瞥了"许盛"几眼。

许盛走到面前,邵湛这才抬眼。两人同时出声。

"你朋友找你。"

"竞赛生要去会议室开会。"

说完，两人双双沉默，一时间，不知道是谁的遭遇更惨一点。

许盛抓抓头发："哪个朋友？让他自个儿一边凉快去，没空理他。"

邵湛解开手机屏幕，将手机翻个面，把聊天框对着他："这个姓康的，他说你再不理他，只能去帮他收尸了。"

手机屏幕上赫然是两条信息：

[康凯]：求你了，救救我吧。

[康凯]：你不是答应了会帮我的吗？

许盛粗略地看了一眼，想起来那天晚上随口应下会当康凯这次比赛指导人的事情，又想到康凯那个疯起来一哭二闹三上吊的德行，头疼道："你得去一趟。"

"地址。"

"地址我等会儿发给你。"现在这个情况，手机和微信号更没办法换回来，不然很容易被康姨他们发现。于是许盛又说："换手机的事情等回来再说。你那个竞赛又是怎么回事？"

竞赛的事情孟国伟早在绿舟基地那会儿就开始找邵湛谈了，当时也只询问了一下邵湛的意向，并没有告知确切时间和流程内容。

邵湛猜测："应该只是单纯开会，目前还没有接到任何竞赛通知，竞赛生都不在一个班，有时候会组织起来训练。"

只是单纯开会的话那还好些，许盛放下心。眼下最紧急的情况就是邵湛去见康凯，邵湛一理科生，能对着康凯指导什么？许盛还没提，邵湛倒是主动问起，他从桌子上下来，脚蹬地站直了，又把对话框杵到许盛面前："解释一下。他，谁？"

关于画室的事情，许盛不方便说太多，也不知道该怎么说，主要是现在这情况，他马上还要作为"邵湛"去参加竞赛生大会，时间紧急。最后许盛只说："康凯……他是我在画室里认识的朋友，我小时候上过美术……兴趣班。"

情况也差不多确实是这样。邵湛眉头一挑，又问："还有呢？"

许盛不知道他这个问题的重点在哪儿："还有什么？"

邵湛说话时眼底那股冷意和语气一块儿沉下来，逼近他时，许盛只觉得对方的气息离自己很近，近得能看清他瞳孔里倒映的景象，夹杂着细碎的光："没有其他关系了？"

教室里值日生做完值日后就把风扇关了，现在只剩从走廊上穿堂而过的风。许盛试探着说："他偶尔会跪下来喊我'爸爸'，算吗？"

这层关系邵湛是真没料到，算了。

最后两人商定好，邵湛先过去，能拖住康凯就尽量拖住他，许盛这边也尽量找机会从竞赛会议上抽身出来。

竞赛会议果真和邵湛说的差不多，例行组织大家坐在一块儿讲讲题。

顾阎王在台上慷慨激昂："又到了我们愉快的竞赛训练时间——"

许盛全程低着头在台下摆弄手机。

——下车了吗？

而另一边，邵湛按照许盛给的地址，走进小区，透过门缝能看到门里墙上贴着的画，还有摆放散乱的画架。

——到了。

他刚回复完许盛的消息，门里正好走出来一个人，个子不高，手里拎着蓝色的水桶，低着头见有人挡在他面前，这才抬起头。

康凯水桶里的水跟着一晃："盛哥？"

邵湛压根不认识他，更谈不上多亲近，他往后退一步，拉开距离后勉强"嗯"了一声。

康凯手里还拿了支勾线笔，他激动道："你等会儿，我去换个水，你先到里面等我。"

邵湛目光粗粗略过画室里那几排画架，都没有刚才还在画画的痕迹，排除之后，只剩下右手边的隔间，隔间里灯也开着，进门第一个位置，还未干透的颜料盘摆在桌上，并且没有看到水桶，颜料盘上散落的笔和刚才出去的人手里抓着的颜色一样。

邵湛在这个位置边上拉了张空椅子坐下。果然不多时，康凯提着水桶回来了，他指指面前的画架，上来第一句话就是："你帮我看看这画。"

康凯说完，不等"许盛"回答，十分自觉地把画笔塞到邵湛手里：

"哥，您请。"

邵湛真的觉得难了。许盛说他以前上过兴趣班，看来是真的。对着面前那张教堂风景画，他陷入沉默。虽然他是临江六中的骄傲，也被很多人誉为天才少年，但有时候，天才也不是全能的，天才也有知识盲区……不是每一个天才都拥有艺术鉴赏能力。如果现在摆在他面前的是一沓试卷，他眼睛都不会眨一下。

邵湛把画笔放下，以免被人看出来自己拿笔的姿势有误。

康凯歪头看他："怎么不画？"

"我酝酿酝酿。"

"……哦。"

毕竟两人从很小就认识，康凯对许盛的了解程度，可能比许盛自己以为的还要更深那么一点。今天从"许盛"出现在画室门口开始，他就觉得哪儿不对劲，"许盛"走路腰杆挺直不少，也不再是那副懒洋洋的模样，自带笑意的眼眸里只剩下令人发怵的寒意。说不上来的，有种让人不敢靠近的气场。康凯试探道："你今天不舒服？还是心情不好？"

邵湛面无表情道："心情不好。"

这就合理了。

康凯道："不管发生什么事，想开点，没有过不去的坎。"

邵湛不想多说，多说容易出错，找借口支开他："有喝的吗？"

"有有有，"康凯起身，"你喝矿泉水还是果汁？"

"矿泉水就行。"

康凯从隔间里出去，听脚步声应该是上了楼。

邵湛划开手机，低下头打字。

——你快点。

——他让你帮他看画。

——你那结束没有？

结束？这场竞赛会议看起来压根没有要结束的意思！顾阁王光是发表讲话就足足讲了十多分钟，然后才往下发卷子。许盛身边全是竞赛生，卷子上的题他一道也看不懂,他转着笔,坐在后排,整个会议室洋溢着一种浓浓的学术氛围。他一个学渣什么时候见过这阵仗。

——估计还有一会儿,你得撑住。

许盛发出去之后又想了想,帮邵湛想到一个主意,他趁顾阎王不注意,继续打字:那啥,要不你……让他独立思考?

独立思考。这四个字,多么精妙。

康凯从冰箱里拿了水,下楼,推开门进来说:"给。"邵湛刚接过,康凯又迫不及待地回到原来的问题:"我都愁死了,你看看,我这回这色调行吗?"

涌动的空气霎时间静止。

如果邵湛能早点预料到现在这个场面,他会告诉十年前的自己,记得报一个美术兴趣班。可能是受许盛影响,邵湛很自然地去想如果是许盛,他会怎么扯。

这个念头一旦动了,思绪就很自然地转到许盛身上,之前被那声惊雷打断的念想被重新连接起来。他想到少年那双微微上挑的桃花眼,想到他尾音上扬的声音,想到他肆无忌惮地趴在桌上睡觉的样子……

"哥,"康凯催促,"快点啊。"

邵湛回神,他抬手捏了捏手指骨节,心下有了答案:"重新画。"

"哦,重新……"反正画神许盛说什么都对,康凯下意识点点头重复,重复到一半卡住了,"重画?!"

邵湛还能怎么办,改是不可能帮他改的,只能让他重画拖延时间:"比起想着如何去改正,不如重新开始。放弃现在这个,继续想,可能会想到更好的想法。"

这……好像听起来确实有那么一点道理?康凯对许盛的滤镜太厚,如果在画画上两人有什么意见不合的地方,那肯定是许盛对。这种盲目崇拜导致康凯一时间还真被这番话唬住了。

"你这说得好像也有道理。"康凯道,"人要敢于回到原点,抛开一切,重新出发。"

你能信就好。邵湛看一眼时间，离放学已经过去快一个半小时。

——你那边怎么样？

隔几分钟，许盛才回。

——区区一个竞赛会议，难得倒我？已经搞定了。

——等着吧，我刚到车站。

许盛前座是万年老二……不，是此次月考年级第一。许盛在后排无所事事地坐了半个多小时之后想到一个精妙绝伦的主意，他打算以"试卷给我，我帮你看看你答得怎么样"的名义，把前座的试卷拿过来抄，尽管前座似乎不怎么待见他。

万年老二狐疑道："你要我的试卷干什么？"

许盛说："我帮你看看，有时候人在写试卷的时候，当局者迷，需要时不时跳出来看看。"

万年老二还是头一次听说这种与众不同的学习方法。半晌，他把试卷递给"邵湛"。虽然上次在老师办公室门口，他鼓起勇气拦住邵湛，并且对他说了那么一番话，但万年老二对邵湛的心情还是略有些复杂，他实在搞不懂他最强劲的对手，为什么月考要考成那样。邵湛他——他对学习的态度怎么可以有所偏移？！

等许盛再把试卷递回来，万年老二抓着试卷，定定地看着他，许盛被他看得发怵。万年老二缓缓张口："你到底怎么了，你不爱学习了吗？以前的你不是这样的。"

许盛着实被这一番话惊到了。

——老二怎么回事？

——你得罪他了？

——他说话说得莫名其妙，我都听不懂。

邵湛回：他发现月考那天你没有身体不适。

行吧，他还真是关心"邵湛"。

万年老二大有不得到回应就不转回去的架势。许盛急着交卷走人，实在没工夫跟他多做纠缠，他拎着试卷站起身说："我现在觉得人生不能只有学习，以前是我不懂事，现在我明白了，我应该多抬头看看这个世界，这个世界上还有很多比学习更有意思的事情……改天再和你详细聊聊，我还有急事，先走了。"

试卷写完留在桌上就行，到时候会有老师来收。

许盛四下张望，发现顾阎王坐在讲台边上看书，其他同学也都低着头仍在写题。他坐的这个位置刚好靠着后窗，此刻后窗大开着。许盛赶时间，加上在邵湛身体里待久了，不会像之前那样时时刻刻都想着自己是邵湛，人的本性再怎么掩饰也掩盖不了——许盛踩上课桌，然后单手撑着窗台，长腿一迈直接跨了出去。他动作很快，只有坐在边上的同学察觉到动静，抬头看到一抹肆意张扬的校服衣角。少年见他抬眼看过来，走之前脚步微顿，伸出食指抵在唇边，无声"嘘"了一声，然后在同学呆若木鸡的注视下懒懒散散地往楼梯口走了。那名同学久久无法回神……学神？这是他认识的那个学神？学神居然翻窗？

等许盛下了公交车，一路跑到画室的时候，康凯正对着一张崭新的空白画纸抓耳挠腮。

康凯心情很苦："我觉得放弃了之后，好像也没有更好的想法。"

邵湛声音不带任何起伏："继续想。"

"好的。"康凯话音刚落，听到外头画室好像有什么动静，今天没有排课，照理说这个点应该不会有人来才对，康凯正想着，一名穿校服的少年直接推开隔间门——

"这位帅哥，"康凯眨眨眼，确认自己没见过这人，也不是他们画室的学生，要是有这么帅的他肯定有印象，"你谁啊？"

昔日的发小对自己问出这么一句话来，许盛内心复杂："我是许盛的……同桌。"

邵湛合上从边上随手拿过来打发时间的一本《艺术概论》："是我叫他来的。"

"对，我们平时住宿，总关在学校里，今天就……出来逛逛。"

康凯看看这个，又看看那个。偶尔聊天，许盛倒是和他提过他有个学神同学，康凯想象的学神那就是镜片厚度抵得上啤酒瓶瓶盖，整天读书的书呆子，许盛没跟他说过，他这学神同桌长成这样啊。兄弟的朋友就是他康凯的朋友，康凯伸手："你好你好，我叫康凯。"

许盛伪装到底："我，邵湛。"

许盛来得还算及时，他扫了两眼被康凯撕下来的画，大致有了改的方向，可康凯在这他肯定不能上手。

许盛冲着邵湛使了个眼色：你找个借口把他弄走。

但找什么借口是个问题。邵湛进来前看到小区周围不管是小卖部还是超市都离得很近，药店倒是跟这里隔了好几条街。最后邵湛以"胃不太舒服"为由，支开康凯。

许盛屈腿坐下，把那张画用纸胶带贴回画板上，调好颜色，争分夺秒开始往上填。邵湛倚着边上的架子，垂眼看他。

现在坐在画凳上拿着画笔的许盛，和这几天霸着他全部思绪、在脑内不停盘旋的那个许盛不太一样。不再是什么都无所谓、漫不经心的调子。

许盛画画风格强烈，笔触大胆，色彩选择也令人耳目一新，一点也不怕把康凯的画改到面目全非，几分钟时间简单做完调整后，他才放下笔："行了，等会儿你在这坐着。"

许盛算算时间，康凯也差不多买完药回来了。许盛把位置让出来，将笔塞进邵湛手里，等换个角度再去看这张画，发现有个物体的环境色忘了扫。由于担心康凯突然冲进来，加上只要扫那么一笔就行，不方便再换一次位置——于是许盛干脆俯下身，手从邵湛身侧绕过去，抓在邵湛拿着画笔的那只手上，随即覆了上去，五指交叠。

少年掌心炽热的温度连同呼吸逐渐交缠在一起。

这间画室许盛熟得不能再熟，高一之前无数个夜晚他都坐在这里，对着画架，手里握着画笔。他画画的时候喜欢听歌，什么歌都听，耳机线从衣服口袋里牵出来，一侧耳机里随便放着歌，另一侧耳朵里收到的是笔尖和画纸摩擦时发出的"沙沙"声。

下午太阳正烈的时候，身侧落地窗外台阶上常经过几只花猫。它们偶尔会停下来，露出肚皮，躺着晒太阳。

画室里所有陈列还是原来的样子，连墙壁上挂的那几张示范画都没揭，正是因为这种熟悉，许盛才更加不自在。他起初为了把笔拿稳，手指抓得紧，然后像是被对方手上的温度烫到似的，不受控制地松开一些。

直到邵湛问他："不画吗？"

许盛心说，你就不觉得这姿势奇怪吗？

只听邵湛语气平静道："你朋友出去快五分钟了，应该快回来了。"

"画，"许盛重新覆上去，手指紧紧依次扣住邵湛的手指指节，"你别乱动。"

许盛不是没有给人改过画，但以这种方式改画，还是头一次。他就着邵湛的手握着笔，然后去蘸调色盘上的颜料。因为这种姿势重心不稳，为了笔触稳当，许盛不得不将另一只手搭在邵湛身后的椅背上，两人离得很近，尤其当许盛为了拉近距离俯下身之后。等笔尖蘸上颜料，再引着回到画纸上，笔尖悬空停在画纸前，然后才落笔扫上去。所谓环境色就是由环境光反射到特定物体上呈现出的颜色。许盛画完那一笔，这才松开手。康凯也正好买完药回来，他急急忙忙进门道："你这胃怎么回事，怎么还胃疼……我记得你以前有一阵还容易感冒，现在好些没有？"

"感冒？"

"是啊，每次一感冒脾气还特别大，动一动手指头都懒，找你说啥都只回一个字'滚'。"

许盛小时候确实抵抗力不太好，每次换季都容易感冒，本来这位爷就经常随便找个地方趴着睡觉，一感冒反而顺理成章起来，行事越发嚣张。有次康凯看不过眼："你作业不写了？你们老师不是放了狠话，说你作业要是再不交，下次就不用上她课了？"

"别烦我……我现在是病号，跟我提什么作业啊，"许盛哑着嗓子说，"滚。"

康凯大有借题发挥，继续吐槽的意思。还是许盛听不下去，指指邵湛："他是不是该吃药了？"

再一次沦为"工具人"的邵湛发现自己失去了发言的动力。

"哦，对，我去接热水。"康凯说到这，才发现自己那张画被人改了。"我的天！"许盛的手笔他一眼就能认出来，康凯道，"改好了？"

之后康姨买完菜回来，热情邀请他们俩留下来吃饭，难得能见到"许盛"的朋友,但两人得赶在闭校之前回去,于是婉拒了康姨的好意。

天色渐暗,公交半小时一趟,两人到车站的时候上一趟刚走。

邵湛问:"什么时候开始学的画画?"

"初中吧,"许盛蹲在旁边花坛上,他说话时还是那种吊儿郎当不当回事的语气,"算是……学了四年。"

"为什么不继续学?"

"有什么为什么,没时间了呗。"

许盛的兴趣班说辞不容易引起怀疑,不了解画画的人第一反应不会联想到什么艺考,尤其临江六中这种纯文化学校里的学生,对艺考生的了解几乎为零。就跟你突然发现身边的朋友会玩某样乐器一样,兴趣罢了。虽然他身为学渣干啥啥不行,但学渣还不能有点特长才华嘛——如果邵湛没有在孟国伟办公室那沓心愿纸里看到其中一张的话,他可能也会这么想。但他拿不准纸上的四个字,是不是他想的那个意思。只是两者联系在一起之后,隐隐有个疑团,蒙着一层雾出现在他眼前。许盛没有要继续说的意思,邵湛也就没问。

谈话间,车来了。这个点车上人并不多,许盛投了币之后径直往后排走去:"坐后面?"邵湛没意见。

两人坐下之后,许盛把手机从兜里掏出来,然后递到邵湛面前,示意他换手机。邵湛把手机递给他之前,在锁屏界面看到一条未读。

[妈]:……

后面的内容隐去了。许盛接过,看到那条消息之后神色未变,他手肘搭在车窗边上,风从大开的窗外刮进来。

[妈]:放假了吧?

[妈]:周末也得好好吃饭,早上别起太晚,也别总出去吃,学校食堂里的东西是不比外面好吃,但好歹健康。

许盛回"知道了",他连日来紧张的情绪这才松懈下来。因邵湛意外收到康凯的消息而踏进画室这件事仍在不断往外牵引。

许盛盯着"妈"这个字半晌,然后阖上了眼。

这题超纲了
①

公交车缓缓驶进隧道，黝黑的大洞仿佛像一张能吞噬一切的深渊巨口。顷刻后，那道隔着眼皮的虚浮的白色光晕也暗下去，眼前彻底黑了。时空仿佛随着这条隧道回到一年多前，那个下着暴雨的夜晚。窗外雷声不断，雨淅淅沥沥地下着。许雅萍不让他学画画，许盛和所有这个年纪的、不服管教的少年一样，他这性格，闹起来只会比他们更甚，他勾起一抹笑："妈，你是在为我考虑，还是在为你自己考虑？"

许雅萍厉声道："我怎么不是在为你考虑？老师都说了，你成绩进步很快，按照模拟考的成绩，第一志愿完全可以冲刺其他学校，你要是非要报立阳二中——你就干脆别念高中了！"

许盛垂眼看着散落在地上的画纸，身侧的书桌上摊着一本《中考练习册》，上面密密麻麻全是笔记。他成绩是真不好，一道错题得抄两遍。

争吵没有结果，只会不断反复，最终愈演愈烈，用最尖的针去刺探彼此。那段时间许盛和许雅萍的关系降到冰点，直到许雅萍提到要搬家，才终于爆发。

许雅萍气极，她这么多年都是一个人带着孩子，对孩子有很强的掌控欲——她试图去规划许盛的未来。

"我一点都不喜欢文化课，我为了什么把成绩提上去你不知道？我每天就睡四五个小时你以为是为了什么？"许盛毫不退让，他说话语气虽并不尖锐，但却不容辩驳，"我报什么学校，那是我的自由。"

"我现在不跟你吵，反正立阳二中就是不行——"

"您要是就想跟我说这些，说到这就够了。"

许盛会压下气焰，是之后偶尔间听到许雅萍躲在阳台上打电话，才知道许雅萍公司里正在裁员。

"我在裁员名单上看到自己了，"许雅萍攥紧手机，语无伦次地说，"我该怎么办啊？还有小盛……我每天晚上都睡不着，在想要是之后一直找不到合适的工作怎么办？孩子又该怎么办？我得撑着，我不能倒。"

许雅萍和相熟的朋友说这些的时候，说话语气是许盛从未听过的。在许盛的印象里，许雅萍要强，她好像无所不能。那是许盛第一次听见她哭，才发现原来她也只是一个普通人，会有拿不定主意不知道该怎么办的时候,也会在他看不到的地方手足无措。许雅萍低声抽泣:"所以我希望他别冒险,我希望他以后过得好,走稳妥一点的路……"

许盛背靠着墙站在一扇门之隔的另一边。

公交终于驶出隧道。许盛也许是睡着了,也许并没有。他的感官和脑海里的画面分隔开,然后隐约感觉到有什么东西遮在他眼前。许盛将眼睛睁开一条缝,发现是邵湛……是他自己的手。邵湛抬手,挑开他滑落在眼前的碎发,往边上捋,接着手掌掌心抵上他后脑勺,让他靠在肩上。许盛找到舒适的睡姿,脸微侧,最后真靠在邵湛肩上睡着了。

半个多小时车程一晃而过,等到站,邵湛才不动声色地摁着他额头,强迫他抬头,话说得虽冷,动作却不重:"到了。"

说来也奇怪,两人熟悉之后,尽管邵湛在他的身体里,也不会再有那种奇怪的感觉了,相反,许盛很清楚地认识到,不管身体是谁的,他都是那个邵湛。看着冷,其实……许盛在心里"其实"了半天,对着邵湛的背影,补上一句,其实也确实是挺冷的。许盛低头看了一眼,看到少年手上分明的骨节,但是手的温度好像截然相反。

许盛回到寝室之后,才想起来裤兜里还有一沓折成方块的A4纸,这是周远给邵湛布置的课后作业。

[S]:你课后作业还在我这,忘了给你,你来拿还是我送过去?

邵湛隔了会儿回复:我等会儿去拿。

[S]:等会儿是多久?

[S]:我要打游戏了,根据电竞精神,游戏中途我是不会给你开门的。

[邵湛]:等洗完澡。

[S]:……

[S]:你在洗澡?

[邵湛]:准确地说,在脱衣服。

这天聊不下去了。许盛想了想还是忍不住回复。

[S]:洗快点。

[S]：闭着眼洗。

几秒后，"叮"的一声，屏幕亮起。

[邵湛]：早都换过了，现在才说闭眼是不是晚了点？

邵湛裸着上身，少年那根黑绳还挂在脖颈间，进隔间之前看着对面的人反复输入，最后"对方正在输入中"几个字中止，聊天框回归平静。邵湛这才放下手机。

他今天去之前以为画室只是简单的"兴趣班"，却意外地发现，好像不止这样而已。那里似乎有很多许盛生活过的痕迹，不管是从没见过的少年拿画笔的样子，还是听他发小说的那些生活琐事，都好像在无形之中让他离许盛更近了一点。

而许盛也后知后觉才发现，邵湛不知不觉间，侵入了他的私人领地。不，许盛想起绿舟基地里，在昏暗的通道内，坐在窗台上的少年……又或者说，是他们彼此，早就已经踏了进去。

邵湛洗完澡过后擦着头发来敲门拿作业。许盛闻着那股出现在"自己"身上的陌生沐浴露的味儿，再联想到两人刚才的对话，有些不适应。他把A4纸递过去："题在这。"

邵湛接过，还没来得及打开看，许盛指了指门，下逐客令："出去的时候记得把门带上。"邵湛也没多说，他把纸夹在指间，在走到门口的时候停住："为什么洗澡要闭眼？"

许盛盯着邵湛的背影，好半天才反应过来自己似乎是被调戏了。

洗澡这个话题很快过去，因为邵湛拿到作业纸，发现另一个问题。他把许盛抄的作业拍下来，许盛那几行字，说是狗爬都算侮辱了狗。

——翻译一下。

——写的什么？

许盛笑着低声骂了一句，破天荒地没继续打游戏，也没有了打游戏的心思。

——我字写得不是挺好？

——去查查"好"是什么意思。

两人就这么聊了起来,许盛中途去洗澡,对面那人仿佛在他寝室里安了眼似的,洗澡完没多久,又发过来一张图。话题就这样继续了下去。许盛头发半干,最开始是坐在床上发消息,等头发彻底干了之后直接躺下。

——你们竞赛生,之后不会一直要开会吧?

——可能。

——这破会议能翘吗?

——想找死的话可以试试。

——大不了写检讨。没写过检讨的高中是不完整的,你这校园生活过得多没意思,好歹以前也是南平一霸。

邵湛这个前校霸身份不管从哪个角度想,都异常带劲。许盛把那句话发出去之后,忍不住去想,那个时候的邵湛是什么样。

——你当校霸的时候,穿校服吗?

——偶尔穿。

——偶尔?

——主任太吵,所以每周检查日会穿。

话题从邵湛这个校霸身份,不知不觉又转回到画室上。作业和试卷叠在手边,邵湛头一回没碰,而是放任自己跟许盛聊了半天,然后他一字一顿地打:你画得很好。

你画得很好。许盛对着这行字看了一会儿。

指尖触在手机屏幕上,窗外夜已深,这简单的五个字像是戳中了他内心深处的某样东西,以至于他一时间不知道回什么。许盛翻了个身。他做什么都是不管不顾遵从自己的心,身上一直都有种张扬恣意的特质。初中那会儿成绩不好,为了考立阳二中他艰苦奋斗一年。而且中考不比高考,只要把教材吃透了就并不难。最后许盛超常发挥,分数够上了重点高中的线。即使当初对许雅萍低下头、松了口,但他来临江六中报到之后,该怎么样还是怎么样。高一第一学期,因为不穿校服事件在学校里成了风云人物。当时的许盛,即使低了头,实际上那根骨头一点没折——十六七岁的年纪,有时候自己也不知道在坚持什么,也容易摸不清前路。

许盛最后回过去一句"我也觉得我画得挺好"岔开了话题,最后聊天聊到什么时候睡过去的都不知道,等他早上睁开眼,划开手机屏幕想看看时间,却看到一句来自凌晨一点的晚安。

两人手机换回来之后,社交暂时回归正常。康凯在许盛改完大体色调的基础上,往下继续画,并实时向指导老师播报自己的进度,只不过这话题聊着聊着就歪了。

[康凯]:你同桌很帅啊,那五官,高傲、冷酷。

[S]:废话。

[S]:我同桌,当然帅。

[康凯]:在学校里肯定有不少追求者吧,你以前走哪个学校都是校草,还是放眼全校都找不到对手的那种,这回难得碰到劲敌。

[S]:比我是稍微差了那么一点,但确实也可以了。

[康凯]:……你就吹吧你。

许盛周末能不去教室就不去教室,躲在寝室里长蘑菇。今天早上他还以为邵湛会强行摁着他去教室学习,都做好抓着门把死不松手要无赖的准备,然而邵湛只是看了他一眼:"不想去?"

许盛拽着邵湛衣角,故伎重施,非常没脸没皮:"不想,求你。"

邵湛沉默:"……松开。"

"我不松。"

"不想去上自习,就想在走廊上跟我拉拉扯扯?"

许盛反应两秒才反应过来他这是松了口的意思。许盛松开手,半调戏半随意道:"学神什么时候变得这么好说话了?"

邵湛看着他,他今天穿的是前天互换时许盛穿的那套衣服,那条破洞牛仔裤还被"邵湛"摸过。他和许盛离得很近,几乎要望进许盛的眼睛里,许盛习惯上扬的声音被他压下来:"对你,什么时候不好说话过?"

其实在邵湛还没说话的时候,许盛脑子里就冒出过这个念头,确实,好像从很早之前开始就很好说话了。

许盛想到这里,把和康凯对话框里那句"事实好吗,谁跟你吹"一个字一个字删掉了,鬼使神差地敲上一行:你有对谁有过好感吗?

康凯这回不像前几句隔几分钟才回复，他秒回三个问号。

[康凯]：你这？

[康凯]：兄弟，你这有情况啊。

[康凯]：老实交代，怎么回事？

许盛打了很多字，最后依次删除，倒也没否认"有情况"这个猜测：算了，跟你这一根筋的家伙没什么好聊的。

什么也没打探到，还被无情嘲讽一通的康凯：嗯？

许盛发完那句之后把手机扔边上。他虽然嘲笑康凯，其实自己也没好到哪儿去。康凯这个人恋爱运势一向不佳，不管是暗恋还是明恋，总是走在被人拒绝的路上，最后干脆一心只画圣贤画，两耳不闻感情事。

许盛条件上跟他相反，他女生缘从小就好，是男女老少通杀型选手。能不能与人处好关系只取决于他想或不想而已。搞艺术的，心思难免细腻些，对女生关照得也比较多，加上长成这样，很难不变成祸害。不过就算条件相反，他的结局还是跟康凯一样的。许盛察觉对方心意，又没办法回应的时候，就会不动声色地跟对方拉开距离。康凯有次也发现了，他放下画笔，扭头看他，在他身后张望："最近那老跟着你来画室的女生呢？"

"最近考试周，我让她多花时间复习。"

"啥？"

"以后应该也不会经常来了，她喜欢我，"许盛叹口气说，"你看不出来？"

康凯更疑惑了，看着挺正常一姑娘啊。

许盛从不会给人错觉。

给人希望之后再拒绝别人，怎么着都是一种伤害。

"兄弟，你这有情况啊。"

许盛双手枕在脑后，把这句话重新脑内循环了一遍。这时候的许盛还不知道周末两天是他唯一轻松的两天。如果他早点知道的话，绝对不会把时间浪费在寝室里。他会多出去走走，多感受感受外面的世界，呼吸新鲜空气……感受一下什么叫"活着"。

周一早上，许盛睁开眼醒过来，抬手发现自己还是"邵湛"，考验也接踵而至。竞赛会议果然没完没了地开。升旗仪式前，许盛被孟国伟从大部队里喊出来："邵湛，你来一下。"

许盛止步，晃过去："孟老师。"

孟国伟还要跟着班级出操，简单吩咐道："去会议室，顾主任给你们开会，快快快，还愣着干什么。"

开会就开会，通过上周五的竞赛会议，许盛自认已经摸透了会议的流程，没什么难度。不就是开个会，然后想想办法从别人那里搞张练习卷抄抄吗——去会议室之前的许盛确实是这么想的。

操场。

主持人在升旗台上发表讲话，特意总结了高二年级组上上周在绿舟基地的表现。演讲内容分为五大块，许盛独占了其中一块。"七班许盛，在绿舟基地打架滋事，恶意打伤宏海四中六名学生，"主持人说，"并且检讨态度十分恶劣，在此特别点名批评！"

"孟老师。"有人喊他。孟国伟恍若未闻。他正在想该如何逃避这段发言，这种环节简直是在丢他这位班主任的脸！孟国伟不知道第多少次因为许盛遭受这种职业生涯里的酷刑。

"孟老师。"那声音冷淡，又喊了一声。孟国伟抬头，看到站在他面前的正是肇事者本人。

邵湛现在作为"许盛"，在各科老师那里都讨不着好脸色，孟国伟道："你不在后面老老实实排队，跑前面来丢什么人。"

竞赛生虽然会议多，但一般都会有固定时间，周一出早操期间就把人急急忙忙叫过去，这事怎么想也不简单。

"我找邵湛……有点事，他人不在吗？"

"他去开会了，今年四校联赛提前，顾主任得给他们讲讲联赛的事情，这次四校联赛……"孟国伟说到一半，话锋一转，"算了，我跟你说这个干什么，你懂什么联赛。"

"四校联赛？"邵湛怀疑自己是听错了。刹那间，升旗台上的人在说些什么他已逐渐听不清，所有声音似乎都在离他远去。

"四校联赛——"会议室里，顾主任满面笑容地向台下竞赛生展示这次比赛的宣传文档，"相信大家都不陌生，由于这次还有高一新来的同学加入，那我就简单介绍一下，四校，简单来说就是咱们市四所重点学校。"

PPT切过去一页，上面整整齐齐列着四所中学，临江六中、嵩叶附中、英华实验中学、星剑中学。

许盛找了个离顾阎王最远的位置坐下。这四所学校他并不陌生，中考填志愿那会儿，它们曾是无数同学的梦想学校。许盛有一搭没一搭地听着，光听这么几句还没弄明白这个四校联赛到底是什么意思。

"我们四所学校，每年都在相互展示学生风采，保持良性竞争，旨在共同进步，所以每一年都会进行四校联合竞赛，召集优秀竞赛生坐在一起比拼竞赛题，简称，四校联赛。"

听到这里，许盛的表情裂开了，作为一名合格的学渣，他从没听过这个联赛。顾阎王说着，又把PPT翻过去一页，豪情万丈："去年四校联赛第一名，是我们临江，不，准确地说，这个荣誉是由邵湛同学带来的！"PPT上的配图，赫然是邵湛勇夺冠军的现场照！少年没什么表情，一身校服，微微低着头，这个角度显得鼻梁尤为挺拔，从头发丝到勾着笔的手指都透露着一种生人勿近的感觉，周遭那幅热闹景象仿佛与他无关。

顾阎王这话一出，所有视线从四面八方汇聚到许盛身上。面对这种学校和学校间的竞争，没有老师能够平静，顾阎王手握成拳，向上高举："我们今年要再创辉煌！把冠军留在临江！"

在顾阎王的带领下，台下竞赛生也被点燃了激情，跟着喊："把冠军留在临江！"

"四校联赛"这四个字，无异于是另一声惊雷，无形之中劈得人说不出话来。

许盛的世界，轰然倒塌。

第二十章 另辟蹊径

出完操,国旗升顶,旗帜随风飘扬,背景音还未关,同学们伴随着音箱喇叭里传出来的声音陆陆续续解散回班。有人小声议论:"大消息,你们听说没有,今年四校联赛提前了……"

"听说了,班群里刚发,看到消息之后我手都在颤。"另一人附和。

"真的吗,四校联赛提前了?以往不都是期中考试之后才开吗?"

这几位同学说话时语气扬起,他们压根按捺不住那颗激动的心。听起来这场"四校联赛"对他们的吸引力远比什么"篮球比赛""电竞比赛"还要让人激动。

按理来说,平时被各种考试折磨的学生不会对枯燥的竞赛感兴趣,但……四校联赛不同。对于临江六中这些学生来说,任何比赛,都比不上去年那一场竞赛让人热血沸腾。首先四校联赛在赛制上就和其他竞赛不一样。它没那么严谨,四所学校联合,打着友谊赛的名号轮流举办,赛制也更偏娱乐性质。由竞赛生现场答题比拼,并设有观众席,观众观看的同时还可以为自己学校应援。竞赛每一轮都有不同的规则,有的题目比的是谁的解法更多,有的题比的则是速度。可以说,四校联赛在观赏性和娱乐性方面做到了极致。当然能让人激动成这样,也不完全因为赛制吸引人。这重中之重,还是他们临江六中去年以魔王之姿杀出来的某位参赛选手。

会议室里,所有竞赛生斗志高昂。顾阎王带领同学们喊完口号,又简单讲述竞赛安排："离四校联赛还有两周不到的时间，这段时间竞赛生需要经常过来集中训练，为四校联赛做准备，我呢，也给你们拟定了一份计划书……"

许盛还没从联赛的事里回过神，又被身边的其他竞赛生狠狠拽回了悬崖边缘。坐在他边上的同学凑过来，害羞表白道："学神，您去年那一战简直太帅了。"

"啊，"许盛完全不知道他在说什么，他往边上挪一点，试图远离，"是吗？"他是真不知道邵湛在联赛上都干了些什么。一般有大型活动，学校都会放假。那天他有没有老老实实待在学校里都不好说，大概率去了网吧。

有人率先打开回忆匣子，这个话题迅速在竞赛生之间蔓延。

"那天决赛全程我眼睛都不敢眨一下，现在还能回忆起那天的您解题时每一个小细节——太恐怖了，这哪是比赛，这简直是碾压。去年决赛和英华那帮人比，英华学生下场的时候脸都是青的。"

"尤其最后一场，您那解题速度，英华校领导都看傻了。"

面对投来的数道仰慕眼神，"24K纯学渣"许盛如坐针毡。

有高一新来的竞赛生对周围突然爆发的议论表示困惑："去年怎么了，很厉害吗？"

高年级竞赛生往他脑门上呼了一巴掌，道："学神去年以高一竞赛生的身份参加联赛震惊四校的事迹你都不知道，你还是我们临江的学生吗？打得英华喊'爸爸'，这厉害程度你还感受不到？"

"学神去年那场比赛，真的帅炸了。"

众所周知在A市四所学校排名里，临江六中并不是知名度最高的，英华实验中学才是第一，百年老校，升学率高得吓人，多少年一直踩在临江头上。而临江去年打了一场漂亮的翻身仗！还是碾压！

碾压是什么概念，联赛大魔王不是吹的。许盛之前对着那张PPT，对邵湛夺冠认识得还不够全面，没有意识到这是多么逆天的一件事。在这帮竞赛生你一言我一语进行赛况还原之后，他意识到了。四校联赛不分年级，但最后挺进决赛的都是高三年级竞赛生——这几乎是联赛默认的赛况。高三年级学生学的内容比低年级的多多了,低年级很难跨级赢他们。邵湛作为高一生,一路杀进决赛,并且在决赛赛场上碾压英华,据说英华的学生现在听到"邵湛"两个字还会回想起那天赛场上令人窒息的感受。

许盛发现曾经为了校草评选就想退学的自己,是多么幼稚,多么禁不起现实的毒打。忘记切号算什么,月考算什么,作为学校代表临时上台又算什么……这些在四校联赛面前,给联赛提鞋都不配!当时怎么就被小小的挫折打击得想退学?越认识到这些,许盛就越绝望。

许盛带着一沓厚厚的、新鲜出炉的竞赛卷打算回班,但会议室里邵湛的众多粉丝显然没么容易放过他。许盛还没走到门口,其他坐得远的竞赛生便蜂拥而至:"学神,我相信你,今年有你在,肯定能把冠军留在我们临江。"

另一名同学笑嘻嘻地从其他人身后探头道:"学神第一名不是板上钉钉的事儿吗,有个词怎么说的来着,哦对……连霸!"

"没毛病,连霸!"

"那必须连霸,你们看贴吧了吗,都有人开始做加油横幅了。"

许盛心说,还"连霸"呢,没准到时候是他第一轮就跪下来喊别人"爸爸"。许盛被这帮竞赛生围着,一时脱不开身,里里外外裹了三层。好在"邵湛"个高,不然准被堵得喘不上气。许盛扬起下巴,抓着试卷往人群外边望,心如死灰之际,看到一线生机——浑身冒冷气的"自己"正从走廊另一头走过来。看来操场上的活动已经解散了。

确实是解散了。邵湛回班后没看到他人,猜想他还在会议室,怕他出什么意外,于是上来找他。

许盛抓到救命稻草一般,四目相对间,他用口型无声说:"救我。"

会议室里的竞赛生还在七嘴八舌地就"连霸"这个词展开讨论,并试图把话题引到顾阎王刚才发下来的竞赛题上去,谁都没有注意会议室里不知道什么时候多了一个人,少年身上的T恤和整间会议室格格不入,他从后门走进来,等他走到身侧才有人噤声,后知后觉给他让道——绿舟基地事件之后,"许盛"这两个字的威力比以往更强。以前都是听说他打架,这回是真打啊,还去惹其他学校的学生。不光名头响亮,本尊更是让人不敢接近。

最先看到"许盛"的几位同学表示不解:"校霸怎么来了?"

"不知道啊,说起来校霸这么可怕的吗?我怎么觉得他看我一眼,我就有种活在冬天的错觉?"

当然这些议论在"许盛"朝"学神"伸手之后瞬间消失,"许盛"并没有看他们,少年声音异常冷:"聊完了吗?聊完能把我同桌还给我了吗?""许盛"说完,不等回应,干脆直接扣住"学神"的手腕,拉着他往外走。

等走出会议室,邵湛松开手道:"平时不是挺能说的吗,怎么这种时候哑巴了?"

许盛主要是受到的冲击太大,反应能力急速下降。换了任何一个学渣得知自己有可能要成为"学校之光"、带着"连霸任务"参加比赛,都不会太冷静。只不过许盛自己还没有意识到满脑子慌乱的思绪和疯狂"刷屏"的"怎么办"在见到邵湛之后,竟然平静下来。

什么情况啊?校霸和学神,这俩?这两人倒是走了,留满会议室竞赛生在风中凌乱,被冲击得连什么是四校联赛都差点忘了。

下节体育课,不用急着回班,六楼右侧楼梯口那边是几间空教室,平时没人经过。许盛坐在台阶上,他抬手解开两颗衣扣,把竞赛卷递给邵湛:"给,顾阎王刚发的。"

邵湛站在他边上,倚着栏杆接过。

"四校联赛……"两人同时开口。

半晌,邵湛抓着竞赛卷:"你先说。"

"你能退学吗?休学也行。"许盛抓抓头发,然后手垂下去,撑在台阶边沿,又说,"算了,让我自行了断可能更快点。"

邵湛的崩溃程度不比他低,升旗仪式上校领导讲了什么话他都没听进去。四校联赛题目难度其实不高,但按照许盛这个成绩,最基础的月考题都能考成那样,让他做竞赛题比让他上天还难。如果四校联赛那天两人还没换回来,许盛就得顶着他的名字去比赛。这种情况邵湛想都不敢想……但似乎也没有那么糟糕,邵湛把试卷一点点卷起,最后侧过头,竟低声笑

这题超纲了①

了一声。

许盛怀疑邵湛这是急疯了："你笑什么？"

"没什么，就是觉得遇见你之后，"邵湛说，"这个世界上所有不可能都好像变成了可能。"

不管是互换身体这种没办法用科学解释的事情，还是越发鸡飞狗跳的生活，抑或是越靠越近的……某人。

许盛一愣。

"还有两周时间，总会有办法。"邵湛说。

这话说得没错，办法是人想出来的。

放学后，许盛在手机上搜了半天"引雷针"。之前是想躲着这破雷，现在倒是求着它来。许盛想了想，又删掉了。绝缘服都没用，看来他们身上的事不能靠已知的科学解决。许盛绝望地阖上眼，就在阖上的一刹那，突然想到了科学的反面——玄学。

晚上熄灯后的寝室一片漆黑，走廊上感应灯也随之暗下去，许盛洗澡洗得晚，头发微湿，脑海里闪过"玄学"两个字之后，撑着坐起身。既然科学没办法解释，可以试试玄学啊！许盛越想越觉得，这真是个好主意。

张峰刚把他妈支走，以要专心写作业的名义，打开手机游戏。结果游戏刚开，他老大一通电话打了过来，张峰对着手机屏幕上"许盛"两个字愣了会儿，然后对面又突然挂了。

张峰立马回拨过去，许盛没接。

张峰只能发条语音来问问情况："怎么了，大哥，这个点找我？电话怎么不接啊？"

许盛心说差点忘了自己现在是谁。

[S]：手机出了点问题，没法通话。

[S]：问你个事。

张峰坐直了：您说。

[S]：你还记不记得上学期期末，你去学校附近商业街求签？

张峰记得这事，当时还被许盛无情嘲讽：我记得，你说傻子才去求签，烧香拜佛要是有用，这个世界上就不会存在考试不及格的人了。

他还说过这话？许盛手指顿了顿，后面那句"有推荐的店吗"停在输入框里。

学校外面那条商业街上什么都有，自从一家测运塔罗牌店成为人气店铺之后，各路江湖神棍纷纷看到商机，开始摆摊卖起"保过签""逢考必过锦囊""蒙必对骰子"……生意红极一时。张峰对商业街那块儿比较熟，他喜欢陪女生逛街，许盛删掉那行字，最后只能以"我有一个朋友"为开端。

"口碑比较好的算命摊，我想想啊，最近新开的一家半仙居听说还可以，"张峰想了想发语音说，"得网上预约，去的时候带上生辰八字就行，算得挺神的，张彤上周刚在他那儿算完，回来把那位胡半仙吹得神乎其神，说他绝对是一名世外高人，你朋友想算算考运的话可以去试试。"

[S]：好。

[S]：谢了。

聊天结束后，张峰对着手机不明所以地挠挠头，心下不解：许盛突然问什么算命摊？

"叮——游戏已找到对局。"

算了，管他呢。张峰切进游戏，并把这件事很快抛到脑后。

熄灯并不影响学霸学习。与此同时，邵湛掐了掐鼻梁，把最后一张竞赛卷翻过去。少年勾着笔，衣料贴在笔挺的脊背上，许盛手指细长，骨节略微凸起。台灯灯光冲破周遭那片黑直直地打在他微曲的指节上。邵湛翻完这页之后，停顿两秒，不知怎么地突然回想起许盛用这只手拿画笔的样子。卷子背面是最后一道大题：

设V是空间中2019个点构成的集合，其中任意四点不共面，某些点之间连有线段，记E为这些线段构成的集合……

邵湛收回眼，匆匆扫过题目，还没来得及找到解题思路，门就被人敲了两下。

许盛给邵湛发了消息，等几分钟没回，干脆直接来敲门。邵湛开门的时候，许盛正倚着自己的寝室门，和他隔着条过道摆弄手机。见他开门，许盛把手机背过来，晃了晃手机说："给你发消息了，你可能没看到。"

这题超纲了①

邵湛确实是没看到。他写题时除了计时,不怎么看手机。

许盛平时跟没骨头似的走哪儿趴哪儿看起来倒是很和谐,但现在这是在他身体里,邵湛看着总觉得奇怪,他侧身道:"进来。"

这本来就是他的寝室,都不用他招呼,许盛很自然地往床上一坐,直说来意:"我想到一个办法。"

邵湛猜不到他想说什么。

"我给你讲个故事。"

"什么故事?"

许盛在邵湛的目光下换了个姿势说:"我表弟小时候不小心掉到河里,捞起来之后高烧不退,吃什么药看多少医生都没用。"

邵湛这回是彻底猜不到他想说什么了。大半夜讲表弟的故事,语文能拿145分的天才少年败下阵来,没能抓到重点。

许盛的故事说到这,停下来问:"你猜我表弟最后怎么痊愈的?"

邵湛配合他,反问:"怎么痊愈的?"

"玄学。"

"我们街道里有个神婆,给他画了一张符,第二天就好了。"

"所以?"

"所以有时科学没办法解释的事,我们可以求助一下玄学的力量。"

邵湛拧开桌边的矿泉水瓶,走到床边递过去给他。许盛接过,说:"我已经跟张峰打听过了,学校附近新开了一家半仙居,口碑还不错。"

台灯光线并不强,照到床边的光线更加微弱。许盛接过水,刚要仰头灌下去一口,邵湛的手却没有收回去,他伸出食指指尖不轻不重地点在许盛额头上:"你这脑袋里,一天天都在想些什么。"

少年指尖炽热的温度很轻地触了一下。许盛抓着水瓶,眨眨眼,一时间跟着那温度一起蒙了一瞬。

邵湛又问:"什么时候去?"

许盛来之前还担心邵湛会觉得他这个提议很扯淡,堂堂学霸去找算命大师,这两个元素怎么想也不会牵扯到一起:"晚自习之后?"

邵湛也以为自己会觉得这个提议很扯淡,但在四校联赛面前,再硬的人都得低头："行。"

直到邵湛收回手,回书桌前继续写试卷,许盛才后知后觉地把水灌下去一口,然后把瓶盖盖上。许盛掌心沾了一点汗,他拎着水瓶走过去:"你在做竞赛题?"

桌上这叠试卷,虽然许盛一道题都看不懂,但毕竟是他从会议室里拿回来的。许盛扫一眼,看到邵湛正在草稿纸上演算的那道大题,题目很长,许盛就注意到里面令人头皮发麻的几个数字,看着都吓人:满足条件,若E有n个元素,则E一定含有908个二元子集。

908,二元子集?什么意思??

邵湛看他一眼:"想试试吗?这题不难。提前熟悉熟悉。"

最坏的情况就是顶着邵湛四校联赛大魔王的身份去参加比赛——许盛犹豫了一会儿,觉得提前在邵湛这见见世面也行,题可以不会写,到时候气势肯定得摆出来。再说邵湛也说了,这题不难……也许他许盛有竞赛天赋呢?

每一个从不学习的学渣,难免都会在心里幻想自己一旦打开学习开关,没准能一鸣惊人。许盛心里一点数都没有地说:"试试就试试。"

其实听邵湛讲题是一种享受,少年语调冷,思路清晰,顺着思路把简单的定理写在纸上:"这道题先证明一个引理,设$G=(V,E)$是一个简单图,且G是连通的,则G含有……"

许盛放弃得很果断,他一瞬间就清醒了。邵湛嘴里的"不难",跟正常人对"不难"这个词的理解完全不一样。

邵湛讲完这段,把笔递给他,示意他自己解一遍。

"我走了,"许盛说,"写不了。"真正面对过竞赛题,知道竞赛题的难度,许盛想去半仙居的心情更加强烈。

次日晚自习过后,两人收拾好东西准备从后门溜出去。

"湛哥,盛哥,"侯俊和谭凯从后面拍了拍他们的肩,"我们去商业街吃饭,最近有家新开的面馆,一起?"

都是去商业街,这会儿说不顺路不合适。

这题超纲了
①

"你们去吧，我们去商业街买点别的东西……"

许盛话还没说完，侯俊直接挤进两人中间："不都是去商业街嘛，一起走呗。"

放学后的商业街张灯结彩，"临江"这个校名有一半得名学校的自然环境。凛冽的江水环绕着校园，商业街建成古镇风格，木质的建筑，一道高挑巍峨的方形的门楼立在商业街门口，街道里店门口传来阵阵吆喝。

"面馆开张，八折特惠——"

"塔罗牌，测测你们的考运——"

许盛和邵湛两个人硬着头皮跟他们一起走了一程。

许盛除了出来吃饭，很少来这条街逛，偶尔张彤和几个女生想买东西找他给参考，他才会跟着过来逛一会儿。他昨晚跟那位大师预约了七点，但那家半仙居不好找，两人边走边看店铺门牌号。

"前面就是面馆，"袁自强好奇道，"你们出来买什么？"

许盛心不在焉："四校联赛不是快开始了吗，我买点竞赛练习册。"

袁自强转向邵湛："盛哥你呢？"

"陪他买。"

哦。

许盛正找着，被邵湛拽了一下："是不是那家？"

许盛顺着邵湛指的方向看过去，在十字路口拐角处，有一家远离喧闹区域的店铺，店铺并没有特别装修，甚至店名都没挂，只在前面立了广告牌，用毛笔写了"半仙居"三个字，隐隐有种世外高"店"的感觉，不注意看很容易错过。

"是这家。"

但是侯俊他们还在这，这会儿怎么过去？

许盛正想放慢脚步、不动声色地跟侯俊他们拉开距离，邵湛却比他动作更干脆——他直接拉着许盛逆着走进汹涌的人群里，借着从后面往前涌的人群藏身，眨眼间便和前面的人拉开距离，经过层层阻挡后，侯俊一回头，发现身后的两个人不知道什么时候不见了。

半仙居半掩的门缝里传出来袅袅青烟,大堂点着香。推开门,不见其人,先闻其声,老人般沙哑的声音道:"……可是遇到什么棘手之事?我看二位身上有一股非同寻常的气息笼罩。"片刻,那声音又道:"进来说罢。"下一秒,不知哪儿来的一阵风,随后"啪"的一声,刚被推开的门自己合上了!

门自动关上之后,许盛和邵湛才注意到大堂屏风后出现一个身穿道袍的人影,他坐在桌案前,抚了抚胡子道:"把生辰八字给我吧。"

还真挺玄,看起来像那么回事。

屏风前有两把椅子,许盛坐上去。他见邵湛还站在原地不动,连忙招呼他:"坐啊,站着干什么,这大师看起来好像确实挺神。"

邵湛活了十七年,他十七年所受到的教育熏陶都贯彻着一句话,封建迷信不可取,所以他面对眼前这位"大师"时总有一种极其复杂的情绪。只是这股情绪一旦对上四校联赛,顿时消散。

半晌,他冷着脸坐到另一边。

许盛说话颇为恭敬:"您怎么称呼?"

大师摸了摸胡子:"鄙人姓胡,江湖人称胡半仙。"

"您真能参破玄机吗?真的发现我们两身上有什么……有什么不一样的地方?"

大师没有立刻回答,因为这位胡大师长袖下的手,正悄然抓着一个遥控器——刚才就是按下按键,门才自动关上的。

"奇了怪了,"大师的手从关门键上松开,按下屏风键,他看起来六十有余,胡子花白,此刻暗暗念叨,"是坏了吗,这怎么按了没用?屏风还没挪开!"

罢了,隔着屏风也好,有神秘感,大师想。

许盛没得到回应,又喊了一声:"胡大师?"

大师把遥控器藏在袖子里,重重咳了一下,回神道:"这玄机我虽能参透,我猜得到二位为何而来,但,正所谓天机不可泄露,我不可与二位说得太多。"

专业啊!刚才那几秒沉默顿时也显得神秘起来!许盛小时候不相信那

个小表弟的故事。现在他真信了，山外有山人外有人。这个世界上确实存在着很多科学无法解释的事情。

大师说完继续装样子。他抚抚胡子，另一只手掀开茶盖，端起茶作势要喝，一副仙风道骨世外高人的架势。

许盛难得坐姿老实，腰板挺直，直截了当地问："大师，你真能看出来其实我的灵魂在他的身体里？"

大师一口热茶差点没喷出来。

许盛又问："那……我跟他，我们俩这种情况，还有救吗？"

邵湛总感觉哪里不对。

大师震惊了。他不光震惊，还开始恍惚，他开算命馆招摇撞骗几十年，头一回遇到这种奇事。之前见两位学生进来，他并没有多想，只是从万能语句里挑了几句说，看看能不能把人唬住，不能唬住他就再想办法。他甚至已经准备好等会儿该怎么套话，把他们姓什么、家里几口人给套出来。结果这……说的什么，他灵魂在另一个人的身体里？这种情况来他的半仙居干什么，去医院检查检查脑子啊！但大师很快镇定下来：人在江湖漂，送到手的钱不能不赚，不能就这样把客人让给了医院精神科。

许盛最后是拿着大师给的东西推门出来的。

许盛手里的红绳是两条项链，一百五一条，大师还给了他们优惠价，两条二百五。红绳是很普通的式样，唯一特别的就是这条红绳项链的吊坠是一颗水晶石，据大师说这是黑发晶，能够消灾解厄，逆转气运。

胡半仙神神秘秘地说了一通，最后从桌子底下掏出来两条红绳："你们需要随身佩戴，胸口的位置离心脏最近，它能够缩短二位与灵魂之间的距离，当然除此以外，要想彻底解决问题还必须达到一个条件。"胡半仙胡扯也是有根据的，灵魂转换，那可不得来点有仪式感的触碰？胡半仙摸摸胡子："明天，在太阳开始落山之时，对视三十秒，并拥抱对方。"

石头长得还挺酷。

一根根凌厉的黑色丝线像画画时用最深的浓墨勾出来的线条似的，有粗有细，直直地被缚在水晶里，平添几分设计感。

但是想到大师说的条件……许盛对着躺在手心里的黑发晶，思绪偏移，真的……要抱吗？

次日一早，许盛和邵湛两人一前一后进班，侯俊值日，照常跟他俩打招呼。侯俊第一眼看到的是"邵湛"："早啊，湛哥，昨天一转头你和盛哥两人就不见了……湛哥你脖子里挂的什么？"

学神平日里的形象过于深入人心，一尘不染的校服，浑身上下绝对没有多余的东西，就是手机也很少见他拿出来过。

侯俊这一问，许盛低下头，这才发现脖子里那道红绳从校服领口里滑了出来，他穿校服风格跟邵湛本尊反差很大，从来都是怎么舒服怎么穿，此刻也正是因为领口开得太大红绳才会滑出来。"没什么。"许盛抬手把红绳塞回去，邵湛皮肤白，甚至给人一种冷冽的感觉，那抹红反而显出几分反差。

侯俊"哦"了一声，继续在黑板右下角写今天的课程表。

粉笔在黑板上画了一道，侯俊在横线下写"下午"两个字，然后抬头看到了脖子上同样戴了条红绳的校霸。许盛平时脖子里那条是黑的，加上他T恤也以黑色为主，因此并不显眼。但换成红色，这效果就不一样了。不是侯俊乱想，是无可辩驳的事实就摆在他眼前。侯俊觉得自己知道的实在是太多了："盛哥，早，还有你这脖子里挂的东西，很眼熟哈。"

邵湛还是不太习惯一进门别人就热情招呼上来，他没有像往常那样直接忽视，而是回了一句："早。"

这天的课没发生什么意外。各科老师大概是知道邵湛在准备联赛，不想打扰他，叫他去办公室和让他上台解题的次数骤降，许盛轻松不少。

邵湛就没他那么轻松了，平均每节课挨五六截粉笔头，周远的粉笔头扔得尤其准："许盛，你站着上课！"周远说完又道："算了，许盛，你出去站着吧，站在教室里挡同学的视线。"

邵湛不是很能理解周远这个思维模式："老师，我在最后一排。"

全班哄堂大笑。然而回答他的是另一截粉笔头，周远怒骂道："我当

这题超纲了 ①

然知道！要你多嘴，我就是想找个借口让你滚出去站着，你站着碍我的眼行了吗——滚出去！"

笑得最过分的还是他边上那位同桌，许盛趴在课桌上，闷声笑得肩膀耸动。邵湛被叫起来完全是因为许盛五分钟之前提醒他上游戏签到："有没有良心？"

许盛笑着说："没有。"

邵湛抓着手机走出去之前，趁着其他人不注意，直接在许盛后脑勺上威胁似的摁了一下，不过力道并不重："下课跟你算账。"

许盛平时被各科老师针对惯了，但看学神吃瘪却是难得。邵湛只得出去站走廊。

周远这节数学课是最后一节，也是因为快放学了，课堂氛围比较轻松。周远重新找了一根粉笔，掐断一截说："行了，别笑了，谁再笑就出去跟许盛做伴。"

周远简单布置完作业，给大家几分钟时间把留的题目抄下来，许盛看了眼窗外，把视线从罚站的自己身上挪开，落在邵湛身后那轮有落下趋势的烈阳上。然后他一只手伸进桌肚里，单手敲字。

——太阳快下山了。

许盛断断续续地继续打字。

——等会儿在哪儿碰面？

——楼梯口可能会有人，回寝室还是去天台？

窗外的"许盛"动了动，低下头。

——天台。

大师给的这条红绳，戴了整整一天，老实说也没什么特别的感觉。许盛抬手碰了碰那根绳子，也摸不准它等会儿会不会有奇效，但目前为止唯一产生的效果，可能是让侯俊他们看他的眼神越来越不对劲。

很长时间不上贴吧的许盛也不会知道，临江六中贴吧首页那栋越盖越高的楼里也添了新料。绿舟基地几所学校一起军训之后，临江六中贴吧涌入一批其他学校的人，流量暴涨。

下课铃响。

"课代表来我办公室一趟，"周远说，"其他人抄完就放学吧。"

教学楼天台是临江出名的观景地，远眺能纵览不远处的江景，连着广阔天空。但许盛和邵湛两人去的时机显然不太对——以防发生什么安全问题，天台门上了锁。

许盛拧了拧天台门锁，发现是真拧不开。

"就这吧，"邵湛说，"也没时间再换地方了。"

也是。不过好在通往天台的那段楼梯附近并没有人。放学时间，人流大多都往校门口涌，很少会有人往楼上走。

"那就这，大师说先……"

许盛松开手，这才发现天台门口和楼梯相连的位置有多拥挤，刚好只够站下两个人，他背后就是那扇铁皮斑驳的天台门，转过身便猝不及防撞进邵湛眼里。

靠得太近了，近到许盛后半句话顿住，并忘了本来想说什么。

大师说的第一个步骤是什么？

楼下有收拾好东西背着书包边说笑边往外头走的同学，交谈声顺着楼梯不断回旋而上。

是天台外头的风太大了吗？

许盛渐渐听不清那些回旋上来的声音，直到短暂的安静过后，他听见邵湛说："三十秒，到了。"

明明是他自己的声音，语气却截然不同，冷冽，又有点低。

下一句是："要抱吗？"

【这题超纲了1·完】

学生档案
Student Profile

| 学生姓名 NAME | 邵湛 |

就读学校：临江六中
所在班级：高二（7）班
学　　号：201820701

临江六中 2018 级
高二开学摸底考试

语 文	144
数 学	150
英 语	148
理 综	300
总 分	742

班主任评语：
你真棒！老师为你骄傲！
孟国伟

这题超纲了①

绰号昵称：学神、湛哥
　　　　　……哥哥？
擅长科目：没有不擅长的。
班级职务：纪律委员，
　　　　　短暂地担任过语文课代表。
目标志愿：北京大学
爱好特长：~~口算~~ 数独
班级初印象：班上挺吵，
　　　　　班长也吵，
　　　　　我同桌，呵。

学生姓名 NAME 许盛

学生档案 / Student Profile

就读学校：临江六中

所在班级：高二（7）班

学　　号：201820753

临江六中2018级 高二开学摸底考试

语 文	48
数 学	36
英 语	22
理 综	59
总 分	165

班主任评语：
请该生端正学习态度，闭着眼考都不会是这点分数！！！　　孟国伟

绰号昵称： 校霸、盛哥、盛神……

特殊情况下也会被人尊称一声"爸爸"。

擅长科目： 擅长……检讨？

班级职务： 无

目标志愿： 中央美术学院

爱好特长： 绘画、写检讨、

当女同学的妆发顾问

（妇女之友）。

班级初印象： 棒棒糖都不让吃，啧。

档案封存
严禁查阅
年 月 日

作者专访
Interview With The Author

创作以及本人 读者 ── 木瓜黄视角全揭秘

Q1

关于本人：一直以来，木瓜黄老师的形象都是比较神秘的，现在能在这个平台向广大读者稍微介绍一下自己吗？

A：大家好，我是木瓜黄……神秘是我的保护色。

Q2

关于专业和创作：木瓜黄老师的本专业好像跟文学创作无关？请问老师是以什么样的契机开始创作的？如今坚持写作的理由又是什么呢？

A：我的专业确实跟文学创作无关，但是写作这件事情我坚持了很久，从初中开始就在笔记本上写一些"玛丽苏中二"（……）小说，在班级里传阅，不过当时以学习为主，只能偷偷摸摸写，几乎没有在平台上发表过，但是一直有这个念头，所以高中毕业之后继续了创作这件事。

　　一开始进展得并不顺利，第一篇文将近一年没有读者，收藏只有45个，一度怀疑过是不是自己不适合做这件事情。坚持写下来的理由应该是无法放弃的热爱和来自朋友的鼓励吧！通过这件事我也发现，只要坚持下去，就会做到让自己意想不到的事情。

Q3

关于拖延症：请问在创作《这题超纲了》过程中也为全勤小红花努力过的你，平时也会因为拖延症而烦恼吗？有什么激励自己克服这点的秘诀吗？

A：会，不过连载时也不算是拖延症，准确来讲是克服连载期间情绪的变化和波动。连载是长期工作，时不时会有疲倦期，或是剧情进展不顺。出现写得有问题、状态不好等问题的时候会选择断更调整。

我暂时还没有成功克服过拖延症，不过也有了一些小心得，就是不要为状态所困。小红花的机制真的很管用，能够激发人的信念感和潜能——"都坚持××天了，不能功亏一篑啊！我不能倒在这里！"所以吊着一口气也要往终点冲。

Q4

关于创作：创作过程中你觉得最难的部分在哪里？

A：最难的部分在于把一个想法完善成一篇完整的故事吧，也就是所谓的"填坑"。完整的故事需要考虑更多东西，填坑过程里也有层出不穷的考验，比如日更、卡文……这样一想感觉每个部分都挺难的。

Q5

关于创作中的朋友：假如在创作过程中遇到了自己无法解决的问题，跟好友沟通会在创作的哪些方面给你较大的帮助呢？

A：以前遇到问题，我会选择断更。睡一觉第二天一般就能缓过劲，换个更好的思路和状态。现在的话，因为我变特别勤奋了嘛（……嗯？），不能老是断更，就会找朋友聊聊。一般作者会对自己面临的问题很清楚，知道自己卡在哪儿以及为什么卡，虽然这种时候朋友也不一定能够帮到你，但是聊天过程中能够帮助自己跳出原来的思维，还会相互鼓励，给予对方肯定。所以在其他的地方会有意想不到的奇效！借此机会，我也对所有给予我帮助的朋友们说一声谢谢！！！

Q6

关于作品中的生活：从《伪装学渣》到《这题超纲了》，这两个故事塑造的同学、老师的角色包括所描述的整个高中生活都很鲜活，这跟你的亲身体验有关系吗？高中生活对你来说是不是有特殊的意义或者收获？故事里除了感情的美好之外，有没有哪一点是你特别希望能传达给广大读者的？

A：高中的时候我每一天都会在空间里写日记，记录同学和老师之间发生的趣事，很多同学也会在评论里留言打卡，就这样从高一写到了高中毕业。当时写的时候就是觉得人会遗忘很多东西，会遗忘一些和同学、朋友之间发生过的故事，几年后再回想，肯定想不起哪天发生了什么，所以就想记录下来，以后看会觉得很有意思。翻了翻，摘了一些有趣的片段（同学人名都是外号）：

事件一：

  中午对英语答案。话痨在后面叫："我抄的是谁的？！怎么全错？"然后过了一会儿他又说："我好像想起来了。"他往我试卷上看，最后确认："我确定我抄的就是你的。"满头黑线的我看了一下我的选择题……起码还对了第一题。谁让你抄的时候为了防止老师发现把第一题答案给改了？全错这事能怪我吗？

事件二：

  生物课，话痨回答问题，这家伙的作业是抄的，结果自己也看不懂。其实答案是受体，这家伙很有勇气地辨认了一下自己的鬼画符，然后大声回答道："裸体！"

事件三：

  这是一节数学课。尽管这道大题我完全听不懂，我还是跟了老师两块黑板。娇花和大侠在玩耍。我盯着黑板，什么都不懂！一刻不敢松懈！

娇花和大侠玩耍后中场休息。娇花抬头扫了几眼黑板，就搞懂了些什么，回头问我："为什么把零舍掉？"

全程都在认真盯黑板的我慌张又蒙地反问："呃……什么零？哪里有零？为什么要舍掉？什么时候舍掉的？"

"你不是一直在听课？"

"嗯，怎样？"

"原来你听不懂啊！"

"怎样！"

"那你干吗还听那么认真？！"

这时大侠义正词严替我反驳娇花："万一听懂了呢！"

……万一听懂了呢！

我的高中生活过得非常欢乐，老师和同学都很可爱，有很多宝贵的回忆。那个年纪的少年们，在我眼里始终是回不去又特殊的。

通过这个故事我也想传递一些小小的能量，比如说快乐，乐观积极的心态，面对挫折的勇气，以及对梦想的坚持。

Q7

关于读者和同人：曾经有读者跟您倾诉过自己也想创作但无从下手的这类烦恼吗？还有不少读者出于对《这题超纲了》这部作品的喜爱也会创作一些同人作品，请问老师您怎么看待这些作品和创作这些作品的读者呢？有什么话想对所有支持《这题超纲了》的读者朋友们说吗？

A：确实有收到过一些类似的私信。个人认为写文初期其实不用想太多，快乐随心就好。因为创作初期重要的是积累，只有完完整整写完一本、两本、三本……才越来越能感受到一篇完整的作品该怎么写，别人说再多也没有用。我刚开始写文的时候也是瞎写，有了一个小想法就撸袖子开干，无逻辑无框架，闭眼写文，脸滚键盘，也烂尾过。但是不要害怕，所以如果有那种让人特别有冲动写作的灵感，就敞开了写！既然喜欢，就请坚持下去吧！

我一直觉得大家是因为喜爱才会产出作品的同人。我认为同人给了作品一种新的、特殊的延续性，让故事保持一种可延续状态，这个故事在他们眼里还没有完结，作品里的角色们还在那个世界里做着很多很多事情，继续生活下去。

最后，感谢大家对《这题超纲了》的支持，我知道我还有很多不足，但我会继续努力的。希望这本书有给你们带去一点小小的快乐。一直觉得以文相遇是一件很奇妙的事情，无论是一路陪伴的读者也好，还是那些还未相遇的新读者也罢，可能大家会在不同时空中的某一个瞬间交会，或许我们还会再次相遇。

【作者专访·完】

自由练习

检讨书1

尊敬的老师同学们好：

不多占用大家的时间，我简单地做一下检讨。我感到十分羞愧，我这次的确犯了不该犯的错误。我这次主要犯的错误是我不该在绿舟基地打人。绿舟基地内禁止打架，学生有义务遵守基地内的各项规定，我应该出去打。某些人下次要是再多说一句不该说的，我见一次打一次。

检讨人 许盛

垂露竖

邻

起笔往右下方轻切，然后转笔垂直往下，至末尾轻轻收笔。

示例词

邻湛 邻湛 邻湛 邻湛

湛言湛语

强扭的瓜，不试试怎么知道甜不甜。

你这业务，还挺熟练。

别写哈姆雷特。

害怕的话，你可以再抓错一次。

对你，什么时候不好说话过？

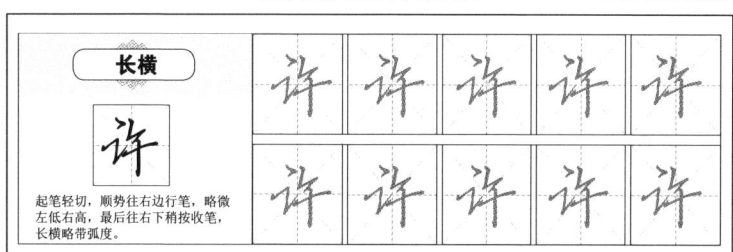

BEYOND THE OUTLINE 1

长横

起笔轻切,顺势往右边行笔,略微左低右高,最后往右下稍按收笔,长横略带弧度。

示例词

盛言盛语

勉强来的同学感情不会有好结果。

桃花般迷人的双眸……

把有限的生命,投入到无限的学习中去。

本来有些话想跟你说,想想还是算了。剩下的话,留到未来再说。

片段赏析加练

色塑料棒直接被邵湛抽走了："上课不准吃糖。"

片段二：

　　许盛最后随手推开某个隐秘通道的门，通道里灯不太好使，灯光很暗，但即使这样他还是看到少年坐在走廊尽头窗台上的样子。

　　邵湛身后的窗户开了一道缝，有风从外面吹进来，少年掌心撑在窗台边沿，见有人推门，抬眼看了过来："你来干什么？"

片段一：

　　许盛没抬眼，却也注意到窗外照进来的阳光被人挡住了，本来他整个人都浸在阳光里，这会儿跟变天了似的突然暗下来，连带着桌面上也投映出一大块阴影。

　　他是被迫抬起头的。

　　邰湛越过前面几排同学，没有直接回自己位置，他走到过道另一边，微微俯身，两根手指搭在许盛叼着的那根棒棒糖棍子上，许盛一怔，那根白

三点水

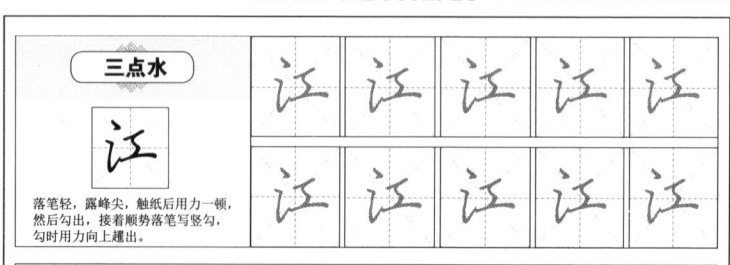

江

落笔轻，露锋尖，触纸后用力一顿，然后勾出，接着顺势落笔写竖勾，勾时用力向上趯出。

江 江 江 江 江
江 江 江 江 江

示例词

临江六中 临江六中

临江精神

临江六中是一所环境优美、师资力量雄厚、校风严谨的高级中学，"文明和谐、勤奋求实"为校训，是四所区重点高中之一。

六中六中，所向披靡！

我们临江六中的校训是什么？是文明、和谐！

行书字帖
Copybook

自由练习

检讨书2

各位老师、同学：

　　我下次会注意和同学交流的方式。也请乔家明同学在今后的日子里继续检讨自己。

检讨人 邹湛

小作文

　　我觉得许盛哪儿都好看，尤其是他桃花般迷人的双眸。还有他的鼻梁高挺，让人看了恨不能在他的鼻梁上滑滑梯。总之，他的帅气足以让天地黯然，让万物失色！